小春霜早

蓝雪儿 著

北京燕山出版社
BEIJING YANSHAN PRESS

图书在版编目（ＣＩＰ）数据

小春霜早 / 蓝雪儿著 . -- 北京：北京燕山出版社，2022.7

ISBN 978-7-5402-6538-0

Ⅰ . ①小… Ⅱ . ①蓝… Ⅲ . ①长篇小说－中国－当代 Ⅳ . ① I247.5

中国版本图书馆 CIP 数据核字 (2022) 第 089031 号

小春霜早

作　　者：蓝雪儿
责任编辑：金贝伦
出版发行：北京燕山出版社有限公司
地　　址：北京市丰台区东铁匠营苇子坑 138 号
邮政编码：100079
发行电话：（010）65240430
印　　刷：北京建宏印刷有限公司
开　　本：880mm×1230mm　1/32
印　　张：10.625
字　　数：316 千字
版　　次：2022 年 7 月第 1 版
印　　次：2022 年 7 月第 1 次印刷
书　　号：ISBN 978-7-5402-6538-0
定　　价：48.00 元

目 录　◀ Contents

生子

　　顾小春的母亲程晓莲嫁进顾家大门的第一天，婆婆就给了她一个下马威。

　　那个时候，顾家还是村里的富户，祖上出过秀才，家里有点底子。程晓莲家里姊妹众多，穷得都揭不开锅了，程家收了顾家一袋高粱米，就把女儿程晓莲嫁给了顾玉全。

　　顾玉全的母亲张银花打心眼里瞧不上程家，可是无奈自己的儿子从小惯坏了，不爱做活，传出去了名声。儿子也老大不小了，不能一直打光棍。

　　说起顾程二人新婚那天，程晓莲的眼泪就在眼眶里打转。

　　顾母的刁难，从她奉茶的那一刻开始。

　　程晓莲跪在地上，把媳妇茶递给自己的婆婆，头都没敢抬起来，大气也没敢出。顾母轻蔑地扫了程晓莲一眼，接过茶水，抿了一小口，接着就啐了一口，把茶给啐了出来。她眉头紧紧皱在一起，指着程晓莲道："你想烫死我呀！"

　　程晓莲不过刚过十八，年纪尚小，没经历过事儿，被顾母这么一吓，脸色都变了，她嗫嚅道："妈，对不起，我再去重新沏一杯。"

顾母摆摆手，不耐烦地道："下去下去，这茶不喝了，明早呀，做好了早饭再来叫我，我好给你讲讲顾家的规矩。"

程晓莲忙"哎"了一声，眼眶里的泪水却再也含不住了，滴落在她的布鞋上。

顾家，不过一个村户，就算在村里算得上有些家底，也算不上什么富贵人家，哪里来的烦琐规矩？不过是顾母欺负儿媳的伎俩罢了，她铿锵有力地讲了一个上午，话里话外都在强调一个"孝"字，儿媳孝敬婆婆天经地义。家里需要男丁，没有男丁会被村里人骂作绝户，她不想在村里抬不起头，也不想顾家成为绝户，所以，程晓莲的首要任务就是为顾家延续香火，生几个儿子出来。

程晓莲去屋外抱柴火准备烧火做饭的时候，被邻居王婶撞见，王婶调笑道："哎呀，哪有新媳妇起床做饭的事儿？新鲜呀，顾家媳妇就是不一样！"

程晓莲顿时觉得脸上无光，她一个新过门儿的媳妇，才进门就被人欺负了，不但得不到邻居的同情，反而迎来一顿奚落和嗤笑。

程晓莲不敢跟婆婆吵，婆婆欺负媳妇没人当回事，媳妇若是对婆婆恶言相向，那就会出大名了，会被人骂"不孝"。她只得对顾玉全发火，顾玉全倒是个十分体贴的人，让站着不敢坐着，让趴下不敢躺着。

顾玉全软得像猫一样的脾气，把程晓莲满腔的怒火给消化掉了。家里也就安生了。

没多久程晓莲便怀了孕，初为人父人母的顾玉全和程晓莲，早早就给腹中的孩子起好了名字，叫顾小小。

小小，在云城的方言里，也是小男孩的意思。

可见他们夫妻二人多么期盼这个孩子是个男孩。

程晓莲这样希望，是因为只有这样，顾母才会看她顺眼了，不再给她脸色看。骨子里，她和婆婆一样，也是喜欢男孩的。也许是受这里的大环境影响吧。

胎儿六个月的时候，顾母带着程晓莲四处去把脉算命，想要查验出她腹中的胎儿性别。

她们总共看了七个大夫，有五个说是女孩，顾母心里"咯噔、咯噔"了好几下子，那颗悬着的心呀，就像坐了过山车一般，起伏不定。顾母的脸拉得老长，眼角的褶子紧紧地皱在一起，舒展不开，十分难看。

顾母断定，程晓莲肚子里的，就是个女娃。于是，她又开始四处求医问药，不知道从哪里找来的偏方，让程晓莲服下，说是可以转胎。

程晓莲将信将疑，喝了顾母找来的偏方，第三日她便上吐下泻，腹痛难忍，进了医院。

因为胡乱吃药，祸害了腹中胎儿。胎儿保不住，流了下来，是个成形的男婴。

顾母不顾体面，在医院的走廊里号啕大哭，她用一个塑料袋，把胎死腹中的顾小小装回了村，埋在了自家的田埂里，期望他再次投胎进程晓莲的肚子里，再来做她的孙儿。

程晓莲忍着腹中剧痛，脸色苍白，嘴唇上没有一丝血色，她指着顾母低吼道："你……是你害死了我肚子里的孩子！你给我滚出去，我不想再看见你！"

顾母一看程晓莲的模样，两脚一跳，嘴硬道："谁害死你的孩子了？大夫都说了，那是个女娃娃，若不是我给你的转胎药，你流下来的不过是个女胎罢了！一个女胎，怎么配葬在顾家的祖坟里！孙儿未出生就去了，那是他的命！是你没有本事，没有福分留住我的孙儿！"

顾母还想狡辩，就被顾玉全一个箭步上前，拽住了胳膊，强行拉出门外。

毕竟这两个女人，都是他最亲的人，他左右为难，说谁都说不得，只好拉开，让她们少接触。

"好好的孩子被你害死了，你还有脸说出这种话来……"程晓莲抽泣着，"顾玉全，你这个杀千刀的，把她给我轰出去，我不想再看见她，我不要再看见她！"

顾母一听来劲了，她叉着腰，毫不示弱地指着程晓莲的鼻子，扯着嗓门吼道："没了就没了，再生一个就是了！若不是看在你瘫在床上起不来的份儿上，我早扇你一耳刮子了！谁家媳妇像你这么泼辣，泼妇呀，对婆婆不敬呀！真是家门不幸呀，家门不幸，我们顾家怎么娶了你这样的儿媳妇进门哪！你可真是一个丧门星啊，自己没有用，保不住肚子里的孩子，怎么还赖到我的头上来了？邻村小周媳妇，人家就吃了转胎药，生了一个大胖小子！是你自己没有能耐……"

"妈，你别说了行吗？"顾玉全打断了顾母的话，他眉头紧皱地向前推了母亲一把，道，"算我求你了，回屋歇着去吧！"

顾母一看儿子都这样说了，她再继续下去也没有好处，就怏怏地走了。

自此，顾母和程晓莲便结下了仇，表面上，程晓莲依旧唯唯诺诺，婆婆说东，她不敢往西，可是心里记着这个仇呢，她暗道：婆婆，你总有老的一天吧？到时候我再好好地回敬你。

程晓莲养了几个月，又怀孕了，这一次她再也不敢喝转胎药了，就连顾母做的饭菜她都不吃，生怕顾母在她的饭菜里下药。她宁可挺着大肚子自己拾柴火烧菜，也不用顾母插手。她甚至紧张到，顾母洗过的碗都不敢用。

在万众瞩目中，她生了第一个丫头，起名顾小春。

在顾家母子三天两头的念叨中，程晓莲不得不在第二年春，又怀上了一胎，这次不管顾母怎么劝她，她也没再听她的话去诊所查验胎儿性别。

不管是儿是女，生下来就是自己的孩子。

十个月以后，她又生了一个女儿。

原本，程晓莲和顾玉全给这个孩子起的全是男孩名，结果生出来是个女儿，那名字就全用不上了。

这一胎呱呱落地，不像第一胎那样受欢迎。

虽然第一胎也是女儿，可毕竟是他们的第一个孩子。

这一胎，一直到快上户口的时候，他们才给她起了个名字，叫顾小霜。

霜儿的名字，叫起来好听，其中含义，也只有程晓莲知道，霜，雪上加霜的意思。婆婆对她的态度，雪上加霜，她在村里的处境，亦是雪上加霜。

总有好事的拿来说笑："哎呀，我第一胎生了一个儿子，第二胎还是儿子，原本想要个闺女又怀了第三胎，又是个儿子，这辈子没有生女儿的命喽，比不上顾家媳妇呀，连着生了俩都是丫头，真是想要什么就是要不着啊！晓莲啊，这都是命呀，不然，我们一起再要一个？"

程晓莲听了心里极其不舒服，可是也没有办法，每每回到家里，也要面对婆婆拉着老长的一张脸，就连顾玉全也是，宁可去抱邻居家的儿子，也不抱自己的二女儿。

程晓莲有些尴尬，好像生不出儿子，就比人低了一等一般，她道："要，我就不信了，我还能生不出儿子，倒是你呀，生那么多儿子，到最后为家产打破头的时候还在后头呢，别高兴得太早呀，女儿是娘亲的小棉袄，你想要还没有呢，我有两个了，哼！"

"切！"村妇冷哼一声，白了程晓莲一眼，把手揣进衣袖里，说，"我有三个护身符了，要什么小棉袄呀，小棉袄长大了，还不是得去别人家生活，能暖你一辈子呀？！再说了，现在都计划生育了，你不怕罚款呀！"

"我们家顾玉全有钱！"程晓莲没好气地说完，扭头走了。

因为程晓莲晚上带更小一点的顾小霜，就顾不得老大顾小春了。这样一来，程晓莲便跟自己的二女儿顾小霜更亲近一些。

就这样，顾小春就睡在了顾母的屋里，时间一长，老大更亲奶奶。程晓莲看在眼里恨在心里，不知不觉中，她跟自己的大女儿顾小春越来越生分。

顾小霜三岁的时候，程晓莲就又怀上了，这一次，程晓莲特别能吃辣，饭量也大了好几倍，没几个月就胖得像个发了面的馒头一般，圆溜溜的。

顾母斜眼瞥了一眼程晓莲，鄙夷道："都说酸儿辣女，你这胎，不会又是个女儿吧？真是越来越能吃辣，你再多生几个赔钱货，家里还真就养不起你们了！"

顾晓莲不吭声，她不想跟婆婆吵，也不想跟她有正面冲突，主要是不想让顾玉全为难。毕竟嫁过来这几年，顾玉全人虽懒了点，但对她还是百依百顺的。

顾玉全也不吭声，这让程晓莲有些不满，心中暗骂他窝囊。

每天跟顾母坐在一起吃饭，都吃一肚子气，顾晓莲无可奈何，除了忍着，别无他法。

也可能是忍出了内伤，也可能是这一胎太大，程晓莲生下这一胎后，没能活着离开医院。

她难产而死，没能报了月子之仇，就死在了婆婆的前头。她没有留下一句遗言，就把三个幼小的孩子都丢给了老实巴交的顾玉全。

程晓莲难产之时，医生问顾玉全，保大还是保小，顾玉全犹豫不决，顾母替他做了决定，她扯着嗓子喊道："保小，当然保小啊，我们顾家的子孙呀，奶奶可是盼了十个月呀，不能就这样没了呀！晓莲就算清醒，也一定会通情达理，选择保孩子的！"

程晓莲姐妹众多，她为了生孩子，进了四次医院，她的娘家妈也没有来过医院一次。每一次，都是丈夫和顾母陪同，她的命，也就这样交待在了婆家手里。

第三胎如顾母所愿，是个大胖小子，她乐呵呵地给他起了名字，叫顾彦早，好像死去的程晓莲，并不是自己家里人，她穿着大红棉袄，接了孙子回家。

"我就说保孩子吧，玉全哪，你看，是个大胖小子呢，我的胖孙子哟，奶奶盼了你这么多年，总算盼到你啦！程晓莲临死之前，总算做了一件好事！给我们顾家，延续了香火。"顾母稀罕不够地，抱着新出生的小婴儿，左亲一下右亲一下。

顾玉全一整天都没有说话，看着胖胖的儿子，默默流泪。

在回家的马车上，顾母拍了拍儿子的肩膀，道："女人嘛，如同衣服，破了烂了，丢了就可以了，再娶一个就是了，没必要这么伤心，更何况，程晓莲，她对待长辈，也不是一个孝敬的。对孩子，她也不是一个慈母！"

"妈，你怎么还能说出这样的话来？"顾玉全瞪着母亲，眼睛赤红，似乎要喷出血来。

顾母道："她刚怀上彦早的时候，正是农忙的时候，我得去地里干活，就把小春交给她照看，毕竟小春都懂事了，好带了，也难为不了她多少。小春也是她自己的孩子嘛！可是你知道吗？我中午回来的时候，看见小春站在门口哭，我问她为什么哭，她说妈妈每天中午煮一个鸡蛋给妹妹吃，不给她吃，她知道妹妹小，就没有争，可是今天妹妹吃够了不想吃的鸡蛋，她丢给了院子里的狗吃，也不给小春吃。我看着小春难受呀，就给小春煮了一个鸡蛋，结果你猜怎么着，程晓莲从屋里冲出来，夺过小春手里的鸡蛋，就丢在了粪坑上，你说说，有她这样做母亲的吗？她这是想气死我呀，我以前之所以不跟你说这些，是因为她怀着孕，我这个当娘的呀，不想你两口子打架……"

"她真的这样对小春？"顾玉全不解地问，"不能呀，为什么呀？"

"我问过小春了，小春说，妈妈问她最亲谁，她说最亲奶奶，妈妈就打了她一巴掌。"顾母道，"从小春跟着我以后，她待小春就不如待小霜好，拿自己的女儿当仇人一样，这样的媳妇，死了就死了，妈再给你找一个更好的。"顾母抱着怀中的顾彦早，又摇了摇头，喃喃地道，"可怜了彦早了，一出生就没了亲妈，若是你早出来几年，说不定程晓莲也不会这么早就……"

顾母长长地叹了口气，接着说："没关系，还有奶奶，奶奶不允许任何人欺负你！有奶奶给你撑腰，哪个后妈敢动我孙子，我对她绝不客气！"

顾母不过是嘴上硬气罢了，再娶一个，不还得花钱吗？

现在不是当年了，当年娶程晓莲回来，不过就是一袋高粱米的事儿。现在村里都开始要彩礼、要缝纫机、要自行车了，娶一个媳妇进门，左右加起来，怎么也得小一万，他们孤儿寡母的，就指望地里刨食儿，还带着三个年纪尚幼还不懂事儿的孩子，哪那么容易一口气拿出那么多钱来续弦。

枣子风波

第二章

一晃五年过去了，顾玉全也没能续上弦。

不是顾玉全眼光高，而是根本没有女人敢进他的家门，一个男人，带着三个孩子，家里又不是特别的富裕，顾母虽然精神不错，但是毕竟身体不比年轻人，地也荒了一半，收入减半。谁敢在这个时候嫁进他的家门来当三个孩子的后妈？

顾玉全打了五年的光棍，就有点受不住了。

他听说村子里有人多拿彩礼钱娶外地的媳妇，他也想娶一个，但是苦于没有渠道，这事，他还专门跟顾母商量了一下。

"妈，你也拿钱帮我娶一个外地媳妇吧，家里没有个女人，都不像是个家了。"顾玉全叹了口气说，"我一个人带着三个孩子，累得很！"

"不是还有妈替你照顾吗！"顾母顿了一下说，"花钱娶来的媳妇不是一条心，总归是要跑的，恐怕到时候要人财两空哪！"

"不花钱？那你说怎么办？"顾玉全一听顾母说不想掏钱，他的声音不由得提高了几个分贝，"我总不能和自个儿亲妈过一辈子吧？我一个人又当爹又当妈的，拉扯着三个不懂事的娃娃，有多难，你不知道吗？"

"儿子，妈知道，妈知道！"顾母苦口婆心地说，"能说一门亲事，就尽可能地去说，不要去找外地媳妇，花那么多钱娶进门的女人，也不跟你一条心，不想跟你好好过日子，到时候跑了，家里得损失多少钱啊！"

"好好的姑娘家，谁愿意嫁过来当后妈？还是三个孩子的后妈！是钱重要还是你儿子的下半生重要？"顾玉全抱着小儿子顾彦早道，"五年了，我从来没有吃过一顿热乎饭，三个孩子，真是没有一个让我省心的，我一把屎一把尿的，整晚整晚的困不好觉……妈！"

想起这几年的心酸，顾玉全的声音哽咽了。

看见奶奶和爸爸吵架，十岁的顾小春放下碗筷，把父亲怀里的弟弟抱过来，拉到一边玩去了。

"黄花闺女没有愿意进门的，离婚的倒还可以。"顾母道，"妈不是没给你上心，妈托媒婆打听了，哪有那么多离婚的女人呀，再说了，上个月媒婆好不容易找到个离婚的，带着一个儿子，就这样还嫌弃咱有孩子，她要找个不带那么些孩子的再婚！"

"别说了妈！"顾玉全紧皱眉头，倒了一杯白酒给自己，一口闷了，他红着眼睛，说，"若不是这三个孩子，我能这么苦？不然早娶上媳妇了，都是因为他们三个，害了我一辈子呀！"

"找！"顾母不想再听顾玉全念叨，便应承道，"砸锅卖铁我也帮你娶一个，成吗？吃饭，赶紧吃饭，地里都长满了草了，你也不去收拾，就知道天天想媳妇。"

"妈，你说这话我就不爱听了，我去除草，谁看孩子？"顾玉全道，"原本我不想要彦早的，是你非要让我们生，结果呢，晓莲走了，抛下我一个人带这么多孩子，我又有什么办法呢？"

顾母默默收拾着餐桌。

老大老二已经念小学了，剩下老三还不到上学的年纪。顾母哄睡了老三，一个人扛着锄头去了地里除草，到天黑了，才回家给一家人烧菜煮饭。

天边的月牙儿弯弯的，像一个熟透了的香蕉一般，挂在漆黑的天空上，顾玉全躺在摇椅上，一言不发地仰望着天空。

突然，门"嘎吱"一声响了，村里的包工头陈大胜走了进来，他放大声音笑道："顾玉全，挺会享受的呀，躺在摇椅上看夜空，好生活呀！"

顾玉全转过头，看见陈大胜竖着大拇指，他没好气地道："好不容易歇一会，被三个孩子烦都烦死了，哪里来的好生活！"

"爸爸——"顾彦早手里抓着一个泥团，一下子冲进顾玉全的怀里，泥巴蹭了顾玉全一身。

顾玉全顾不得身上的脏污，把顾彦早抱紧怀里，一脸慈爱地望着他，道："怎么不去跟姐姐玩，爸爸在跟叔叔说话呢！"

"不好玩，姐姐都在写作业呢！"顾彦早说，"爸爸陪我捏泥巴，隔壁小胖捏的泥饼上还有好看的图案，为什么我捏不出那么好看的图案，爸爸帮我捏！"

"爸爸明天给你捏，彦早听话！"

顾玉全放下顾彦早，对陈大胜说："老陈找我有事儿吧？！"

"明天邻村有盖房子的活儿，你去吗？"陈大胜问，"还差两个人。"

"不去！"顾玉全一口回绝了，"我还得带孩子呢！"

陈大胜笑笑，说："带孩子不都是娘们儿干的事儿嘛，交给你妈带不就行了吗？"

"三个孩子呢！"顾玉全道，"不去，我妈一个人带不了！"

"行行行！"陈大胜说着转身走了，走出大门后，他嘟囔道，"老大老二都上学了，还用你带了？真是懒汉！"

正在屋里刷碗的顾母擦了擦满是水渍的手，走出屋门，道："玉全啊，陈大胜找你去干活，你咋不去呢？彦早我带就行了呀！当年生彦早，罚了那么多钱，若不是你舅舅接济，彦早恐怕早就饿死了！大人吃点苦没什么要紧，孩子们不能总细着过呀，一年到头的也舍不得买个菜，顿顿吃咸菜，老这么省吃俭用，孩子都瘦得皮包骨，邻居家孩子跟咱娃同岁，都比他高一头了！"

"吃什么不是吃，咸菜馒头怎么了，能填饱肚子就行。一个人没有个老婆，过得有什么意思，就这么混吧！"顾玉全起身，进了房门，把门一摔，倒头便睡了。

顾玉全的院子里种着一棵甜枣树，一到秋天就结满了甜枣，顾小春拿着竹竿敲打树枝，就有无数的甜枣从树上掉落下来，像是下冰雹似的，砸在他们的脑袋上、身上。他们一点都不觉得疼，顾小霜和顾彦早提着竹篮，蹲在地上捡枣子，一边捡一边吃。多年以后回想起来，甜枣的味道，便是童年的味道吧，也是他们童年生活中，唯一的一丝甜味了。

这天，顾小霜放学回家，听见院子里有敲枣子的"啪啪"声响，她快走几步，却发现院门紧闭，大门紧锁。

这是怎么回事？顾小霜有些纳闷，她用挂在脖子里的钥匙打开了大门，推门进去，发现自家院子里站着三个十岁左右的男孩，在偷家里的枣子！

顾小霜扯着嗓门呵斥道："你们干什么呢！谁让你们进来的？你们这些小偷，真是太不要脸了！"

三个男孩一听，赶紧丢下手中的竹竿，顺手从地上捡起枣子，丢向顾小霜，几只枣子飞过来，砸中了顾小霜的一只眼睛，八岁的顾小霜捂着眼睛嗷嗷大哭起来。

这时候，顾小春背着书包冲进门，她护住妹妹，指着那几个坏小子说："你们在干什么？怎么能欺负我妹妹呢！我要告诉我爸爸，让我爸爸好好治治你们！"

那三个男孩见顾小春那么横，相视一笑，一拥而上，想要把顾小春给打倒。

顾小春和那三个男孩年纪相当，又是个女孩，哪里是他们的对手，很快她的嘴角就挂了彩，可是她脾气倔，拿了铁锨，摆出一副不要命的架势来，冲着他们拍了过去，她心里是有分寸的，故意拍得偏一些，铁锨从空中降落，拍在地上，就足以吓得那三个臭小子夺路而逃了。

顾玉全抱着顾彦早姗姗来迟，听了顾小春姐妹俩的哭诉，顾玉全一言不发。

这时，门外飞进来一个又一个的石子儿，其中夹杂着几块砖头，有几块砸在他们家的玻璃窗上，把玻璃给砸碎了！

窗玻璃破碎并跌落在地上的声音极其清脆刺耳，一顿噼里啪啦的声响不绝于耳，一时间，顾家院子里哭声夹杂着石头落地的碰撞声，比过年时候放鞭炮都热闹。

顾小春冲着墙外喊道："你们真是太欺负人了！我已经忍你们很久了！"

顾玉全瞪了顾小春一眼，嫌她没有忍气吞声，惹了是非，把家里闹得一团糟，他把孩子们推进屋里，出门对那三个坏小子说："别扔了，干什么呢你们！"

三个男孩一点都不怕顾玉全，他们嬉笑着唱起来："光棍穷，光棍懒，光棍傻子不种田，光棍馋，光棍憨……"

顾玉全灰溜溜地进了门，他连三个孩子都搞不定，顾小春将父亲的懦弱看在眼里。

如果这一次不能制伏他们，他们肯定会变本加厉！村里的坏小子们已经不是第一次欺负顾小霜和顾彦早了，顾小春身为长姐，每次看到的时候都会伸出援手，就算打不赢，也要血拼到底。可是，如果她看不到呢，顾小霜和顾彦早就只有挨他们欺负的份儿了。大人们有大人们的事情，奶奶忙着做农活，没空时时刻刻看着他们，父亲有时候去放牛，有时候即便他在，也根本就指望不上他。

明明已经骑在头上拉屎了，父亲竟还让她忍气吞声，埋怨她的反抗。

顾小春领着眼睛被枣子砸肿了的顾小霜，挨家挨户找到那几个熊孩子的父母，教训他们的父母不好好管教自己的孩子，让他们跑到自己家里来撒野，不但打了她妹妹，还打坏了家里的玻璃，她要他们的父母赔钱，如果他们不赔钱，她就要去村书记那里说，她还要用村长的大喇叭广播他们的名字！

大部分熊孩子的父母说话还算客气，他们给了顾小春赔玻璃的钱，让熊孩子道了歉，这事也就算了结了。

可是到了熊孩子张德友的家里，他的父母横得很，他父母瞪着眼睛，毫不客气地说道："你一个小丫头片子，没资格在我们面前说话，有本事叫你爹来！出去出去，别在我家里闹事！"

顾小春的一肚子火正没地方发泄，她掐着腰，指着张德友道："张德友就是因为有你这样的爹，才会做出这么没脸没皮的事儿来，欺负一个女孩子算什么本事！还跑到我们家里来偷枣子，你嘴巴甜一点叫一声姐姐，我也不会不给你几个吃！你偷了我们家枣子，还要打我妹妹，这就是明摆着欺负人！小时候偷针，大了偷金，这样的道理你老师没教你吗？！张德友就因为有你这样的爹，以后长大后当小偷一点都不意外！"

"别在这里丧门我们家孩子！"张德友母亲叉腰骂道，"一个穷种家的孩子，还敢在我们面前叫嚣！你去当小偷，我儿子也不会去当小偷的！走走走！"

"你不赔了我们家窗玻璃钱，不给我妹妹道歉，我是不会走的！"顾小春不依不饶地说，"我来你们家找你，是给你们脸面，你们不给我妹妹道歉也可以，我就去村长那儿用大喇叭广播你们全家人的名字，让大家伙看看，你们是怎么欺负我们一家子的！"

"嘿你个小丫头片子，我还治不了你了！"张德友的父亲挽起袖子，想要冲过来打顾小春几个耳刮子，把她给吓唬走，不料顾小春顺手捞起他们家门口的铁锨，在地上拍了一下，道，"你有本事就用这个，今天你不把我打死，我是不会善罢甘休的！今儿个，我若是没给我妹妹讨回个公道就走了，我就不姓顾！"

一直躲在家里不敢出来的顾玉全听见张德友家的争吵，生怕自个儿家闺女吃了亏，匆匆跑来，唉声叹气地劝顾小春回去，他嫌顾小春这样做事不体面。

顾小春不理解父亲为什么那么胆小懦弱委曲求全，大不了死在他们家门口，也不能让他们一直欺负自己的弟弟妹妹，张德友之所以敢这样，还不是因为他的父母从背后怂恿，给了他胆子做这些，换别人家，他敢吗？

顾小春不管父亲的强拉硬拽，一把甩开了父亲。

顾玉全无奈，转而去拉顾小霜的胳膊，顾小霜被顾玉全硬拉出了门外。

顾小霜也甩开了父亲，对他道："你干什么呀？！姐姐为我讨个说法，你做什么了？"

"快走吧，别在这里丢人现眼啦！"顾玉全的眉头紧紧皱在了一起，他怯懦的眼神让顾小霜心中五味杂陈，怜悯、鄙视、失望、伤心皆有。

顾玉全见女儿们都很固执，他急得直跺脚，"全村人都在看你们的笑话呢！"

顾小春扭过头，对身后看热闹的乡邻们说道："就算是看笑话，也是看张德友的笑话，他放着好好的人不做，来当贼，跑到我家里来偷枣，被我妹妹发现后，还打了我妹妹，来来来，大家伙都来评评理，说句公道话！"

张德友指着顾小春道："泼妇，你就是个小泼妇！这不依不饶的，哪里有小姑娘家的样子！"

顾小春把铁锨往地上一丢，发出"哐啷"一声闷响，她道："谁不想岁月静好温柔恬静，还不是被你们逼的，不要欺人太甚，兔子急了还咬人呢！"

胡同里的人越围越多，开始有几人嚷了："爬墙跑到别人家里偷东西本来就不对，还打人小姑娘，一个大小伙子，做不做人呀！"

"就是，爹妈怎么教育孩子的，一个长辈，怎么也没有个长辈的样子，挽起袖子，怎么地？还打人家孩子吗？！"

"顾玉全就是太老实了，哎，孩子都跟着受气！"

"就是，就是……"

乡邻们七嘴八舌地议论着，更是有不少人对张家夫妇指指戳戳。

张德友父亲的脸上有点挂不住了，他也想早一点结束这场纷争，他指着张德友的母亲说："看看你生的好儿子，还不快点儿拿钱，让你儿子赔礼道歉，愣在这里看什么热闹呢！"

"哦哦……"张德友母亲愣怔了一下，连忙转身，冲到屋子里翻零钱去了。

她拿零钱出来，往地上一撒，便道："拿去，快滚！"

"这就是你道歉的态度吗？"顾小春怒视着她，"把钱捡起来，恭恭敬敬放在我的手心里，让你的宝贝儿子给我妹妹鞠躬，道歉，她接受了，这件事情才算完！不然我就叫村书记来评评理！"

张德友咬牙切齿地蹲下身子，把地上的零钱拾了起来，塞到顾小春的手里，他压低声音道："我算认识你了，顾小春，你有种！"

随后，他鞠了一躬，对顾小霜道："顾小霜，对不起，我不是有意要打你的，请你原谅我！"

顾小霜转过头，看着紧皱眉头的顾玉全，父亲对她使了个眼色，她知道，父亲想要息事宁人，让她们早点回去，不想让她们惹事。顾小霜便道："好，我接受你的道歉。"

"下一次，你若再敢欺负我弟弟妹妹，可没这么容易！"顾小春眼神凶狠地瞪着张德友，一字一顿地放下狠话，"到时候，不是你死就是我亡！"

经过这一次，那几个经常欺负顾小霜的熊孩子，再也不敢欺负顾小霜了，因为她有一个心狠手辣的姐姐，小小年纪，敢跑到别人家里去教训别人家长。经过她这么一闹，那些熊孩子都免不了被爹妈臭扁一顿。

自此，顾小春的泼辣就出了名了！

村里的人把顾小春当成一个另类，看见她就指指戳戳。一个女孩子家家的，就有当泼妇的潜质，长大以后，谁敢娶她当媳妇？！

顾玉全更坚定了娶老婆的决心，因为没有老婆，就连村里的孩子都开始笑话他了。他把这一切的不顺，都归结于"光棍"这个不光彩的身份。他觉得，因为没有老婆，他的日子才过得一团糟。

那三个熊孩子的面貌变得有些可怖，在他的脑海里不停地闪回，他甚至有些怕，"怕"这个字让他感觉到羞耻。他不知道该怎么解决这些问题。

他不敢出头，宁愿做一只缩头乌龟，忍气吞声。

他认为，只要忍，事情总归会过去。

因为没有老婆，他一直是被人嘲笑的对象，他直不起腰来，说话也不硬气。他一直都是笑脸迎人，从不会生气也不敢生气的。

从田里干活回来的顾母得知顾小春所做的一切，说："小春做得对呀，这件事情本来应该由你去做的，玉全哪，你就是太软弱了，我要强了一辈子，怎么生了你这样窝囊的一个儿子呀！"

顾玉全不想听母亲唠叨，丢下碗筷进屋了。

顾母对着三个孩子道："就应该像你姐姐这样，咱们才能没人敢欺负！"

顾小春微微仰头，眼神中尽是倔强，她一字一顿地道："人不犯我我不犯人，人若犯我我必犯人！"

"文绉绉的，奶奶听不懂。"张银花给顾小春夹了一筷子炒豆芽，接着说，"快吃，小春多吃一点！"

顾玉全把所有的存折翻出来，数了数，家里所有的积蓄，也不到一万元，因为这三个孩子，他已经多年没有出去干过活了，就指着地里那点粮食的收入，根本挣不了几个钱。

邻村刘柱说要给他介绍个云南媳妇，先给五千见面礼，给了见面礼才能再见人。

顾玉全把这事跟顾母说了，顾母不同意，觉得刘柱不靠谱。

顾玉全不听母亲的劝阻，拿出五千元钱给了刘柱，刘柱领着顾玉全去见了一个女的，那女的虽然比不上程晓莲漂亮，但也还算顺眼。刘柱问顾玉全相中没有，顾玉全点头如捣蒜，说相中了，就这个吧！

刘柱让顾玉全拿一万元钱的彩礼钱，他们就算订婚了，这女人也就是顾家的人了。

顾玉全之前给了刘柱五千，哪里还有一万元，他便道："你看，我之前不是给了你五千元，现在哪里还有一万元，我手里只有五千元这么多了，能不能便宜点？"

"五千元那是见面礼！"刘柱白了顾玉全一眼，道，"因为都是一个镇上的，才要你一万彩礼，别的庄上都两万哪，已经跟你少要了五千了！你以为这么年轻的那么好找呢？见面礼可不退的啊，你要就要，不要可就许卖给别人了！"

顾玉全忙说："别呀，我找人借一借，借一借！"

正当顾玉全忙着借钱的时候，他碰巧遇见同村的光棍李老汉，满面春风地去看媳妇，顾玉全好事儿，跟着李老汉一同前往，才知道自己被刘柱骗了，李老汉看的女人，跟顾玉全看的，是同一个！刘柱用那女的当道具，哄了好几个光棍掏见面礼了。

李老汉听顾玉全说清来龙去脉，两个人一起去找刘柱要钱，刘柱好言相劝，推诿一番，说过几天就把钱还给他们。顾玉全和李老汉哪里肯信，他们当晚就住在了刘柱家里，谁承想刘柱当晚趁上茅房的时候，就翻墙逃跑了，也顺道领走了那个云南女人。

自此，刘柱杳无音信，几年都没敢回老家。顾玉全给出去的那五千元钱自然也打了水漂。后来他们才知道，那个云南女人，是刘柱从外面谈的女朋友，俩人都在外头登记结婚了，唱双簧骗钱呢！

顾母埋怨了顾玉全一阵子，顾玉全知道自己被骗了，任凭顾母数落，不吭一声。

经过这么一次折腾，顾家就更没有家底了，除了那几亩地，可真算得上是一贫如洗了。

十年前，顾家的房子还算是好的。现在呢，邻居们都翻盖了房子，家家都比顾玉全家气派，顾玉全的房子老了，每天夜里掉土，还有飞虫来回窜，经常把胆小的顾小霜吓得大呼小叫，顾玉全没好气地说："叫什么叫，没见过虫子呀，真是大惊小怪的，烦都烦死了！"

顾小霜扑进姐姐怀里，说："如果我们快一点长大该多好啊，我希望早一点嫁出去，这日子太难过了，为什么别人家里干干净净的，我们家里永远那么多的虫子飞来飞去，晚上屋顶还掉土，下雨天漏雨，我都怕房子塌了，把我们一家都埋在里头……"

"会好的，一切都会好的。"顾小春只有这样安慰妹妹，因为她自己也很迷茫，这样穷苦的日子，好像一眼看不到未来。

借钱

顾玉全觉得他这一生过得这么难，连个老婆都没有，都是因为这三个孩子的拖累，每次喝完酒他都会埋怨。

顾小春和顾小霜读初中的时候，顾母就对顾玉全说："别人家女孩都开始挣钱了，不挣钱的也放牛放羊呢，女孩子家，读那么多书有什么用，浪费家里的钱，况且咱家里现在也没钱。读再多的书，到头来还不是嫁到别人家里去生孩子，十几岁了，也该为家里分担点儿负担了！"

顾玉全很赞同顾母的话，就把顾小春和顾小霜叫到一起，说了这一决定，顾小春坚决反对，她说："我若是学习不好也就罢了，我在班里前三名，你干吗不让我读？"

"邻居家小红去年就不读了，一年给家里寄好几千呢！一个女孩子家，读那么多的书有什么用？这个事情就这么定了！非下学不可！"顾玉全态度十分强硬。

顾母也说："小春呀，女娃娃哪，读那么多书没有用，能当吃还是能当喝啊，到最后还不是得嫁到别人家里去生儿育女，不如早一点下学，挣点钱，穿点好的吃点好的，也给家里减轻点负担呀！你怎么这么不懂事呢？！"

顾小春反驳道："奶奶既然你这么说，为什么弟弟可以读？女孩子怎么了？女孩子哪里比男孩子差了？"

"你还是小了，等你长大就明白了，一个家，还是靠男人来支撑，女人，做好自己的本分，在家生儿育女做饭洗衣，孝顺公婆，这一辈子就算完满了！"

"奶奶，我一直以为你最疼我的，我现在算是看明白了！"顾小春道，"你根本就不疼我，你心里只有顾彦早一个孙子，你从来没有把我和妹妹当家人，我们上学浪费你的钱了是吧？你放心，我以后一定会还给你的！"

"小春，你怎么跟奶奶说话呢！"顾玉全扯着嗓子教训道。

顾小春瞥了顾玉全一眼，扭头便走了。

"这孩子！"顾玉全指着顾小春道，"从小就犟，一点都不听话！早知道，小学就不该让她念！"

"认点字也好，比睁眼瞎强！"顾母道，"一个字不认识，出门要被人骗的。现在学那些，也够用了！"

顾玉全彻底断了她们姐妹的学杂费，任凭顾小春怎么哭怎么求，他都无动于衷。

顾小霜就没有那么犟了，她老早就把自己的东西全都收拾回来了，去田野里放牛。

村里人对顾小春指指戳戳，说她像她爸一样懒，妹妹都在家里放牛帮家里干活，她跑去学校享清闲。

顾小春一个人跑到田里去捡麦穗，卖了麦穗也不够学费，她不得不含泪离开了校园。她初中没毕业就进了村里的地毯厂上班，说是地毯厂，实际上也就是一家个体户，里头做工的女孩子不过几十口人，一天的工资最多几十元，织得慢的，一天也就几元钱而已。

村里几乎所有不上学了的女孩子，都在这里做工。

一是因为离家近，二是因为村里实在没有多少可以供女人赚钱的项目。

同一个生产间里，有七八个女工，其中有一个小女工特别的显眼。

因为她只有七八岁，别的孩子都还在上学，而她则在这里学织地毯。

这里的女孩子，很多只有小学文化水平，像她这样小学都没读的几乎没有。

顾小春见过她的父亲，对她态度很不好，嘴里骂着把她赶来的，她每天都在哭，一直哭到吃中午饭，生产间里的女孩子们都在笑话她，称她为傻英子。

顾小春看在眼里，觉得心寒。

一个叫小娥的女孩最过分，她从地上抓了一把线头，仰首挺胸地走过去，一只手摁着英子的头，一只手把线头均匀地撒在了英子的头顶，全屋的人看着像只红公鸡一样滑稽的英子，哄堂大笑起来。

英子咧着嘴大哭起来，她的眼睛是肿的，自从来到这里，她从来没有笑过。

顾小春上前，推了小娥一把，说："你以为你比她高贵得了多少，你嘲笑她没有学上，七八岁就在这里做工，你不也一样初中没念就在这里做工，一百步笑八十步罢了，你觉得她的父母不够疼爱她，勒令她在这里赚钱，你的父母爱你，为什么不供你上大学呢？"

小娥哑口无言，好半天才反应过来，她扬起巴掌，想要打顾小春，却被顾小春紧紧攥住了手腕，被她甩开了，顾小春道："很多人都能看清别人，唯独看不清自己，都是可怜人，省省力气，过好自己的日子吧！"

小娥却记了仇，跟自己的父母说顾小春欺负她。小娥的父母找到地毯厂的老板娘，送了点礼，说了许多顾小春的坏话，搅黄了顾小春的工作。

顾小春被辞退后，遭到顾玉全的呵斥，他责怪她不该多管闲事，为了一个爹不疼娘不爱的英子，丢掉了工作。

顾小春不以为然，她说："我要离开乡下，去城里，这辈子都不想回来！"

顾玉全觉得顾小春只是说气话，并没有放在心上。

不久后，顾小春跟着去城里打工的同乡，一起去了城里。

顾小春进了一家工厂里做工，加上加班费一个月挣一千来元钱。

她每个月往家里寄一千，只留一二百自己花，吃住全都在厂子里，尽量不花钱。

顾玉全一看女儿一个月往家里寄那么多钱，想把二女儿顾小霜也赶紧送进城，因此，他专门给顾小春打了一通电话，希望她能请假回来，把顾小霜带走。

顾小春在电话里说："爸，不是我不让她来，是因为小霜还不够十六周岁，不够十六周岁工厂是不敢收的，雇佣童工是非法的，这里是城里，不是乡下。"

顾玉全有些闷闷不乐，他道："那等两年，等两年你把妹妹也带出去，出去长长见识！"

"我知道了爸！"顾小春说，"电话费挺贵的，挂了吧。"

顾小霜在家里放了两年牛，顾玉全特意数着日子，待她到了十六周岁，就把她也送到了城里去打工。

他现在只要每个月到日子数钱就行了，不但顾彦早的学费解决了，他的吃喝也紧接着上了一个档次。

顾母张银花生怕顾小春和顾小霜在外头时间长了，长了心眼，自己留私房钱，便勤打电话，诉说顾玉全这些年因为养育他们多么多么不容易，家里多么多么缺钱，反复叮嘱这对小姐妹好好孝顺父亲，一定要按时寄钱。

每次女儿们往家里汇款，都是村长在喇叭里喊顾玉全的名字，让他去村长办公室拿汇款单。

这下子，全村都知道顾玉全有两个有出息的女儿，每个月寄不少钱回家。

顾玉全的腰杆都直了起来，村里就有些有心人，看见他一顿吹捧，接着就问他借钱，他这人性格软，又不善于拒绝人，就把钱给借出去了，借的时候他也后悔，但是又不好意思说"不"。

待到儿子读书要学费的时候，他抠抠搜搜半天拿不出钱来，又想推卸责任，便说："你姐姐好几个月没往家里寄钱了，我哪儿有钱啊？"

顾彦早不信，他道："我怎么听见村子喇叭里喊你名字了，我俩姐姐每个月寄两千多，你都拿去干什么花了？"

"那是你听错了，你姐确实没寄钱，你又不是不知道你大姐，从小就不听话，现在你二姐也听她的，几个月没寄钱了！"顾玉全一本正经的，说得像真的一样。

"爸，你若这么说，我就打电话问问我姐！"顾彦早说着起身，就要去小卖店打公用电话。

顾玉全连忙上前，一把拽住了顾彦早，他叹了口气说："寄了寄了，你姐寄了！都怪我，村里有人跟我借钱，我一时不好意思拒绝，就把钱给借出去了！"

"爸，你全借出去了啊？"顾彦早说，"你借给谁了啊？"

"陈大胜，还有村头的你表叔……"

"人家哪个不比你有钱啊？爸，你怎么能把家底全借出去呢？"顾彦早的声音不由得提高了几个分贝。

"人家又不是不还，借都借了，你就别叨叨了！"顾玉全反驳道。

"哪有你这样当爹的啊！"顾彦早把手里的书一丢，气不打一处来，"我姐辛辛苦苦赚钱，省吃俭用寄回家，是为了我们家能过得好一点，不是让你出去充冤大头的！你总得留一点学费给我吧？不上了，这学我不上了！"

顾母张银花端了饭菜过来，问明缘由，训斥了顾玉全一顿，然后对顾彦早说："我去帮你把钱要回来！"

顾母找了陈大胜，也找了那个表亲，陈大胜只还了一千，说剩下的两千过年再还。他拿去给工人开工资了，现在没有钱还。那表亲呢，说钱都买树苗种上了，没有钱还，顾母再要，那表亲就态度很强硬地说："我都说了过年再还过年再还，刚借到手的钱，怎么转天就往回要呢？我又不是不还给你们，做人怎么能这么差劲呢？你非要现在要的话，要钱没有，要命一条！"

"我说他表叔，你怎么能这么说话呢？"张银花指着他表叔呵斥道，"你也知道，玉全一个人拉扯三个孩子有多么不容易，孩子连上学的钱都拿不出来了，你不搭把手帮一下也就算了，怎么还想着去骗他的钱呢？"

他把眉毛一挑，唇角一扯，嗤之以鼻地一笑，道："我没有骗呀，我这是借，我凭本事借来的钱，谁说是骗了？"

"人心坏了，真是人心坏掉了！"张银花气得一屁股坐在地上，她捶着大腿哭喊道，"顾玉全啊顾玉全，你怎么这么不让妈省心呢？妈帮着你照看这个七零八碎的家，真是操碎了心哪，还有孩他表叔这个杀千刀的，是想要把我气死在他们家门口呀！老头子，你怎么走得那么早啊，让我一个人在这世上受尽了苦楚啊，人家都欺负到咱头顶上来，骑到我脖子上拉屎了，你可让我怎么活呀！"

那表亲一看顾母这架势，这是要在家里哭丧啊！他怒目圆睁，"腾"地一下站起身来，冲过去，把顾母从地上拽起来，给哄了出去，他连推带踹的，像拎小鸡一样地把张银花给扔了出去，然后"哐当"一声把大门关闭，从内反锁。

"走，赶紧走！"表亲站在门内吼道，"我没钱还你，你有本事告我去呀！"

"你竟敢把我丢出门外，我一定会告你的，你等着瞧！"张银花窝了一肚子的气，急匆匆返回家中，问顾玉全要借条。

顾玉全一脸懵圈地反问："借条，什么借条？"

"你借给你表弟的五千元钱，借条拿出来！"张银花的声音发颤，伸出去的手也在不停抖动着。

"没……没有借条！都是亲戚，哪好意思让写借条！"顾玉全说，"妈，你要借条干吗？做人都是凭良心！"

"他若是有良心，就不会把你妈给丢出门外！"张银花气愤地把桌子拍得啪啪直响，"怪不得他跟我说话那么硬气呢……你真是个败家子，败家子呀！"

顾玉全一声不吭，这是他的一贯作风。

顾彦早连忙过去劝慰张银花，让她消消气。

张银花把从陈大胜那讨回来的一千元钱塞给了顾彦早，让他拿去交学费，剩下的钱自己放好，留着上学用。

张银花身体一直健康，经过这一气，竟然得了脑血栓，一病不起，瘫痪在床，没几日就病逝了。

临死前，她还抓着顾彦早的手，念叨着顾玉全借出去的那些钱，希望孙子能把那些钱给要回来，她是真心疼那些钱。

这些年，顾玉全作没了不少钱，张银花也实在是操不起那个闲心了，不如腿一蹬眼一闭就这么去了心静了。她唯一放心不下的，就是这个孙子了。孙子还没成年，还有一个这么不省心的父亲拖累，他会不会也像他爹一样娶不上媳妇，打光棍啊！

闭眼前，张银花也没叫儿子顾玉全到跟前，可见她对儿子的怨气有多深。

顾小春和顾小霜请假回家奔丧，顾玉全叫了她们的堂哥顾少林开着拖拉机去村头接她们。

路上，顾少林不客气地说："我叔奶奶去世了你们才知道回来呀，二叔叫我开车来接你们，我一听是顾小春顾小霜你们俩，我都不想来接你们知道吗？一年到头的也不往家里寄几回钱，彦早的生活费都得问我借！二叔家的房子老得都不行了，快塌了，你们就不怕哪天下雨房子塌了，把我二叔砸死在里头？"

顾小春疑惑地望着顾玉全，道："爸，我们寄给你的钱你没收到吗？堂哥怎么这样说？"

顾玉全眼睛一闭，连忙摆摆手，说："别说了，都别说了，回家再说，回家再说！"

拖拉机卷了一路的尘土，在顾玉全的家门口停了下来。顾小春抬头仰望着自己家那扇破败不堪的木门，斑驳的木门上铺满了白布做成的花，长长的白布一直垂到了地上。院里头哭声动天，悲痛的哭声传出去二里地远。顾小春这才意识到，奶奶真的没了，她们姐妹俩，没能见到奶奶的最后一面。

姐妹二人在棺材前跪下，痛哭不止。

到了晚上，来奔丧的客人都散去之后，他们一家人才有机会围在一起说话。

顾小春扯住顾玉全的胳膊，瞪着他，道："爸，你说清楚，我们怎么没寄钱了？我跟小霜一块儿寄的钱，钱都上哪儿了？"

原本蹲在地上的顾彦早抬起头，仰望着顾小春，说："爸又在外面败坏你们名声了？"

姐弟三个进了里屋，顾彦早倒了几杯水，递给姐姐们，他说："奶奶就是因为这件事气出病的，你们也不是不知道爸的脾气，性子软，做事没有担当，总喜欢推卸责任。他把钱借出去了，手里没有钱，就说你们没有寄。"

顾小春一跺脚，说："爸，你怎么能这样呢？你知道我们姐妹两个在外面有多么不容易吗？我们一直吃工厂食堂，从来都不敢买零食，一直穿这么土的衣服，从来没有舍得给自己买衣服，只留一点点少得可怜的生活费，钱都寄给你了！你怎么能充大款，往外借钱呢？彦早还小，他还要读高中读大学，你把钱都挥霍完了，他怎么读书呀？弟弟不能再像姐姐一样，没有文化，这样出去只能做一个被人瞧不起的打工仔！"

顾小霜上前，拉了姐姐一把，说："姐，你别激动，先问问爸，他把钱借给谁了，我们去把钱要回来！"

顾彦早说："奶奶去要过了，爸连借条都没让他们写，怎么要呀，只能凭良心了！"

"万一人家不跟你讲良心呢？"顾小春说，"爸，你以后能不能别再做这些蠢事了？以前就因为你要续弦，被人骗了多少次了？为什么你到现在都不改呢？"

"别说了！"顾玉全硬气起来，他指着顾小春道，"你们回来，是给奶奶奔丧的，不是回来教训你亲爹的，不论我做错了什么，都是你们的亲爹，你这样跟我说话，就是大逆不道！猪狗不如！"

"爸，你……"顾小春气得眼泪都掉出来了，"好，我们管不了你，你爱怎么样就怎么样吧！"

"爸，你以后别往外借钱了好吗？"顾小霜说，"我们没有文化，赚那一点点钱，每天都要加班到很晚，我们舍不得吃穿，都是从牙缝里省出来的。"

"顾小春，从小你就对我不孝敬，跟我对着干，哪一个做儿女的像你这样跟父母顶嘴的？"顾玉全跺脚道，"我一把屎一把尿把你们拉扯大容易吗？！"

"爸，你做错了，还不能让人说话吗？"顾小春转过头，用泪眼望着父亲，道，"这些年如果不是舅爷爷接济我们，奶奶管着你，指望你这个酱油倒了都不知道扶一下的懒汉，我们三个能活到今天吗？"

"顾小春你……你，你……"顾玉全被顾小春戳到了痛处，咆哮起来，"我为了你们三个，一辈子都不幸福，没有娶老婆，就为了你们三个，一生都毁了，你怎么能这么说！"

"我妈不是你老婆吗？"顾小春火气上来了，她的语气变得有些咄咄逼人，"若不是你为了生儿子，你老婆现在还在呢？你以为我们愿意做你的儿女吗？"

顾彦早的表情有些痛苦，他咳嗽了一声，道："姐，别说了行吗？我知道我不该出生，那样妈就不会那么早就去世了……"

顾小春心情糟糕到了极点，她吼道："姐不是那个意思！"

生顾小春和顾小霜的时候，程晓莲还在，而顾彦早一出生，程晓莲就没了。

顾彦早跟父亲的感情算是最深厚的，因为他是在父亲怀里长大的，所以顾小春说的那些话，他并不赞同。

顾彦早说："爸虽然有错，但你也不能这样跟爸说话。可能你们是不记得了，但是我记得，我是爸从小抱到大的。是人都会犯错，你们别这样对爸好吗？"

顾小春转身，拂袖离去。

顾小霜也追了出去。

趁着月色，姐妹二人在村子里漫无目的地闲逛了很久。踏过熟悉的小路，她们想起许多小时候的事情。

顾小春道："我还记得妈走的那年冬天，我穿着单鞋，你穿着单裤，我们跑到邻居家里看电视，邻居大婶说我们怎么穿那么少，一个男人就是不知道照顾孩子……后来奶奶给我们缝了衣服鞋子，虽然没有邻居孩子的好看，但是至少不挨冻了。"

"我不记得了……"顾小霜茫然地摇摇头。

"那时候你还小，不到三岁。"顾小春苦笑一声说，"我记得，我永远都记得！"

"舅爷爷，每次来看我们，都拿一大包的旧衣服过来，想想小时候，真难啊！哪有什么美好的童年，回忆起来全都是苦。"顾小霜叹了口气说，"还好，现在我们都长大了。只要我们肯努力赚钱，供弟弟读书，一切都会好起来的，弟弟那么聪明，一定会出人头地的！"

"嗯！"顾小春点点头，说，"但是以后寄钱，不能全部寄给父亲了，他根本就靠不住！"

"姐姐的意思是？"

"可以直接寄给彦早。"顾小春说，"但是也不能一点都不管咱爸，也得给他寄些生活费。"

"嗯！"顾小霜用力地点点头。

顾母张银花下葬以后，顾小春和顾小霜一起回了城。

初见

第四章

顾小春所在的工厂效益越来越差，已经有三个月没有开工资了。

因为连续几个月没有往家里寄钱，顾玉全接连打了好几个电话给顾小春，斥责她不寄钱。

下了班以后，顾小春连晚饭都吃不进去，她对顾小霜说："小霜，你说咱爸是不是有病？我都跟他说了，是因为厂子效益不好，几个月没开工资了，我总不能去抢钱寄给他吧？他怎么一点都不讲道理呢？"

"爸可能对我们不满吧，因为我们把大部分钱寄给了弟弟。"顾小霜咬着筷子说，"而且这三个月没有开工资，也没有钱寄给弟弟了……也许他们怀疑，我们不想寄钱给他们，所以才在电话里发火！"

"我们出来这么些年了，有一点点积蓄吗？"顾小春哽咽道，"我们连一件好看的衣裳都不舍得买是为了谁？爸真是太让人寒心了！"

"爸没有见识，姐你别跟他一样！"顾小霜劝慰道。

"这样下去也不是办法呀！"顾小春说，"不然我们辞职吧！"

"姐，辞职以后，住哪里？"顾小霜瞪大了眼睛，望着顾小春，"在这个城市，我们人生地不熟的，也就对这家工厂附近熟悉一点，辞职以后，我们拿什么养活自己呀？"

"要么先请几天假，在附近找找看，如果有合适的工作，马上辞职！"顾小春说，"再这样下去，我们自己也要没钱花了！"

"嗯！"顾小霜用力点点头。

这时候，同宿舍的丁茉莉用筷子挑了挑碗里的泡面，吃了一口，道："你爸多大岁数了？天天要钱，真让人受不了！"

顾小春撸掉自己的套袖，说："不到五十……"

"要我说，你们就不该给他，他很缺钱吗？没有钱买饭吃吗？就算需要儿女养老，也还不到岁数吧？"丁茉莉摇摇头，说，"我爸妈给我打电话，从来都是问我钱够不够花，不够给我寄一点，见识了你们的父亲，我才知道我爸妈对我有多好，我以前真是太不知道珍惜了，等过年回到家里，我得加倍对我爸妈好！"

"也不是……"顾小霜嗫嚅道，"我弟弟上学需要花钱，他马上就要高考了，上大学花不少钱的……你也知道，种地赚不了几个钱的。"

"一个家，指望女孩子挣钱？"丁茉莉又摇了摇头，道，"幸好我是独生子女，如果我有几个弟弟妹妹，还真说不准我爸妈能不能像现在这样疼我！"

"那你干吗不读书，跑这里来打工啊？"顾小霜好奇地反问。

"我不想念！"丁茉莉端起汤碗，喝了一大口面汤，说，"我一到上课就打瞌睡，老师一讲课，比什么催眠曲儿都管用！我学习不好，我妈想给我花钱买进大学，我不想去，我想见识见识外面的世界！谁知道外面的世界这么残酷呀，没有学历，只能进工厂，连做个小小文员都要中专以上学历！"

丁茉莉摇摇头，说："我也在这里待够了，三个月不开工资了，也不知道以后还能不能开出来了，不然，等你们出去找工作的时候也带上我？"

"附近的工厂也有不少，就是不知道招不招工，等明天我们一起去看看！"顾小春说，"既然你也想去，那我们就一起！"

第二天，顾小春三人便沿途寻找合适的工厂，她们原来的工厂是做工艺品加工的，她们有这方面的工作经验，所以也想找个同类工厂。

怎奈，三个人从早上走到中午，也没有找到一家工艺品公司。

途中所见的，大多有玩具工厂、服装厂，她们之前没有做过此类工作，不懂缝纫机，进去面试也会被婉拒。

中午，三个人找到一家馄饨店歇脚，每人叫了一碗馄饨，一边吃着，一边说着下午的打算。

出门的时候，她们看见馄饨店门口贴着一张招工启事，上面写着：招工，熟练工艺品女工，串珠，贴钻石，手链项链首饰加工，包吃住，月工资一千二至两千五，加班有加班费，地址：T 市王坡村 225 号，电话 136xxxx3687。有意者面谈。

三人相视一笑，真是踏破铁鞋无觅处，得来全不费工夫。

这个村就在附近，走着过去也就一两个小时的路程。三人徒步过去，沿途问路，终于找到了王坡村，村子很偏僻，一眼望过去，一片荒凉，四周都是特别古老的土房子，T 市应该还没有开发到这里，周围一栋楼房都没有。

丁茉莉撇了撇嘴，嘟囔道："这鬼地方，什么工厂开在这里呀？难道驻扎在农户家里？"

"225 号在哪儿？"顾小霜也自言自语道。

"前面有人，我们过去问问。"顾小春道。

对面走过来一个四五十岁的农妇，顾小春上前，问道："我们方才在路上看见招工启事，王坡村 225 号招女工，请问大婶，225 号是哪一家？"

农妇的神情有些古怪，她机警地上下扫量了一下她们，眼睛滴溜溜乱转，她说："我带你们去，就在对面胡同里！"

顾小春三人尾随农妇走向路的对面，农妇带着她们穿过一条狭窄的胡同，来到一个破败的小屋门前，停住了脚步，她"哐当哐当"急促地拍打着木门，嘴里喊着："老王，快点开门啊，老王，快开门——"

顾小春立马就意识到了不对，三个人对望了一眼，交换了眼神，顾小春道："快跑！"

三个人撒开丫子没命地奔跑起来，头也不敢回。她们顺着原路，连着拐了好几个弯，确定身后没有人跟着，才停下脚步喘口气。

顾小春手心发汗，心脏"咚咚咚"跳得像敲锣打鼓一般。她转过身，望向身后，那个农妇没有追上来，她毕竟年纪大了，根本跑不过年轻人。

"好险！咳咳……"丁茉莉捂着胸口，剧烈咳嗽着，"老娘差点被人拐卖了，他奶奶的，好险好险，幸亏我们跑得快！"

"以后这么偏僻的村子不敢来了，姐，吓死我了，我的心现在还提在嗓子眼儿呢！"顾小霜的额头布满了细密的汗珠，她是真的后怕呀。

顾小春弯腰，拍打着胸口，喘着粗气道："都怪我，途中就应该反应过来，这么偏僻的地方，根本就不可能有工厂。"

天色渐渐暗下来，她们还没有走到市区，顾小春道："我们还是跑着回去吧，不到市区，我心里不踏实，害怕出事！"

三人点点头，一路跑着回到市区，到了市区的繁华路段，即便是夜深了，她们也不怕了。

"我们回来了！"丁茉莉大喊，"真刺激！"

"若是真的被人拐卖了，就不是刺激，而是悲剧了！"顾小春说，"我们应该吸取这次的教训，避免此类事情的发生！"

"对！"顾小霜也附和道。

顾小春停住了脚步，指着市区马路对面的一个小树林，对她们说："你们还记得上个月，这个小树林发生的那起命案吗？"

"记得！"顾小霜和丁茉莉一齐点点头。

丁茉莉幽幽地说："鞋厂的一个女工，夜里从这里走，被人强奸，双眼被剜，横尸在小树林。"

"现在是深夜，我们只走大路，不要图近便而走小路。"顾小春说，"经过这一天，你们也知道，找份合适的工作多么不容易，我也担心我们姐妹两个都辞职了，会饿死街头，留在原来的厂子里，起码还有地方住，有口饭吃。所以，我不希望妹妹你去冒险。我必须去尝试改变，我们不能一起在这里等。还有茉莉，你从小没有吃过苦，我不建议你跟我一起辞职，万一一直找不到合适的工作，我怕你受不了苦。"

"姐，你也见识了，这世上有好人，更有人心险恶，还是不要辞职了！"顾小霜不无担忧地说，"老板也承诺过，晚一点，工资会发的，你不要去冒险了好不好？我们身上都没有钱，你找不到工作，住哪里啊？"

丁茉莉道："流浪的生活呢，刺激是刺激，但是冒着生命危险去寻刺激还是算了！周围我们都转遍了，工作哪是那么好找的？我还是喜欢做工艺品，不喜欢踩缝纫机！"

"咻——"摩托的急刹声传来，几个戴着头盔骑摩托车的男人停在了她们的面前，为首的一个摆摆手，摘下头盔，冲她们喊道："要不要坐车，我们带你们！"

"不要钱啊？"丁茉莉喊了一声。

"不要钱你们敢坐吗？"男人扑哧笑了一声。

顾小春摆摆手，道："不坐，我们已经到了。"

那几个骑摩托车的男人这才离去。

丁茉莉摇摇头，一笑道："姐你太紧张了，他们就是开摩的的，比的士稍微便宜一点。"

"经过今天下午那一回，我算是怕了！"顾小春道，"还有十几分钟就到工厂宿舍了，也没必要坐他们的摩托车，我们去买点吃的，然后就回去休息吧！"

三人去附近的商店买了点方便面香肠之类的，便回工厂宿舍休息了。

顾小春辞职了，剩下的三个月工资，如果以后开支，她让妹妹顾小霜代领，如果公司不允许代领，顾小霜会通知她，让她回公司领。

顾小春坐公交去了更远一点的地方寻找工作，依旧无所获。

她只得在原工厂附近租了一间简易房，付了一个月的房租。付完房租，她身上只有仅剩的一百元钱了，她不敢多花，买馒头吃咸菜，大锅菜都不舍得买。她不想跟父亲要钱，也从来不相信父亲会给她寄钱。

妹妹的处境和她相同，但是妹妹住在工厂宿舍，工厂提供免费餐食，吃得好赖暂且不说，起码不会风餐露宿饿死街头。

她无依无靠，只有靠自己。

顾小春很快就花光了身上仅剩的一百元钱，当她身上只有两元钱的时候，她开始变得焦虑。

这天，顾小春走在寻找工作的途中，突然天色大变，刮起了大风，下起了大雨。路边的大树纷纷摇晃着脑袋，墨绿的树叶在风中瑟瑟发抖，地上的花草扭动着纤细的身躯，豆大的雨点砸在她的身上，令她感觉到窒息般的痛和冷。她没有带伞，浑身都湿透了。她浑身发抖，嘴唇青紫。因为连日来的奔波劳累，加上低落焦虑的情绪，她眼前一黑，在街头晕倒了。

路上，只有来来往往的车辆，行人很少。

这么大的雨，行人都躲起来了。

她双眼蒙眬，透过被雨水打湿的睫毛，望着这个模糊的世界，仿佛一切都静止了，只剩下风声和雨声。眼皮如此沉重，她又冷又累，好想睡一觉。

恍惚中，她觉得自己被人横抱了起来。一股淡淡的木质香气，钻入鼻中。那股淡淡的香味，沉稳中带着清新，似薄雾中隐隐闪现的森林。

她一定是在做梦吧，她双眸紧闭，挂着水珠的睫毛微微颤抖着。她梦见自己在森林中奔跑，前方一只色彩斑斓的小鹿突然映入眼帘，奔跑着的小鹿突然停住了脚步，转过头望着她，她一时收不住脚步，与小鹿撞了个满怀。

顾小春突然惊醒，她瞪大了眼睛，赫然看见一张帅气年轻的脸，出现在自己的面前，一双陌生的、碧潭一般清澈的眼眸，正深深凝视着她。

她这才意识到，自己躺在一张并不熟悉的床上，待在一个并不认识的陌生男人家里。

"你……你是谁？"顾小春连忙攥紧被角，紧张而又警惕地望着他，"你想干什么？"

男人起身，后退了两步，说："你别紧张，我方才出去送货，看见你一个人倒在马路上，担心你出什么意外，就把你带回家了，我给你量过体温，你发高烧了，不过没关系，吃一点药就好了！"

"这是哪里，我要回家！"顾小春并没有因为他的话而放松警惕，她起身，穿上鞋子，准备夺门而逃。

可是她的身体并不能完成大脑发出来的指令，她头重脚轻，眼前天旋地转，一头栽倒在了地上。

"你发高烧了，肯定会头晕，不要乱动，吃了药就好了。"男人蹲下身体，把她扶了起来，接着说，"你有没有家人的电话号码，告诉我，我打电话让他们来接你！"

顾小春用手揉了揉自己的太阳穴，转眸，望着他，他看起来模样清秀，行为举止得体绅士，并不像是坏人。

她摇摇头，说："我的家人都在乡下，你打了他们也不能赶过来。小病而已，不用告诉他们，徒增亲人烦恼，他们也帮不上什么忙。"

顾小春被他搀扶着重新躺下，他倒了杯水，取了药过来，递给她。

她接过水杯，将药一口服下。

她不好意思地笑笑，说："谢谢你，我还不知道你叫什么名字呢？"

"不用这么客气。"他笑了笑，露出洁白的牙齿，说，"我叫陈永昌，二十一岁，你呢？"

"真巧，我也二十一岁！"顾小春笑笑，伸出手，说，"我叫顾小春，认识你很高兴！"

陈永昌伸出手，和顾小春握了下手，说："你现在好些了吗？等雨停了，我就送你回家。"

顾小春羞涩一笑，点点头。

窗外依旧是淅淅沥沥地下着小雨，没有停下来的意思。雨水落在地上，发出"沙沙沙"的声响，在平静祥和的夜里，像一首来自天籁的催眠曲。

感冒药里大多都有安眠的成分，顾小春斜靠在床头，不一会就眼皮打架，不知不觉就睡着了。

陈永昌见顾小春睡着了，便起身，为她掖了掖被角，蹑手蹑脚地走进客厅，蜷缩在沙发上睡了。

第二天一早，陈永昌就跑进厨房做早点了，煎蛋的香味儿传进卧室，把顾小春从梦中唤醒。

她揉了揉眼睛，伸了个懒腰，望着这陌生的房间，才恍然想起来，她这是睡在陈永昌的床上，昨晚她根本就没有回家。

顾小春起身，整理好自己的衣服，喊道："陈先生——"

"你醒了？"陈永昌端着一盘煎蛋走出厨房，他微微一笑，道，"好些了吗？对了，昨晚原本想要送你回家的，可是雨一直都没有停，下了一夜，我看你睡着了，所以就没有叫你。不过，你放心，我昨晚在客厅沙发上睡的！"

顾小春脸颊有些绯红，一个姑娘家，夜宿在一个陌生男人的家里，让她有些难为情。虽然陈永昌是个正人君子，可是她这么没有警惕心，躺下就睡，也太不应该了。

"不好意思啊陈先生，害你睡沙发……"顾小春欲言又止，"你睡得……还好吧？"

"除了腰有点痛之外，没什么事！"陈永昌道，"吃点东西，然后我送你回家，我上班时间也快到了。"

"谢谢！"顾小春坐下来，看见陈永昌走进厨房，端了一锅粥出来。

"我熬了南瓜粥，你喝一点，养养胃。"陈永昌盛了一碗，递给顾小春。

"谢谢！"顾小春用汤匙舀了一勺，送进嘴里，"嗯，好吃！现在会做饭的男孩子可不多！"

"其实我刚出来那会也不会做，但是总在外面吃也不是长久之计，就自己学着做了。"

吃完早饭，陈永昌带着顾小春下楼，开车将她送回了她的住处。

车子停下来的时候，顾小春说："留个电话吧，有机会一定请你吃饭！"

陈永昌在记事本上撕下一张纸，在上面留下了自己的手机号码，顾小春接过那张纸，下了车，与他挥手道别。

相亲

第五章

陈永昌把那包感冒药也送给了她，她站在那里，望着陈永昌的货车渐渐远去。

一个陌生人都可以对她那么好，为什么身为父亲的顾玉全，每次打电话除了提钱和埋怨之外，连一句问候的话都不会讲呢？顾小春思及于此，神色黯然。

她推开出租屋的房门，出租屋陈设简陋，十几平方米的狭小空间里，只有一张小床和一张掉了漆的旧桌子，别无他物。

她把药搁在桌上，掏了掏自己的口袋，里面除了两元钱和钥匙之外，没有什么值钱的东西了。

倘若今天再不去工作，她就只能饿死在这里了。想到这里，顾小春起身，大踏步走出房门。

不知不觉，来到附近的闹市区，顾小春看见几个年轻人在分发传单，有一份分到了自己的手中，她接过传单，上面赫然印着附近某商场开业，促销大酬宾的广告信息。

"你好，请问一下，你们发传单，一天多少钱？"顾小春问道。

发传单的年轻人看起来二十岁左右，好像是附近学校勤工俭学的学生。

分发传单的年轻人说："一天六十元，钱不多，工作时间不长，发六小时就行了。"

顾小春去了那家商场的办公室，找到了负责人，申请了这份兼职。

发传单虽然不是长久之计，但是总比闲着强，她没有资本等，每一口饭，她都要亲手去挣，她也没有人可以指望。

夕阳快要落山的时候，负责人给他们结清了当日的工资，顾小春把那六十元紧紧攥在手心。她以前对金钱毫无概念，工厂发了工资，留下一百二百的零花钱，全部寄给父亲。

现在，她要为自己打算了。她已经不小了，不能再稀里糊涂地过下去了。

顾小春低着头，眼睛盯着脚尖，走起路来没精打采的样子。

她并没有发现，陈永昌就站在她的家门口，他的手里拎着菜，唇角微微扬起，目光温柔地看着她。

陈永昌见她都要走到跟前了，还没发现他，便开口道："干吗这样一副失魂落魄的样子，有心事吗？"

顾小春抬起头，看见昨天邂逅的那个帅哥，神情有些讶异。对，就是那个叫作陈永昌的，就站在她的家门口，手里还拎着东西。

"你怎么在这儿？"顾小春愣了一下，随后笑道，"我们上午才道别……"

"哦，是这样，我原本也不想来打扰你，可是你的手机落在我家了。"陈永昌把她的手机拿出来，递向她。

顾小春拍了拍脑袋，摇摇头，道："我这脑子，怪不得一天都那么安静，原来手机忘在你那里了！"

"你不会现在才发现手机丢了吧？"陈永昌说，"现在能够离开手机一天的人不多。"

"没有什么人找我。"顾小春说，"除了我爸给我要钱的时候打一打，没有人会打给我。"

"我在来的路上，看见街上有一家烧烤店生意火爆，就顺便买了些烤肉和海鲜。"

"谢谢你，应该我请你才对！"顾小春说，"连着吃了你两顿饭了，我都不好意思了！"

"有什么不好意思的！"陈永昌说，"都是出来打工的，都不容易，我刚来这里的时候也一样，兜里就揣着一百元出来打工，后来身上没有钱，就睡马路边的长椅上，好面子，也不跟父母要，没钱买饭吃，饿得前胸贴后背，都硬扛着。还好，最难的日子都过去了。"

"都让你看穿了？"顾小春眼神落寞下来，不好意思地低下了头，幽幽地道，"我现在也一样，就差睡马路了。"

"困难都是暂时的，熬过黑夜就是黎明。"陈永昌激励她道，"如果你有什么难处，可以跟我说，能帮得上忙的，我一定会帮忙。"

顾小春穿的衣服很土，都是从乡下带来的，穿了几年了，没有破洞就没舍得扔。不是她不会打扮，而是为了省钱。

陈永昌一定是从那些蛛丝马迹中，发现了她的窘迫。

陈永昌借送手机的由头，带了晚饭给她吃，一定是因为可怜她。顾小春一向要强，想到这里，她觉得自己有些无地自容。

陈永昌把手里打包来的晚饭递给她，说："我今晚还要加班，到点了，就不陪你一起吃了！你说过的，等你有空了，一定要请我吃饭哦！"

不等顾小春回答，陈永昌径直走向货车，他打开车门，微笑着冲她摆摆手，驱车离开了。

顾小春打开那些打包好的饭菜，饭菜的香味儿扑鼻，勾起人的食欲。打包袋里有烤肉、辣炒蛤蜊、煮大虾、辣炒猪肝，还有一份凉拌海蜇和米饭，这些菜，一定花了他几天的工钱吧，他是一个好人。

顾小春把饭菜搁在桌上，给只剩下一半电量的手机充上电，然后掏出那张被她揉搓得皱巴巴的纸条，把纸条上那串数字存在了手机通讯录里，打上了他的名字——陈永昌。

顾小春正吃着晚饭，听见手机铃声忽然想起，她扫了一眼上面跳跃着的数字，知道是父亲顾玉全打来的。

她按了接听键，说："爸。"

电话那端传来顾玉全满是责备的声音："你们已经快半年没有寄钱

回家了，我也问过你弟弟了，你们也没有给你弟弟寄钱，你们到底是怎么回事嘛！"

"爸，我不是已经跟你说过了，工厂没有发工资，你为什么老是因为这个给我打电话呢？是我不想让他们发工资的吗？"顾小春顿时没了胃口，丢下筷子，道，"爸，你到底想要我们怎么样？"

"村里李霞，人家也是在外头打工，寄的钱都给家里盖了小楼了，你再看看你们！一点都不争气，真是太让我失望了！"

"李霞是做什么的，村里人不知道吗？你是不是希望我们姐妹两个像她一样，出去卖才开心呀？如果你希望这样，不要紧，我这就出去卖！"

顾小春只是说气话，但是没想到，父亲竟然一声不吭，难道真的希望女儿用堕落去换钱？

父亲的一声不吭彻底激怒了顾小春，她道："爸，既然你这样说，我们不如好好算一算账，我和顾小霜十六岁离开家，我们每个月分别给你寄一千元钱，现在我二十一岁了，小霜十九岁了，我们寄了多少钱给你？老家盖一栋平房多少钱，五六万就够了吧？我们姐妹俩寄的钱，少说也有十万了吧？就算盖小楼的钱不够，盖平房总够了吧？我们给你寄了钱，你不盖新房，借给别人充大款，你怎么能因为没有新房住而怨我们呢？旧房子掉土那么厉害，下雨的时候，你不怕它塌了吗？我们每次回家，都提前跟你打招呼了，可是我们每次回去，都会见到同一个场景，屋子里的衣服扔得到处都是，像个垃圾场一样，没地方落脚！爸你不出去干活，就不能收拾收拾家吗？"

这时候，出租房的门被人敲了两下，随后"咯吱"一声，被人推开了，顾小春下意识地转过头，望向门口，是妹妹顾小霜来了。

顾玉全的话依然在电话里响着："我怎么不出去干活？家里的田不都是我种的！你弟弟上学不花钱啊！钱还不都是供他上学用了！行了行了，别说了，没有好工作，就回来相亲吧，到了结婚年纪了，再不相亲结婚，以后就嫁不出去了！你同学有的孩子都生俩了，小春，你听懂爸说的话了吗？"

"我不会那么早结婚的！"顾小春斩钉截铁地说。

"二十一了还早？"顾玉全道，"你过了二十二再不结婚，就嫁不出去了，你嫁不出去就罢了，别人还会乱传，说你不是身体有毛病就是心理有毛病，你也知道村里人喜欢东家长西家短的编排人，我可不想听那些闲言碎语！"

"爸你到底还让不让人吃饭？挂了吧！"顾小春没好气地摁了挂机键，将手机扔在了床上。

顾小霜在床边坐了下来，道："姐姐，是爸爸打来的？"

"嗯。"顾小春重新拿起筷子，对顾小霜说，"他要我回去相亲结婚，我不会回去的！你吃饭了吗？没吃的话一起吃点！"

顾小霜摆摆手，说："不了，姐，我吃了！"

"怎么突然想起来找我？"顾小春夹了一口菜，送进嘴里，说，"我还没有稳定下来，等我找到好的工作，一定通知你，让你也过来。"

"很难吧！"顾小霜垂头丧气地说，"没有文凭，在大城市里落脚，真的很难，一个不小心，还会被坏人骗！就像上一次，我们就差一点落在坏人手里。姐，你离开公司都快一个月了，也没有找到好的工作，这样颠沛流离的日子，不知道要到何时才会结束，这里根本就不属于我们，姐，我想回家了！"

"你来这里，是想跟我说这些的？"顾小春说，"总有一天，我会在这座城市立足的！小霜，你也不要放弃呀，等姐找到了好的工作，就带你过去……"

顾小霜打断了顾小春的话，说："姐，你能不能面对现实？我们这样低学历的人，能找什么好工作？除了工厂还是工厂，说难听一点，就是工厂里的一颗螺丝钉，螺丝钉旧了坏了，换一枚新的上去就可以了，我们不是不可以替代，我们只是千万颗螺丝钉里的一颗，你还指望螺丝钉可以出人头地，不可能的！"

"你想回去了。"顾小春抬起头，望着她说，"回去相亲结婚？"

顾小霜沉默半晌，道："爸也跟我打过电话了，他想让我回去相亲结婚。"

"跟人结婚是一辈子的事情！"顾小春说，"你对待婚姻，就这么草率？"

"村里人不都是这样的吗？"顾小霜说，"姐你还指望可以像电视里那样，把爱情当作人生的全部，邂逅白马王子，然后步入婚姻殿堂，现实中哪有那么美好？电视里演的都是假的，都是骗人的！"

"即便爱情对于我们来说就是奢侈品，我也不希望你那么草率地去对待婚姻。"顾小春剥了一只虾，递给了顾小霜，"来这座海滨城市那么久了，我们都没舍得买过一次海鲜尝一尝，小霜，你尝尝。"

顾小霜诧异地望着顾小春递给她的虾，接过来，说："姐，我没记错的话，你离开工厂的时候，身上就揣了一二百元钱，除去租房子的钱，你身上所剩的钱，根本就不够这顿饭钱吧？你哪儿来的钱买海鲜？"

"是朋友送的！"顾小春说，"昨天，我发高烧，晕倒在街头，他收留了我，给我买感冒药，这些菜，是他买给我的。"

"外面骗子很多的，你不要被人骗了！"顾小霜说，"还是老家的男人好，知根知底。"

"妹妹你想多了，我们只是一面之缘，他人很好，仅此而已。"

顾小霜摇摇头，说："姐，他一定是对你有意思，不然干吗对你那么好？你不会是为了他不想回家相亲的吧？"

"跟他没关系，"顾小春摇摇头，苦涩一笑说，又剥了一只虾递给妹妹，"从我离开村庄的那一天起，我就发誓，不会再回去生活，我不会像母亲一样，一辈子为别人活着。咱爸和奶奶想要儿子，她就一个接一个地为他们生。她死了，奶奶穿着大红袄去接她，她临死也没换来奶奶的一滴眼泪。人这一生，太短了，为别人挣扎折磨，不如为自己活一次。"

"人不能太自私！"顾小霜说，"爸希望我们留在他的身边，等他老了不能动了，我们还能在他身边尽孝，你嫁那么远，以后想见你一面都难，我们是亲人，要多为彼此着想。"

"从我下学起就为他着想，替他赚钱，替他养儿子，我工作了那么多年，至今身上没有一分钱存款，如果这样还算自私的话，那他不如杀了我，喝我的血吃我的肉。"顾小春说话的时候，声音有些颤抖，"我身无分文倒在大街上的时候，亲人在哪里？我没有饭吃，饿得饥肠辘辘的时候亲人在哪里？在我最困难的时候，他除了打电话要钱，有说过一句让我暖心的话吗？我不想再听这些，小霜，你若心里还有我这个姐姐，就别学父亲逼我！"

"姐，我不知道你这些天，过得那么艰难……"顾小霜说，"你为什么不跟我说？"

"跟你说有用吗？"顾小春眼圈通红，她道，"工厂没有发工资，你身上有没有钱我不清楚吗？我只是不想让你担心我。"

"奶奶活着的时候，常常教我们要孝顺父亲，他一辈子不容易。"顾小霜说，"不管你怎么样，我选择留在乡下，有一个人在他身边尽孝也好。"

"那真是难为你了！"顾小春说，"我只是不想为了父亲，而彻底毁掉自己的人生。谁说远了就不能尽孝了？就算嫁在村里，也不能总住在娘家吧？还不是逢年过节才回娘家一次。"

"人各有志，姐你想要继续闯荡我不拦着你，你也知道我小时候就想早一点嫁人，咱家的老房子，我实在不想住。我只希望，等我走了以后，姐你好好照顾自己，你一个人留在这座人生地不熟的城市里，也挺不容易。家里的事情有我，你就放心吧！"顾小霜哭着抱住顾小春，二人抱头痛哭。

顾小霜说："车间班长说了，下个礼拜就发工资了，等发完工资我就辞职，你一个人在这里我不放心……"

"我有手有脚，饿不死的，你不用担心我！"顾小春说。

"姐，到时候领了工资，我把你的那份工资给你拿过来。"

"不用！"顾小春拒绝了，她说，"你都带回去给咱爸吧，我还可以挣。"

"好。"顾小霜点点头，她用手背擦了擦脸颊上的泪水说，"时间不早了，姐，我回宿舍了！"

顾小春拉住了顾小霜的胳膊，说："今晚就睡在我这里吧，这里比较偏僻，走夜路不安全。"

"嗯，那好吧。"顾小霜点点头，留了下来。

一个礼拜后，顾小霜辞职离开了这座她打工多年，却没有舍得掏钱好好逛一逛的城市。

顾小春把顾小霜送到车站，帮她把行李搬上了车，与她挥手道别。

"姐，你要好好的！"顾小霜说完，忍不住眼泪掉了下来。

"小霜，回去把家里好好收拾收拾，到家后，记得给我打个电话报个平安！"顾小春用力地挥着手，与妹妹道别。

"我知道了！姐，你回去吧！"顾小霜也挥挥手，冲顾小春喊道。

列车发出两声长鸣，呼啸着离去了。

那辆列车，承载着梦碎而归的顾小霜，那个自小就立下誓言，想要早早嫁人的顾小霜。

她把所有希望都寄托在了未来丈夫的身上，她以为，只要结婚，就可以过上安定幸福的日子。

顾小霜风尘仆仆地回了家乡。她倒了几次车，终于坐上了那辆从镇上跑到乡村的公交车，快到村子的时候，顾小霜望着车窗外，窗外都是田地，映入眼帘的，皆是绿油油的农作物，这样熟悉的乡土气息，让她感觉既熟悉又踏实。

她结束了流浪的生活，开始崭新的生活了。

顾小霜有些期待，那个跟她相亲的人，到底长什么样，家里条件如何，是个怎样的人呢？

顾玉全站在村子十字路口，等候公交车的到来。

顾小霜隔着车窗玻璃，看见了父亲的身影，父亲来接她了。

车子在十字路口停了下来，父亲推着自行车，帮顾小霜拉行李，他说："你姐真是犟，不回来，一点都不听话！"

"我姐，可能有喜欢的人了。"顾小霜说，"爸你别担心她，她不会嫁不出去的！"

"外头的人，能相信吗？不知根不知底的，万一被人骗了怎么办呀？你看看这些年，村里也来过不少外地的媳妇，隔着几千里地，她们怎么来的？还不是被人骗来的！"顾玉全愤愤然道，"不行，我晚上得训训她，让她赶紧回来相亲！不能相信外头那些陌生人的哄骗！"

"爸，我姐自己有主意！"顾小霜说，"她聪明着呢，哪那么容易被骗，您就别瞎操心了！再者说了，我就是这么随口一说，我姐自己也没承认呀！"

"哦，先不管你姐，咱先把你的事儿定下来，媒婆昨天说的那个，我觉得就挺好，到时候你去见一见。"

"不着急爸！"顾小霜说，"那人什么条件呀？"

"家庭条件不错，今年二十二了，邻村的，独生子，家里去年才盖了新房，做电焊工，一个月能挣好几千呢！"顾玉全得意地说，"爸给你找的这亲家不错吧，本来先紧着你姐，结果你姐还不乐意回来。"

"爸，您就别为我姐操心了，听我姐那意思，她想要在城里扎根！"顾小霜说。

顾玉全摇摇头，不以为然："一个乡下妹子，还想在城里扎根？哪儿那么容易，除非有个城里人娶她！再说了，城里人眼眶子那么高，能看上你姐？你姐除了长得好看点之外，没有什么好条件，也不是大学生，初中文化水平，快别做那春秋大梦了，踏踏实实回村，找个老实本分的小伙子，结婚成家才是正事。你姐也是我女儿，我不操心能行吗？等我安顿好你之后，再为你姐找婆家！"

二人说着话，来到老屋门前，顾玉全停好自行车，从兜里掏出钥匙，打开了房门。

院门打开后，一条小黄狗摇着尾巴跑出来迎接主人，顾小霜俯身，摸了摸小黄狗的头，说："爸，才养的小狗吗？"

"你们都不在家，我一个人在家烦闷，养个小狗看家，也解闷。"顾玉全说，"自从有了这个小黄狗，再也没有熊孩子翻墙进来偷东西了！"

"爸，我们走了以后，他们还来过家里偷东西？"顾小霜一怔，问道。

"嗯！"顾玉全点点头，说，"不光偷枣子，还翻了衣柜，幸好你弟弟把存折放隐蔽的地方了，小偷把你老奶奶的一个银发簪给偷走了……"

"爸你怎么不去找他们呢，跟他们父母理论啊！"顾小霜皱着眉头道。

"我从田里回家的时候，人早就已经走了，没抓到现行，咱没有证据呀！"

顾玉全话锋一转，幸灾乐祸地嘿嘿一笑，说："就丢了一个银发簪，也不大要紧，张德友进去半年了，关在牢里啃窝头呢。"

"因为什么呀？"顾小霜问。

顾玉全说："因为偷东西呗，谁家没人就去谁家偷东西。你也不是没见他爹娘那副嘴脸，当初你姐去他们家理论，他们还态度恶劣，想要打你姐，若不是你姐泼辣，招呼村里人围观，怕是得吃亏。我看是报应，活该！"

"自己的孩子错了，自个儿不好好管教，等他长大成人了，总有管教他的地方！有因就有果。"顾小霜推开了里屋的房门，一股霉变的味道钻入鼻孔，她连忙捂着鼻子，说，"爸，什么味儿啊？"

顾小霜循着味道，打开了碗柜，碗柜里一碗黑漆漆的炒茄子，都已经长毛了，两排用过的碗上沾满了干巴巴的饭粒。

"爸，你就不能把碗洗洗再放进碗柜吗？还有这茄子，都臭了，你不能倒掉吗？"

顾小霜说着，把碗都拿出来，准备洗一洗，一抬头，又看见炕上堆着满满的没有洗的衣服，地上除了卫生纸碎屑就是瓜子皮，她一阵恼火："爸，你看看你把家里给弄的！"

"怎么收拾，家就这么小！"顾玉全不愿意听，出去了。

顾小霜把炕上所有的脏衣服都扔到院子里，准备好好洗一洗。这时候，邻居王婶子听见顾小霜回来了，便过来串门了。

王婶子一脸嫌弃，捂着鼻子道："你可回来了，把家里好好收拾收拾吧，也到了说亲家的时候了，别到时候女婿来了，看见家里这副样子，不敢登门！"

顾小霜转过头，望了王婶子一眼，说："我爸一个人懒散惯了，等我收拾好了再喷喷香水！"

"在城里混过就是不一样，还喷香水呢！"王婶子嘻嘻一笑，说，"你姐咋不回来呀，王妍妍快初中毕业了，到时候让她找你姐去，让她帮忙找个工作！"

"行！"顾小霜一边叠被子，一边道，"只要王妍妍能吃得下苦，找工作呀，没问题。"

"你也别老埋怨你爸，"王婶子说，"你们若是不回来呀，我们也不会来这里串门，一个光棍子，没有老婆，一个人孤孤单单的，觉得生活没有盼头，不爱做饭不爱洗衣服，整天将就着过日子，就这样了，改不了。"

"嗯，我知道了王婶！"顾小霜应道。王婶子说得一点都没错，她累一点，收拾收拾就好了，指望父亲改变，是不可能的了，他都这样懒散了几十年了。

"行，小霜，你收拾吧，有空过去找妍妍玩！"王婶转身离开了。

顾小霜转过头，望着王婶胖胖的身躯，心里何尝不知，她是为了王妍妍下学找工作才来这里的，不然谁肯踏他们顾家的家门呢？

婚闹

第六章

　　顾小霜用了七八天的时间，把家里彻底打扫了一遍，与他的相亲对象张建峰约了见面时间。

　　家长们安排顾小霜和张建峰在一个房间单独相处半小时，无非就是尬聊一下。

　　双方都感觉合适的话，就直接按风俗订婚，女方接受男方所赠聘礼，收了彩礼，婚事也就算定下来了。

　　顾小霜站在炕沿边儿上，对张建峰说："坐吧！"

　　张建峰点点头，坐在了对面的椅子上，毕竟相亲地点选在她的家里，她自然得客气一些。

　　顾小霜倒了两杯茶，推给他一杯，道："你叫什么名字？"

　　"张建峰，你呢？"他抬起头，脸上没有什么表情，看着脸上同样没有什么表情的顾小霜。

　　"顾小霜。"顾小霜说，"你多大了？"

　　"二十二，你呢？"

　　"十九。"她答。

　　其实这些信息，早在见面之前他们就已经通过媒人都知道了，以这样的方式来开场白，不过是没话找话。

顾小霜抿了一小口茶，想到这尴尬的情景，把头侧向一边，忍不住"扑哧"笑了一下。

张建峰也喝了一口茶，说："你笑起来挺好看的。"

"谢谢。"

"听说你还有个姐姐，也订婚了吗？"

顾小霜摇摇头，说："没有，我姐在城里，她不想那么早订婚。"

"你有一米几？"张建峰放下茶杯，问道。

"一米六七，你呢？"顾小霜回答。

"一米七三。"他说。

"我怎么看着你跟我一般高？"顾小霜说。

"比你高多了！"张建峰说，"不信你过来，咱俩比一比！"

顾小霜走过去，与他比肩站在一起，他确实是比她高一点的。

"我没穿高跟鞋，倘若穿了，你指定没我高！"顾小霜说。

"那当然，你踩高跷我更撵不上你！"张建峰打趣道。

顾小霜忍不住掩面一笑，这时候媒人进门了，随后家长们也都进了屋，尬聊就此结束。

媒人说，明天再来，到时候再互通一下消息。

如果双方都有意思，就进一步谈，如果双方都没意思，就再无见面的必要。不管双方是不是有意思，媒人都得再来一次，传达一下对方的意思。

第二天一早，顾小霜正弯腰站在庭院枣树下洗碗，媒人就登门了。媒人那圆盘似的大脸蛋，笑得像一朵盛开的大牡丹花儿似的，她扯着大嗓门，便道："哎哟，这丫头这么勤快呢！方才呀，我问过张建峰了，人家男方那边愿意这门亲事，就看女方这边意思啦！你们若是同意呢，咱就按村里风俗来，人家张建峰说了，别人家给多少彩礼，他也给多少彩礼，只多不少，还要带你去城里买三金，现在的姑娘真是享福，一结婚哪，金项链金戒指金耳环就全都有了，哪像我们结婚那会儿呢，家家户户穷得叮当响，啥都没有！用现在话说呢，就是裸婚！"

顾玉全听见媒婆的声音，从屋里走出门，他一脸堆笑地迎上去，连忙道："人家愿意咱就愿意！"

"爸，你这样说话我就不爱听，什么叫人家愿意咱就愿意？说得好像你闺女嫁不出去了似的！"顾小霜的脸立马拉下来了，她把碗一摔，心里很是不满，"说是一米七三，我怎么看他那么矮，顶多也就一米七。"

"一米七还矮呀？"媒人眼珠子一转，向前一步，扯住了顾小霜的手，生怕这桩亲事出什么岔子，少了她的媒人钱。她道，"为了给你说媒，我可是跑细了腿儿啊，这村里头呀，有几个像张家小伙子这么能干的，年纪轻轻就做电焊工，你指望种地挣那俩钱花，日子过得多紧巴呀，咱也得看看咱这条件，这几十年的老屋在村里没几栋了吧，一眼看过去就知道这条件……还能挑啥样的呀？挑个大高个子，没本事，有啥用啊，不当吃不当喝的！再说了，人家张建峰长得挺精神的，皮肤也挺白的，不错了！"

见顾小霜犹豫不决，媒人接着说："不行咱今天就再见一个，我晚点再去回复张家那边儿。"

"也行！"顾玉全点头。

顾小霜说："再见一个，什么人家？"

媒人说："一米七八的小伙，跟你同岁，家里兄弟三个……"

"兄弟三个？"顾小霜打断了媒人，她瞪大了眼睛，一脸错愕，"有新房吗？"

媒人道："暂时还没有……你想呀，兄弟三个，一个一个来，也得紧着挣不是。"

"负担太重了，不见。"顾小霜一口回绝了。兄弟三个没盖新房，嫁过去跟公公婆婆睡一个炕？这样的人家不是没有，那日子可怎么过？想想都能愁死个人。

"我就说吧，张家条件不错了，哪有那么多好条件的呀，好条件的也看不上咱呀，你看看你爸……这房子。"媒人的意思很明白了，有个名声在外的懒爹在这里了，谁家打听打听，太好条件的也不可能愿意跟顾玉全家结亲家。

"行吧，见太多也没意思，就张家吧！"顾小霜说。

就这样，顾小霜跟张建峰订婚了，张建峰没有食言，骑着摩托，带着顾小霜进了城，买齐了三金，还给她买了几身新衣服。

……

留在城里的顾小春发了一个星期的传单，其间恰好路过一家工艺品公司，应试成功后，进入公司工作。

公司有女工宿舍，她在搬入宿舍之后，给陈永昌打了一个电话，准备请他吃晚饭：“喂，陈先生吗？是我，顾小春，我找到工作了！”

“恭喜你啊！”电话那端，传来陈永昌的声音。她听得出，那边环境嘈杂，电机割木头的声音很大。

“我想请你一起吃晚饭，今天有空吗？”顾小春说。

“有空，有空！”陈永昌说，“几点？我过去接你！”

“等你下班后吧！”顾小春说，“我搬进公司宿舍住了，稍后我把地址发你一下。”

“嗯，好。”

傍晚，陈永昌开着货车来到她的新公司门口，顾小春走出公司大门，看见那辆熟悉的旧货车，挥手与他打招呼。

顾小春打开车门，上了副驾驶。

“嘿！”顾小春系安全带的时候，扫了陈永昌一眼，发现他身上穿着工作服，头发上布满了木屑和灰尘，衣服上也满是木屑和油漆涂料。

“你头发上……”顾小春指了指他的头发，欲言又止。

陈永昌不好意思地一笑，说：“我刚刚去送货，恰好路过这里，我想就顺便拉上你吧，免得还得再跑一趟，送完这一车我就下班了，还没来得及洗澡！”

“不耽误你工作吧？”顾小春道，“如果耽误了你工作，我就太过意不去了！”

陈永昌笑着摇摇头，道：“只要工期不是太赶，加不加班随意，也不能为了点加班费，天天待在厂房里，该休息还是得休息。”

“你说得对！”顾小春说，“我刚进公司上班，还没发工资，也请不了你吃大餐，就去小饭店吃个家常菜，你不会嫌弃吧？”

“怎么会呢！”陈永昌说，“家常菜就很不错了，有时候加班太晚，都是方便面对付吃！"

"总吃方便面对胃不好，实在不想做的时候，可以给楼下的饭店老板打电话点餐！"

不知不觉，车子停在了陈永昌的家门口，他说："你在楼下等我，我上去冲个澡换身衣服，一会就下来！"

"好！"顾小春说，"你去吧，我在车上等你！"

十几分钟后，陈永昌换了一套干净整洁的衣服，走下楼梯。

清爽的白衬衣搭配浅色牛仔裤，尚未干透的头发散发着淡淡的香味，英俊秀气的脸离她越来越近。顾小春惊讶于他的速度，用好奇的眼神望着他："我还以为要等很久呢，那么快就洗完了？"

"每天都洗的，就是冲一冲身上的木屑。"陈永昌用手撑住车身，看着她，灿烂一笑，露出两排洁白的牙齿。

"这附近哪家餐馆的饭菜好吃，你知道吗？"顾小春说，"我出来几年了，却从来没有在外面吃过饭。"

"一直都吃食堂？"陈永昌讶异道，"那你们食堂的饭菜一定非常好吃！"

"也不是。"顾小春摇摇头，苦笑了一下，说，"为了省钱，我同事都说我这叫抠门！"顾小春道，"没办法，我也不想这样。我爸每个月问我要钱，寄得晚一点都会挨骂！"

"小春，你有没有想过，钱是赚来的，不是省出来的，会花钱的人才会赚钱，越不花钱，路子越窄。"陈永昌一边说着，一边发动起车子，"并不是说节省不好，节省是一种美德，但是对自己太过苛刻，变成吝啬鬼，就会适得其反了。想要对别人好，首先得先把自己过好了，你说对吗？"

"有道理。"顾小春说，"可能在工厂待的时间久了，每天做一些重复的机械动作，人也变得懒于思考了。"

"对啊，既然你换工作，是为了改变，为什么还要换到工厂里去工作？这样，从根本上，其实并没有改变。"

顾小春恍然大悟，她又替自己辩解道："生活所迫，没有钱，寸步难行呀！"

"你爸多大年纪了？"

"不到五十岁。"顾小春说。

"那他做什么工作？"

"他不工作，家里有几亩田。"

"你看，你爸年纪并不大，四十来岁很年轻呀，为什么要这样压榨自己的女儿呢？你这样就属于愚孝了，钱活起来，你的人生才能活起来，你月月寄给你爸钱，他一个人也花不了那么多，也是存起来，既然存起来躺着不用，不如你自己用这些钱来改变人生。"

"我弟弟上大学，需要花不少钱。"顾小春喃喃地说。

陈永昌摇摇头，笑道："你弟弟已经成年了，他完全可以勤工俭学自己挣学费，挣到就继续读，挣不到可以不读，不能因为他的人生选择，而压垮别人的生活。

"在这个世界上，每个人都应该靠自己，不能像个寄生虫一样，吸别人的血，家人也不除外。你赠予他们，是情分，不赠予，是本分。你爸也没有老到不能动弹不是吗？适当拿出工资的一部分，给一点尽尽孝是可以的，但是全部都给他，影响到你自己的生活质量，这样就不太合适了。"

车子驶进了一座农家大院里，院子很大，里面停了不少的车，看来这里生意不错。

"竹园农家院，是我一个哥们儿开的，环境清幽，我接你之前已经打过电话，订好了单间。"陈永昌下车，道，"农家宴，你应该吃得惯。"

"听说城市里这样的农家宴，很贵的。"顾小春尴尬地挠挠头，说，"不知道我身上带的钱够不够呀！"

"没关系，老板可以给我打折。"

一身旗袍装扮的服务员招呼他们入座，递给他们菜单，点菜。

"我们两个人点四个菜应该可以了。"顾小春说，"我点两个，你点两个！"

"六个吧，你点，我吃什么都可以。"陈永昌把菜单推给了顾小春。

顾小春看着上面的菜价，心惊肉跳，一个普普通通的土豆炖鸡都要二百多元，最便宜的土豆丝，都要二十多元，看来看去，她都不知道要点什么好了。

"喜欢吃什么就点什么，不用看价钱。"陈永昌说。

"不看价钱，我付不起呀大哥！"顾小春凑过去，小声对他说，"一个菜都要花掉我几天的工资……"

陈永昌也压低了声音，说，"你请客，我付钱，不用担心！"

顾小春脸一红，说："说好的我请客，没关系的，我把全部家当都揣身上了，发了几天传单，还有几百元。"

"等你开了工资再请也不迟！"陈永昌说，"这一次，我请你，就当是庆祝你应试成功，不用再客气了。"

点好了菜，服务员拿着菜单走出包间。

不一会，有服务员端了两杯橙汁和一盘果盘进来，搁在饭桌中央，道："老板送的！"

"代我向老板说一声谢谢！"陈永昌点头致谢。

顾小春吸了一口果汁，酸酸甜甜的味道涌入喉咙，她点点头，道："嗯，味道不错。"

"鲜榨的，这里的菜也很好吃，等会菜上来你就知道了，很有乡土气息！"

菜一一端上了桌，陈永昌问道："你喝酒吗？喝的话让服务员上酒。"

顾小春摇摇头，说："从来没有喝过，你要喝吗？"

"我还要开车。"陈永昌说，"开车不喝酒！"

"那我们喝橙汁就可以了！"顾小春吸了一口橙汁，说，"方才你在车上说的那些话，让我茅塞顿开，我这个年纪，重返校园是不可能的了，但是我可以学点有用的，人往高处走，水往低处流，原地踏步，是浪费生命，人在照顾好自己的前提下，才有余力去照顾别人。"

"对啊，你想呀，倘若再像上一次一样，把自己搞得那么狼狈落魄，生病了还要硬撑着，出事了怎么办？"陈永昌说，"不要仗着自己年轻，就觉得无所谓，身体健康才是最重要的！最近也有不少这样的新闻，二十几岁的美女淘宝店主猝死，某公司年轻员工加班猝死……"

"你还有时间看新闻？"顾小春苦涩一笑，用牙签扎了一块西瓜，送进嘴里，道，"我已经好几年没有看过电视了，别说新闻，就连春节晚会，我也几年没有看过了。"

"你过年不回家的？"陈永昌问道。

顾小春摇摇头，小鹿一般灵动的美眸，渐渐失去了光彩："工厂宿舍是没有电视的，我们都睡上下铺，哪有你们老板那么大方，给你一个人租那么大一套楼房来住。过年不回去呢，是为了省点路费钱，出来这些年没有回去过，再说了，我爸也没有要求我回去，他更需要的是钱……我和妹妹这些年寄了不少钱，他都没有盖新房，小时候我和妹妹睡的那间房，被他堆满了袋装的粮食，这次妹妹回去，应该得收拾好几天吧！"

"你还有个妹妹呢！"

"嗯，她今年十九。"顾小春道，"回去相亲了，我爸说我这个年纪，再不相亲结婚就嫁不出去了！他说得没错，在我们乡下老家，不管男女，都结婚很早，我同学，有的孩子都生俩了，呵呵。"

"那你为什么不回去？"陈永昌抬眸，望着她。

顾小春说："女人为什么一定要结婚生子才是对的？我觉得像我妈那样，一辈子就为了生孩子，然后死在生孩子的手术台上，很没有意思，我不想过那样的生活。"

"对不起啊！勾起你的伤心事。"陈永昌有些抱歉地说。

"没关系，我妈走了都那么多年了，我对'妈妈'这个词已经没有什么概念了。"顾小春吸了一口橙汁，眼睛望向窗外，"嫁不出去怕什么，不婚也没有什么不好！大不了当个女光棍，我也不会随随便便就嫁人。"

"为什么说得那么凄凉，你还年轻，一辈子很长，我们有很多的时间，用来去遇见一个可以让自己心动的人。"陈永昌笑着摇摇头说，"你很优秀的，值得遇见一个相亲相爱并携手一生的人。难道还真想当个女光棍呀！"

顾小春扑哧一笑，说："我这叫宁缺毋滥你懂不懂，我现在还不想考虑婚姻大事。你跟我同岁，怎么说起话来，总像哥哥教育妹妹一样。"

"你倔强的样子，像我表妹，所以，说得有点多，你不要介意。"陈永昌道。

"你表妹多大？"

"还在读中学。"陈永昌说，"应该是十四五岁吧！"

"表妹啊？"顾小春抿嘴一笑，仰着头望着他，"我都二十多了，哪里像你表妹？"

"倔强不服输的性格，还有……柔弱需要人保护的样子。"

"我一直觉得我像一只刺猬。"顾小春夹了一根鸡腿，一边啃着一边说，"你不知道我老家那些人怎么说我的，你可是第一个说我柔弱的人，我才不柔弱。"

"你老家的人怎么说你？"陈永昌唇角挂着一丝笑意，饶有兴致地看着她。

"说我从小就有做泼妇的潜质，除了小泼妇，还有小辣椒，我们村那些熊孩子，见到我都是绕道走的。"

"那一定是你做了让他们闻风丧胆的事情！"陈永昌饶有兴致地道，"来，说来听听。"

顾小春就把她十岁那年，挨家挨户找熊孩子家长理论的"光荣事迹"讲了一遍，陈永昌听了摇着头笑道："想不到你还有这么泼辣的一面，不过，我倒是跟那些村民看法不同，我觉得你很能干。"

"能干什么？"顾小春无奈地摇摇头，道，"一个没有本事的打工妹罢了。"

"人要不断地学习充电，才能跟上时代的步伐，加油，我看好你！"陈永昌对顾小春伸出大拇指，为她加油鼓气。

顾小春抬起头，深深望着陈永昌，道："当我眼里只有眼前的工资的时候，我的目光是短浅的，我父亲的思想多多少少会影响到我，多谢你点醒了我，我会与过去的我诀别，从现在开始，加油！努力！"

陈永昌看见顾小春的眼眸中，满是坚定，他握拳道："加油！"

晚饭后，陈永昌开车将顾小春送回公司宿舍。

定局

第七章

一个月以后。

顾小春接到了顾小霜的电话，她说："姐，我要结婚了，你回来参加我的婚礼吗？"

"什么？"顾小春一脸的错愕，她瞪大了眼睛，不敢相信自己所听到的，她道，"结……结婚？你不是回去相亲的吗？这么快就结婚？！跟谁？"

顾小霜的语气倒是很平淡，她说："嗯，跟张建峰，他二十二了，够法定年龄了，他的父母一直催，所以……"

"一直催？"顾小春的声音提高了几个分贝，她道，"这是一辈子的事情呀，不是别人催就能着急得来的事，你得听从你自己内心的想法！"

"我一直都很想早一点结婚啊！"顾小霜说，"我现在在老家，每天都是收拾屋子，你也知道爸的性格脾气，比我们小时候还严重，我刚收拾好的屋子，他又丢得满屋子都是衣服鞋子，一点不懂爱惜我的劳动成果，跟他住一起，我真的受够了！"

"婚姻不是儿戏，你真的了解张建峰吗？"顾小春不无担忧地说，

"我并不是阻止你结婚，我只是希望你能够慎重考虑一下。"

"我已经决定了姐，就定在暑假，我希望你来，弟弟也来，到时候热热闹闹的。"顾小霜憧憬着期待已久的婚礼。

"既然你已经决定了，我也就不多说什么了。"顾小春说，"妹妹结婚，我当然要回去呀！他是个什么样的人呢，对你好不好？"

"他是我相的第一个对象，我跟爸说了，就不用再相第二个了，就他了，他家庭条件挺好的，已经盖了结婚的新房，主要是人能干，做电焊工的，一个月能赚四五千呢！我们见过三次面，相亲一次，订婚一次，交彩礼买三金的时候一次，人看起来挺精神的，还没一起吃过饭，也没拉过手，哪能看出来对我好不好呀！"

"……"顾小春怔了半晌，说不出话来。

顾小霜接着道："乡下结婚的年轻人，不都是这样相亲结婚的吗？通过相亲认识的也没什么不好，家庭成员背景条件都清楚了，有家长给掌眼，还能过不好吗？自己谈的有几个成的呀！"

"你这属于闪婚啊，赌博一样。"

"反正我还年轻，赌一次又怎么样！"顾小霜固执地说。

"我怎么记得结婚法定年龄是二十二岁呀，你们现在结婚，够年龄登记吗？"

"够呀，法定年龄二十二岁，那是规定的男方年龄，女方是不低于二十，我刚刚过了二十岁生日，可以登记了。"顾小霜的语气中，透露出丝丝按捺不住的喜悦。

"你这也太着急了，好，好，既然你已经决定了要结婚，姐也不能再说别的，毕竟婚姻大事，亲人只能提些意见，做决定还是得看你自己，到时候姐一定请假回去，帮你张罗婚事。"

"谢谢姐姐！"顾小霜的声音里，有羞涩，有感激。

临近顾小霜婚期之时，顾小春请假回了老家。

按照乡里风俗，她跟顾家院里的大娘大婶们一起，帮顾小霜缝了六铺六盖的大红喜被，陪着顾小霜置办嫁妆。这些事，本应该是母亲来做的，但是母亲在他们很小的时候就不在了，她这个当姐姐的，也就替母亲把这些做了。

顾小霜的婚礼是在村里办的，喜酒摆在院子里，请人煮的大锅菜，巷子里贴满了大红喜字，一直延伸到张建峰的新房里。

顾小霜坐在炕头，一袭红旗袍加身，红唇微启，将她那张圆润的脸映衬得十分明艳。

"小霜，下来吃点饭吧？"顾小春端了一盘煮得颤巍巍的红烧肉，冲顾小霜招了招手。

顾小霜颔首一笑，脸上尽是娇羞，她摇摇头，低声说："姐，这里风俗，新娘下地吃饭，是会被人笑话的，我不吃了！"

顾小春道："管他们风俗不风俗，快下来吃，姐都给你端过来了，不吃可是会饿肚子的！"

顾小霜眼瞅着姐姐手里那盘她最爱的红烧肉，嗅到了肉的香味儿，她吞了一口口水，还是忍住了，摇摇头说："等晚上客人都走了，我再吃。"

小青年们吃了酒，纷纷拥进婚房里，准备闹新娘，顾彦早也跟着进了婚房，他并不是想要凑热闹，他是怕二姐吃亏。

前几年，邻村有个闹新娘的，把新娘抬起来蹾地上，都给蹾哭了。更有甚者，把新娘头发衣服扯开的，闹得人家小两口第二天把婚都离了。

顾小春老早就叮嘱好了顾彦早，让他长点心，多盯着点，别让他二姐吃了亏。

张建峰的母亲宫淑月也怕自家儿媳妇被人占了便宜，追上前喊道："别闹太厉害了啊，意思一下就得了！"

"不闹怎么能热闹呢！"张建峰无所谓地拉了母亲一把，很大方地说，"让他们去闹，都是自家院里兄弟们，怕什么！"

顾小春瞥了张建峰一眼，对他的印象直接大打折扣。

是真不怕自己的新媳妇被人占了便宜？还是他心里哥们义气第一，老婆第二呢？

一看新郎这么好面子，他都发话了，他们不使劲闹闹也对不住新郎这番客气。那几个年轻人生怕宫淑月坏了他们的好事，闯进来打扰他们，直接把门反锁了。

顾小霜一看拥进来这么多男人，吓得有些花容失色，两只胳膊本能地抱紧了自己。她自然也是知道村里婚闹，就是一大群男人借着这个由头趁机揩油，有分寸的还好，没分寸的，什么事儿都能干得出来。

　　"哟，新娘不错呀，长得挺俊的！"

　　"可不是，便宜了张建峰那小子啦！"

　　"水灵灵的，嫂子——"

　　他们一拥而上，把顾小霜从炕头上给拖拽到了地上。顾小霜挣扎着，哪是这群男人的对手，她都快被他们给吓哭了。但这毕竟是她的婚礼，她又不好发作，只好用尽全身力气，推开那些落在自己身上的咸猪手。

　　大部分男人只是攥着她的胳膊，扯扯她的裙角，有一个男人却穿着沾满泥土的脏鞋跳上了炕，两只脏脚丫子踩在顾小霜的大红喜被上，双手用力地一扯，把窗帘子拉严实了，屋里顿时昏暗起来。

　　他随后直奔顾小霜身后，炙热的大手掌落在她的腰上，用力地拧了一把，他用膝盖顶了她的膝盖一下，顾小霜挨了这一下，立马站立不稳，直接倒在他的臂弯里，那人狠狠箍住她纤细柔弱的身子，闻见她身上香香的味道，他的嘴巴忍不住嘟起来，凑过去啄了一下她的脖颈。顾小霜的胃里一阵翻滚，心里直犯恶心，她像甩苍蝇一般的，用尽全身力气甩开了他。

　　这幸亏是没吃饭，若是吃了，她肯定得吐他一身。

　　顾彦早眼见着有人轻薄姐姐，心里来了气，他上去一把揪住那人的衣领，低吼道："再动我姐一下，信不信我废了你！"

　　"哟哟哟，婚闹而已，你哪只眼睛见我轻薄你姐姐了？"猥琐男气势汹汹，丝毫没有愧疚之心。

　　顾彦早扬起拳头，狠狠砸落下来，把眼前这个面目可憎的猥琐男给打了个鼻血直流。

　　猥琐男也不甘示弱，扬起拳头还击。二人像麻花一样，互相缠绕着扭打在一起，拥挤的婚房里人头攒动，乱成了一锅粥，顾小霜眉头紧锁，带着哭腔嘶喊着："别打了，彦早快住手，快住手呀——"

　　不知是谁打开了婚房的门锁，把新郎张建峰给找来了，方才轻薄顾小霜的猥琐男也还手了，但他却不是顾彦早的对手。顾彦早人虽小，但个子却很高，一米八多的大个儿，一脚就能把猥琐男给卷倒在地。

张建峰眼瞅着自己的婚房被折腾得一塌糊涂，新买的台灯掉地上一盏，摔得粉身碎骨，大红喜被上也全都是脚丫子印儿，地上还躺着一个鼻孔滴血的家伙，那家伙嘴里还喊着："张建峰，你今天不给我个说法，我就不走了，你这是娶的什么老婆呀，一点规矩都不懂，你还能不能管得了自己的老婆了？她让你小舅子打人呀！"

"怎么回事？"张建峰蹲下身子，把那猥琐男给拉了起来，他对顾小霜吼道，"大喜的日子，跑我家里来打架！真是不像话！"

"是他闹得太过分！"顾彦早不服气地说。

"这事也不能全怪我弟弟！"顾小霜委屈地说。

"管好你弟弟吧！"张建峰大声呵斥道，"好好的喜事闹成这样，像什么样子！婚闹婚闹，不闹哪里来的喜气，非得在我大喜的日子里打架，这就是不给我张建峰面子！"

"张建峰你讲点道理好不好……"顾小霜想说什么，却又不好意思开口，她总不能当着那么多人的面，说她方才被闹婚的捏了腰亲了脸吧？她一个姑娘家，说不出口。

说不出口，就显得他们姐弟没有理。

"啪——"一个清脆的耳光落在顾小霜的脸上，顾小霜的半边脸立马就红了，她一脸错愕地望着眼前的这个男人，这个男人，就是他新婚的老公，那个将要与她携手一生的人呢！

在她新婚当夜，不保护她，反而为了外人，打了她一巴掌。

"张建峰，你找死——"

顾彦早指着张建峰，怒目圆睁的眼睛似乎要喷出火来，顾玉全眼看着儿子就要跳过去教训新女婿了，他连忙抱住了顾彦早的腰，身后一群人拦住了顾彦早。

顾小霜的新婚，眼看着就演变成了一场闹剧。

张母宫淑月上前，挡在自己儿子面前，对顾玉全道："亲家，我儿子打你女儿是不对，但是你不能纵容你儿子来闹事呀，婚闹婚闹，谁家结婚不闹呢，难道唯独你家女儿娇气，一下都闹不得吗？小青年们进去闹闹喜，也就罢了，你怎么还让你儿子也跟着进去呢？"

"我没让他进去呀！"顾玉全连忙哈腰解释道，"这事可真不赖我，我儿子脾气急，对不住啊亲家母，我这就拉他回家，我这就拉他回去。"

顾小春推开人群，上前一步，道："大婶，是我让我弟进去的，这事是我不对，如果我不让我弟进去，他就看不见他二姐被人欺负了，我们顾家应该像你们张家一样，对这事眼不见心不烦。毕竟我妹嫁过来了，是你们张家的媳妇。"

"你这话什么意思，婚闹怎么能是欺负人呢？"宫淑月挑了挑眉，反驳道，"村里风俗，家家户户新婚，不都是这样过来的吗？哪家没有婚闹过？"

"风俗不一定就是好的！"顾小春极力克制着内心的怒火，道，"当天结婚，第二天离婚的也不是没有，婚闹应当有个度，倘若趁机揩油，婆家还忍气吞声，那只能说明婆家没用，窝囊无用的亲家，不要也罢！"

"想要第二天离婚也可以，把彩礼钱还有建峰给她买的新衣服、三金等，全部都退回来！"宫淑月不客气地说。

"姐……"顾小霜上前，扯了扯顾小春的衣袖，虽说有人因为婚闹离婚了，但是她不想这样，成为村里的笑柄。今天这事儿，大事化小小事化了，息事宁人算了。

顾小春压了下顾小霜的手，低声说道："张家也太嚣张了，不打压一下他们的气焰，你以后的日子怎么过？"

"姐，本来弟弟打人就不对……"顾小霜不想毁掉这桩婚事，说起话来就显得唯唯诺诺，"婆婆是话赶话才说的气话，不用当真，今天是我大喜的日子，你们就别闹了。"

顾小春拍了拍顾小霜的肩膀，眼神冷冷盯着张建峰母子。

"亲家母，不至于不至于，一点点小摩擦，哪能像小孩子过家家一样，说离婚就离婚呢！"顾玉全连忙从中劝和，好不容易嫁出去一个姑娘，他可不想女儿被亲家退婚。

宫淑月凑到张建峰的耳畔，低语道："顾家是老实本分的人，顾家小子一定是看到了什么，才打人的，毕竟置办酒席花了不少钱，这事就这么过去得了，儿子，你说呢？"

"带这个兄弟去医院上药！"张建峰把猥琐男推给了自己的表弟，一脸戏谑地盯着顾小春。

"二姐，这种男人你也敢要？！"顾彦早暴跳如雷，气得脸上的青筋都爆出来了，"他敢守着你娘家人的面打你，以后哪会有好日子过？跟他一拍两散！"

"彦早，你别说了！"顾小霜转过头，瞪了顾彦早一眼，她的眼泪都在眼眶里打转了，好好的婚礼，怎么就演变成这样了。

顾小春对顾彦早摇摇头，示意他冷静。

毕竟这是顾小霜的婚礼，没有人可以为她做决定。说得多了，就怕她心在张家那边，跟娘家姐弟反目成仇。

顾小霜说："爸，姐，彦早，我知道你们是为我好，你们担心我，但是婚姻是我们两个人的事情，两家人都搅和进来，就容易闹成这样……"

宫淑月打断了顾小霜的话，插嘴道："对嘛，双方家人都少掺和，小两口的日子，让他们小两口过。"

"大婶，你别打岔，这是掺和过日子的事儿吗？"顾小春气愤道，"张建峰当着我们顾家人的面，就敢甩我妹妹耳刮子，他有没有把我们顾家人放在眼里？是不是觉得我们顾家没人了，可以任意欺负我妹妹？小霜，以后你想让我管你的事儿我都没空管，今天这事是我看见了，必须管！"

"姐，你看这天也不晚了，宴席也散了，我让我堂哥开拖拉机把你们送回去吧！"张建峰按住顾小春的肩膀，岔开话题道。

"谁是你姐？"顾小春没好气地甩开了张建峰，瞪了他一眼，道，"若不是我妹还想跟你，我真是懒得跟你这种人废话！"

"对不起姐！"张建峰嬉皮笑脸地双手合十道，"你是我亲姐，我错了成吗？！"

"跟我妹道歉！"顾小春冷冷道。

顾玉全贴上笑脸，拽了一把顾小春，道："行了行了，人家和你妹结婚，你来什么劲！弄成这样都赖你！"

"小霜，对不起。"张建峰解释道，"我一时心急，口不择言，手也不听使唤，一不小心打错了，你别往心里去啊！"

"嗯。"顾小霜咬了下嘴唇，回应了一声。

顾小春和顾彦早也看见了顾小霜的态度，知道她的心已经留在了张家，也就不便再多说什么，说多了以后就是落埋怨。他们便随父亲顾玉全一起离开了张家。

路上，顾彦早愤恨道："我二姐怎么看上了张建峰那个混蛋？"

顾小春看见弟弟顾彦早的眼角有些瘀青，伸出手，小心翼翼地触碰了一下，问道："彦早，疼不疼？"

"这点小伤算什么！"顾彦早撇过头，一脸的无所谓。

"你二姐愿意，咱们就管不着了。"顾小春说，"管多了，她会不高兴的。"

"这事都赖你，让彦早跟进去干吗？"顾玉全没好气地说，"你还不知道他那脾气吗？也怪不得亲家不愿意！"

"他不愿意？我还不愿意呢！"顾小春反驳道，"爸你能不能长点骨头，他当着你的面打你女儿，你一点感觉都没有的，怎么还替他们说话？"

"爸，我如果不进去，二姐得吃多少亏？"顾彦早说，"如果不是我及时制止了那个猥琐男，按张建峰那脾气，我二姐哭破喉咙他也不会进去看的！"

"不都是这样婚闹过来的吗？"顾玉全皱着眉头道，"忍一忍就过去了嘛，有什么大不了的！"

"忍什么忍！"顾小春没好气地道，"巴掌都贴你脸上了，忍个大头鬼啊忍！"

拖拉机一路轰隆隆的，载着顾家三口回了家，下车的时候，张建峰堂哥卸了些油炸馓子、花生、糖果之类的给他们，然后又开着拖拉机轰隆隆地回去了。

"趁着你回来了，顺便相个亲再走！"顾玉全对于顾小春，还是不死心，希望她能按时步入婚姻，别到时候真嫁不出去了。

"不去！"顾小春毫不犹豫地反驳，"爸你趁早死了这份心！"

"你是想愁死你爸呀！"顾玉全唉声叹气地说，"你若是有顾小霜一半省心，我也就不用操心啦！"

"操不着的闲心，就省省吧！"顾小春进了内屋，直接锁上了门。

"你看看你大姐，人家结婚都论大小个来，你看看她，身为老大，还没嫁出去，村里谁不嚼她的舌根呀！"顾玉全对顾彦早抱怨道。

"我大姐过几天才过二十二岁生日，城里三十多才结婚的有的是，爸你瞎操什么心！"顾彦早也进了内屋，关了自己的房门。

顾玉全冲顾彦早吼道："你们是城里人吗？种地的，能跟城里人比吗？该到结婚的年龄，就应该马上结婚生孩子，晚了就没人要了！还有你，也一样，毕业以后赶紧成家，别到时候成了光棍子！"

顾彦早和顾小春都紧闭房门，没有一个人接话。

顾玉全坐在庭院里的马扎上，拿起蒲扇，一边摇着，一边叹息："晓莲啊，孩儿都大了，一个个都不听我说，累心啊，累心！你眼一闭腿儿一蹬，走了，是清静了，我可咋办呢？"

伎俩

第八章

初到张家的顾小霜，送走了各方宾客，走进婚房，打扫那一地的狼藉。

张建峰进门，瞥了一眼弯腰扫地的顾小霜，一屁股坐在床上，点燃了一支烟，狠狠吸了一口，悠然地吐出几个烟圈。一根烟吸完，烟头便被他直接丢在地上，一脚踩过去，用力跺了跺。

顾小霜走过去，默默地把烟头和烟灰扫起来，倒进了垃圾桶。

"去给我倒杯热水！"张建峰用命令的语气对顾小霜说。

顾小霜走出房门，倒了杯温水，进门递给了他，道："家里又不是没有烟灰缸，以后别往地上扔，多脏！"

"哟！"张建峰嗤之以鼻地一笑，不屑地道，"就你这出身，还嫌弃我脏呢？你也不看看自己家那样！"

"我家怎么了？你看不上我家别娶我呀！"顾小霜气不打一处来，与他反驳道，"新婚第一天你就这样对我，婚前你不是这样的……"

说这话，顾小霜自己都觉得心虚，婚前……

婚前他们认识了几天？

总共也没见过几次面，带她买三金，带她买衣服，看起来面面俱到，不过是因为乡俗而已。

现在哪家结婚不买三金，不买新衣服？

不买的话，会被乡里乡邻给嘲笑吧！

"婚前怎么对你了？呵呵……"张建峰冷笑，"若不是想要给后代留个高个子基因，我能选上你？就你那智商欠费的爹吧，我都怕孩子将来随他！"

"你——"顾小霜眼泪夺眶而出。

"行了行了，收起你的眼泪吧！"张建峰不耐烦地把喝完水的水杯扔向顾小霜。

顾小霜接住水杯，顺手将水杯搁在了床头柜上。

她默默地走向床边，拿了扫床扫帚，扫了扫床上的灰尘，那几个脚丫子印，却怎么也扫不下去，如同她的这段婚姻一般，有了不可磨灭的瑕疵。

这是姐姐亲手为她缝的喜被，新婚当天就被糟蹋成了这个样子，想想这些，她就难过得不能自已。

张建峰一把攥住她的手腕，将她手中的扫帚往地上一扔，横抱起她，接着将她往床上一丢，紧接着，他的身子整个倾覆下来，将她严严实实地压在身下，他的双手摁住她的两只手腕，这时，他的脸离她只有几厘米的距离，她可以听得到他越来越急促的呼吸声。

"被还没有扫干净！"她有些胆怯，又有些不情愿。

"扫不干净洗一洗就是了，都是农村人，怎么这么假干净呢？"张建峰说，"哪天有空拆了洗一洗就是了！"

顾小霜还想再说些什么，张建峰用嘴堵住了她的嘴，他的嘴唇辗转摩擦着她的唇瓣，热吻从嘴唇到脸颊，然后转移到她的耳朵，他一边啃着她的耳朵，一边呢喃地说："说实话，我兄弟捏你哪儿了？你这么大反应？"

"腰……"她脸色泛红，说，"我弟弟打他，一点都不冤。"

张建峰闷哼一声，一把扯下了顾小霜的红色旗袍，大手覆盖在了她的腰肢上，上下游走着，他炙热的大手，如同火把一般，瞬间点燃了她的情绪。

二人无暇思考谁对谁错，钻入被窝，颠鸾倒凤起来。免不了莺啼燕叫之声传到屋外去，让那些站在墙脚听房的人听了去。

　　这其中，就包括张建峰的母亲宫淑月，她轻抚自己的胸口，总算舒了一口气，暗道：这顾小霜算是个好打发的，能同房，就差不多了，毕竟离婚在乡下可不是什么光彩的事儿。尤其是那种当天结婚第二天离婚的，定是十里八村的笑柄，村头大妈们的谈资。

　　事毕，张建峰光着膀子倚靠在床头，点燃了一支烟，吸了几口，望着发丝凌乱的顾小霜道："听说那些在城里打工的女孩子，很多都给人睡了，被人甩了才回来找对象的，还有些，在外头干些见不得人的事儿，钱赚够了，就回来找个老实人结婚，啐！"

　　说完，他吐出一口浓痰。

　　顾小霜转过头，望着张建峰，眼睛瞪得大大的，她从来没有过这种感觉，眼前的这个男人，如此陌生，即便他们已经结婚了。

　　他，她的丈夫，真的很陌生！

　　她对他一点都不了解。

　　"我说过多少次了，烟灰弹进烟灰缸里，为什么你总是不听呢？"顾小霜皱紧了眉头，呵斥他道，"还有吐痰，你怎么直接吐在地上呢，你恶不恶心？"

　　"刚才亲我的时候，我也没见你恶心呀！"张建峰把烟头扔在了地上，他来劲了，一把捏住她的脸颊，然后又狠狠甩开了。

　　"那你说吐在哪里？"张建峰冷哼一声，"出去待了两年，就不知道自己姓什么了，农村人吐个痰也大惊小怪的，不都吐地上吗？"

　　"你可以吐垃圾桶里，也可以吐在纸里扔垃圾桶！"顾小霜说。

　　"脱裤子放屁，有意思吗？"

　　"那你弄地上，怎么收拾？"她反驳。

　　"用鞋一踩就没了，事儿事儿！"张建峰道，"你别打岔啊，我问你在城里有没有给人睡过！跟我是第一次吗？"

　　"是第一次。"顾小霜不耐烦地说，"我是初婚，不是第一次是第几次？"

　　"别跟我装糊涂，我妈说第一次都有血！"张建峰说，"你有吗？"

说着，他掀开了她的被，望了一眼她的身下，粉红的床单上，根本就没有血色污渍。

顾小霜坐起来，扯过被角盖住自己的身子，也瞄了一眼自己方才躺过的地方，确实没有。

她也有些惊讶，为什么没有。

如果说方才张建峰只是戏谑她，那他现在可就笑不出来了，真没有，难道自己老婆婚前真的给人睡过？

他的脸色立即就变得不好看了，甚至有些狰狞。

顾小霜连忙解释："我真的是第一次，你相信我，我不骗你！"

"……"张建峰一言不发，紧抿着嘴唇，眼神却越发凶狠起来。

顾小霜有些怕他那种眼神，她道："上学的时候，你也应该学过，就算骑自行车，或者什么剧烈运动，也会把那层膜给弄破的……"

不等顾小霜说完，张建峰一拳头就砸过去了，顾小霜的鼻子流了血，她没有还手之力，被他打了几拳泄愤，倒在床上半天爬不起来。

顾小霜哭得浑身颤抖，眼睛因为挨打，而视线模糊，酸涩胀痛。她原本想回娘家的，可是她又拉不下这个脸，不想给娘家添麻烦，不想娘家人担心，也不想听娘家人数落她。自己选择的苦果，只好自己闷声吞下。

早晨，顾玉全趁顾小春去院子里洗漱的时候，进了她的卧室，把她的钱包和身份证扣下了。

顾小春熬了一锅小米粥，拌了一个蒜末黄瓜，炒了一个大头菜，一盘油炸花生米，和父亲弟弟们一起吃完了早餐，准备收拾东西回城，却发现自己的包怎么也找不到了。

她有些着急地翻着床铺，喊道："爸，彦早，你们有没有看到我的包？早起的时候还在这里的，丢哪儿去了？"

"别找了，在我这里！"顾玉全语气蛮横，很有一副做家长的霸道架势。

"爸，你拿我包干吗？"顾小春转身，瞪着顾玉全。

她着急地走出门，伸手道，"快还给我，爸，再迟就来不及了，晚一点搭车到 T 城就天黑了！"

"你妹妹都结婚了，你不能走，必须相亲，订完婚我才许你走！"顾玉全的语气不容反驳，"你妈走得早，我不能任由你这么任性下去，这是一辈子的大事，必须定下来！"

"爸，我不是跟你说了吗？我现在还不想结婚，你这是干什么呀！"顾小春急得直跺脚，"爸你快把包还给我！"

"你不订婚，我是不会把包还你的！"顾玉全胜券在握地道，"你有种就这么走！"

"身份证和钱都在包里，我能走得了吗？"顾小春急得蹲在地上，抚了一下额头的发丝，她眼圈发红，都快哭了，"爸，你非要这样逼我吗，非要这样逼我吗？"

"爸这都是为了你好，到了年纪，你不结婚，到底在等什么？一个人过，多孤单，你看看你爸，我不能让你跟爸一样，没有个伴！"顾玉全语重心长地说，"女孩子结了婚，有男人养你，不用在外头上班受累，到时候再给人家生个一儿半女的，一家人其乐融融的，就行了！咱不图人家大富大贵，只要是个老实人家，待你好就行了！"

"爸，你把大姐的包放哪儿去了？"顾彦早一边收拾碗筷，一边说，"我大姐是请假出来的，你这样拦着她不让她回去，不就瞎了一个月工资吗？你快把包还给她，我大姐也不是小孩了，她自己有主意！"

"不行，婚姻大事，必须父母做主！"顾玉全道，"除非你自己谈了男朋友，谈了就带家里来看看，没谈，必须相亲，这事没得商量！什么时候把婚订了，再走！"

顾小春和顾彦早说了半天，顾玉全软硬不吃，就是不把顾小春的包拿出来，姐弟二人在房间里找了半天也没有找到，没辙了，他们坐在庭院里，六目相对，大眼瞪小眼地看着。

顾小春咬咬牙，说："行，今天就相亲！爸你去把媒婆叫来！"

"哎哎——"顾玉全一听，来了精神，喜笑颜开地跑出门找媒婆去了。

"姐，你真想订婚啊？"顾彦早转过头，望着顾小春，有些不可置信地问道，"这不像你顾小春的性格啊？！"

"嗯，怎么了？"顾小春叹了口气，道，"不然我能怎么办？身上没有钱，身份证也被咱爸给扣了，你说让我怎么回去？"

"姐你也别怨咱爸，他也是为了儿女好，就是方法上有些武断了。"顾彦早当起了和事佬，"就是，你可别像我二姐一样，那么草率就结婚，依我看，那张建峰人品太差，我二姐嫁过去肯定要吃苦了！"

媒人尾随顾玉全进了门，她嬉笑着走过来，对顾小春道："这就是你家大妮儿啊，长得真俊，比老二还好看。"

"行了，别夸了，手头上有没有合适的人选，我这就去见一见！刚好今天有空。"顾小春站起身，对媒人道。

媒人道："单身的小伙子多着呢，看你想要什么样的，是看重家庭条件好呢，还是挑人长得好，我按你的喜好帮你选！"

"什么样的都有？"顾小春戏谑地一笑。

"那是自然，想要倒插门的都有！"媒人笑道。

顾玉全一听，来劲了，他道："可以倒插门的也有啊，那人多大了，哪个村的？"

"不远，邻村的，今年三十二了，没盖上新房，家里兄弟们多，所以他父母才同意倒插门，人长得还行，他父母对女方要求不高，只要他别在家里打光棍就行。"媒人嘿嘿一笑说。

"小春，你考虑下！"顾玉全连忙道，"倒插门，咱不受气，你看看小霜，我都有些后悔了，光图张家条件好了，没想到张建峰脾气那么坏，伸手就打人！对了这事儿我还没找你呢媒婆，张建峰怎么还有暴力倾向呢，相亲前你也没说啊！你若是说了，我都不能让小霜跟他见面！"

媒人连忙道："哎呀，张建峰打人了吗？没听说啊，挺好一个小伙子，谁还没点脾气呀，这都是正常现象，有几个像你这样好脾气的人呀，不好找！咱说正事，还有一个，今年二十二了，和小春同岁，上面两个姐姐，家里条件挺好，开个小超市，老实本分人家，就是小伙子有点矮，一米六五的个儿，不然这么好的条件早结婚了！"

"倒插门那个考虑下！"顾玉全再次强调，希望顾小春留在眼前儿给他养老更好。

"爸，三十多了，都快大我一旬了，这就是你给我找的好对象？"

顾小春翻了个白眼，道，"我还没到嫁不出去的地步，你可饶了我吧！"

"那就见开超市那个！"顾玉全道，"没关系，见了不合适，明天接着见别家，有的小姑娘相亲，一天见七八个呢！"

"行行行，见！"顾小春不耐烦地摆摆手，由着他们安排去了。

媒人骑着她那辆破自行车离开了小巷，不一会儿带着一个男孩来了，顾小春一看，一米六五的男孩，果然很矮，幸亏她今天没穿带跟的鞋，不然跟他站一起像领着个孩子似的。

男孩仰望着她，脸有些红，二人进了屋，男孩显得很热情，他道："你多大了，叫什么名字？听说你在外头上班，是专门请假回来相亲的吗？"

"嗯，是。"顾小春敷衍道，眼神飘向窗外，无心与他攀谈这些无聊的。

"我二十二了，你多大呀，你很漂亮，外头那个大高个儿是你弟弟吧？"男孩接着问道。

"嗯。"

"你不爱说话吗？"他尴尬一笑，说，"我们家开超市，见过一面，就是朋友了，以后去我家玩，你想吃什么好吃的，我家里都有。"

"嗯。"顾小春道，"媒人什么时候进来？"

"再有个十来分钟吧，媒人就来了！"他说。

"你还挺明白！"顾小春撩了一下额前的发丝道。

男孩的眼神从未离开过她的脸，他道："嗯，见了好几个了。不过，你是最好看的！"

"是吗？谢谢！"顾小春又扫了一眼窗外，她的心思根本就没在男孩身上。瞧见站在院子里的媒人朝屋内走来，她便打开房门，走出了房间。

男孩有些失落，对面的美丽女孩，全程都是冷漠脸，心不在焉地应付他，连他叫什么多大了都没问一句，他心里有些难受。

媒人准备送走男孩和他的家人，说明天再来互通消息。顾小春打断了媒人，说："不用明天了，我同意，你直接问他愿不愿意！"

男孩眼睛都看直了，他有些不敢相信眼前发生的一幕，紧张得嘴巴都结巴了，他连连道："愿意，我愿意愿意！"

"行，既然都同意，那就谈一下彩礼的事情！"媒人喜滋滋地将后面的程序提上了日程。

"彩礼我不要！"顾小春爽快地说。

"讲一讲三金和新衣服的事情……"媒人接着道。

"都不要！"顾小春打断了媒人。

顾玉全瞪大了眼睛，他连忙上前拽了顾小春一把，接着又踩了她一脚，暗示她说错话了，彩礼三金咋能不要？别人都有他家闺女也得有。他说："怎么能不要呢，都是乡俗，不要会遭人耻笑的！"

"爸，我订婚还是你订婚？"顾小春冷眸扫过去，望着顾玉全。

"你……你订婚！"顾玉全一脸错愕地道。

"那既然是我订婚，那就听我的，统统不要，婚事就这么定了！"顾小春快刀斩乱麻地道，"那谁，我也不知道你叫什么，你觉得呢？"

男孩家长一听啥都不要，等于白捡这么俊一个大姑娘，这是天上掉馅饼的美事儿啊，这好事儿上哪儿找去！哪能不同意，连忙推了男孩一把，让他快答应。

男孩点头如捣蒜，笑得合不拢嘴，他暗道，还没嫁过来，就开始为婆家着想了，真是个好媳妇，嘴上连连道："都听你的，都听你的！小春！"

"电话号码给我，我回城再同你联系！"顾小春望着他道。

男孩连忙掏出手机，顾小春说了一遍自己的手机号，男孩拨了一下便挂断了。

"收到了吧？"男孩一脸殷切地问。

顾小春听见手机在堂屋响，包应该就在堂屋里藏着。

她狡黠一笑，道："好，你回去吧！"

"哎！"男孩和他的家人兴高采烈地应了一声，然后跟顾玉全和媒人打了声招呼，喜气洋洋地离开了。

媒人没想到这么顺利就又相成了一对，骑着她那辆链子长锈的破自行车，心花怒放地唱起了小曲儿。

顾小春冲顾玉全伸出手，道："爸，我的包呢？拿出来给我，我现在就走！"

"今天就走？"顾玉全又是一脸错愕的表情。

"那是当然！"顾小春一脸无奈地道，"那你还想怎么样？"

"你怎么能不要彩礼呢？不要钱的闺女嫁过去，人家更不会珍惜呀！你还没到嫁不出去要倒贴的地步吧？"顾玉全不解地瞪着她，"你这也太随便了吧？"

"这不就是你想要的结果吗？草率吗？随便吗？"顾小春反问，"你让我订婚，我也订了，把我包还我，快点，我还得赶班车！"

顾玉全无奈，叹着气摇着头，进了堂屋，不情不愿地拿来凳子，跳上去，踩着凳子，把她的包从碗柜顶上拿了下来，丢给了她。

顾小春抱紧了自己的包，她拉开包链看了看，钱包和身份证都在，心里石头落了地，她走到大门口，转身，对父亲顾玉全说："爸，你现在就去跟媒婆说一下，告诉那个家里开超市的男孩，叫刘什么的，让他不要等我了，我不会再回来了！"

说完，顾小春撒丫子就跑了。

"你——"顾玉全追出去，喊道，"顾小春，你给我回来，你给我回来呀！你你……你想气死我呀！"

顾彦早摇头一笑，对父亲道："爸，强扭的瓜不甜，她若是屈服了，就不是顾小春了！"

"唉——"顾玉全气得蹲在地上，直挠头，"她这是闹着玩呢！婚姻是儿戏吗？"

"就是因为婚姻不是儿戏，她才会做出这样的选择，爸，我支持我大姐！"顾彦早道。

"别瞎起哄，快读你的书去吧！"顾玉全呵斥道，"这让我怎么跟媒婆说呀，让人家白白欢喜一场，她这是调戏人家啊！开那么大的玩笑，却让我去给她收拾烂摊子！"

"爸，你若是不扣我大姐身份证和钱包，她能来这么一出吗？还不是因为你不讲道理在先！"

"你懂什么，去去去！一边玩去！"顾玉全气不打一处来。

回城的路上，顾小春回拨了今天所见男孩的电话号码，打通之后，她道："对不起，我走了，你不用等我，方才我所说的话都不算数，订婚取消，你也不损失什么。"

她可以听得出，电话那端的男孩听傻了，半天没有说出一句完整的话来："呃……为什么，为什么要对不起……取消，为什么要取消，你是说你是开玩笑的吗？玩弄我的感情，是一件很有意思的事情吗？不损失什么……你真的太不尊重人了！"

男孩的语气有些重，她可以听得出他心愿落空之后的愤怒情绪。

"对不起，我也是迫不得已才出此下策！"顾小春语气诚恳，"我爸扣押了我的身份证和钱包，如果我不订婚，他就不放我走，我也是没有办法，才开了一个那么大的玩笑。对不起，是我利用了你，我想，同是云城人，你可以理解的对吗？"

"我不理解……呜呜……"电话那端传来呜咽的哭泣声，随后便是"嘟嘟嘟"的忙音。

顾小春将手机丢进包里，站在十字路口，迎着微风，仰望着头顶的太阳。清晨的阳光很柔和，一点都不刺眼。一片乌云飘过来遮住了太阳的半张脸，不一会儿又飘走了。阳光忽明忽暗，像极了这人生，注定不会一帆风顺。

通往县城的公交车在她的跟前停了下来，顾小春上车，付了车票，找到一个靠窗的座位坐了下来，她将头靠在窗玻璃上，望着脚下这片熟悉的土地，离自己越来越远。

天快黑的时候，顾小春平安抵达T市，她打了电话给顾彦早报平安，话说了一半，顾彦早的手机就被顾玉全给抢了过去，他道："你还知道往家里打电话呀，不是说以后都不回来了吗？"

"是啊，你若是再像这次一样，扣押我的身份证，我就不回去了！"顾小春道，"爸，你这是非法限制他人人身自由，属于非法拘禁罪，你这是违法的你懂吗？"

"别给我扯这些没用的！什么违法不违法，我还不能管教自己的女儿了？"顾玉全呵斥道，"一点都不让我省心！"

"行吧，爸，我不是跟你开玩笑，倘若你再这样限制我人身自由，我是绝不会再回去了！你看着办吧，反正你还有一个儿子一个女儿，就当我是多余的吧！"

"真是白养你了！"顾玉全怒道。

"行，你愿意怎么说就怎么说吧！"顾小春道，"还有事吗，没什么事我就挂了。"

"你说说你，干的这叫什么事儿，人家男孩听说你不愿意跟人家订婚，在媒人面前哭得那叫一个惨，你不愿意就别随便答应人家嘛！"

"我不答应你能让我走吗？"顾小春无奈地道，"我都说了几次了，我不想订婚不想结婚，你偏要我相亲，你打算让我相几个？我一天啥也不干就搁家里相亲，我吃饱了撑的吗？！行了，挂了！"

"喂，喂——"顾玉全把手机从耳朵上移开，眼睛瞅了瞅手机屏幕，指着手机道，"她挂了！"

"挂了就对了！"顾彦早向前一步，把自己的手机从父亲的手里拿过来，揣进兜里，进了自己的房间。

他也不想面对唠里唠叨对子女横加干涉的父亲。

转行

第九章

　　顾小春回城后，便继续在工厂上班，只不过，她不再把全部工资寄回去，而是存了一部分，作自己的学习储备金。

　　具体去学什么，她还没有想好，也没有个头绪。

　　恰逢劳动节，厂里放几天假，顾小春想在 T 市逛逛，又想趁机问一下陈永昌的意见，毕竟他人比较好，又聪明又正直，帮过她不少的忙，他给的意见，她会听。

　　顾小春换了一件白色 T 恤，外面随便套了一件工装，竖起长长的马尾，给陈永昌拨去了电话。

　　陈永昌接通了，他道："小春。"

　　"嗯，是我，你放假了吗？"顾小春一边提鞋子，一边问。

　　"放假了，你呢？"陈永昌说，"假期有安排吗？"

　　"我正想问你呢！"顾小春打开宿舍的房门，顺手带上，便向楼下跑去，"我想见你一面。"

　　陈永昌道："好，我这就过去接你，你想去哪里玩，我做导游。"

　　"随便啦，去哪里都好，你知道的，我以前一直不肯对自己好，现在想开了，年纪轻轻的，不要向自己讨厌的人学习。"顾小春道，"谢谢你肯陪我，其实我也不是只想玩，我还有事要请教你。"

"什么事？"

"见面再说吧！"顾小春说，"我现在就到公司门口了。"

"你站在那里别动，我五分钟就到。"陈永昌道。

顾小春在电话里，听见陈永昌发动车子的声音。

五分钟后，一辆白色的车子出现在顾小春的面前，车窗落下来，陈永昌英俊的脸从窗子露出来，他笑道："还愣着做什么，上车吧！"

顾小春一笑，道："今天怎么换车了？我还以为……"

"以为我开那辆破货车？"陈永昌笑着摇摇头，道，"小春，有时候觉得你挺傻的，傻得可爱。"

顾小春咯咯笑道："不然呢？每次见你都是开那辆货车，谁能想到你会开辆轿车出来。"

陈永昌道："货车是工作时给老板送货用的，轿车也是老板的，我借他的开一开。"

"现在是假期，你老板不出去玩啊，车子借给你？"顾小春问道。

"老板有好几辆车，轿车就有三四辆，借他一辆开一开。"陈永昌道，"我给他创造那么多的利润，借一下车用，他总不会那么小气，不借给我吧？"

"对了，你说你有事，什么事？"陈永昌问道。

"你之前说过，要学点什么东西充实自己，我想问问你的意见，学点什么好呢？"

"不耻下问是个好习惯。"陈永昌发动起车子，道，"想去哪里，我们到了目的地，一边欣赏风景一边谈。"

"都说 T 市的海很美，我来了那么多年，却没有去过。"顾小春说，"不如我们去海边，吹吹海风。"

"好。"陈永昌踩了一脚油门，车子一路狂奔，朝着海边驶去。

车子停在了停车场，陈永昌与顾小春并肩朝海边走去。

海边的风很大，将她的发丝吹乱，黑丝如绸，飘浮在她的脸颊，胡乱飞舞着。她一身肥大的工装裹住纤细的身体，却并不显得寒酸。白色的球鞋上一尘不染，双手插在上衣的兜里，微微抿起的嘴唇上，并没有涂口红，却不点自红，素面朝天，却青春烂漫。

年轻真好，可以不用化妆，可以乱穿衣服，照样光彩照人。

陈永昌道："前面有个休息的亭子，我去点两杯饮料，你想吃点什么，我去点。"

顾小春抚了一下额前飞舞着的发丝，道："随便，什么都可以。"

陈永昌去柜台点了两杯杞果汁，一盘水果拼盘，二人落座，顾小春道："海边真美，好想下去游一下。"

"你会游泳啊？"陈永昌吸了一口果汁，问道。

顾小春摇摇头，道："不会，我是个旱鸭子，就在浅水区扑腾两下就好，不去深水区的。"

"现在下去还太冷。"陈永昌说，"等到炎炎夏日，再下海，那时候海下的温度才刚刚好。"

"嗯。"顾小春用牙签扎了一块西瓜，放进嘴里，她道："你还没跟我提建议呢，去学什么比较好，你也知道，现在这个年纪很尴尬，别说让我去自考大学呀，实在没有那么好的精力。实用点的可以。"

"你喜欢画画吗？"陈永昌不答反问。

"喜欢。"顾小春说，"我小时候经常画，临摹漫画人物，课本里的插图，我同学都说我画得可好了呢，如果生在富贵人家，学个画画之类的，说不定还能当个画家呢！"

陈永昌被她给逗笑了，他道："那不如去学画画吧。"

"大哥，学画画可以，但是也要看我的实际情况啊，画画又不能挣钱，我学完，靠什么养活自己啊！"顾小春摇摇头，"到时候吃饭都是问题，哪有心情画画？"

"我说的是，手绘家具。"陈永昌说，"在家具上作画，这个你知道吧？"

顾小春摇摇头，一脸茫然说："头一次听说。"

陈永昌道："画有美丽图案的家具，总见过吧？"

顾小春连忙点头，道："见过见过，我村里有个富户结婚，家具上画着梅花，难道那不是印上去的，是纯手工画上去的？"

"是的。"陈永昌道，"就是纯手绘，家具手绘，你可以去学下。不过现在的新式手绘，图案更现代，更符合现代人的审美。"

陈永昌停顿了一下，说："我老板的家具店呢，基本上由我打理，进原材料，接单，去客户家测量尺寸，送货等，虽然说现在多雇了几个人，但是我想，既然我一切都能干，为什么我不自己另立门户？我就想自己开店，你若学了手绘，可以来跟我干。"

"哦，你想做老板了？"顾小春笑笑，道，"听起来有点意思，这是拉拢我去给你当员工吗？"

"你愿意跟着我吗？"陈永昌用探寻的眼神望着她。

"可以啊！"顾小春很痛快地应道。

"你不怕我店开黄了，拿不到工资？"

"不怕！"顾小春道。

"这么信任我？"

"嗯，信任你。"她不假思索地说。

"那好，我们现在就去做准备。"陈永昌说着站起身，走过来，拉住顾小春的手，向路边的商场奔去。

"喂，去哪儿啊？"顾小春不知道陈永昌卖的什么关子，手被他攥在手心，被动地被他拽着，踏进了商场的大门。

顾小春仰起头，望着这高楼大厦，上面写着××商场几个大字，她不解地问："要来这里买绘画材料吗？"

陈永昌摇摇头，说："不是，为你买几件合适的行头。"

"买衣服吗？"顾小春道，"这里的衣服很贵的吧？我有衣服穿的！"

"衣服可以体现一个人的气质品位和审美，如果你穿成这样去学手绘，一定会遭到师傅拒绝的，一个审美糟糕的人，是学不好家具手绘的。"陈永昌很认真地说。

"这样。"顾小春微微低下头，脸上爬上一抹嫣红。

原来穿成这样，是很没有品位的一件事情。顾小春不是没有审美，她完全没有把心思放在打扮自己上，她并不想谈恋爱，只想努力生活，努力改变现状。怎奈，无论怎样努力，都无法摆脱父亲带给她的影响。

只有成长，完成蜕变，才能彻底摆脱原生家庭所带来的影响。

她并不想活得如此狼狈，她总有一种紧迫感，总觉得自己很缺钱，总觉得身后有一个巨大的无底洞需要来填。

她现在才彻底明白，那个无底洞，并不是"弟弟要上学"，而是心穷的父亲。

父亲是一个永远都填不满的无底洞，他不停地要钱，让她活得充满压迫感，让她觉得自己浑身写满贫穷，不敢吃不敢穿不敢随便花钱。

尤其是，每当父亲打电话要钱的时候，那个无形的无底洞，就好似一个巨大的黑洞，步步逼近，她很担心，很恐惧，害怕它随时将自己吞没。她无力地奔跑，挣扎，都是徒劳。她将自己困在原地，找不到出口。

直到遇见陈永昌，她才渐渐看透，他就好似浓雾中的一缕曙光，照亮前方。

她奔着那一缕曙光一路向前，不管前面是否有风险。

他与她，不过是一面之缘，她却可以信任他，将他奉若神明。

她从未想过"爱"或"喜欢"这些字眼，她把他当作导师，她人生的导师。

"那就去买啊！"顾小春抬起头，望着他，甜美一笑，道，"走！"

他们一起在商场里逛了好几家服装店，试了十几套衣服，顾小春相中了一件阔腿裤，被陈永昌给否掉了，他摇摇头，说："这身衣服不适合你，你的身材苗条，它不能够把你的美勾勒出来。女人为什么要买衣服，不仅仅是要遮盖身体，更重要的，是展现你的美。"

顾小春试穿了一件浅粉落英碎花的连衣裙，陈永昌眼眸一亮，赞叹道："这件衣服穿在你的身上，太美了，很适合你。"

服装店的售货员连忙夸赞道："这位先生真是太有眼光了，这件是今年的新款，非常适合这位小姐姐，小姐姐长腿细腰，这件裙子把小姐姐衬托得更美了。"

"这件适合学手绘的时候穿吗？"顾小春捏着裙角，转了一个小圆圈。

陈永昌唇角泛着一抹邪魅的浅笑，他眯起眼睛，摇摇头，道："并不适合，但是适合日常穿。"

"日常……"她疑惑地望着他，"可是我日常并不喜欢穿裙子。"

"我喜欢。"他粲然一笑，脱口而出。

"什么？"她有些愣怔地望着他。

陈永昌连忙掩饰，道："不是……我是说你穿裙子很好看，那你日常喜欢穿什么？"

"T恤，长裤。"她道。

"可以再多试几身，没关系，我们有的是时间。"陈永昌十分有耐心地说。

顾小春最终挑了三套衣服，准备去付款的时候，陈永昌先一步到柜台前，准备付钱。

她连忙拉了陈永昌一把，说："陈先生，我不能总是受你恩惠，买衣服的钱呢，还是我自己来付，我带了钱的。"

陈永昌道："是我带你来买衣服的，算是我送你的转行礼物吧。"

"哪能总收你的礼物呢！"顾小春说着，从钱包里掏出钱，直接塞给了售货员，说，"收我的。"

陈永昌见顾小春很固执，便没有坚持，他道："白T恤配牛仔裙，很适合你，就别换了，直接把吊牌剪掉就可以了。"

"嗯。"她应道。

售货员帮她剪掉衣服上的吊牌，给他们打包好了衣服，微笑着道："欢迎下次光临！"

陈永昌与顾小春走出商厦，他道："这几件衣服花掉你半个月的工资，为什么要坚持自己付呢？"

她抬起头，用奇怪的眼神望着他，道："明明是我买衣服，当然是我自己付钱啊，倒是你啊，你对每个人都这么好吗？"

陈永昌摇头一笑，用探寻的目光望着她，道："你觉得呢？"

顾小春摇摇头，低垂下眼帘，呢喃道："我不知道，我怎么会知道你的心思呢？"

"你以前，有没有谈过恋爱？"他随口问道。

"没有。"顾小春说，"我们乡下很封建的，哪里会有人谈恋爱？读书的时候，倒是有人给我写过情书，不过我很傻，把情书交给老师了……"

顾小春的话惹得陈永昌忍俊不禁,他道:"那那个男孩子岂不是很伤心?"

顾小春莞尔一笑,道:"不知道啊,反正他以后碰见我,都用幽怨的眼神瞥我。"

"你真是一个没心没肺的女孩子。"陈永昌摇摇头,道,"我没有记错的话,你二十二了吧?"

"是啊。"她答。

"从来都没有谈过恋爱,也没有想过以后会跟什么样的人在一起?"他问道。

"我现在想的,就是脱离困境,做一个有钱人,在 T 市站稳脚跟,不再做一个无用的人。"

"什么是无用的人,什么又是有用的人呢?"陈永昌叹息道,"这是一个很深奥的问题。"

"无足轻重的尘埃,便是无用的人,像现在的我。"顾小春拎着衣服,将衣服袋子丢入轿车后备厢,随后合上了车盖。

二人朝着大海走去。

"我们一起创业。"陈永昌说,"不再做都市里那颗无用的尘埃。"

"那做什么?"她笑着反问。

"做土坷垃。"他调皮地道。

"讨厌!"顾小春站在海水中,撩起海水,泼向他,"你嘲笑我啊!"

"没有,我哪有!"陈永昌站在海水里躲避她的攻击。

几下功夫,陈永昌浑身都湿透了,他笑着道:"我是说,我们不做微尘,可以做大树,可以成为他人的倚靠,绝不倚靠他人而生活。一起奋斗吧!"

"你相信我的能力吗?"顾小春道,"相信我能学好手绘?"

"我信你。"他道。

"如果我学不好呢?"她怔怔地望着他,"如果到时候,我爸让我回老家……"

"我养你！"他说，"如果你嫁不出去了，我就养你！"

"好啊你，咒我！"她紧咬嘴唇。

"我是认真的！"陈永昌一本正经地说。

"哪里认真？"顾小春说，"你养我，你凭什么养我啊，我是你什么人啊！"

"做我女朋友吧！"他深深凝视着她。

顾小春呆呆地望着他，她看着他踏过海水，向她走来。

"你愿意做我的女朋友吗？"他垂下眸子，温柔地看着她。

她有些心慌，没想到他这样问。

也许是因为从来没有恋爱经历，所以她显得情商特别低。

换作别人，一个男人对她那么好，这也管那也管，就可以猜到，男人是喜欢她的了。

"有点突然，让我再想想。"顾小春撩了一下额前的发丝，抿了抿嘴唇道。

"我吓到你了吗？"他有些紧张地问。

"没有。"顾小春试图打破眼前的暧昧气氛，她道，"我哪有那么玻璃心，只是，我现在的处境，根本就没有心情想那些风花雪月的事情。"

"真伤心。"他道，"那就是一口拒绝了？"

"没有……"她连忙摇头。

"那就是接受了！"他眼眸中露出一丝狡黠，一把将她拥入怀中，箍紧她的腰身，道，"现在，你就是我陈永昌的女人了。"

"你的女人？"她瞪大眼睛，没想到一向温文尔雅的陈永昌，会突然变得这么霸道，"我，我有答应过你吗？"

不等顾小春的话说完，陈永昌便低下头，捕捉住了她的唇瓣，轻轻吻上了她的唇。她的心微微一颤，好似被电流击中了，她的双脚发软，浑身轻飘飘地没有力气，宛如踩在云端一般。

陈永昌托住她的身子，喘息加重，用舌头撬开她的牙齿，试图加深这个突如其来的吻。

顾小春的呼吸暧昧，眼眸刹那瞪圆，她身子绷紧，攥紧拳头，一把推开了陈永昌，道："别……别这样，海边好多人的。"

陈永昌笑容灿烂，至少，她是不讨厌自己的。

小春毅然决然地辞了职，听从永昌的建议，在他介绍的家具手绘师傅那里学手绘。陈永昌经常会在她下课时去接她，送她回家。

陈永昌对顾小春展开了猛烈的追求。

一个被穷养长大的女孩子，忽然有一个男人对她那么好，又怎么会心无波澜呢，但是她就是没有松口，不知道是在等什么，或许是因为在担忧什么。

怀孕

第十章

顾小霜吃过了早饭，就跟着婆婆去了地里干活，为菜苗放风。

自从顾小霜嫁过来，地里的活儿就是婆婆跟她的事情了。

这在农村也是少见的，因为新嫁过来的媳妇，很少去地里干活，一是因为怕累，二是怕晒黑，三是年轻人在娘家娇惯，一时改不了晚睡晚起的习惯。

张建峰从来不去地里干活。

自打她嫁进门，都没见过公公几回面，婆婆宫淑月说公公出去打工了，顾小霜信以为真。

直到这件事发生以后，她才知道张家的内情。

顾小霜结婚以后，并没有像其他新媳妇一样安心备孕，她在附近工厂找了兼职，把厂里的散活儿带回家做，做好再送厂里，按月结算工资。

她嫁过来一个月，从来没有让自己清闲过，白天去地里干活，闲暇时做活儿赚点零花钱。

可是，当她月底去工厂领工资的时候，却被会计的一句话给气坏了。

会计坐在旋转椅上，只用余光扫了她一眼便说："你怎么又来领工资呀，你婆婆不是帮你把工资领回去了吗？"

"什么？"顾小霜心里一颤，她有种不好的预感，平时婆婆就不太好相处，现在竟然无事献殷勤，帮她领工资，她这是安的什么心啊？

"谁让你把工资给她的？"顾小霜一时克制不住，声音也提高了几分贝，她道："我的工资，我自己不会领吗？"

"你这是什么态度？！"会计顿觉莫名其妙，她拍案而起，怒道，"顾小霜，我告诉你以后再这种态度，厂里的活不用你干了！"

"不干就不干！"顾小霜怒道，"我辛辛苦苦赚来的工资，你怎么能随便给人呢？你的工资怎么不直接开给你婆婆呢！"

说完，顾小霜转身走出门外，"砰——"的一声摔了房门而去。

"厂里工资能代领的，你又不是不知道，你跟你婆婆关系处不好，在我这里撒什么气！"会计气得手直哆嗦，她指着顾小霜的身影道："好你个顾小霜，你等着！有你好看的！"

顾小霜停住了脚步，她重回房间，一把推翻了会计桌上的文件，文件书本"哗啦啦"散落一地，她瞪着会计，道："你明明知道我跟婆婆关系一般，还把我的工资交给她，你安的什么心？"

会计被她的眼神给吓住了，她冷哼一声，指着门口，道："这里不欢迎你，你走！出去——"

"保安——"

会计喊了一声，保安应声走进门。

顾小霜转过头，望着那几个身材魁梧的保安，道："我自己会走，闪开！"

工资被冒领，这样的事情在城里根本就不会发生，可是在乡下，就司空见惯了，乡下的人情世故更重，家便是一个单位，她婆婆或者老公，甚至是公公，帮她领工资，都是十分正常的事情。

顾小霜怒气冲冲地回到家里，看见婆婆就像没事人一样站在锅台择菜，她一时控制不好自己的情绪，语气稍微有些强硬："妈，我听会计说你把我的工资领了？你把工资还我，我这个月要跟朋友去县城买点东西。"

"买什么东西？"宫淑月一脸的不耐烦，"结婚了都不知道好好过日子，家里什么东西都不缺，不用买，你要买什么，跟我说，我去给你买。"

"妈，这不好吧！"顾小霜道，"妈你这是什么意思啊，你怎么把我的工资领了？你到底想干吗？"

"喂，顾小霜，你这是什么态度啊？有你这么跟老人说话的吗？"宫淑月挑眉，摔了手里的青菜，指着顾小霜骂道，"你一个穷种懒汉家的孩子，给你脸了是不是？还敢跟我这么说话，张建峰，你到底管不管你媳妇，快看看她这是什么德行，哟，想要打婆婆呀？！"

张建峰原本躺在卧室的床上打游戏，听见他妈的喊声，连忙攥着手机奔进厨房，道："妈，怎么了这是？"

"你看看，你娶的这好媳妇，问我要钱呢！"宫淑月指着顾小霜道，"你还不快好好收拾收拾她，再不收拾，这可就上房揭瓦了！"

张建峰一脸不耐烦地道："你说什么了，惹妈不高兴？赶紧给我妈赔礼道歉，快点儿！"

"张建峰，你妈替我领了工资，我问她要，怎么了？"顾小霜的脾气也上来了，他竟然跟他妈站在一起欺负她。

"你这是什么态度啊！"张建峰仰着头，一副不可一世的样子，他走过来，推搡了顾小霜一下，道，"不管谁对谁错，首先，你这态度跟我妈说话就不行，赶紧给我妈道歉！"

"你们合起伙来欺负我是不是？"顾小霜的眼圈红了，她道，"我辛辛苦苦赚点零花钱你们也不放过，说我是穷种家的孩子，你们是有钱人，你们有钱跑去工厂领我的工资干吗？"

"啪——"

张建峰把手里的手机摔进柴草里，一巴掌狠狠地掴在顾小霜的脸上，顾小霜只觉得自己的脸火辣辣地疼，她扭过头，用狠狠的眼神望着张建峰，说："你打我？我跟你拼了！"

她冲过去，想要过去撕扯张建峰，腰身却被宫淑月给抱住了，张建峰一脚踹在她的肚子上，顾小霜痛得脸色发白，没有了还手之力。

接着，又是两拳打在她的脸上，顾小霜瘫软在地，腹部一阵疼痛，下面渗了血。

"儿子，流血了，流血了！"宫淑月瞪大了眼睛叫道。

"没想到这么娇贵，轻轻打一下就流血，可能是来姨妈了，不用理她！"张建峰弓腰，捡起柴草上的手机，转身回房间打游戏去了。

婆媳是天生的敌人，宫淑月虽没怎么瞧得上顾小霜，可是她毕竟是女人，晓得顾小霜还得生孩子，踢坏了肚子万一不能生了，她好让儿子跟顾小霜离婚再娶，想到这一点，她带顾小霜去了村里诊所。

诊所说幸好来得及时，顾小霜怀孕了，吃点保胎药还能保住。

宫淑月担心儿子那一脚，踹在儿媳妇肚子上，孩子生下来再有点什么病，心事重重地给儿子打了个电话。

大夫瞥了宫淑月一眼，责怪她说："怎么搞的嘛，怀孕还不知道注意一点！"

宫淑月眼珠一转，忙道："她不小心跌了一跤，真的是不小心……"

"不小心跌一跤？"大夫摇摇头，接着意味深长地望着顾小霜，道，"看这脸上的红印，摔得挺厉害的啊，看起来不像眼神不好的样子啊，以后多注意点儿，怀孕以后不要同房，知道了吗？为了你肚子里的孩子考虑！"

"嗯。"顾小霜的眼睛里噙满了泪水，她从来没有想过自己婚后的生活会是这样子的，宛如地狱一般。

与一个毫无感情交流的男人，同床共枕，为她伺候老的，为他生孩子，为他忙里忙外，他不但不感激，还对她拳脚相向，她真是活得牛都不如。

婆婆跑出诊所打电话，也是怕被人听了惹人笑柄。

"儿子啊，你媳妇怀孕了！"宫淑月道，"你下手也太重了点儿，万一打坏了我们张家的孩子……"

"妈，还不是你让我打的吗？"张建峰不耐烦地道，"行了行了，现在说这些又有什么用，孩子还能要吗？不行就流了吧！"

"流了？好不容易怀上的，流了做什么？"宫淑月紧张地道，"女人有了孩子，就不能跑了，你看看你现在的脾气，动不动就打人，换别家姑娘，早跑了，也就她好说话吧……"

"你也知道她好说话啊？知道还总找事儿！"张建峰不耐烦地说，"以后都消停点儿！"

"婆婆总要有个做婆婆的样子嘛，你看娶她花了那么多钱，万一跟你离了，钱不都瞎了？你也不长个心眼儿，我这不是多留了个心眼儿吗？能划拉回来多少划拉回来多少！你学着点儿吧！"宫淑月扬扬得意地说，"行了，就这样，孩子不能流，踹得也不狠，大夫说了，只是流了一点点血，喝点保胎药就行了。"

"随你们吧。"张建峰漠不关心万事随便的样子，说完就挂了母亲的电话。

顾小霜被婆婆搀回了家，婆婆在厨房里给她熬药，熬了几个小时才熬好，又把中药晾凉了，给她端进了卧室。

宫淑月把保胎药放在她的床头，道："把这碗汤药喝了，大夫给你开的，保胎的，对胎儿好。"

"不喝！"顾小霜固执地别过头，一眼都不想再看她。

她有一肚子的委屈和怒火没有地方发泄，她哪里有心情生孩子？

"不喝？"宫淑月斜着眼睛望着她，叉腰道，"不喝你想干吗？生个有缺陷的孩子出来吗？"

"流产，离婚！"顾小霜斜躺在床上，用狠狠的眼神望着婆婆，她有早孕反应，现在身体不适无力行走，不然她现在早就收拾东西回娘家了。

"像话吗，这像话吗！"宫淑月急了，她拍着大腿喊道，"一件小小事情就要离婚，现在的年轻人真是没法说，我们张家造了什么孽啊！"

"你把我的工钱还给我，你们全家没有一个人尊重我！"顾小霜脸色蜡黄，瞪着她，觉得婆婆面目可憎，多看她一眼都觉得恶心。

"你的钱？"宫淑月挑着嗓门嚷道，"你都是张家的人，还分什么你的我的，你的钱就是张家的钱呀，难道你还有外心不成？"

"没有外心，也没有你们这么欺负人的，是不是欺负我没有妈，觉得我不懂人情世故？你出去打听打听，谁家儿媳妇的钱把在婆婆的手里？就连你儿子的钱，也应该交给我管理，我是他的妻子，而不是交到你的手里！"顾小霜一字一顿道。

"你是他的妻子怎么了？我还是他的娘呢！"婆婆嗓门老高，好像她说的一切都是真理。

张建峰一直攥着手机沉默，手机里时不时传来"嘎巴嘎巴"的声响，听见顾小霜这样说，张建峰抬头瞟了顾小霜一眼，道："挺能耐的啊你，才嫁过来几天，就想管我了？"

"我现在不想跟你吵。"顾小霜道。

"你以为我想跟你吵啊！"张建峰道，"还不是你因为一件小事对我妈大呼小叫，这就是你做错了，你不行，我才教育你的，别在那里用那种眼神儿看我。"

"这钱哪，是还账用的，为了娶你，家里花了不少钱，又是彩礼又是三金又是摆酒席的，还有这新屋新家具，哪样不花钱呀！"宫淑月道，"既然你嫁过来了，又是给你花的钱，这债你就得还，总不能让老的替你还吧？"

"离婚吧，我看你也不想跟我过。"顾小霜说，"结婚前说的，你们家条件好，原来都是唬人的！"

"条件都在明面儿上呢，能唬什么人啊！"宫淑月反驳。

"谁家媳妇结婚一个月就离婚啊，更何况你肚子里还有我们张家的孙子，不行，绝对不行，如果你非要离，那就当你是骗婚，把彩礼钱给我们退回来，还有给你爹的那些礼，都送回来！"宫淑月道。

"你说什么呢？哪有退彩礼的道理？是我想跟你儿子离吗？你唆使你儿子打我，这日子没法过，我还不能离婚了？若说骗婚，也是你们骗婚！"顾小霜情绪激动，脸色大变。

"一个月就离，就是骗婚，彩礼退回来！"张建峰头也不抬地摆弄着手机。

"对，退彩礼就准你离婚！"婆婆宫淑月附和道。

"你——"顾小霜指着张建峰，一句话都说不出来，她没有想到，张家都是这样的人。

她拖着病恹恹的身子，站起来，想要离开张家，回娘家歇歇脚，却不承想走到门口就眼前漆黑一片，失去了意识，晕倒了。

当她醒过来的时候，躺在自己家里。

父亲顾玉全蹲在炕底下，在给炕洞里加火，屋子里弥漫着烟火气，炕上暖烘烘的，屋子里也暖烘烘的。

"谁知道她这么娇贵呀，可能是刚嫁过去不适应婆家的生活，想家了，就晕了两次，还摔得动了胎气，药我都拿来了，亲家，你有空把药熬一熬，给小霜服下，肚子里还有孩子呢，为了孩子着想，让她别生气，我那儿子呀，还小，不懂事，刚结婚，还是一身的孩子气！"

堂屋里，是顾小霜的婆婆宫淑月，她把药搁在堂屋的桌子上，跟顾玉全说着客套话，准备离开了。

顾玉全往炕洞里又塞了几把柴火，让火烧得更旺一些，听见宫淑月要走，他连忙堵上炕洞，起身，准备送他们出门，他道："亲家，这就走了？再坐一会吧，我下壶茶，喝点茶水再走呀！"

"不了不了，好好照顾小霜吧，给她多弄点好吃的！"宫淑月表面上礼数周到，一点也看不出她哪里做得不到位来。

宫淑月跟她儿子离开后，顾玉全便进了屋，对顾小霜说："你这是怎么了？才怀孕一个来月，就反应这么大，晕倒了两三回？"

"他们是这样跟你说的？"顾小霜从炕上挣扎着坐起来，唇角一撇，苦笑了一下。

"嗯，你婆婆这样说的。"顾玉全搓了一把烟草，点燃了一根烟，抽了一口，道，"难道还有别的事儿？"

顾小霜就把自己被家暴的事，跟父亲说了一遍，父亲坐在那里默不作声。

顾小霜道："爸，你不说话是什么意思？我想跟他离婚！"

"我看你婆婆人挺好的呀，说话做事都挺有礼数，客客气气地把你送来了，还专门叮嘱怎么服药，我看就是你脾气不好，在家就跟你大姐学的，毛毛愣愣的，冲撞了你婆婆，年轻人谁没点脾气，互相忍让一些，张建峰还年轻，等有了孩子就好了。"顾玉全劝解道，"离婚不怕遭人耻笑吗，村里有几个离婚的呀，出去怎么能抬起头来，你现在还怀孕了，离婚的话他们还让你退彩礼钱，你看看，到时候你咋整？"

"爸，他们就是欺负我们家人老实，你怎么还胳膊肘往外拐，替他们说话呢？"顾小霜哭道，"他们这是欺负人！"

"当初你结婚当天，你姐要给你出头，是你自己执意要嫁，这你怪得了谁？"顾玉全瞪了顾小霜一眼。

顾小霜哭得更伤心了，她道："谁知道他们家人人品不好啊，我在他们村里打听了，张建峰他爸在外头当包工头，是有些钱，但是从来不给家里寄，他爸在外头找了个小老婆，都花在外头那个小老婆身上了，我婆婆根本管不了，家里也没钱，修房子都是借钱修的，他们最会装门面，我是被他们给骗了，呜呜……"

"谁让你不打听了，现在怨谁？"顾玉全埋怨道，"你姐当初也问你，结婚那么着急行不行……"

"爸你怎么还能说出这样的话来？当初还不是因为你催婚，我才回来的！是你说我姐怎么怎么不听话，嫁不出去了当老姑娘孤单一生，现在又来提我姐，怎么什么话都让你说了！"顾小霜也埋怨父亲道。

"你自己的终身大事，你怨谁？别人的话听听就好，做决定的还不是你自己？我还能绑着你嫁给他不成？当初你还不是喜滋滋地嫁过去了！"顾玉全把手里的烟丢在地上，狠狠踩了几脚，"我去给你熬药，喝药吧，这婚不能离！离婚，我这一关你就过不了！"

"凭什么不能离！就离！"顾小霜委屈地哭号道。

"离了你就是二婚了，在农村，一个女人，二婚你想找个啥样的？穷得叮当响的人家？那日子怎么过？"顾玉全呵斥她道。

"张建峰家就不穷了，连我的工钱都攥得死死的，我待在他们家里，像坐牢一样！"顾小霜哭得像一只大花猫一样，脸上一道道泪痕，触目惊心。

父女两个互相埋怨了一通，接下来就是一片死寂。

谁都不说话。

顾玉全站起身，端了冒泡的汤药锅下地，用湿毛巾垫着汤锅把手，把药倒进了一只碗里，凉了凉。他这才端起来，走进卧室，对顾小霜说："把这些安胎药喝了吧。"

"不喝！明儿我就去县医院流产！"顾小霜哽咽着，固执地说。

"张建峰家里再没钱，他也有个手艺，一个月能赚个几千元，你去嫁个只会种地的，啥也不会，能过好日子吗？"顾玉全苦口婆心地道，"这日子，谁还不是凑合着过来的，哪有那么舒心的，你找一个舒心的给我看看，凑合凑合，一辈子就这么过去了，有了孩子，他们也就对你好了。"

顾小霜第一次哭得这么彻底，歇斯底里的。

"离婚"这两个字，她说了无数次，可是现在，她特想把这两个字实现。

人生不能够重新来过，埋怨有什么用，事已至此，只能走一步看一步了。

若不是肚子里的孩子，她还真想立刻离了这个婚。

可是，她肚子里有了孩子，那也是一个小生命，他都一个月了，不能因为他们的赌气而枉死。也许父亲说得对，夫妻就是凑合才能过下去的。

顾小霜思及于此，端起药，含着泪水，一饮而尽。

婆媳矛盾

　　顾小霜在娘家待了没几天就待不下去了，毕竟顾玉全是个男人，不会照顾人。他懒散惯了，做饭一直都是凑合吃，早上熬个玉米粥，切一盘咸菜，中午呢，心情好了炒个大白菜，心情不好还是咸菜，反正就是怎么省事儿怎么来。

　　顾小霜有点早孕反应，根本就咽不下去这样的饭菜，因为身体不舒服，她也没有精力下地做饭炒菜。

　　但是，她毕竟是吵架回娘家的，又不好自己回去。她拉不下这个脸，明明是她吵吵嚷嚷地闹离婚的，现在自己又回婆家了，她脸上挂不住。怎么也得让张建峰来接她。

　　快一个礼拜过去了，顾小霜没说什么，顾玉全沉不住气了，他说："张建峰那小子怎么还不来接你啊！是不是真不想过了？他再不来，我可就把你给送回去了！"

　　"那怎么能行？"顾小霜道，"最差也是你打电话给他，让他来接我，你怎么能把我给送回去呢，那样的话，他们一家子更看不起我，以后更得欺负我了，好像我上赶着跟着他似的。"

"那你说怎么办？"顾玉全语气不耐地反问道。

"爸，以前我在外头打工，你整天说想我们，怎么我才回来住几天，你就不耐烦成这个样子。"

顾玉全叹了口气，说："女大不中留，留了是仇。你都嫁出去了，常年住娘家是个事儿吗？"

"那我轻易没有这么长时间陪过您，您就好好享受吧！"顾小霜没好气地说，"爸，药熬好了吗？"

"好了，一会就好了，在炉子上炖着呢！"顾玉全道，"现在，是你享受呢，还是我享受呢？来了一顿饭没给爸做过，净让我伺候你了！"

"爸，我这不是怀孕了吗？如果换作以前，还不是我做给你吃啊！"

顾玉全起身，把炉子上熬得直冒泡的药给端下来，倒进了碗里，凉着，等凉好了好端给顾小霜喝。

这时候，他们听见小黄狗"汪汪"两声，顾小霜转过头，望向窗外，只见来人不是别人，正是张建峰。

张建峰手里拎着一瓶高粱酒，一只红烧鸡，进门先给丈人问了个好，然后就问顾小霜怎么样了。

顾小霜躺在炕上，还在生张建峰的气，嫁给他就没过过安生日子，两个人真是上辈子的冤家，如今肚子里有了他的崽儿，想分都没法分了。

都说女人第一胎孩子是最重要的，不能随随便便流掉，顾小霜也是考虑这一点，才想跟他继续过过看，毕竟村里婚姻大部分都是这样过来的，相敬如宾的倒是少数。谁家不是打打闹闹的呢。

媒婆这样劝她，父亲这样劝她，就连邻居也是这样劝她的。

如果姐姐顾小春在，估计会劝她离婚吧，然而没用，照父亲性子，肯定会直接否掉顾小春的意见。

顾小霜见张建峰进卧室，头扭过去，根本就不想看他。

张建峰把高粱酒和烧鸡递给顾玉全，道："爸，拿去吃！"

顾玉全满脸堆笑地客气道："来就来了，还带什么东西呀！"

嘴上虽客气着，手却接过了东西，把酒和鸡给放堂屋的桌子上了。

张建峰坐在炕沿上，伸手探进她的被窝，道："还挺暖和的。"

"去，一边去！"顾小霜白了张建峰一眼，把他的手移出来，丢一旁去了。

张建峰一脸坏笑，道："怎么，媳妇，在娘家住滋儿了，不想回去呀！"

"你好好反省反省自己，我到底为什么不想回去。"顾小霜白了他一眼道。

张建峰嬉皮笑脸道："老婆，再原谅我这一回，下次不敢了。再说了，也不全是我的错呀，你想想呀，家里欠那么多债，我们是一家人，你有钱，当然得紧着债务先还了再去花钱呀，总不能背着债出去花天酒地，这不现实，也会被人戳脊梁骨！"

"戳谁脊梁骨？你什么时候见我花天酒地了？你们家的债务跟我有什么关系？我嫁给你之前，你们张家原有的债务，跟我有什么关系，你娶我是为了给你还债的？"顾小霜怒火中烧，咄咄逼人。

张建峰拍了拍顾小霜的腿，道："老婆，别生气，别生气，肚子里还有孩子呢，气大伤身。我娘也是为了咱俩好，哪个老人不是为了儿女好，你跟她算计那么清楚做什么，都是一家人，斤斤计较的怎么过日子？"

"你是她的儿女，我可不是。"顾小霜道。

"这孩子怎么说话呢，嫁过去了，就是张家的人，叫婆婆一声妈，就是一家人了，你这思想，怎么能跟婆婆处好了！"顾玉全泡了一壶茶，给张建峰倒了一杯，递到他手里。

"你女儿被人打了，你还帮外人说话！"顾小霜看见父亲这样就来气。

张建峰道："我们两个结婚了，谁是外人？"

见顾小霜不应，张建峰继续道："你放心，等你生下孩子，债务也就还得差不多了，我不会让咱孩子吃苦的。"

张建峰保证了一大堆，也保证以后改正脾气，顾玉全也在一旁劝，顾小霜这才收拾收拾，跟着张建峰回了婆家。

宫淑月见儿子把儿媳带回来了，满心欢喜，毕竟儿媳怀了孕，她还盼着早点抱孙子呢，心想着以后少出些幺蛾子，免得他们小两口再打起来，伤了肚子里的孩子。

下马威她也给得差不多了，谅她也不敢在张家翻天。

她和儿子都压她一头，让她仰人鼻息地活着，她的日子也就舒心了。

当晚吃过饭，宫淑月还特地吩咐儿子给顾小霜熬保胎药喝。

张建峰很痛快地答应了，又是熬药又是端药的，顾小霜第一次感受到婆家的温暖，她斜靠在炕头喝药的时候，都有点受宠若惊。

待她身子好转些，不再吐得那么厉害了，就有些馋，有时候想吃水果，有时候想吃饺子。她想吃水果的时候，就跟张建峰说。张建峰在这一点上倒是没有二话，直接骑摩托去菜市场给她买。

张建峰给她买了她要吃的苹果，还给她买了十元钱一斤的草莓，婆婆眼睛直盯着那盘草莓，眼珠子险些掉在里头。

顾小霜看出来婆婆脸色不好看，但是她也没说什么，自己进厨房洗了就吃。

顾小霜在屋里吃草莓的时候，宫淑月把儿子张建峰拉到一旁，责怪他道："这么贵的东西，你给她买着吃？那不是吃草莓呀，那是在吃钱呀！"

"吃点草莓怎么了，对孩子好，她想吃就让她吃呗！"张建峰不以为然。

"真馋！"宫淑月低声道。

见儿子不当回事，她反而更加憎恨顾小霜，自从怀了孕，啥也不干，就整天寻思着吃。心里对儿媳越发地不满。

午饭的时候，顾小霜端着一碗小米稀饭，喝了一口，嘴里没有味道，淡得很。她瞄了一眼餐桌上摆的菜，除了一道白菜是现烧的，剩下就都是昨晚剩的菜，被婆婆一熘，黑乎乎的，看着就没食欲。

顾小霜举在空中的筷子停顿了几秒钟，最终落在白菜盘子里。她夹了一筷子的白菜叶子，塞进嘴里，说："也没有个合口的菜，一点味儿都没有，难以下咽。"

"现在还害喜啊？"张建峰连忙紧张地问道，"你想吃什么，我去给你买。"

宫淑月用筷子敲了敲那盘大葱炒鸡蛋，说："又是炒花生，又是炒鸡蛋，又是炒白菜的，这还叫没有个菜？你去别家问问，哪家不是在吃咸菜喝稀饭，人家都知道过日子，就你，整天惦记着吃吃吃！真馋！"

"啥？"顾小霜摔了筷子，道，"妈，上次产检，你没跟我去啊，大夫怎么说的来着？孕妇不能吃咸菜不能吃腌菜，有亚硝酸盐，会中毒的，你想让我肚子里的孩子中毒啊？哪有让孕妇吃咸菜的，你真是可笑！说谁馋呢？你不馋，你不馋你怎么不把饭给戒了！吃那么胖还有脸说别人！儿媳妇吃口饭都心疼，你还娶什么儿媳妇？让你儿子跟你一块儿过，自产自销多划算！"

"什么态度什么态度！顾小霜你说话客气点啊，别没大没小的！"张建峰用筷子敲了敲碗道，"都消停点，消停点！好好吃饭！妈，她想吃点什么你就买点什么就是了，为了孩子着想，你怎么能让小霜吃咸菜呢？！"

宫淑月见儿子这样说，就转了话锋，道："我也就说说别人家，我哪儿会让小霜吃咸菜呀！你想吃啥，跟妈说，妈给你做！"

张建峰擦了擦嘴，去他厂里干电焊活去了。

顾小霜一边帮着收拾碗筷，一边说："妈，我想吃饺子！"

"吃点什么不好，怎么想起来吃饺子了？"宫淑月道，"没空给你包饺子，你看地里那么忙，凑合吃点得了。"

"刚才你不是说我想吃啥，你就给我做吗？怎么你儿子一走，你就改口了？"顾小霜的脸立马就拉下来了。

"省事儿点的行，包饺子多麻烦呀！"宫淑月挽了挽袖子，一边刷碗一边说，"哪天有空给你包，别整天就知道琢磨着吃，怎么那么馋呢！"

"你说谁馋呢？"顾小霜不乐意了，"我给你们张家生孩子，吃口饭都不行，你吃饭不叫馋啊？那你怎么不把嘴缝起来，一口饭不吃，那多省钱哪！"

宫淑月把碗一摔，指着顾小霜道："嘿，你个不知好歹的东西，给你点脸就不知道自己姓谁了是不是？若不是看在你怀孕的份儿上，我非得让我儿子打得你满地找牙！"

张建峰在的时候，婆婆还能装一下，张建峰一走，她的嘴就放开了使劲地作践顾小霜。看着顾小霜气得脸红一阵白一阵的，她的心里就乐呵得很。

"你说什么？"顾小霜气得心脏咯噔咯噔直响，她道，"我们两口子过不好，你就开心了是不是？从我们结婚开始，你就上蹿下跳地撺掇我们俩打架，你跟你老头过不好，也不想让我们小两口清净！你有本事把你老头管好呀，天天在我这里耍什么威风！"

顾小霜说完，扭头就进了卧室，开始收拾自己的东西，准备回娘家。

宫淑月大怒，甩甩手上的水渍，风风火火地跟了过去，见顾小霜收拾衣服，就横开双臂，挡在她的门口，不让她出去。

顾小霜推了她一把，眉头紧皱地吼道："滚开！"

她推了宫淑月一把，宫淑月身躯庞大，五大三粗的身形类似豪猪，她压根儿就没有推动。

"不管你怀孕没怀孕，你这么冲长辈嚷嚷就是大不敬！真是有爹生没娘教，缺爹少娘的孩子不能娶！"

"说什么呢你？"顾小霜用尽全身力气推了宫淑月一把，道，"你以为我愿意嫁到你们家啊，你们全家都是骗子，如果一开始告诉我实情，我压根儿就不会嫁给你儿子！"

"哟，现在谁家不都得骗啊！"宫淑月挑了挑眉毛，得意道，"只要把媳妇哄到家就是本事，农村人，能挣多少钱，又是彩礼又是新屋，又要装修，又要买家电，哪儿有那么多钱，你出去打听打听，几家不是举债娶媳妇！"

"不实在！"顾小霜道，"穷就是穷，还装出一副有钱样子来。只是穷也便罢了，还对我不好！"

"把你供起来吗？从嫁进来就没干过多少活，再怎么对你好？"宫淑月嚷嚷道，"你这是要上天！"

"地里活我没去干吗？厂里活我没去干吗？我的工资被谁领了？我不去给人家干零工，人家能给开钱？"顾小霜怒道，"你们全家不讲理！做人要有良心！"

宫淑月被噎得哑口无言，顾小霜确实不是个懒媳妇，刚嫁过来的时候什么都干，工资还被她领了，她是怀孕以后才不爱动弹的。

宫淑月给张建峰打了个电话，说顾小霜要收拾东西回娘家，让他赶紧回来管一管。

张建峰听了电话，忙赶回来，直接把大门给锁了，他指着顾小霜道："天天回娘家，你可真能闹腾！"

"是我闹吗？你怎么不问问你妈是怎么回事？"

"问我干吗？她耍小性子，对你妈大呼小叫，说咱们把她骗来的，家里穷得叮当响还娶老婆！"

"你好好说话，我有那么说吗？"顾小霜反驳道。

"爱过就过，不愿意过就滚！"张建峰瞪着眼睛，牛一般大，他发飙的样子很可怕，顾小霜瑟瑟发抖，怕他一时控制不住自己，再跳过来打她。

"我跟你妈说想吃饺子，她嫌麻烦，不给我包……"

"不给你包你就回娘家啊？"张建峰打断了她的话，对宫淑月道，"妈，你闲着也是闲着，她想吃点什么你就给她做就是了，她能怀孕几个月？为了张家的子孙着想，你也不能天天闹得家里鸡犬不宁的吧？我上个班容易吗？还得跑回来给你们处理这些鸡毛蒜皮的狗屁事儿！"

一听儿子这么说，宫淑月也怕惹儿子不高兴，她现在老公抓不住了，就想抓儿子的心。

"饺子不包了……"宫淑月说到这里停顿了一下，她看见儿子的脸色阴沉，便赶忙说，"我去村头赶集，买个大鸡腿儿，剁了炖土豆吃，这总成了吧？"

"我要回家，不吃！"顾小霜气没有消。

"行了吧你！"张建峰满脸不耐烦地吼了顾小霜一声，"挺着个大肚子，成天回去干什么？你爹能给你做好吃的啊，我妈再不好，也顿

100

顿给你做饭做菜，做人得懂得感恩！"

"感恩？"顾小霜嗤之以鼻地一笑，道，"天天对我敲敲打打的，给我摆脸色看，拿我不当人，我还感恩？真是可笑！"

"把你当佛爷供起来才是拿你当人？"张建峰道，"你也事儿多，一个巴掌拍不响，互相体谅一下，啊，为了肚子里孩子着想，消停点儿吧，成吗？"

张建峰和宫淑月一道出去了，把顾小霜反锁在了家里，怕她趁他们不在的时候回娘家。

走出大门的母子一前一后，宫淑月左右环顾了一下，见四周没人，就压低声音道："她回一趟娘家不要紧，你若是回去接，不还得花钱买礼给老丈人吗？有那点钱，咱自己吃了多好，便宜老丈人？"

在路口，母子分道而行。宫淑月去了集市，逛了三四个肉铺，讨价还价，磨叽了差不多两个小时，就买了一根鸡腿，一袋土豆，然后就拎着这些东西回了家。

回去以后她就蹲在厨房里收拾晚上要吃的饭，土豆削皮，鸡腿清洗切块儿，泡在水里。

顾小霜去了趟庭院，看见大门依旧锁着，就断了要走的心思，她眼不见心不烦，进了卧室坐着。

宫淑月到点做晚饭，到了晚上儿子回来了，锅里的鸡块炖土豆也炖得差不多了，满屋飘香味，一直吃面食的宫淑月，破天荒蒸了一锅米饭，在北方，米饭还是比较稀罕的，比吃馒头和玉米窝头贵，这顿饭，看上去很隆重。

宫淑月吩咐顾小霜端米饭进屋，三个人围坐在一起吃饭，那盆子土豆炖鸡就摆在中间位置，也没有别的菜了，还有就是一盘老咸菜条。

顾小霜一眼望过去，黄澄澄的土豆炖得挺烂糊，就是没看清楚里头有没有鸡肉，鸡肉末倒是有一点，悬浮在黏稠的土豆汤里。

顾小霜伸筷子夹了一块土豆，瞥了一眼张建峰的碗，他吃了两口，碗里就出现几块鸡肉，顾小霜连忙扒拉扒拉自己的碗，里面除了米饭还是米饭。

宫淑月的筷子在土豆炖鸡里翻来搅去，挑挑拣拣，终于扒拉出一块鸡肉来，她夹起来，放进了他儿子的碗里："吃，多吃点！"

顾小霜看见婆婆吸了一口筷子，接着又在盘子里扒拉，她很反感，又不好意思说她，如果说她，又免不了吵架，饭也吃不消停，她只好隐忍。

吃了半天，她也没有吃到一块鸡肉，她实在忍不下去了，便道："妈，你不是说做的土豆炖鸡吗？鸡呢？这不是土豆炖土豆？"

张建峰瞥了一眼顾小霜，没好气地说："怎么那么馋呢！"

"你这人怎么说话呢？你们母子两个吃饭叫吃饭，我吃点东西就是馋，你怎么不去娶个充气娃娃，那可省了饭钱了！"

张建峰瞅了瞅顾小霜跟前，确实没有一点鸡骨头，他盯着土豆盆子半晌，对宫淑月道："妈，你去了集市半天，就买这么点儿鸡？怎么不多放点，家里还没到吃不起饭的地步吧？"

"不够吃的不有咸菜吗？再说了，这么一盆土豆，怎么就不够吃了？"宫淑月敲了敲土豆盆子，道，"土豆炖鸡也给你做了，怎么那么事儿多！"

顾小霜有些委屈，眼泪在眼眶里打转，她这还怀着孕呢，都心疼她吃那口饭。如果不是怀孕中，她吃点什么都可以不计较，吃咸菜能有营养给胎儿吗？

这一家人太细了！

或者说，他们把她当外人，不是细，他们自己吃就舍得，她吃一口他们就心疼。

她不想再做无谓的争吵，没有什么用，这一刻，她真想跟他离婚，离婚这个事儿，她已经不是第一次纠结了，可是只要一想起肚子里的孩子，她就退缩了，肚子里的孩子月份越来越大了，都会踢她了，她怎么能这么残忍，在他还未出世的时候就杀了他？

终究还是心软，女人这一辈子不容易，能忍则忍吧。

她想起娘家邻里的劝慰：谁的生活不是一地鸡毛呢？凑合凑合一辈子就过来了。

和着泪水，顾小霜把这碗白饭给咽下去了。

白饭很干，噎得她喉咙有点疼。

夫妻离心

第十二章

宫淑月干活喜欢指使人，即便是顾小霜怀孕了，她不能做弯腰的动作，容易挤到肚子，可是婆婆还是让她去抱柴火，给她打下手。

顾小霜说："妈，你就不能自己去抱柴火吗？我一弯腰就容易挤到肚子……"

"抱个柴火能挤到什么，又不让你坐地上加火，那么多废话，要么你切韭菜！"宫淑月没好气地说。

顾小霜上前一步，把宫淑月手里的刀夺过来，道："我切，你去抱吧，我不能挤到孩子，万一把他挤坏可怎么办？"

宫淑月嘟囔道："哪儿那么娇气，我那会怀着建峰，照样下地干活，临生前还在地里收麦，你看看你娇贵的，又不是千金大小姐的命！"

顾小霜懒得理她，她知道婆婆的脾气，左耳进右耳出，当没听见就是了。

顾小霜自顾自切着韭菜，婆婆把柴火抱来了，加了一把火，大铁锅很快就干锅了，她拿起油桶就朝锅里倒了一些花生油，油锅里因为有些没干的水渍，发出"滋啦滋啦"的声响。

顾小霜把韭菜切完了，刀也洗干净了，丢在了菜板上。

宫淑月冲到院子里，从鸡屁股底下摸了几个蛋进屋，连忙打到碗里，用筷子搅动了几圈，便倒进了锅里翻炒，锅里爆出鸡蛋的香味儿。

顾小霜望着婆婆行云流水似的一串连贯动作，看的是目瞪口呆，那几个鸡蛋就从鸡屁股底下现摸出来的，还挂着鸡屙屙，她连洗都不洗一下，就直接打了进锅了……

顾小霜胃里一阵恶心，胃酸翻滚着，她当场就吐了。

婆婆一脸嫌弃地望着她，道："闻不了油腥味儿还不快进屋，愣在这里像个呆子一样的干什么？"

顾小霜捂着嘴，就往院子里冲。

宫淑月吼道："把地上扫一扫，你看看你吐的，真是倒胃口，晚饭还能不能吃进去了！"

顾小霜在院子里拿了扫帚和铁锹，锄了一铁锹的土，准备把刚才吐的收拾了。

谁知，她刚把土覆盖上去，就闻到一股酸腐味儿，接着，她又吐了。

婆婆一脸不耐烦地赶她出去："赶紧出去出去，不用你了，用不起你呀，就帮着切了下韭菜，吐了两大摊在厨房，还得我收拾，去一边玩去吧！"

望着抱怨的婆婆，顾小霜眉头紧皱，婆婆不是妈，这句真理，女孩子在结婚前是不会明白的，只有真正步入婚姻的女人才会有深刻的体会。

她原本也是抱着一家和睦好好相处的初衷嫁到他们家的，结果呢，新婚头一天他就嫌她没有配合猥琐男的咸猪手，毫不客气地给她一耳光，后又不分青红皂白谁对谁错，护着婆婆，指责她，心都寒透了。

每一日，她都是在煎熬。

可是身边的那些村妇，又都告诉她，日子就是这样的，锅碗瓢盆糖醋茶，锅铲没有不碰锅沿的，婆婆没有像亲妈的。

喏，隔壁婆婆有两个儿媳，她偏心小儿子，给小儿子带孩子贴钱贴物，不给大儿媳带孩子，月子都没伺候一下，大儿媳就把老人的锅给砸了，窗也给砸了，他们一大家子又能怎么样，还不是照样过着日子呢。

这一个儿子的，没有妯娌之争，只有婆媳之间的矛盾，比那兄弟们多的，还算清净一些的呢。

这样想想，顾小霜就好受一点了，既然大家的日子都是这样过的，那就这样凑合吧。不凑合能怎么样，还能去把孩子打掉吗？

她纠结了那么久，也没能下得了这个狠手，打掉孩子。

毕竟，她跟婆婆之间，也没有什么深仇大恨，说起来就是些鸡毛蒜皮的小事儿。

可就是这些小事儿，怎么都让人不舒服，心里不舒服，日子也就过得别别扭扭的，和张建峰的感情也没有培养起来，互相看不顺眼。

晚饭时，顾小霜没有动那盘韭菜炒鸡蛋，只要一想起那挂着鸡屎没有洗鸡蛋皮就磕开的情景，她就倒胃口。

顾小霜埋头只吃那盘炖白菜，就连婆婆都很纳闷，今天顾小霜怎么不"馋"了，专挑清淡的吃。

宫淑月道："小霜啊，过几天你大姑姐来咱家住两天，你有个心理准备哈，她大儿子挺闹腾的。"

"大姑姐？"顾小霜疑惑地望着他们二人，当初媒人说亲的时候，不是说张建峰是独生子吗？哪儿来的大姑姐？

"你表姐吗？"顾小霜瞅了一眼张建峰，问，"还是你堂姐？"

"哪儿是堂姐呀，堂姐能上咱家来住啊，也不是表姐！"张建峰否定道。

"建峰，你告诉她！"宫淑月啃了一口馒头，接着往嘴里塞了一大口菜，用力地咀嚼着，腮帮子都鼓起来了。

"我妈改嫁过，同母异父的姐姐。"张建峰说，"你嫁过来时候我姐早就出嫁了，就是出嫁前，也不在张家生活，她不姓张，所以媒人说我是独生子，也没毛病。"

原来宫淑月年轻的时候还改嫁过。

顾小霜串门的时候，假装不经意地问起这事儿，才从村民那听明白了，原来宫淑月之前嫁过人，还生了一个女儿，婆婆的前夫待她不好，俩人都是急脾气，动不动就吵架，吵吵厉害了就打架，打到最后成了仇人，就离了婚。女儿判给了她的前夫，她离婚后没多久就又改嫁了。

宫淑月前夫原来不准女儿见她，但是他们离婚的时候女儿已经很大了，都懂事了，所以她记得自己的亲娘。前几年宫淑月的前夫病死了，她女儿就又跟她走动起来了。

果然，几天后，宫淑月的女儿带着一个三岁的男孩来了，她不但带了些土特产，还带了一包衣服，这是打算常住啊！

大姑姐一来，宫淑月就忙里忙外，把家里收拾得干干净净的，还去赶集买了一大块猪头肉，割了五花肉和青菜，准备包饺子。

婆婆在厨房"哐哐"剁肉馅的时候，顾小霜走过去，扶着门框望着她，道："妈，你不是说你不喜欢包饺子吗？不是嫌包饺子麻烦吗？怎么大姑姐一来，你就不嫌麻烦了？"

宫淑月白了顾小霜一眼，道："那能一样吗？"

可不是吗？

大姑姐是她的亲闺女，她是儿媳，给儿媳包饺子嫌麻烦，给女儿包饺子，心甘情愿。

只是，村里的妇人老了，还不是儿媳端屎端尿地伺候，有几个女儿住在娘家贴身伺候的。

逢年过节回娘家来看看也就是了。

说是一家人，还不是拿自己当外人。

做人难得糊涂，还是糊里糊涂过得舒心一点。

顾小霜转身，回到自己的卧室，躺下，准备休息一会儿。

这时候，她听见大姑姐的儿子，一溜小跑跟过来了，他往床上一跳，压到顾小霜的肚子上，顾小霜没反应过来，猝不及防地惨叫一声："啊——"

小男孩哈哈大笑着跑开了，顾小霜腹部一阵疼痛，她脸色惨白地追出来，骂道："你这个小兔崽子，怎么敢压我的肚子，哎哟——"

大姑姐连忙过来，拉了小男孩一把，训斥道："你舅妈怀孕了，你怎么能压她呢？快跟舅妈道歉！"

婆婆也吓了一大跳，跑过来问她："小外甥，我的小祖宗哟，你干吗呢，你舅妈肚子里，装的可是你弟弟，那是我未出世的小孙子呀，你到底想干吗？"

"姥姥，我就想看看舅妈的肚子有没有弹性，舅妈的肚子鼓鼓的，就像青蛙的肚皮，也像大皮球，弹起来一定很好玩，咯咯咯——"

"很危险的知不知道！"大姑姐连忙呵斥道。

接着，她抱起男孩，问顾小霜："小霜，怎么样，肚子还疼吗？不行的话，我送你去医院？"

幸好顾小霜当时躲避了一下，没有压那么严重，她摇摇头，道："没事，我只是吓到了，你看好他，别让他进我房间，我要休息一下。"

"没事就好，没事就好！"大姑姐抱紧了儿子，连忙转身回屋里去了。

宫淑月冲顾小霜翻了个白眼，埋怨道："这么大人了，不知道躲着点儿，若是真给压出个好歹来，我看你怎么跟我儿子交代！你肚子里，可是我们张家的孩子！压了你不要紧，别压坏了我的孙子！"

顾小霜冷冷扫了一眼婆婆，伸出一只脚，将门踹上，那张讨厌的脸被关在了门外。

顾小霜不想跟她吵，如果真想吵，都想骂死她。

什么叫别压坏了她的孙子，压了她不要紧？！

拿她不当人？

什么叫怎么跟他儿子交代？

她会不会说句人话？

顾小霜气得肚子疼，早知道婆婆是个这样的人，她根本就不会嫁给张建峰。

买猪看圈，嫁人看婆，不是没有道理，可惜母亲死得太早，外人没有跟她讲这些的，父亲是男人，根本就不会体会女人的苦。

所以导致她现在仓促结婚，嫁人后面临这样难堪的境地，进退两难，只能硬着头皮挨。

姐姐说得对，没有爱的婚姻，根本就没有办法维持，如果她爱张建峰，兴许还能隐忍，可是她对张建峰根本就没有爱，他们之间没有感情，她一点都不想忍。

何止是她，张建峰也一点都不想忍，处处刁难她，从来不把她当家里人。

可是，在乡下谈什么"爱"呢？

几个女子嫁给相爱的人了？还不都是相亲结婚的。

她不喜欢这样的婚姻，却又不敢挣脱，只能受着。

她没有顾小春的勇气，顾小春是做了鱼死网破的决心的，她宁可孤独终老。

顾小霜没有勇气，她向往安定的生活，向往男耕女织相夫教子的平淡生活。

可是，这一点简单的需求，都好似是一场遥不可及的梦。

入夜后，张建峰干完活回家，进厨房洗了洗手，闻到满屋子的肉香，便问道："妈，做什么好吃的了，怎么那么香呢！"

"炖了大肘子，包的饺子，快过来吃吧儿子！"宫淑月欢喜地唤道。

张建峰入座，看见他亲姐抱着儿子来了，便道："姐，小外甥也抱来了，真可爱！"

"是呀，自从你结婚，我还没过来看过妈，这次过来小住一下！"张建峰的姐姐姜美芳微微一笑，道，"这不是你媳妇儿怀孕了吗？咱妈每天忙着伺候她，没有空下地干活，我过来小住几天，帮着做做饭，咱妈也好去地里忙活忙活。"

"那感情好，谢谢姐！"张建峰说着，夹了一筷子红烧肉，搁进了姜美芳的碗里。

"女儿就是不一样，什么都为娘着想！"宫淑月笑着，伸胳膊夹了一筷子猪肘子，放在姜美芳眼前的盘子里。

"妈，不用，这猪肘子这么大，我啃不了！"姜美芳客气道。

"跟妈客气啥？"宫淑月道，"吃，赶紧吃，你吃不了，不还有小外甥吗！"

说着，宫淑月又夹了一筷子猪肘子，给了儿子。

此时，炖猪肘子的盘子里，就剩下一个猪肘子了，那个肘子浮在土豆里，煞是孤单。

顾小霜望着他们一家三口热情地寒暄，你来我往地客气夹菜，完全把她当成是空气。

这让她感觉，自己就是个外人，吃也不自在，坐也不自在。

傍晚，宫淑月来到顾小霜的卧室里，门都没敲，推开就进去了。

顾小霜正躺在床上小憩，被婆婆给吓了一跳，她忽然睁开眼睛，对婆婆道："你干吗？"

"能干吗，给我闺女拿床被子！"婆婆说着，从衣柜上头拽下来一个大塑料袋，里头装了几条新被子，那都是顾小霜陪嫁用的。

"干吗用我陪嫁的新被子啊？那是我姐给我缝的！"顾小霜瞪大了眼睛道，"你们张家没有被子吗？"

"什么你的我的，你不是张家人吗？你都是张家的媳妇，你的东西就是张家的！"宫淑月说着，从里头拿出一床被子来，抱着就走了。

"你不能拿走，把被子还给我！"顾小霜想起婆婆对自己的坏，就不想把新被子给婆婆拿走，她不是一个不好相处的人，她完全可以自己拿新婚被子给大姑子盖，婆婆来拿，她就不愿意。

用别人的东西做人情，婆婆怎么那么会来事儿？

宫淑月不耐烦地白了顾小霜一眼，停住了脚步，扯着嗓门说："哎呀，你姐姐来了，你这个当弟媳妇的，连一床被子都不舍得拿出来给人家盖啊，这若是传扬出去，得说张家这是娶了个什么儿媳啊？这么不懂事！"

"你不会缝被子吗？拿你的被子给你女儿盖，我的新婚被子是我姐给我缝的，就是我让她盖，也是我来拿，我的东西不经允许你就动，你这是不把我放眼里！"

"老被子都旧了，新的盖着暖和！"宫淑月轻轻推了顾小霜一把，接着向前走去，"我女儿得盖新被，你那穷样，盖旧的凑合凑合就行了，若不是我儿子娶你，你能买得起新被，盖上这新被吗？"

这时候，张建峰推开堂屋的门，恰好看见婆媳两个斗嘴，顾小霜余光扫了他一眼，接着蹲坐在地上，"哎哟"大声叫了一下："妈，你推我干吗？你若是想给姑姐用新被，告诉我一声，我去给你拿，你用得着说都不说一声，拿了我姐给我缝的喜被，还推我一把吗？推掉了我肚子里的孩子，你担当得起吗？建峰……肚子有点疼……建峰……"

"装，接着装，故意的，她是故意的！我……我可没使劲儿推啊！儿子！"宫淑月连忙解释，她没想到一向老实巴交的顾小霜能来这么一手，她急得说话都结巴了。

"你推没推我吧？"顾小霜拖着肚子，坐在地上，仰着头瞪着宫淑月。

宫淑月嗫嚅道："我没使劲儿！"

"你比头猪都重，推了就推了，还没使劲儿，是不是把我肚子里的孩子推掉，才叫使劲儿了？"顾小霜哎哟哎哟地叫着，捂着肚子，一副十分痛苦的样子。

姜美芳听见动静，抱着孩子也过来了，看见这一幕，心里也明白了七八分。

这是自己亲妈跟弟媳关系不和睦啊！

"没……儿子，你听我解释，我真没使劲儿！她挡我路，我就轻轻地轻轻……"

"轻轻什么轻轻？"张建峰气得脸色都变了，"妈你当初若是看不上顾小霜就早说，如今我们已经结婚了，你就得对她好一点，别整天给我添堵！她再不好，也怀着我的孩子，你这么大体格子，你推她干吗？还轻轻？她肚子里的孩子若是有什么闪失，你就等着孤独终老吧你！"

"儿子，你可不能这么说话啊！"宫淑月急了，摆起家长架子来，"你爹是个什么样的人，你不是不知道，我一个人一把屎一把尿地把你拉扯大，年轻的时候有多难，一边带着你，还得一边伺候公婆，好不容易把那俩老东西给伺候走了，你爹也开始出门赚钱了，却不给我寄钱，都给外头的狐狸精花了，我累死累活才给你娶上媳妇啊，你又是个没良心的，娶了媳妇忘了娘哇，你这个不孝之子！"

说着说着，宫淑月竟然一把鼻涕一把泪地说唱起来了，就像村里死了人，哭丧时候，那些一边哭一边唱小曲儿的老娘们一样。把张建峰给气得够呛。

张建峰指着他妈道："别唱了！"

宫淑月止住了哭声，气氛变得很尴尬。

张建峰对姜美芳说："你看看咱妈，这就是咱妈，一天都不让我过好日子！"

"我这还不是为了给你姐拿被子！"宫淑月抽了一下鼻子道。

"顾小霜有没有说不给你被子？"张建峰抬起头，盯着母亲道。

"我没说不给她！"顾小霜说，"我本来就要拿被子给你姐姐盖的！"

"听见了没有？"张建峰指着宫淑月道，"你看看你，每天上蹿下跳的像什么样子？有没有一点长辈该有的样子？你说说，每一次，你跟顾小霜有矛盾我不是向着你？我觉得你不容易，你是做长辈的，我们得孝顺你，就算小霜没有什么不对，我也让她受委屈，尽量让你宽心！可是你是怎么做的？一次又一次的，不让我省心，她肚子里有孩子！没有就算了，我也不会为了她给你起冲突，没错，我向你保证过，妈只有一个，媳妇可以再娶，可你总不能天天不消停吧？"

"什么……她撒谎！"宫淑月的脸色红一阵白一阵的，她指着顾小霜道，"她说被子是她的陪嫁，是她姐姐亲手给她缝的，她不想给我用，她……"

"她若真的说了不给你用，你能把被子抱出来吗？"张建峰反问。

"妈，你别这样，小霜挺好的。"姜美芳拽了一下宫淑月的衣袖，想起她的皮孩子压了顾小霜的肚子，顾小霜也没有发什么脾气，挺老实本分的一个姑娘。

宫淑月一看女儿也不站在自己这边，她百口莫辩，吃了这一记哑巴亏。这个仇，她算是记下了！

次日，宫淑月去地里忙农活，姜美芳带着孩子在厨房择菜，中午她要给顾小霜做饭，做好了饭，她还要带着孩子去地里给她妈妈送饭。

宫淑月不在家，顾小霜的心情就好了许多，她也进了厨房，帮着姜美芳择菜。

姜美芳见顾小霜来了，便道："最近胃口怎么样？芹菜愿意吃吗？"

"还可以。"顾小霜说，"就是挺喜欢吃肉的！"

"爱吃肉可能是男孩！"姜美芳说，"我怀孕那会儿啊，就爱吃肉，结果就生了一个男孩，我邻居家媳妇，怀孕时候什么都吃不进去，愁得她婆婆唉声叹气的，每天变着花样给她炖汤做菜，她就是吃不进去，偶尔吃个水果还吐了，一直吐到生，到临产都没胖多少斤，生了个女儿。"

"准吗？"顾小霜唇角一扬，笑道，"我肚子里这个，还这么小……"

"准，爱吃肉能吃饭，保准是儿子！"姜美芳说。

"是吧！"顾小霜淡淡一笑。

"肯定准，不信咱打赌！"姜美芳道。

"我才不跟你打赌，拿什么赌啊！"

"赌一包辣条！"姜美芳调笑道，"你赌不赌？"

"才一包辣条啊，没意思！"顾小霜摇摇头。

"那你若是生了儿子，我就给你买十件婴儿装。"姜美芳咬咬牙道。

"那若是生了闺女呢？就不给买了？"顾小霜笑道。

"哪能！"姜美芳道，"该买还得买，买两套就够了！我娃小时候的衣服很多，洗干净了给你带来，小孩子长得快，拣着穿就行！"姜美芳把择好的菜丢进盆里，扭开了水龙头，水流哗啦啦流淌下来，将翠绿的芹菜淹没。

"是不是农村人都喜欢儿子？"顾小霜摇摇头，道，"为什么呢？女儿有什么不好？"

"女儿呀，也没什么不好。"姜美芳一边洗菜一边说，"就是在农村呢，没有儿子会被人骂绝户，还会被人欺负，别人来欺负你的时候，你家里没有男人撑着，别人就欺负得更起劲，让你在村里抬不起头来。"

抬不起头来？

顾小霜忽然想起小时候，她家的枣子被熊孩子偷了，她被熊孩子打了，父亲都不敢去说那几个熊孩子，还不是怕他们的家长？

若不是姐姐初生牛犊不怕虎，一股横劲儿，天不怕地不怕地去人家家里闹，她哪里能讨回公道，家里的窗玻璃都被人砸碎了，父亲也没吭一声，如果姐姐不去讨公道，接下来，他们怕是要骑在她们脖梗子上拉屎了。父亲是有儿子的，只是父亲的儿子，那时候还太小。

没有儿子被人瞧不起，穷和懒，也会被人瞧不起。

姜美芳见顾小霜愣神了，便道："还在想昨天的事儿吗？我妈那个人，怎么说呢，比较自私，她说话做事不经大脑，你别往心里去。"

"她是你亲妈，你也觉得她自私？"顾小霜问。

姜美芳道："我读小学的时候她就跟我爸离了婚，我基本上是跟着奶奶长大的，她都没有看过我几回，虽说我爸说了狠话，不让她看，但是她就不能去学校看吗？她更宝贝她的儿子，我弟结婚，让我随礼两万，我老公就一个种地的，哪有那么多钱，她说别人女儿都彩礼好几万，我是一毛没见你的，随两万怎么了？我听了，心里很不是滋味。"

顾小霜是知道的，姜美芳随礼两千，但是她没想到姜美芳是张建峰的亲姐。

看来，宫淑月对她亲女儿，也不过如此。

"一些重男轻女的父母，就算是对待一直养在身边的女儿，也是一样的。"顾小霜说。

想起父亲的一味索取，跟宫淑月又有什么区别呢？

父亲一个大男人，有手有脚什么也不干，就优哉游哉地种着那一亩三分地，没钱了就管两个女儿要，养儿子也靠女儿养，父亲顾玉全又比宫淑月强得了多少呢？

"不是吧，我看别人父母对女儿就很好，她对我，感情没那么深，毕竟不是她养大的，她是真心疼我弟。"

"既然对她不满，怎么还来帮她做事啊？可以推掉嘛。"

"我本身娘家就没人了，我亲爸去世了。"姜美芳叹了口气说，"弟弟总归是亲的，妈再不好也是妈，爸再好，也是过世的人了，我无依无靠的，若是跟丈夫吵架了，都没有地方可以去，怎么能为了点小事，跟亲人断了联系，你说对吗，小霜。我们都是成年人了，应该懂事一点，不能太任性。"

顾小霜洗了洗手，然后抽出一条毛巾，擦了擦手，道："对，姐姐说得对。"

"你是我弟弟的媳妇，我们要好好走动着。"姜美芳说起话来，像个长辈一样。

"嗯。"顾小霜点点头。

这个姑姐，客观来讲，还是不错的。

整个张家，原本没有一个让她可以留恋的人，若不是肚子里的孩子，她也许早就跟张建峰离了婚。可是如今姑姐来了，说了几句公道话，她就觉得姑姐是个好人，在这个家里，她还能待得下去。

顾小霜的肚子越来越大了，姜美芳时不时地带着孩子回一趟娘家，一是来探望自己的亲妈，二是帮身体不适的弟媳做做饭。

萌动的心

顾小春第一次见宁先生的时候，宁先生穿着一身白衣大褂，像个老艺术家，他的头发有些都白了，看起来六十来岁了。

他的精神矍铄，不像其他老人一般慵懒。

陈永昌将宁先生介绍给顾小春："这是宁叔叔，家具彩绘大师，以后，你就在他这里学习彩绘，待你学业有成，就去我的公司那里上班。"

"宁叔叔！"顾小春微微一笑，很恭敬地鞠了一躬，"我是顾小春，还请宁叔叔多指教！"

"很机灵的小丫头，喜欢画画吗？"

"喜欢！"她道。

"喜欢就好，不喜欢作画的人，是学不好彩绘的！"宁先生道，"永昌，先带小春进来参观一下，什么是彩绘家具。"

宁先生转身，向院内走去。

陈永昌和顾小春尾随其后。

"动作这么快？公司都开了？"顾小春抬起头，仰望着陈永昌，小声问道。

陈永昌也压低声音，道："没有呢，前期正在做准备工作，首先是租店面，注册公司，很多事情需要我去做。"

"加油！"顾小春做了个握拳的姿势。

"你也要加油！"陈永昌垂下眸子，望着她，眼神中充满柔情。

二人跟随宁先生进了大厅，大厅里摆了很多的彩绘家具成品，穿过大厅，来到后院，后院里摆了很多绘制了一半的半成品，地上还有一些颜料和废弃的木料。

宁先生说："彩绘家具呢，顾名思义，就是以家具为画板，以颜料为笔墨，在家具上作画，用各种各样的颜料，在画板上绘制出人们想要的图案。"

顾小春和陈永昌点点头，宁先生滔滔不绝道："说到彩绘家具，人们都会想起举世闻名的意大利彩绘家具，最早的彩绘家具起源于 14 世纪的法国，来自意大利卢卡市的 Interservice 向人们传递着源自 1925 年的优雅信念，让艺术与木质家具融为一体，让家具有了灵魂，现代中式彩绘家具也做得风生水起。彩绘家具，得到更多时尚女性的喜爱，现在市面上见得最多的，是新中式彩绘家具，和欧式彩绘家具，它们在风格上迥异，实际上却殊途同归。彩绘家具摆在人们的家里，不单单只是装衣服摆小物件，更多地体现了人们的时尚品位。"

宁先生端起一碟颜料，继续道："这些颜料干了以后，就会和木头融为一体，为呆板的家具起到画龙点睛的作用。"

"彩绘家具，原来是一门高深的艺术！"顾小春呢喃道。

"对，一件完美的彩绘家具成品，就是一件艺术品。你不要把自己当成一个工人，你要把自己当成一名画家，一名艺术家，用心去画，用灵魂去诠释，你所绘制的图案，就会美轮美奂，当它完美地呈现在顾客面前，被顾客欣赏，那时候你所售出的，就不单单是一件家具，而是一件被你注入了灵魂的艺术品。"

顾小春点点头。

宁先生将颜料递给顾小春，道："你画一画。"

"画什么？在……在哪里画？"顾小春一时反应不过来，懵了，她有些不知所措地接过颜料，四处扫视了一下，无处落笔。

宁先生拿了一块废木头，用支架支起来，对顾小春道："学画早期，先用废料来练手，试一试手感。画什么都可以，就画你心中所想。"

顾小春端着颜料，向前走了一步，小心翼翼地在木头上任意涂抹起来，她歪歪扭扭地写了一个字"春"，然后用褐色的颜料乱涂出一个树枝，接着用艳红的颜料，画了几片桃花瓣。

宁先生拍手鼓掌，道："是个好苗子，第一次落笔，就能绘制出这么有趣的图案，不简单呀！"

顾小春道："师傅就别取笑我了！这哪里是画，就像小孩子的涂鸦，让师傅见笑了！"

宁先生摆摆手，道："你别忘了，你这可是第一次拿画笔，很多手绘大师来我这里学画，第一次拿起笔，涂抹出来的，都是一摊摊色块，你比他们强多啦！哈哈！"

听见宁先生夸自己，顾小春心花怒放，她灿烂一笑，道："谢谢师傅夸奖，以后全仰仗师傅教导了！"

"小丫头别客气！"

顾小春放下颜料，用手背擦了一下额角的汗，不慎将手上的颜料蹭到了脸上。

陈永昌见了，连忙伸手，帮她揩去。

顾小春的眼神恍惚了一下，专注地望着陈永昌，将宁先生抛到了脑后。

见二人如此旁若无人的亲密举动，宁先生会心一笑，道："下一次来，最好带一条围裙，这颜料不好洗的，染脏了衣服可不好。"

"哦，知道了师傅！"顾小春应道。

陈永昌望见顾小春的脸颊绯红，收回了自己的手。

宁先生对陈永昌和顾小春道："好了，今天就先说这些，明天早晨8点，你来这里学画。永昌啊，你就放心好了，师傅一定会尽心教好她的。"

"多谢师傅！"陈永昌连忙道。

"跟我还客气什么。"宁先生道，"对了，你母亲还好吧？"

"挺好的。"陈永昌道。

"很多年不见面了。"宁先生道，"老了老了，就有些怀念那些青葱岁月，下次同学聚会，希望迟凌菲能来参加，同学一场，大家都很想念她，我们这些老同学，最近几年才联系起来，聚会五年了，她一次都没有参加。好了，你们回去吧！"

"好的，我会跟我妈提一下的。"陈永昌道，"我妈喜欢静，所以才没有参加吧。"

走出大院，顾小春上了陈永昌的车。

顾小春疑惑地道："你现在辞职了，老板还借车给你啊？来的时候没发现，车子又换了，崭新的呢！"

"对，崭新的，因为才提的车啊！"陈永昌发动起车子，道，"我已经辞职了，老板失去了一个得力的帮手，不恨我就不错了，还能借车给我用？这车是我自己买的。"

"那你工资真的挺高的，这么年轻就自己买了车，还要出钱开公司，开公司的钱也是你自己出吗？"

"对啊！"陈永昌道，"我来这座城市的时候，没带多少钱，很快就身无分文，都睡大街的长椅上了，你说我爸妈能有钱拿出来给我开公司吗？他们就是种地的，一辈子只会种地，什么都不懂，没有什么积蓄的，就算有一点小积蓄，我也不想动用，那是他们的养老钱，他们留着自己花吧！我们年轻人就得靠自己。"

顾小春辞职以后，就租了一套小公寓，她不再委屈自己，住那一脚就能踹开的门闩平房。她活了二十二年，一直为了给父亲挤钱，降低自己的生活质量。

大好的青春年华，美好的日子，她一天都没有享受过。

现在，她要让自己活得好一些。

陈永昌将顾小春送到公寓楼下，将车子停在车位上，顾小春打开门，对他摆摆手，道："拜，谢谢你帮我找到那么好的师傅！"

"不请我上去坐一坐吗？"陈永昌并不急着离开。

"你现在很闲吗？"顾小春唇角微扬，道，"以后就要叫陈老板了，那就赏脸上来坐一坐吧！"

"很闲。"他说着，走出车子，将车门锁好，跟随顾小春，上了公寓楼。

一直以来，她都住在八个人的集体宿舍，直到前几天辞职，才搬进这栋公寓楼。

房租相比平房虽然贵了一点，但是环境幽雅，干净，也不容易被偷盗。

她之前租了一个月的平房，一个女孩子独住，真的很危险，如果被歹徒盯上，不是被抢劫，就是会被强奸。一个小小门闩，谁都拦不住。

农民工大多会因为便宜选择住在地处偏僻的平房，可是女孩子一个人住在偏僻的平房里，就另当别论了，万一有个闪失，就得不偿失了。

二人一前一后上了公寓楼，顾小春从包里找出钥匙，将门锁旋开，推门而入。

陈永昌第一次来她的公寓楼，房间干净整洁亮堂，茶几上还摆着一束小野花，屋子里飘荡着一股淡淡的清雅之香，窗帘是粉色调的，很有少女心的颜色。

"没想到你才搬进来，就把公寓楼打扫得这么干净清雅。"陈永昌道，"原本，我以为你只懂过日子，不懂情调，原来你也懂。"

"情调是需要钱来堆的，没有钱，用什么来玩情调呢？"顾小春将窗帘系起，说，"我现在，只管弟弟，弟弟只要钱够花就好，父亲种着几亩地，有饭吃，要那么多钱干吗？他问我要，我也不会再多给他。"

"对待家人，不能太纵容，这会把他们惯坏的。"陈永昌说，"我敢肯定，你的父亲，从小是被别人惯坏，才习惯了张嘴要这要那，习惯了别人的施舍，所以长大了，活得像个乞丐一样，被人唾弃，也毫不在意。"

"你说得没错，就是我奶奶把他惯坏的。"顾小春拿过水壶，倒了一杯水，递给陈永昌，"喝水吗？"

陈永昌接过水杯，呷了一口，继续望着顾小春。

　　顾小春也为自己倒了一杯白水，她喝了一口，继续道："奶奶很强势，听村里人闲话，奶奶当初很苛待我妈，我妈脾气软糯，没有反抗。我妈怀的第一个孩子，就是被我奶奶给害死的……"

　　陈永昌一脸的诧异，顾小春接着说："我奶奶重男轻女，她很宠爱我爸，所以把我爸惯得什么也不会，很懒，也不爱做活。她希望我妈生个男孩出来，就在我妈怀孕的时候，带她去查男女，在几个小诊所查过之后，怀疑是女胎，她就逼我妈喝转胎药，那些偏方，你也知道的，肯定都是骗钱害人的东西，我妈喝了之后就腹痛，接着流产了。只有那一次，我妈跟我奶奶爆发了最激烈的争吵，到了水火不相容的地步。生了我和小霜之后，村里人看不起她，她自己也想生个男孩，她怀小霜的时候，我就跟着奶奶睡，那时候我妈跟我越来越生分，还曾对我不好，有什么好吃的，扔给狗吃也不给我吃，我还曾恨过她，觉得她不配做母亲！可是后来我想明白了，她讨厌奶奶，而我跟奶奶比较亲，所以她才会讨厌我，甚至打我骂我。她在生我弟弟时难产，我妈没能活着回家。我现在也不恨她了，她也不容易。"

　　想起童年的事情，顾小春的眼圈有些红，声音都有些颤抖了。

　　毕竟从小就失去了母爱，被村里孩子排挤欺负，她都挺过来了。

　　逃离了那个穷苦的地方，靠自己的双手赚钱，只是父亲象征着来自原生家庭的苦难，不停地拽着她的后腿，不让她前行。

　　"过去的事情都让它过去吧。"陈永昌安慰她道，"现在比小时候强太多了，我们都已经长大了，放过儿时的自己，我们的人生都可以重新来过，你可以是都市里叱咤风云的顾小春，你不再是云城那个穷苦又可怜的顾小春，和云城的那个你做个诀别，所有拖你后腿的人，不管亲人也好，同学朋友也好，都远离。我们往前看，永远都不要回头望。"

　　"谢谢你，陈先生……"顾小春含着泪水的眼睛微微闭上，两行清泪流淌下来。

　　一向倔强的她，在乡下最苦最难的时候都没有哭过，听了他的一席话，她却哭了。

他是懂她的人。

"我们不说那些不开心的事情了。"陈永昌说，"说些开心的，明天你就要去学画画了，我忙着注册公司的事情，未来的一切都是美好的，令人向往的，以后我们可以赚很多很多的钱，在T市买一座大房子，上千万的别墅都可以，买几辆跑车，一到放假的时候，我就带你去旅行……"

"做生意哪那么容易。"顾小春捧着水杯，低垂下头，道，"畅想未来是好的，但也不能盲目乐观，也要做好失败的心理打算。"

"我有胜算。"陈永昌说，"我做这一行不是一年两年了，我十几岁就学这一行了，跟着老板干了几年，前期老板根本没有几个工人，什么事情都是我一个人来做的，这也使得我把这一行摸得透透的，不管是客源资料，还是手工艺，进货、物流，我都搞得定。"

"那就太好了！"顾小春话锋一转，说，"宁师傅还认识你的母亲呢，他跟你是老乡吗？"

"是。"陈永昌说，"宁师傅跟我妈是初中的同班同学，后来宁师傅来T市发展，我来T市打工，我母亲托他照顾我，我就投奔他而来，学做木工和彩绘。"

"怪不得宁师傅对你这么好。"

"宁师傅做这一行很厉害，他以前也只是个打工的，做这一行做得精了，便做了师傅。"

不知不觉，天渐渐暗了下来，窗外星光点点，屋内的视线变得昏暗。

顾小春起身，按开了房间里的灯，灯光昏黄，映照在人的身上，显现出十分和谐的暖色调。

"陈先生，你想吃什么，我做给你吃。"顾小春问道。

陈永昌笑笑，说："其实我并不是来蹭饭的，但是不巧到了饭点儿，那就蹭一顿吧，下个面条就可以，很久没吃了。"

"家里有西红柿，那我就做个西红柿打卤面吧？"顾小春试探地问他，生怕他不爱吃西红柿。

"可以啊，我小时候，我妈就经常给我做西红柿打卤面。"陈永昌也起身，道，"要不要我帮忙？"

"不用！"顾小春道，"就一个西红柿打卤面，哪用得着两个人做，客厅有电视，遥控器就摆在电视柜上，你看会儿电视吧！"

"已经没有看电视的习惯。"陈永昌饶有兴致地望着她，道，"不如看你，你比电视好看！"

"什么时候变得这么油嘴滑舌？以前你不这样的！"顾小春转身，进了厨房。

陈永昌摇头一笑，道："以前不敢放肆，是害怕吓到你。"

"那你现在不怕吓到我了？"顾小春的心有些慌乱，不知道为什么，面对他，既觉得安心，又觉得慌乱，这种感觉很复杂。

也许，她在哪个瞬间，对他动了心。

所以才会在面对他时，不知所措。

她自顾自洗着西红柿，接着低头切菜，脸又红了。

"我喜欢看你脸红的样子，很……"他向前一步，进了厨房，站在她的身后。

两人只有五厘米的距离，她可以闻得到他身上的木质香气，就像……那天初遇他时，那种如梦如幻的感觉，这种感觉有些不真实，她甚至怀疑自己是在做梦。

她转身，恍然抬起头，仰望着他，眼睛似麝鹿一般，灵动而又胆怯。

"很……什么？"顾小春拿着菜刀和西红柿的手停在了半空中，她完全忘记了自己身在何处，到底在干什么。

陈永昌伸出手，将她手中的菜刀拿过来，丢在菜板上，接着箍住她的腰肢，清亮的眸子落在她的唇瓣间，一个浅浅的吻，印在了她的嘴唇上。

顾小春战栗了一下，手里的西红柿因为手指的无力而滚落在地，在光滑的地板上打了好几个滚儿。

"掉了，西红柿掉了……"

陈永昌用吻封住了她的呼吸，这一刻的缠绵，令她昏眩，令她窒息。

片刻的恍惚之后，顾小春用胳膊肘推开了她，低下头去寻西红柿，她将他推出厨房外，道："陈先生，还想不想吃饭了，再这样，我以后不让你登门了！"

"我想吃的是你。"他调笑道。

"你娶我吗？"她脱口而出。

"可以啊，你是在向我求婚吗？"他一脸调笑地反问。

"谁向你求婚，你想得美！"顾小春把捡起来的西红柿，又洗了洗。

"你以为我是在闹着玩吗？我是真的喜欢你，小春，别再叫我陈先生了，显得……很疏远。"他有些不满地道。

"那叫你什么？"她将切好的西红柿放入碗中，开始洗鸡蛋。

"叫我永昌，陈哥，都行。"

"陈哥！"她脱口而出，"这样显得比较尊敬一点，真的，在我心里，你就是我的人生导师，我很崇拜你！"

"没有一丁点的爱意吗？"他有些失望。

"我不知道。"她摇摇头，"我有时候很想见你，又怕见你，有时候见到你会莫名其妙地紧张、心慌，可是……"

没等她把话说完，顾小春的腰身就被他搂住了，他从身后抱着她，下巴落在她的肩膀上，轻轻揉搓着，直揉搓得顾小春的心里痒痒的，现在她不只是脸红了，就连耳朵都红了。

"那今晚这顿饭是吃不到嘴里了，陈哥，你别闹了！"顾小春挣扎着，毕竟初次跟男人近距离地相处，她有些慌乱，出于少女本能的抗拒，她推开了他。

"我就喜欢听你叫我哥，听得心里酥酥的。"陈永昌嬉皮笑脸地说，"晚上这顿饭吃不吃都不打紧，只要能看见你，我就知足了。"

"那如果我以后天天面对你，你都可以不用吃饭了？"

"不吃饭都可以。"

"……"

见她无语的样子，陈永昌像个小男孩一样高兴，他道："我现在知道'秀色可餐'这个成语的意思了，就是面对一个令自己赏心悦目的美女时，那个美女就是秀色可餐，比美食更有诱惑力。"

顾小春无奈，一边做饭，一边承受着陈永昌时不时的甜蜜暴击，西红柿打卤面做好了，一人一大碗，顾小春还从冰箱里找了两瓶饮料，打开了，倒在了玻璃杯里。

用过餐，顾小春生怕陈永昌会赖在这里不走，连忙把他给轰出了门外。

"我帮你洗碗！"陈永昌站在门口，用一只腿挡着门，生怕顾小春把门给锁死。

顾小春摇摇头，脸颊依然是绯红的，十分诱人。

"真的，我洗完碗就走，一分钟都不多待！"他保证道。

"哪有男人喜欢洗碗的！"顾小春诧异道，"你肯定在打什么坏主意，休想！"

"没有，真的没有！"他辩解。

"我明天还要去宁先生那里画画，陈哥你就别闹了！"顾小春用拜托的可怜神情望着他，求饶道。

"那你亲我一下我就走！"陈永昌指了指自己的嘴唇，闭上了双眸，等待她的亲吻。

顾小春伸出手指头，在他的唇瓣上轻轻摁了一下，陈永昌眯着眼睛偷看呢，见她耍赖，便道："好啊你，骗我！"

"就骗你了！"顾小春推了他一把，把门给关上了。

她倚靠在门上，听门外的陈永昌高喊道："小春，我走了，明天用不用我开车拉你过去？"

"不用，我坐公交过去就可以了，你还要忙注册公司的事情，就别浪费太多时间在我身上了。"

"好，那我走了，你早点休息！"陈永昌说完，下了楼梯。

顾小春听见门外没有动静了，便打开房门，望下去，发现陈永昌真的走了，她又关上门，进了厨房洗碗。

爱情就这样不期而至。

这个陈永昌，是自己的真命天子吗？

顾小春不知道，她害怕他会变心，听说城里男人的心都变得很快。

可是陈永昌并不是城里男人。

然而，他也在城里待了好多年，他就没有恋爱过吗？

他对每一个女孩子都这样吗？

她会是他最后一个所爱的人吗？

有太多的为什么，可是生活就是这样，没有一个确切的答案。

她就是想要这样没有答案的生活。

这是她的选择。

妹妹顾小霜选择一眼可以望到死的人生，本本分分地生活，可是，这样的本分生活，就真的是万无一失的吗？

好像，也不尽然吧！这些日子，顾小霜经常会打电话向她诉苦，说在张家所受的那些委屈，她又能多说什么呢？

当初为顾小霜出头的时候，顾小霜的心是向着张家的，是想要息事宁人的，家里人管多了，就会成为仇人，说多了就会落埋怨。

谁也不能替谁左右人生。

不确定的人生也好，一眼可以看到结局的人生也好，都需要自己亲自选择，无论是谁，都不能替别人做主。就算是父母，也不可以。

丁茉莉失踪

第十四章

自从顾小春辞职去学彩绘，就再没回过旧公司。

丁茉莉之前还时不时地打电话来找顾小春玩，但是最近却没了消息。

顾小春忙于学画，起初并没有感觉出来，当她想约丁茉莉出来一起玩的时候，才发现丁茉莉的手机忽然打不通了，电话那端传来女声机械的回答："对不起，您拨打的电话已停机！"

"停机了？"顾小春很是疑惑，难道丁茉莉也像顾小霜一样，回家相亲结婚去了？

可是为什么，她都不跟自己道别一下，就这么走了？

顾小春还特地去她之前工作的旧公司问了一下工友，工友们说丁茉莉失踪了，宿舍里她的被子牙刷衣服都还在。

顾小春的心里很不是滋味，她对丁茉莉失踪之事，更多的是担忧。

如果不是因为工厂附近抢劫强奸杀人事件偶有发生，她根本就犯不着担忧，问题是，前段时间，工厂附近的小树林才发生过一起鞋厂女工被强奸剜眼的事情，到现在还没找到凶手。

　　顾小春跟丁茉莉也算是老乡，虽不是同村，但是同镇上的，她的父母如果知道了，一定会很担心。

　　正在顾小春愣神的工夫，只见一对四十来岁的中年男女向她走过来，拉住她的手，问道："你是这家工厂的女工吧？你有没有见过一个叫丁茉莉的女孩？"

　　"丁茉莉？你们是？"顾小春疑惑地望着两个人，心中也猜到了七八分。

　　"我们是茉莉的父母啊，我们打茉莉的电话打不通，问她车间班长，车间班长说她失踪了，哎哟我急得呀……"丁茉莉的母亲神情恍惚，被丁父搀扶着，虚弱得好似风一吹就刮走了似的。

　　丁父的脸色也很差，眼圈漆黑，像是几天没有合眼了。

　　他着急地问道："你认识茉莉？那太好了，你知不知道她去哪儿了啊？"

　　"伯父伯母，你们是茉莉的父母吧？"顾小春道，"我们以前是一个宿舍的，关系不错，之前她还时常约我一起出来逛街，后来突然没了音讯，我最近一直忙着学画，也没有空出去玩，就没有跟她联系，今天过来找她，就听到她失踪的消息，你们别着急……"

　　"怎么能不着急啊！"丁父打断了顾小春的话，他急得直跺脚，"早知道就不让她出来了啊，一个女孩子，出来干什么嘛！谁家指望女孩子出来挣钱嘛！她不听话，非要出来见世面，现在好了，人丢了，这可怎么办呢，万一被人拐卖了，上哪儿找去啊！"

　　"被拐卖了还是好的，听说附近那个小树林，才死过人，凶手到现在还没找到！"丁茉莉的妈妈指着那个小树林，哭得上气不接下气的，"我的茉莉啊，你在哪儿啊，妈妈想死你了，呜呜……"

　　"孩子她妈哭了几天了，眼睛都快哭瞎了，唉——"丁父急得直挠头。

　　"报警了吗，伯父伯母？"顾小春关切地问。

"报警了，我们在附近找了几天了，也没有消息！"

"茉莉最近认识了什么人，她有没有跟你提起过？"丁父用殷切的眼神望着顾小春，继续询问道，"她同宿舍的工友说，她的被子衣服等东西都还在，只是包包不在。"

顾小春摇摇头，说："我最近搬离了这里，住在市中心的一套公寓里，坐公交过来都需要半个小时，所以，我不太清楚茉莉最近认识了什么人。"

"如果谁都不认识，是不是她自己出行时，被人给拐走了？"丁母捂着脸哭道，"真是越想越怕啊！"

"别老往坏处里想。"顾小春不知道该怎么安慰他们，便道，"你们来 T 市几天了？"

"一个星期了，找了一个星期了，一点音讯都没有！"丁父也忍不住哽咽了，"这人是死是活都不知道，我们活要见人死要见尸啊！"

"你闭嘴！什么死要见尸，丁茉莉不会死的！我女儿不会死的！"丁母几欲崩溃，她用尽全身力气吼道。

丁父低下头，偷偷抹眼泪，道："对对对，我们继续找，继续找，过几天我们再去问问公安，有没有茉莉的线索！"

"伯父伯母，要不要去我那里坐一坐？"顾小春见他们这么伤心，动了恻隐之心，她也替他们伤心难过。

顾小春联想到了自己的父亲，如果有一天，她丢了，爸爸会不会伤心难过，会不会不远千里跑来这里找她？

也许不会吧。

她觉得自己不过是父亲的提款机，他拼命要钱的时候，从来没想到过女儿没有钱的时候，能不能在现实残酷的大都市里活下去。

"不了，闺女，我们一分一秒都不能放过，早一点找到女儿，她就早一点脱离危险！"

丁茉莉的父母果断拒绝了顾小春，他们根本没有心情去哪里坐一下，他们坐不住。

他们迫切地想要找到自己的女儿。

顾小春与他们道别，坐上了回公寓的公交车，刚下公交车，她就

128

接到了顾小霜的电话。

电话中，顾小霜问道："姐姐，你最近有没有见过茉莉？"

"没有。"顾小春说，"我离开我们一起上班的那家公司很久了，现在搬去了市中心居住，离她宿舍很远，最近很少联系。"

"她丢了你知道吗？"顾小霜讶异地道，"她的亲戚来我家里找过我，问她在 T 市的时候都去过哪里，认识过什么人，我都告诉他们了，他们跑 T 市去找了。真可怕，幸亏我回来了，外面坏人真多，姐，你也要小心一点，我从来没有想过，危险就在我们身边。"

"我不会在傍晚跟陌生人去陌生的地方，你放心吧。"顾小春道，"我刚才见过她的父母了，都很憔悴，为了找她几天没有合眼了，真可怜。不知道茉莉到底发生什么了，手机都停机了！"

"希望她没有事吧，朋友一场，她还说等我孩子出世，来看宝宝呢，哎！"顾小霜叹息道。

"为她祈祷吧，听到她失踪的消息，真让人难过。"顾小春说，"不知道她现在在什么地方。"

"姐，你真的不回来吗？"顾小霜试探地问道，"我也担心你。"

"不回，我在这里很好。"顾小春道，"他最近对你怎么样？你婆婆还欺负你吗？"

"最近大姑姐时常过来照顾我，婆婆去地里忙农活，不守着她就挺心静的，我姑姐人挺好的，就是她孩子皮了些，上一次撞我肚子，幸亏我躲了一下，不然整个砸我肚皮上，孩子就保不住了！"顾小霜念叨道，"我肚子里的娃啊，现在都会踢我了！真神奇！"

"你怎么不注意一些，压到了肚子可不是小事情，万一压坏了，小了是滑胎，大了就是一尸两命，你以后离她孩子远一点，熊孩子不知道什么，一点都不注意的。"顾小春着急地说。

"知道了姐，我以后多注意。"

"你过得舒心我就放心了，夫妻之间，互相担待一点，你性子也比较直，既然想一起过日子，就互相包容一些，别老掐架。"顾小春道。

"好了姐，我知道，可是你不知道他家里人多自私，唉，我都不想提他妈，就想看我俩打架，我俩一打，她就高兴得要命，算了，不说了，挂了吧姐，我知道，你听多了也心烦。"顾小霜不等顾小春回话，就挂了电话。

顾小春将手机丢进包里，继续往前走。

谁料，手机铃声再次响了起来。

顾小春拿出手机，按了接听键，道："小霜，不是说不想再说了吗？怎么才挂了，又打过来？"

电话那端传来弟弟顾彦早的声音，他道："姐，再给我打点儿钱呗！"

"是彦早啊，不是上个礼拜才给你打了一千，你怎么花那么快？"顾小春不解地问道。

"最近花销有点大，一千元真的买不了多少东西，吃饭花几百，买课外书几百，我已经很节省了，但是就是手头很紧，现在兜里就剩几十元钱了，再过几天，我就要饿肚子了，姐，你不能眼睁睁地看着弟弟饿肚子吧？姐姐……"

顾小春没好气地回道："你以为姐姐是提款机啊，你也要懂得节省一点啊，你姐就是个打工妹，又不是什么高级白领，一个月也就一两千元，你一个星期花一千，你怎么想的？姐姐现在也辞职了，没了工作，你再这样一点不懂节省，姐姐也没钱救你！"

"姐姐，我的好姐姐，你就再给我寄一点嘛，求你了姐姐！"

听见弟弟甜甜地叫姐姐，顾小春就心软了。一个身高一米八九的大男孩撒起娇来，也是让人受不了。

"我刚刚交了房租，也辞掉了工作，这一次真的没有多少钱给你，因为我会有很长一段时间没有收入，我先给你打五百元钱，下个月不会再打钱给你，你自己看着办。"

"那姐姐是想在下个月，饿死弟弟喽？"顾彦早一副委屈巴巴的样子。

"你可以去勤工俭学啊？现在都读大学了，不要跟父亲学好吗？你不是也鄙视他懒吗？难道你想跟他一样？"顾小春教训他道。

"我读书啊，姐，就算出去勤工俭学，也要等放假以后啊，等假期，我一定会去勤工俭学的，姐，求求你了，别不管弟弟好吗？下个

130

月，你就是挤，也要在手指缝挤一点点生活费出来，寄给我！"

"你要的是一点点吗？我一个月才赚几个钱？你只有我一个姐姐吗？该养你的是父亲啊，姐真没有养你的义务！"顾小春一向刀子嘴豆腐心，说归说，最后还是会寄钱给他。

"咱爸你也不是不知道他，他年轻时候就不知道挣钱，你还指望他老了能挣钱啊？二姐，她都结婚了，自己的事儿都整不明白，我可指望不上她。在我心里，只有大姐你，是最厉害的，弟弟最崇拜你！"

"快得了吧你，别给姐姐戴高帽子了，说，你那一千元钱到底是怎么花的，细到一分一毛，给我列个表格，发我邮件里！"顾小春斩钉截铁地说，"不然的话，休想从我这里拿到一毛！"

"做表格啊，姐你可饶了我吧！"顾彦早求饶道，"我不想做表格啊！"

"都读到大学了，一个表格都不会做吗？姐姐小学毕业，都买了书，自学了初中高中的课程，你跟姐说你不会，姐可是会瞧不起你的！"

"我不要做表格！"弟弟撒娇道。

"不做也可以，跟我说实话！"顾小春威胁他道，"不说实话，这五百元我也不寄给你！"

"我……我谈恋爱了姐，本来不想说的，跟亲姐说这个，真的让人挺不好意思的……"

"你恋爱了啊？"顾小春扑哧一声，笑道，"原来谈恋爱，是这么破费的一件事情啊？"

"那是当然，一起出去浪漫一下就不少钱，随随便便吃个饭就要一百二百的，还不是高级餐厅，就小饭馆。"

"姐可没钱供你去高级餐厅，咱没有那收入，也不充那有钱人，你知道吗？彦早！"顾小春用命令的口吻教训他道。

"我知道了姐，总共就去了一次，大多数浪漫就是压马路看星星，这些不花钱的项目，买个水果买个衣服都得花钱吧？你是女生你当然不知道，姐……问你个小秘密！"

"你问？"不知道他打的什么鬼主意。

"你恋爱过吗？"

"不告诉你！"顾小春不假思索地说。

"姐，不公平，我都给你说了小秘密，你不跟我说。"

"咱俩不是闺密，我跟你说不了秘密，哪儿凉快哪儿待着去吧！"

"不说拉倒！"顾彦早道，"别忘了寄钱给我！"

"省着点花！"顾小春再次叮嘱道。

"知道了，真啰唆！快赶上隔壁阿婆了！"顾彦早嘟囔了一句，挂掉了电话。

想不到弟弟那个小屁孩也谈恋爱了，顾小春摇头笑笑，继续前行。

一声"哧——"的刹车声，在她的身边响起，一辆熟悉的车子停在她的跟前，车窗落下来，是陈永昌那张熟悉俊美的脸，他招招手，道："小春，真巧，上车吧！"

顾小春摆摆手，朝他走过去，道："是真巧，还是你跟踪我啊？"

"这都被你看出来了？"陈永昌摇摇头，道，"你什么时候发现的？"

"在跟我妹妹打电话时就发现了，说吧，跟着我干吗？"

陈永昌道："我刚才去你公寓找你，敲了半天没人开门，又去宁先生那里找你，宁先生说你们今天休息不上课，所以我到处找你，最后在公交车站找到了，见你打电话，就没打扰你。"

"所以一直跟在我身后？"顾小春整理了一下被风吹乱的发丝，垂眸问道，"找我什么事？"

"公司注册好了，给你看一下！"陈永昌把一个本子递给了顾小春。

顾小春打开，看见上面赫然写着几个大字：春畅家具有限公司。

春畅？

春天的畅想？

"挺有诗意的名字。"顾小春把本本还给了他。

"没看出其中的含义吗？"陈永昌有些小失落。

"取顾小春的春字，陈永昌的昌字同音，春畅，我说得对吗？"顾小春道。她也没有想到，陈永昌会用自己的名字给公司命名，她在他的心里，真的有这么重的分量吗？

"聪明，果然是我喜欢的女人。"陈永昌欢喜地把本子收好，发动起车子，向前开去。

"为什么用我的名字给公司命名啊，如果以后，你喜欢了别的女孩子，你怎么跟人家解释？"顾小春问道。

"不会再喜欢别的女孩子了，不管是现在，还是将来，我都只爱你一个人。你是最后一个。"

不管是现在，还是将来，我都只爱你一个人。

这句话，在她的耳畔一直回响，幸福溢满胸膛。

多么动人的情话，爱不只是说说而已，他一直都在做，他对她的好，不止体现在嘴上。他一直都是用行动表达自己的爱。

"万事没有绝对，我听说过很多不得善终的爱情故事。"

"我也听说过很多钟爱一生的故事。"他道，"你怕跟我相恋吗？"

"不怕。"她说。

"那你在怕什么？"

"我怕……"她沉吟半晌，没有说出后面的话。

"怕什么？告诉我，我可以改。"他语气温柔。

"怕会失去你。"她的声音轻飘飘的，轻到几乎听不见。

如果从来没有得到过，就不会害怕失去。

倘若得到了再失去，就落入万劫不复的痛苦境地。她怕失去他，怕万一他们的感情没有结果，连朋友都做不了，怕他们会成为陌生人。

从来没有人爱过她，父亲没有爱过，母亲没有爱过，奶奶也没有爱过。突然有一个人这么爱她，她受宠若惊，站在幸福的边缘徘徊，不敢前行一步。

"我不会放弃你的，所以，你也不会失去我。"陈永昌语气坚定地说，"我们在一起吧！"

"……"顾小春嘴唇紧紧抿着，长久的沉默。

时间在这一刻，停止了，他们的眸中，只有彼此。

"以后吧。"她终于说，"我什么都不是。"

"我相信你的能力，顾小春。"他道，"以后你会和我并肩作战，我们旗鼓相当，你并不是一无是处，你很聪明，也很有天赋。"

"那就等我可以与你并肩作战之时，你可以等吗？"她问他。

"为什么不可以等？"他笑，"等你一辈子都可以。"陈永昌道。

……

不知不觉半个月过去了，顾小春的画也学了些皮毛，还是需要多实践，积攒彩绘经验。

以前三天两头给顾小春打电话的顾小霜也没了音讯，不知道是不是因为嫌她这个做姐姐的啰唆，顾小春纳闷，就打了通电话问候一下。

谁曾想，拨过去之后，却是电话停机的提示音。

停机了？

顾小春纳闷，顾小霜自从有手机以来，从来没有将手机停机过。

她便打了父亲顾玉全的手机，顾玉全说："你打她婆婆电话就好了，她为了省手机月租费，就停机了！"

之后，顾玉全把顾小霜婆婆的手机号给了顾小春。

顾小春拨了过去，宫淑月很快接起来了，顾小春道："喂，是伯母吗？"

虽然顾小春对顾小霜的婆婆很是看不惯，但是为了顾小霜的家庭美满，她也得做些面子工程，叫她一声伯母。

"是啊，你是谁啊？"宫淑月没有听出来是谁。

"我是顾小春，麻烦你让顾小霜接一下电话！"顾小春道。

"你找她什么事儿啊？"宫淑月慢慢腾腾的，还要替顾小霜把一下关似的。

"没事，就是问候一下，你把电话给她，我跟她说话。"

"哦，是这样啊！"宫淑月说，"我现在外面呢，等中午吃饭的时候你再打来吧！"

不等顾小春说什么，宫淑月就挂了电话。

顾小春叹了口气，呢喃道："这个顾小霜，就差那么几十元钱电话费钱吗？"

因为不知道顾小霜的卡还在不在她手里，所以顾小春没有帮她充话费，等到中午的时候，她再次拨了宫淑月的电话，宫淑月接了，然后递给了顾小霜。

顾小霜拿着电话朝自己的卧室走去，宫淑月嘟囔了一句："在这儿接就行了，有什么见不得人的！"

顾小霜关上卧室的门，坐在炕沿上，道："姐，你找我有事儿啊！"

"没事，你怎么把手机弄停机了？以后跟谁都不联系了？亲人朋友什么都不要了？"顾小春气不打一处来，"我不反对你节省，可是没有这么节省的！"

顾小霜道："我婆婆跟我说家里欠了很多的债，盖房子筹办婚礼，花了不少钱，过几个月我就要生产了，住院需要花很多的钱，所以，能省就省点！"

"是吗？"顾小春道，"既然能省就省点，她怎么不把她自己的手机停了？我真的不想多说什么了，你也别太绵羊了，越听话越容易被人欺负。"

"我知道了姐，反正也没什么业务，没什么事儿，她不是把我的工资给领了吗？我以后不去干活了，反正肚子也大了，我也不去受那个累了！"

"什么？她把你的工资给领了？"顾小春惊讶道。

"我怎么说漏嘴了……"顾小霜压低声音，接着道，"姐你就别管了！"

"嫁给他，你的生活质量更低了，你不觉得吗？"顾小春叹息道。

"家里有债，结婚了一起负担，是应该的。"顾小霜说，"就是我买个东西都要管她要钱，心里不舒服，我老公的工资全交给婆婆，她当家，我们两口子的事儿她什么都管，我待在这里，像坐牢一样，想回娘家住两天，他们也不让。"

"婚闹那件事的时候，我就看出他人品不行，你愿意跟着他，那我们也不敢多说什么。"

"好了，别说了。"顾小霜的语气有点不耐烦起来，她道，"我知道你现在过得好，你男朋友很宠你，我眼光不行，选了张建峰这么个穷鬼！"

135

"你知道姐不是这个意思，你曲解了我的意思……"顾小春解释道。

自从顾小霜怀孕以来，她的性格就变得古怪得很，不知道是因为婚姻不幸导致的，还是怀孕中就有了轻度抑郁症，她像一只浑身长满刺的刺猬，疑神疑鬼，用恶意揣测着身边的每一个人。

"我知道你不是那个意思，挂了吧，我婆婆站在门外偷听……"顾小霜压低声音说完，不等顾小春回答，就直接挂掉了电话。

顾小霜挂掉电话之后，打开房门，回到堂屋吃饭，她看见婆婆朝她翻了一个白眼。

婆婆每天这个样子，让她如坐针毡，越来越笨重的肚子，拖得她没精力再想离不离婚的事情。

"建峰，过几天产检，你陪我去吧！"顾小霜拿起筷子，对张建峰说。

张建峰往嘴里塞了一大口馒头，点点头，含糊不清地说出一个字："嗯！"

宫淑月夹了一筷子豆芽菜，往嘴里一填，一边咀嚼着一边说："产检什么产检，我那时候生建峰，一次都没产检过，哪儿那么多事儿，浪费钱，产检一次花好几百，有那个钱买点什么不好！不去啊，咱不去！"

"哦！"张建峰应了一声。

"不产检怎么能行？不产检，万一孩子有个什么缺陷……"

"乌鸦嘴！"宫淑月白了顾小霜一眼，望着张建峰道，"哪有当妈的自己咒自己孩子的？像个傻子似的！村里人生孩子，产检干什么？瓜熟蒂落，到时候生了就行了，有几个生畸形儿的！"

"建峰，我觉得应该产检一下！"顾小霜用胳膊肘，推了一下张建峰。

张建峰头也不回地皱了皱眉头，道："没听妈说吗？她怀我的时候都没产检，有什么好产检的！"

"……"顾小霜气得心肝疼，却也没有办法，自从嫁到张家，她就再无收入，手里也没有钱，张建峰的工资根本就不给她，从婆婆那里要一分钱也难。

她自己想去产检，一是身体不允许，怀孕后因为早孕反应，经常晕，一个人去太危险。二是，她也没有钱。

婚前，她的钱都被父亲搜刮走了，婚后，她又被婆家压迫。女人怎么这么难呢？顾小霜想哭。

张建峰道："整天丧着一张脸给谁看呢？真是烦！"

"就是，丧门星！"婆婆宫淑月也嘟囔了一句。

顾小霜拉着一张脸，确实很难看。她没有心情吃了，把筷子一摔，扭头就回卧室了。

身后传来张建峰的咒骂声："若不是看你怀孕了，非甩你两个耳刮子不可！什么德行！"

顾小霜听见张建峰的话，默默流下两行泪，心中很不是滋味，有酸楚，有委屈，更有悔恨。

她终究做不到顾小春那样的洒脱。

父亲让嫁，她就嫁了，嫁完后发现婚姻不如想象中那么美好，就开始跟父亲互相埋怨。

肚子里有了孩子，她又做不到洒脱地离婚走人，只好走一步看一步。

顾彦早恋爱

　　顾小春抽时间去了趟银行，给弟弟顾彦早打了五百元钱，给他应急。

　　她总是这样，虽然现在赚的不多，就算苦一下自己，也不忍心让弟弟受苦。

　　打完钱，她给顾彦早打了通电话，道："钱给你打过去了，你省着点花，我不是吓唬你，我最近在学画，没有去工作，断了收入来源，你若是乱花，打乱了我的消费计划，提前花光我的钱，我们两个人可是都会饿死在街头的，你也知道，你二姐那里你是不可能要来钱的，她自己都没钱花，父亲那里你就更别想了，他有钱也不会给你，更何况他根本不去赚钱，手里也没钱。"

　　"知道了姐，这么啰唆呢，像我妈一样！"顾彦早抱怨道。

　　其实，他自打出生以来，就没有见过妈妈。

"都说长姐如母，你以为你姐愿意这么啰唆啊，如果妈妈还活着，我真是懒得管你！"顾小春挂了手机。

宁师傅最近几天还夸赞顾小春手艺见长，不用多少时间就可以直接上岗了。

以后有了工资，她就不用数着钢镚儿过日子了。

收到转账消息的顾彦早，此刻正在逃课中。

他和女朋友江林娜牵着手，在大学校外的树林里散步，顾彦早打开手机，查看了一下银行短信，入账五百元。

顾彦早噘着嘴，嘟囔道："姐真小气！才给我转了五百元！"

"你姐真好！"江林娜用十分羡慕的语气说，"是不是农村的姐姐都是这样宠弟弟的？"

"也许是吧！"顾彦早说，"我读高中读大学，都是我姐给我寄钱，我爸从来没有给过我一分钱。"

"你爸挺不负责任的！"江林娜说，"他这是转嫁抚养责任，生而不养，不配为父。如果换作是我，我才不会替他养儿子！你还说你姐小气，做人要懂得感恩啊！"

顾彦早怔了怔，接着搂住江林娜的肩膀，往自己怀里一揽，道："是，娜娜说得对。"

"我看你就是被你姐惯坏了！"江林娜推了顾言早一把，一脸娇嗔地说，"哼！没心情玩了，回宿舍！"

"娜娜！"顾彦早攥住江林娜的肩膀，小鸡啄米似的在她嘴上亲了一口，道，"我姐说了，下个月不管我生活费了，等暑假我就不回家了，在学校附近勤工俭学，赚生活费。到时候你如果可怜我呢，就来陪陪我！"

江林娜喜上眉梢，一脸憧憬地道："真的呀，暑假你不回老家了？你确定吗？"

"确定！"顾彦早说，"在这里打零工赚钱，自力更生，顺便陪你！"

江林娜忍不住窃喜，她搂住顾彦早的脖子，道："那真是太好了！彦早，爱你！"

江林娜说着，一个结结实实的吻落在了顾彦早的嘴巴上，她的唇齿间，散发着淡淡的类似水果般香甜的味道，让顾彦早沉迷其中。

他用力箍住她的身子，一只手托着她的后脑勺，加深了这个吻，他和她纠缠在一起，两个人紧紧地拥抱着，身体间没有一点间隙。

他有些冲动，双手情不自禁地在她身上游走起来。

江林娜没有拒绝，任由他的手在她的身体间游走。甚至，他的手从她的腰间，撩开她的衣服扣子，钻进了她的衣服里，她没有拒绝。

顾彦早的胆子也就大了起来，炽热的大手覆盖在了她的胸膛，轻轻搓了几下，江林娜喘息着，呻吟道："彦早……别这样……"

顾彦早的初吻给了江林娜，而江林娜却并不是第一次谈恋爱，她向他坦承过，她初中时候的初恋，读高中时候分手了，高中时候先后谈了两个，后来没有读同一所大学，也分手了。

跟顾彦早，是从大二时候开始的，两个人谈了几个月，顾彦早跟她做得最多的亲密动作就是亲吻，今天是第一次大着胆子摸了她。

顾彦早吻着吻着，就把手抽了出来，他担心控制不住自己，没想到江林娜却咬住了他的耳朵，轻唤道："我想要你！"

顾彦早身子悸动了一下，疯狂地把她压在了身下，两个人在空无一人的小树林里，激情迸发。

事后，顾彦早发现江林娜并没有落红，她的表现也很成熟，对于性这件事，她似乎比他还要了解。

"以后不要这样了！"江林娜有些害羞，她紧咬着嘴唇说，"万一被人看见了……"

"不是你说想要的……"顾彦早道，"我本来不想的！"

江林娜想起方才意乱情迷时说的话，也有些脸红，她道："下次去旅馆！"

"你还想有下次啊？"顾彦早故意这么说，调笑调笑她。

江林娜听出来了，上前拧了他一把，道："彦早，你不想啊，不想的话，我以后不给你了！"

"想！"顾彦早揽住江林娜的纤细腰肢，调笑道，"天天都想，只是，方才没有穿雨衣，该不会怀孕吧？一定要做好措施啊，我们才大二，就算结婚生孩子，也还不到时候。"

"你放心吧，我会去买避孕药吃的！"江林娜推开了他，向前走去，"我们还是回去吧，天色渐渐暗下来了，树林里怪瘆人的！"

顾彦早上前一步，拉住了江林娜的手，假装不经意地问道，"方才你挺熟练的，说实话，你跟几个男人做过？"

"你很介意吗？"江林娜眼眸一转，望着顾彦早，接着说道，"还是，你有处女情结？"

"没有。"顾彦早道，"我没有处女情结，只是……想到你第一个男人不是我，心里有些不舒服。"

"那还不是有处女情结？"江林娜反问，"在你之前，我谈过三个男朋友，你也知道，只要恋爱，不可能不发生那种事儿的。"

"为什么现在的男人女人，都喜欢说自己有过三个前任？"顾彦早显然不太相信，江林娜之前只谈了三个男友，她自信大方漂亮，方才的表现又过于主动，这让他存疑。

"那总共跟别人睡了几次？"顾彦早继续追问道。

"如果这些问题让你困扰，让你心里不舒服，你不如不问！"江林娜说，"一点意义都没有，只会让我们彼此都不开心！"

显然，江林娜有些不高兴了，她道："如果你很介意我之前跟别的男人在一起过，那我们可以分手，我也知道，你们乡下男人都很保守，不是一个世界里的人，三观不同，在一起也很累。我觉得性是一种享受，不是束缚，跟自己喜欢的人发生性关系，是一件美好的事情，跟喜欢的人因为各种原因而分开了，在现实中，也是不可避免的，不能因为跟前任发生过关系，就是有了污点，你这个想法不对，彦早！"

"对不起！"顾彦早连忙道歉，"是我不对，你不要放在心上。我只是好奇！"

"难道你是抱着猎奇心理跟我交往的吗？"江林娜摇摇头，恼怒道，"我们在一起也有几个月了，我是个什么样的人，你不了解吗？我并不是一个随便的女人，如果我方才的表现让你误解了我，那我也只能说抱歉，我不是你想象中的那个人。我只是因为喜欢你，才会……"

"我知道，娜娜，你别生气！"顾彦早从身后抱住江林娜，接着

141

道，"我们回去吧，跟我一起逃课刺激吗？"

"嗯！"江林娜点点头，道，"嗯！其实，我没有跟初恋做过，那时候都还小，都很单纯，感情也很单纯。我只跟高中时候谈的那两个有过关系。"

"明天，我们去旅馆吧……"顾彦早想着卡里有五百元，住一宿旅馆是没有问题的。

"今天才要了，明天又……"

江林娜后面的话没有说出来，嘴巴就被顾彦早的吻给封住了。

两个人抱在一起，拥吻了一会儿，才走出小树林。顾彦早先送江林娜回了宿舍，接着他才回去。

第二天下了课，顾彦早就接了江林娜，两个人去了小旅馆，小旅馆的条件很差，床也很小，没想到就那样的小旅馆，一晚上也要花一百元。

这样，顾小春打给他的钱，也就剩下四百元了，想起顾小春说过下个月要给他断粮的话，他的心一揪，但是想到每一次大姐都是这样放狠话，最终还不是给他打钱，他就有了侥幸心理。

男人跟女人有了第一次之后，就控制不住自己了，尤其是有了像江林娜这种思想开放行为大胆的女友之后，他更控制不住自己。

为了省那四百元钱，他曾想办法带她去小树林，可是江林娜毕竟是城里女孩子，娇气得很，她在小树林拒绝了他，说地下太脏，太硌人了，还有一点就是怕被人发现。

因为附近的大学生因为没有钱，经常把女友带进小树林，他们不止一次撞见在树林缠绵的男女。

就这样，顾小春寄来的五百元钱，在顾彦早领着江林娜去了五次旅馆之后，便花光了。

他再管顾小春打电话要钱的时候，顾小春直接不接他的电话了。

顾彦早这才知道事态的严重性，不但是旅馆去不成了，饭钱也没有了。

乡下学生都很节省，只有他因为姐姐惯着他，从来没有受过苦，让他一顿一个馒头不吃菜，他可受不了。

他不得不向江林娜诉苦："娜娜，我姐这个月给我打的生活费，都让我们去旅馆给消费光了，我身上就剩下几元钱了，打菜都不够了，你说怎么办吧？"

"是我让你去的吗？还不是你自己想要！"江林娜嗲怪道。

"也不是我一个人需要，你不也挺享受的吗？我穷，你也不是第一天就知道。"顾彦早摆出一副虚弱的样子，道，"我晚上没有饭吃，没有力气走路了……"

"好了好了，怕了你了！"江林娜从书包里拿出钱包，打开钱包抽出一张红的，递给顾彦早，道，"拿去，这几天的饭钱够了吧？不够我再想办法！"

"谢谢娜娜！"顾彦早笑得一脸阳光灿烂。

"别人谈男朋友都是男朋友给她买包买好吃的买花，你给我买的最贵重的，也就一个五元钱的日记本！"江林娜嘟着嘴，有些抱怨起来。

"谁让你看上我这个穷小子的，我不是还给你买过花吗？"顾彦早道，"下个月我去勤工俭学，到时候就有钱了，这一百元就当是我借你的，以后还你！"

"谁要你还了！"江林娜说，"暑假我也不回家了，陪你一起去勤工俭学！"

"你吃得了那个苦吗？"顾彦早道。

"去饭店咖啡馆端端盘子，有什么大不了的。"

"我可以去送快递，听说赚得多一点。"顾彦早也道。

"嗯，我们要加油，自力更生。"江林娜握拳，做了个加油的姿势。

老光棍之死

　　江林娜把生活费拿出来一部分，给顾彦早，两个人紧巴巴地熬到了暑假。

　　顾彦早没有回老家，找了几份零工，江林娜也没有回家，跟顾彦早一道勤工俭学挣生活费。

　　顾玉全得知儿子暑假不回来的消息，在电话里抱怨了半天："你怎么说不回来就不回来了？你不知道爸爸想你啊，爸等了你好几个月了，你一句不回来了，爸就看不着你了，你不是放暑假了吗？！"

　　"爸，我是放暑假了，但是我得自己出来挣生活费啊！"

　　"生活费还用你挣了，你姐不是有钱吗？"顾玉全不假思索地说。

　　"我姐又不是高级白领，一个打工妹而已，一个月就那么点钱，都给我了她吃什么喝什么？"顾彦早说，"爸你也得为姐想一下，她也没那么大的能力承担我们一家子的开销！"

"真没用！说不回家相亲，不回家结婚，就为了工作，我还以为她有多么了不起的工作！"顾玉全继续埋怨着。

"爸，我挺忙的，还要去送快递，拜拜！"顾彦早挂掉电话，继续忙碌起来。

顾玉全低下头，眼巴巴地望着手机，一屁股坐在院子里的马扎上，枣树上的叶子随风摇摆着，发出"沙沙沙"的声响，有几片落叶飘落下来，落在他的肩膀上。

顾玉全的头顶，已经有了些许白发。

他就这样坐着，呆呆地，一言不发。

门外传来隔壁老光棍死亡的消息，奔丧的亲友挤满了堂屋，哭声动天。

隔壁老光棍死之前，没有一个人来探望他，死了死了，屋子里挤满了亲友，想来也真是讽刺。

第一个发现老光棍死亡的人，就是顾玉全。

顾玉全每天除了种一种家里那几亩薄田，根本不出去做事，吃饱了饭就是在村里逛游着玩，能干的人家都出去干活了，不能干的也就这些光棍懒汉，聚在一起打打扑克喝喝茶，像那些围坐在村头嗑着瓜子打听别人八卦的老娘们一样，嚼一嚼东家长西家短的闲事儿。

隔壁老光棍就是他的朋友之一。

老光棍的父母早就去世了，其实他还有三个哥哥，他在家里排行老四。

哥哥们都娶上了媳妇盖好了房子，只有他这个老四，一直没有娶上媳妇，毕竟父母能力有限，哥哥们盖好房子娶完老婆，到他这里就没有钱了，房子盖不起来，就娶不上老婆。

其实，他年轻时候，完全可以自己赚钱娶个老婆，就像村里也有穷得娶不上老婆的，人家出门打工没几年，就领回家一个如花似玉的新媳妇来。

老光棍当年也出去打工了，可惜吃不了苦，一直给工厂看大门，看大门一般都是老人干的活，工资很低。

老光棍在外头看了几年的大门，打了那么多年的工，最后手里还

145

是没有几个钱，后来回了乡下，父母去世，兄弟们也没人和他争，把爹娘的那栋老房子给他了。

自此，老光棍就住在了爹娘留下的老屋里。

那栋老屋很老了，泥土和着柴火盖成的房子，一到下雨天，就滴滴答答地漏水。

每当下雨的时候，老光棍就打着雨伞在村子里漫步，他也怕房子塌了，被砸死在里头。村里人都调笑他："又在欣赏雨景呢？"

他傻呵呵地"嗯"着，继续漫无目的地在村子里走着。

老光棍几乎每天都会出门跟人唠嗑，他一个人住闷得慌。

可是，最近五天没有见到他了，就连顾玉全都没有跟他打过照面，老光棍的对面邻居对顾玉全说："玉全哪，最近你有没有看到老光棍啊？怎么好几天没看着他了？难道又去城里打工去了？"

"没听说他要去城里打工啊？"顾玉全疑惑地道，"确实是哎，好几天没看到他了！"

"他家里有股味儿啊，像是有死耗子！"老光棍的对门邻居说，"你跟他常在一块儿玩，如果碰见他，跟他说一声，如果家里药死了耗子，赶紧把耗子埋了，这大热天的，闻着这个味儿真受不了，我在我家堂屋都能闻到，吃饭都吃不进去！"

"行行！"顾玉全应道，"你没去敲敲老光棍家的门儿？"

"没有，我过去扫了一眼，门关着，敲门没人说话，我也不好硬闯进去不是？"

顾玉全便走到老光棍家门口，看见那简易的栅栏门，从里头反锁着。

"从里头反锁，那人应该是在家里啊！"顾玉全托着下巴道，"五天不出门，他也能待得住，不闷得慌吗？"

说话间，一股微风吹过来，带着一股浓浓的腐臭味，顾玉全捂着口鼻，差点吐了。

"不对啊，死耗子没那么大味儿吧？"顾玉全道，"老光棍该不会是买了肉忘了吃，放臭了吧？"

听顾玉全这么一说，老光棍的对门邻居像是灵光一闪，突然想到了什么似的，他瞪大了眼睛，身子有些颤抖着，指着老光棍家的栅栏门说："踹，赶紧踹开！"

顾玉全还没有反应过来，对门邻居便一脚踹过去，将门给踹开了！

对门邻居说："玉全哪，你先进去看看，喊一喊老光棍的名儿，他认得你，若是在屋里，他肯定会回你话！"

见对门邻居一脸毛骨悚然的样子，顾玉全也有了不祥的预感。

他喊了几声老光棍的名字，屋内没有人回答，他就蹑手蹑脚地走进了院子，这一进来不要紧，那股腐尸味儿更重了！他这么一喊，惊动了屋里的耗子，有几只圆滚滚的大耗子从屋里冲了出来，钻进柴火堆不见了身影。

不对啊，那几只肥大的耗子嘴上怎么有血？

顾玉全用袖子捂着口鼻，进了老光棍的屋子，当他掀开门帘的时候，赫然望见一具高度腐烂的尸体正横躺在炕上，尸体的胸膛已经被老鼠啃开，胸膛里的五脏六腑也被老鼠吃得差不多了，老光棍的尸体上爬满了大大小小的蛆虫，白米饭似的一粒一粒，它们聚作一团，蠕动着。

老光棍的鼻孔里，嘴里都有，它们蠕动着身体，爬进爬出。炕头上还摆着一台旋转风扇，那台风扇不知道吹了几天了，吹出来的风都是热的，摸一摸风扇的机身，都滚烫滚烫的。

顾玉全胃里头剧烈翻滚着，一时间忍不住，"嗷——"的一声就吐了。

他大喊着："快进来，快叫人，老光棍死了——"

顾玉全这么一喊，老光棍的院子里很快就人头攒动起来，还有人报了警。

顾玉全扭死了风扇，退出了屋子，先由验尸官检验了尸体，确认老光棍的死亡并非他杀，而是自然死亡，便将尸体交由他的亲戚族人处理了。

老光棍的葬礼办得很仓促，简简单单，没有吹吹打打，停尸的程序也省略了，因为老光棍的尸体已经高度腐烂，又是夏天，实在不能再像其他死者一样，再停尸七天。

老光棍直接进了棺材，当天就下葬了。

老光棍下葬以后，顾玉全就像得了病一样，每天没精打采，总担心自己会死。

他开始怕死，希望他的三个孩子都回来陪着他。

然而，那是根本不可能的事情。

老二快要生了，老大在外头打拼，老三在读大学。

他开始频繁地给三个孩子打电话，不管人家是在上课还是在睡觉。

不胜其扰的顾小霜给姐姐顾小春打了个电话，说父亲顾玉全整天打电话骚扰她，每次刚睡下休息，就被父亲的电话给吵醒，她说父亲最近很怕死，可能是看到老光棍突然死了，他就联想到了他自己，担心他自己一个人死了没人知道。

顾小春暗道，父亲还不到五十岁，就整天想这些，还是太闲了，有那个闲工夫出去做点活多好，真是闲出来的毛病。

顾玉全频繁地给三个孩子打电话，这样折腾了几天。

老二怀孕，她婆家不好相处，他不能去她家里住，老三读大学，住在学校宿舍，他也不能去他那里住，那只剩下老大了，老大租房子，他可以去找老大。

这样想着，顾玉全没有跟顾小春打招呼，直接收拾好了包裹，按顾小春寄钱的地址，去了 T 市，待他到了市区之后，他才给顾小春打了通电话，让她去车站接他。

顾小春接到电话以后，很吃惊。她没想到父亲会突然跑 T 市来找她，还在宁先生大院儿里学画的顾小春，丢下颜料和画板就跑出去了。

跑出去之前，她对宁先生说："师傅，我爸来了，我去车站接一下他！不好意思啊，师傅，我现在要出去一下！"

宁师傅摆摆手，示意她离开。院里安安静静的，所有的学徒们都在专心致志地画画，只有顾小春丢了画板，匆匆离去。

顾小春急匆匆地乘坐公交车到了火车站，火车站的人流汹涌，她根本就看不到父亲的身影，焦急的顾小春拿出手机，拨打了父亲的电话，却发现父亲竟然关机了！

这可急坏了顾小春，火车站人这么多，这让她去哪里找人去？

她只好站在火车站门口大喊："爸爸，爸爸——"

她冲进等候厅，在里头找了半个小时，也没有找到父亲的身影，她心怦怦乱跳，几乎提到了嗓子眼，生怕父亲会出什么事儿。

等候厅没有，她又出了车站，在站外寻找。

人来人往，人头攒动，她这样寻找父亲，无异于大海捞针。

"真让人急死了！"顾小春焦急得像热锅上的蚂蚁，没办法，她去播音室，求助工作人员广播顾玉全的名字，让他听到广播后去播音室找人。

谁承想播了半个小时也没有等到顾玉全。

顾小春急了，冲出播音室，在火车站附近到处问人，有没有见过一个头发斑白身形高胖的五十岁老头。

所有被她问过的人都摇头，当她无意中走进火车站一家拉面馆的时候，赫然发现，父亲竟然坐在里头吃拉面呢！

看见顾玉全抱着汤碗"呼噜呼噜"喝面汤的场景，顾小春又气又急，她大步流星地走过去，站在父亲面前，埋怨道："你怎么还能吃得进去？你知不知道我找了你半天了？"

"你知不知道我等了你半天啊？"顾玉全没好气地摔了下碗，道，"早就给你打电话了，让你快一点来接我，快一点来接我！这都几点了？都该吃中午饭了！"

"你就不能等我来了再吃？"顾小春说，"我两个小时之前就来了，打你电话也关机了，我里里外外找了你不下五圈，还去广播室广播你的名字了，你倒好，还有心情躲在这里吃面条！"

"关机了吗？"顾玉全这才摸出自己的手机，一看屏幕都黑了，他嗫嚅道，"哦，路上没电了，这电话不好，充上电都撑不了一天，不好不好，小春啊，你有钱再给我买一个新的，能拍照那种，我喜欢能拍照录像的！"

"这电话又不是不能用，干吗买新的！"顾小春说，"我几个月没工作了，没有闲钱买手机！"

听见顾小春说自己几个月不工作了，就气不打一处来："年纪轻轻的，在外头浪荡不回家成家，我还以为你在城里忙什么劳什子事业，搞了半天没工作几个月了！不行，这趟就跟我回乡下，相亲去！你不成家，爸心里就有一个大疙瘩，怕你嫁不出去！"

"我有多么差劲，能差到嫁不出去？"顾小春瞪了父亲一眼，道，"没听说过吗？自古以来只有光棍汉，没有嫁不出去的女，村里有残疾的女人都嫁得出去，爸你可真是有闲工夫瞎操心！"

"我这哪儿是瞎操心，我这是为了你的终身大事操心！"顾玉全继续道，"媒婆这次手里又有好的相亲对象了！"

"又是什么倒插门老光棍？爸你可拉倒吧！"顾小春白了一眼父亲，说，"你就为了让我留在你身边伺候你，什么般配不般配的都给我说，乱点鸳鸯谱！"

"这哪儿是乱点鸳鸯谱呢！"顾玉全不服地道，"能在老家最好，人老了，身边没个人不行，死了都没人知道，唉！"

顾玉全就把老光棍死了好几天没人知道，抬出来时候，都招蛆了的事情跟顾小春说了。

接着，他又说了另一条胡同里，一个独居老太太，半夜生炉火，不小心晕倒了，头直接扎进煤炉里，被煤炉熏死了。因为晕倒之前炉火烧得正旺，所以她被人发现的时候，脸都烧没了。

顾小春听了心里一阵发毛，她指了指父亲的面碗，道："爸，吃饭的时候别说这个，你还吃得下去吗？"

"不吃了！吃饱了！"顾玉全站起身，朝门外走去。

"哎，还没付面钱呢！"店主喊了一声。

"我付，我付！"顾小春起身，走过去，问道："多少钱？"

"一碗面条十二元，一碟小咸菜三元，一共十五元！"店主说。

顾小春拿出十五元，递给了店主，然后走出面馆。

父亲站在门口，听见了店主的话，道："这不坑人吗？一碗稀溜溜的面条就十五元钱？"

顾小春见顾玉全想要折回来，就往外推了一把父亲，说："爸，不是还有一碟小咸菜吗？"

"咸菜还要钱？"

"怎么不要钱？"顾小春反问。

"三元钱那一口小咸菜？"顾玉全瞪大了眼睛，一副被人狠宰了一顿的模样。

"是啊！你在车站附近吃一顿拉面，十五元钱算是便宜的了，你若是去服务区吃，一碗面条得花好几十元！"顾小春说，"走，爸，我帮你拿着东西！"

"好几十元？那不是坑人吗？"

"服务区就那个价，没办法！"顾小春提起父亲脚底下那麻袋东西，觉得肩膀上分外的沉，她忍不住问，"爸，你拿的什么东西啊，怎么这么沉！"

"土豆！"顾玉全说，"去年的土豆没卖上，地窖里还有些，我天天吃也吃不完，给你带一麻袋过来！"

"爸，你也不嫌沉，一斤土豆才两元钱！"

"啥？"顾玉全像是听到了天方夜谭一般，一脸诧异地盯着顾小春，说，"一斤土豆卖两元钱哪，这么贵呢？小贩收一斤土豆才几毛钱，啐，真黑！"

"人家小贩也要赚钱呢！"顾小春领着父亲来到站牌前，等候公交车。

不一会儿，一辆公交车过来了，顾玉全和顾小春先后上了车，上车之后，顾小春拿了硬币投了进去，才开始找座。

顾玉全上车之后，看见不远处有个小姑娘旁边有个座，便坐下了。

顾小春在后车门那站着。

小姑娘很嫌弃地瞅了瞅顾玉全，见他穿了一身沾满尘土的布衣大褂，再看看他脚上那双泥布鞋，嗅到他身上传来的汗臭味，她往窗口位置挪了挪，捂住了口鼻。

顾玉全并不在意，他从兜里掏出一个烟袋，准备搓一根儿烟抽抽，被顾小春给制止了："爸，车上不能抽烟，你把烟袋放回口袋里！"

见顾小春这样说，顾玉全无奈，将烟袋又放了回去。

下了公交车，顾小春背着父亲扛来的土豆，带着父亲上了公寓楼。

才爬了几节楼梯，她就扛不动了，顾玉全说："我来吧，从小就这脾气，就知道逞强，一个女孩子家，不知道怎么就这么要强，累不累呀！"

顾小春用衣袖擦拭了一下额头的汗水，见父亲把那麻袋土豆扛在肩上。

顾玉全一边爬楼梯，一边赞叹道："这么好的公寓楼，住一个月得多少钱哪？"

"我跟人合租的，另一个付了租金还没搬进来。"顾小春说，"一个月一千，我们俩各出五百。"

"这么贵呢，你一个月才多点工资啊！"顾玉全说，"还要给彦早寄钱，还要给我寄钱，还要自己交房租，你用什么吃饭？"

"爸，你可算说句良心话了，你当真考虑过我吃什么？"顾小春苦笑道，"爸你可能觉得我喝西北风就能活。"

"那你还住这么好的房子，租个差一点的就行了，住那么好干吗！"顾玉全皱着眉头数落道，"这一个月就交出去五百元，一年不得花掉六七千啊！"

"差一点的房子没法住！"顾小春道。

"怎么就没法住！我看新闻报道，人家大明星什么冰冰那会儿刚去北京，不红，还住的地下室呢！"

"你以为地下室级别的破房子我没住过啊？"顾小春说，"离市区较远的小平房，跟市区内地下室价格差不多，若是有人盯上你，那破门，一脚就能踹开，我一个姑娘家，住在那样的房子里头，有没有一点安全感？爸，做你的女儿，是我的错吗？成为你的女儿，我就不能过得好一点了？我只有过得猪狗不如，才是应该的对吗？是不是做你的女儿，不配拥有幸福？"

顾玉全一看女儿真生气了，连忙说："爸不是那个意思，爸那意思是说，省点钱给你弟……"

"省点钱给你的宝贝儿子用？"顾小春打断了顾玉全的话，她说，"我哪个月没有给他寄生活费？你总是让我省一点省一点，你怎么不让你的宝贝儿子省一点？我才给他寄了一千元，一个星期花光了，又让我寄，我说寄可以，下个月就别想要生活费了，我寄了五百，没几天又管我要，是，我理解，他最近找了女朋友，两个人花销大一点，可他自己不知道自己什么家庭吗？难道就不能节制一点，全家都靠压榨我来活？我靠谁活呀？！”

听了顾小春这样说，顾玉全就不说话了。

顾小春打开公寓门的钥匙，顾玉全走进门，顾小春道：“爸，你把鞋换了，穿拖鞋！”

“都是农村人，怎么来了城里就这些穷讲究！”顾玉全嘴里埋怨着，把鞋给换了，一股臭脚丫子味儿立刻在房间里弥漫开来。

顾小春扫了一眼父亲的脚，厚厚的一层老茧，厚厚的一层黑灰糊在他的脚底板上。

顾小春道：“爸，你几天没洗脚了，洗手间有淋浴，等会你去冲个澡，把脚好好搓搓，洗不掉用鞋刷子拉一拉！”

“学会嫌弃你爸了？”顾玉全不满地道，“现在还没赚大钱呢，就这么穷抖擞，以后赚了大钱可得了？”

“爸，我就是让你洗个澡，你怎么那么多话呢，你洗个澡睡个午觉，不是还舒服一点吗？”顾小春噘着嘴，把那袋子土豆搁进了厨房里。

顾玉全一屁股坐在沙发上，脚放在茶几上，摸出了烟袋，搓了一根烟，道：“这么漂亮的公寓，这么软和的沙发，躺下就是舒服！”

顾小春把垃圾桶推过去，道：“这里没烟灰缸，把烟灰弹垃圾桶行了！”

顾玉全点点头，说：“你现在不工作，拿什么交房租啊？”

顾小春道：“从工厂拿了点外发的活儿，晚上做一点，房租和饭钱就出来了，人只要勤快一点，怎么不能活？”

“那我就放心了！”顾玉全说着，将烟丢在地上，用脚踩了踩。

“爸，把烟丢垃圾桶，我刚拖的地。”

顾玉全捡起烟头，丢进了垃圾桶，道：“之前也没见你这么爱干净！”

“那是没有人保持，无视他人的劳动成果！”顾小春说，“小霜在家没收拾家务吗？她每次收拾完，是谁又把家里丢得到处都是衣服、臭袜子和鞋子的？"

"瞎干净，你俩像你妈一样！"顾玉全不耐烦地说。

"什么叫瞎干净啊！"顾小春说，"把家里收拾得干净一点，也会有一个好心情，只有穷光棍懒汉家里才乱糟糟像个猪窝一样！我们不在家没办法，在家就得收拾！"

"看来我在你这也住不长，你呀，净些事儿事儿，穷讲究！"

顾小春一听，道："爸，你还想常住啊？住一天旅馆最少也得一百元，你常住我也负担不起啊！这几天我带你出去玩玩，看看大海，爬爬山，玩够了我就送你去车站，家里没人也不行，小霜万一哪里不舒心，想回娘家，没人，她心里也不是滋味。"

"干啥？"顾玉全瞪着眼睛望着顾小春，道，"你这是想让我睡旅馆啊？那不成！"

"那你不睡旅馆睡哪儿？"顾小春道，"要么你睡我那间，我去睡旅馆！"

"不有一间还闲着吗？"顾玉全指了指另一间卧室，道，"就算没有闲的那一间，我在客厅睡沙发打地铺，都可以啊，怎么能乱花钱呢？"

"那一间是别人租的！"

"她不是还没来住吗？我睡几天她也不知道！"

"别人花了钱了，那就是别人的房间，你当然不能过去睡！你让人家知道了怎么看你？"顾小春坚决反对，"不行不行，如果是个男的还好说，人家是个姑娘家，你睡人家床，人家得多恶心！"

"你这是拐着弯骂你爸啊？"顾玉全有些不高兴。

"我可没骂你，就算是跟我合租的是男同志，你也不能不经过人家同意就打开人家的房门，去睡人家的床！"顾小春连连摆手说，"爸，你可死了那条心吧，要么就去住旅馆，要么就睡客厅，睡客厅也是因为那个小姑娘还没来，她若来了，你睡客厅也得问问人家同不同意，合租房，没办法！"

"村里谁家来了亲戚友人的，家里住不开，不都是去邻居家睡吗？城里怎么那么多瞎讲究！"

顾小春道："我跟她可不是什么从小一个村里长大的邻居，我都还没见过她，不知道她人好不好相处，更不可能像村里那样，爸，你知道城里人都不串门的吗？一栋楼住几十年，都没说过话的邻居到处都是，他们更注重隐私，不像村里似的，到处串门。"

"那不憋死了，天天不说话，多难受？"

"没办法，都这样。"

"行吧，这沙发躺着也挺舒服的，爸今晚就睡这儿！"顾玉全往沙发上一躺，试了试沙发的柔软度，"真软和，比床还舒服，就睡这里吧，浪费那个钱干什么，你又不是坐办公室赚大钱的高级白领。"

"我不能坐办公室，还不是因为你不让我读书？没有学历文凭，还想去坐办公室？"顾小春没好气地道，"行吧，你愿意睡这里就睡，但是，我跟你说清楚了，不能常住！"

"你看看你这丫头，我刚来你就想撵我走！"顾玉全皱着眉头，说道，"我寻思这阵儿也不秋收，在家闲着也是闲着，就跟你一直住到秋收吧！"

"啥，你还想住到秋收？"顾小春瞪大了眼睛。

"爸，你觉得你常住这里合适吗？隔壁还有一个小姑娘没来，等她来了，你睡客厅，怎么能合适？"顾小春道，"你天天闲着没事干，我还有工作要忙，没空随时陪着你玩！"

"不用你陪我，我自己出去溜达就行！"顾玉全道。

"你对T市熟吗？"

"不熟！"

"不熟你溜达丢了怎么办？我还得满大街找你去！"

"你甭管，我这么大人了，还能走丢了？"顾玉全道，"你想想，人岁数大了，不能独居，独居死了都没人知道……"

"你又开始说那个老光棍，人家都多大岁数了，你才多大？整天嘴里死啊死的，你看看人家刘德华，比你年纪大多了，人家精神状态多年轻，你也就是闲的，整天想这些没用的！什么死啊死的，这是四十来岁该天天琢磨的事情吗？"顾小春气不打一处来，"我都不好意思说你爸，你那么大人了，你有负过一天做父亲的责任吗？如果不是你太

155

懒太闲，你有闲工夫天天怕死吗？"

"你爸马上就要五十岁了。"顾玉全一听闺女数落自己，连忙为自己辩解道，"我怎么没负责任，我不负责任，你能长这么大？早饿死了！我含辛茹苦拉扯你们姐弟三个容易吗？你长大了还不懂得孝顺，我来住一天，你就想撵我走！不行，我明天得去医院查查体，你给我一百元钱，我查查心肝肺验验血，全都查一查！"

"一百元钱你还想样样都查一遍？"顾小春嗤之以鼻地一笑，道，"行行，查，你愿意查我带你去查！"

顾小春拿起扫帚，又扫了一遍地，对父亲说："爸，我先出去给你买双拖鞋，等我买回来拖鞋，你再去洗手间洗澡，好吧？"

"成，去吧！"顾玉全摆摆手道。

顾小春打开客厅里的电视机，从电视柜抽屉里拿出遥控器，递给了顾玉全，道："爸，这是遥控器，你先看会儿电视，我买双拖鞋，顺便去菜市场买点菜，爸，晚饭你想吃点什么？"

"有肉吗？最好再买瓶酒！"顾玉全咂巴了一下嘴巴，回想着白酒的味道，说，"买壶酒吧！"

"行！"顾小春揣好钥匙，走出公寓，去了附近的菜市场买东西。

她一向节省，一天花费不超过十元，两元钱一斤的青菜买两样，也就花四五元钱，再买两元的馒头，如果想吃肉，买上半斤肉，炒菜就够了。如果不想吃肉，一天伙食费最多也就七八元，她一个女孩子，吃得也少。

自己做饭比出去吃省钱多了，所以她赚的钱，才能都存下来，弟弟问她要钱的时候，她才能掏得出来。

现在，她站在菜市场，问了问大虾的价格，一斤三十元，买一斤一顿吃了，是有点贵，如果不是陈永昌请她，她来 T 市几年都没尝过海虾的味道，爸爸好不容易来一次，就咬咬牙，给他买一斤吃。

等父亲走了，她再省着点花。

这样想着，顾小春就买了一斤大虾，买了半斤蛤蜊，还买了块生猪肝，一块五花肉，一斤小黄瓜。

她之所以买生的自己做，是为了省钱，其实熟食店里的味道做得更好一点。自己煮，毕竟没有那么多香料和工艺。

顾小春拎着食材和拖鞋，回到了公寓，打开房门的时候，看见顾玉全并没有在客厅。

听着厨房哗啦啦的水声，顾小春料想父亲在厨房，于是，她喊了一声："爸？"

顾小春拎着菜进了厨房，看见顾玉全拿着鞋刷子，正在厨房的碗槽里刷鞋！

"爸，你怎么在厨房刷鞋呢？"顾小春喊了一声，"快拿出来，去卫生间刷！"

"啥卫生间？"

"厕所！"

"哦！"顾玉全显出恍然大悟的样子，他道，"你嚷嚷什么，吓我一跳！"

"卫生间也有水啊，你不在卫生间刷鞋，怎么跑厨房的碗槽里刷鞋？幸亏那个小姑娘还没搬来，若是被她瞧见了，还不嫌弃死！"顾小春道，"爸，你怎么寻思的呢？在碗槽里刷鞋？"

"不干什么吧，你就说你爸懒，这干活了吧，你还说！"顾玉全有些不满，把鞋刷子往碗槽里一摔，道，"我哪儿知道那是碗槽，我就看见那里可以淌水，我的鞋又有点臭，鞋刷子就在鞋架上，我寻思闲着也是闲着，刷刷鞋吧，也没想那么多！"

顾玉全拎着嗒嗒滴水的鞋子，问道："卫生间在哪儿？"

"等会你去洗个澡，淋浴就在卫生间！"顾小春把新买的男士拖鞋拿了出来，带着顾玉全来到卫生间门口，打开了房门，对他道，"这里头就是！"

"洗澡，怎么用？"顾玉全扭了扭卫生间的水龙头，试了试，道，"这么凉的水，你让你爸洗澡？"

"淋浴在里头，我给你打开！"顾小春掰了下淋浴的开关，对父亲说道，"往那边是热水，往这边是凉水，水温可以调！"

"哦，知道了！"顾玉全看明白了，顾小春退出了卫生间，进了厨房，又把碗槽用开水烫了一遍，就开始择菜洗菜，准备晚上的饭菜。

菜都洗净切好，到了傍晚的时候，顾小春就开始做饭，客厅里的父亲，坐在沙发上嗑着瓜子看着电视，好不惬意。

顾小春把菜上齐了之后，开了一瓶白酒，给父亲斟满。

顾玉全望着这一桌子的美味，海鲜大虾红烧肉猪肝花生，什么下酒菜都有。他拿起筷子，先尝了一口炸得外酥里嫩的五花肉，道："真香！很久没吃过这么好的菜啦！"

"爸，这些家常菜，你自己在家就可以做！"顾小春说着，拿起一只虾，替父亲剥了一只，放进了他眼前的碟子里。

顾玉全道："一个人吃着没意思，更懒得做。"

"那你天天在家吃什么？"

"买啊，馒头房有包子，早起来有卖油条豆腐的，一个小葱拌豆腐，能吃一天。"顾玉全拿起酒盅，喝了一杯，道："好酒，滋味不错！"

说着，又夹了一筷子猪肝，放进嘴里咂巴着。

他用筷子夹起顾小春给他剥的大虾，问道："这是啥？"

"海虾！"顾小春说，"咱们老家没有卖的，海滨城市都有大虾卖。"

顾玉全把虾塞进嘴里，道："好吃，多少钱买来的？"

"三十元一斤！"顾小春说。

顾玉全瞪大了眼睛，指着那盘子油焖虾，道："哎呀，这么贵呢？老家的菜都几毛钱一斤，这里菜这么贵呀，以后可不能买这个吃了！"

"老家都自己种菜，有几个买菜吃的，城里不买也没有菜吃。哪儿能跟乡下比。"

"那也不能买这么贵的菜吃啊！"顾玉全道，"省点钱，不能吃太好了，你弟还在读大学！"

顾小春道："爸，你以为我天天能吃这么好呢？我还不是看你来了，才专门买给你吃的。你不是想吃点好的，喝点好的吗？"

顾玉全拿起酒瓶，又为自己倒了一杯酒，道："知道知道，小春最会过日子了。谁若是娶了我们家小春啊，那日子肯定过得红红火火的！"

"少说这些没用的。"顾小春道,"这话从爸的嘴里说出来,听着怎么都不对味。"

"听小霜说,在城里,有个男孩子对你有意思?"几杯酒下肚,顾玉全就想起什么说什么了。

"小霜可真大嘴巴!"顾小春道,"八字没一撇的事情。"

"八字没一撇的事情,你就为了他不相亲?你可不能为了一个不可能成的人,浪费了宝贵的时间啊!女孩子要趁年轻找个好的,年纪大了,好的就都被人挑走了!"顾玉全再次提起让顾小春相亲的事情。

"我不相亲,跟他一点关系都没有,爸,你别听风就是雨的,一天天闲事儿吧啦的像个老娘们似的!"

"不爱听拉倒,就知道你这性子!"顾玉全又倒了一杯酒,正准备喝,顾小春就把酒瓶给拿走了,她道,"说话都发飘了,最后一杯了,喝完睡觉!"

顾玉全不干,他站起来把酒瓶夺了回去,道:"今天好不容易有几个好菜,还不让我多喝两口啊,你爸还没喝好呢你就收酒瓶子!拿来!"

顾小春不惯他,再次把酒瓶从桌子上拿走了,她道:"爸,你若再多喝一口,明天我就送你去车站,回乡下去,酗酒的毛病我可不惯你!"

顾玉全摆摆手,道:"算你狠!爸今天刚来,高兴,不跟你计较,爸还想多住两天,这城里四处干净整洁,爸还没逛够。"

"你不明天要查身体吗?喝那么多,怎么查?"顾小春反问。

"查,必须得查查,不然生病了都不知道,说死,嘎嘣一下子就死了!"顾玉全剥着虾皮说,"你乐意陪我去就陪我去,不学画了啊?"

"我请假。"顾小春道。

顾玉全撂下筷子,用纸巾擦了擦嘴,道:"不吃了!"

"爸,你吃饱了?"顾小春问道。

顾玉全道:"不让喝酒还吃个什么劲,饱了!"

"吃多了也不好,我看也差不多了!"顾小春开始收拾桌子。

"爸你去冲个澡吧,冲完再睡觉,拖鞋给你放卫生间门口了。"

顾玉全从茶几上找到牙签，剔了剔牙，道："行啊，我这就去洗澡。"

顾玉全起身，站在厨房门口，看着顾小春在厨房刷碗，他道："你妈若是没死，该多好，让她也管管你啊，啥都不听，该嫁人不嫁人，还天天教训老爹！"

"快去冲澡去吧！"顾小春没有理会他。

顾玉全将牙签丢进垃圾桶，进了卫生间冲澡。

晚上，顾玉全就睡在了客厅里。

第二天一早，顾小春就带着顾玉全去了最近的一家医院查体，先挂了号，准备去验血，顾玉全眼瞅着挂号单上的挂号费，便嘟囔道："十二元钱？这还没见到医生呢，就先交十二元钱？这是看诊费？"

"挂号费。"顾小春说。

"我腰疼，腿也疼，等会也拍个片儿。"顾玉全说，"村里刘老头，前几天就拍片儿了，说骨头什么都能检查出来有没有毛病。我前几天还说他活得真仔细，现在想想啊，不仔细不行啊，不然怎么死的都不知道，对门那个老光棍……"

"爸你都提了多少次了，别老提他了，他就是年纪到了，家里没人，死了没人知道，招了蛆虫，别老说了。"

顾小春交了血常规、尿常规的费用，花了差不多一百多，顾玉全眼睛都直了，他道："哎哟我的天哪，就验个血验个尿，这么些钱？那拍片儿得多少钱哪？"

"爸，不是你想查的吗？想查就查，大不了下个月不吃菜，大家一起细着过。"顾小春道，"拍片也没多少钱，几百元吧！"

"算了算了，就验验血就行了！"顾玉全连忙道，"我也没什么头疼脑热的，冬天连感冒都没得过。"

"我知道您没病。"顾小春道，"查查血也好，省得您天天瞎寻思！"

做完了化验，拿到了结果，大夫跟顾小春说："很健康，各项数值都在正常范围内，多喝水就好。"

"谢谢大夫！"顾小春道完谢，领着顾玉全就去找骨科大夫，顾玉全扭头就走，他道："啥药也没见着，查完就得花一千，彦早一个月生活费都没了！不查了不查了！查不起，太贵了！"

"行吧，反正我也带您来了，不查就不查了。"顾小春道，"爸我带你去海边看看海，挖挖蛤蜊，玩几天，咱就回老家，成不？"

"我还没玩够呢，再说吧！"顾玉全甩着袖子，大踏步走出了医院。

顾小春带着父亲在 T 市坐了几站公交车，坐了几趟地铁，绕着 T 市转了半圈，还在海边逛了逛，给父亲买了个编织草帽，在烧烤摊买了几串烤肉和烤鱿鱼，父亲拿着竹签，走在柏油路上，吃得满嘴都是油渍，开心得像个孩子。

顾小春有时候想，爸爸其实也挺可怜的，一个人带着他们三个孩子，大半生过去了，没有伴侣相随，没有一个知心人说话，孩子养大了，各奔东西，她在 T 市，弟弟在另一个城市读大学，妹妹虽然在一个镇上，可是终归是嫁了人。

他人是懒了一点，可是想一想，有些人不就是这样？一个人吃饭喜欢凑合，凑合凑合就习惯了对付过。

顾小春在学画的地方认识一个大姐，曾经对她说过这样一段话，她说：我老公在家，我会去菜市场买菜，做一大桌子美味，看他吃得高兴，我也高兴。如果老公不在家，我上午就不吃了，中午叫个外卖，晚上泡个方便面。

其实这也不能单纯说是懒，更多的是因为孤单。人是群居动物，是受不了孤单的，因为孤单，做什么都没有意思。

这也就说明了，为什么很多单身的人寿命都没有已婚的人长。

因为一个人吃饭没有意思，时间长了，连吃饭这件事都提不起兴趣。

有时候，她会怨父亲为什么这样不负责任，没有上进心，这也不想干那也不想干，把所有的重担都压在她的身上。

他一个人，没有个伴儿，就是个光棍汉，没人督促，不想上进。大半辈子过去了，他也不可能改了，他能将就着把他们活着养大，就感恩吧。

"爸，好吃吗？"顾小春问道，"渴不渴，我去买瓶水！"

顾玉全嘿嘿一笑，道："在村里没吃过烤肉，还有这么多带爪爪的东西，真好吃！撒的辣椒面有点多，是有点渴！"

"爸，那是鱿鱼！"

顾小春走到一家商店，道："老板，拿两瓶水！"

商店老板拿了两瓶水，递给了顾小春，道："一共五元！"

"啥？"顾玉全连忙上前一步，把顾小春拽了回来，接着又冲店老板摆摆手，道，"不要了，不要了！"

"干吗呀你爸？"顾小春皱着眉头，道，"你不是渴了吗？"

"坑人呀，水还要钱？"顾玉全道，"在村里，上谁家喝口水能要钱？不要不要！"

"人总不能活活渴死吧，超市里东西哪有不要钱的？"顾小春道，"你渴了，我就去买瓶水，咱虽然穷，这几元钱还是有的。"

"回家喝，咱回家喝！"顾玉全道，"这烤鱿鱼一串十几元，贵是挺贵，可是它怎么也是一串肉吧，那一瓶水两元五角，能买五个馒头了，太不划算了，家里有的是水，喝多少都不要钱！"

"那你得渴一路，这何苦来的？"顾小春道，"早知道给你多带一壶水。"

出门之前，顾小春专门带了两壶水，她和父亲一人一壶，只不过他们玩了一天，天气又热，都喝光了。

父亲不让买水，两个人只好渴着，挨到公寓，顾小春觉得自己的嗓子眼都冒火了。

"不行了，渴死了。"顾小春自顾自倒了一杯水，先喝了一杯，接着又倒了一杯，仰着脖子一饮而尽。

顾玉全干脆进了厨房，嘴巴对着水龙头，直接往嘴里灌了。

顾小春喘了一大口气，进了厨房，对着父亲的背影道："爸，你怎么喝凉水呢，这样会拉肚子的！"

"爸在老家都喝凉水，也没拉过肚子！"顾玉全用手擦了一下嘴巴上的水渍，道，"还是凉水解暑，凉白开没凉水好喝！"

"这里的水哪能跟村里的水比，自来水管里的水加了漂白粉，不晒的话，养鱼都养不活。"顾小春道。

"真的吗？"顾玉全用不可置信的眼神瞅着顾小春，道，"鱼都养不活，没有毒吧？爸不会中毒吧？"

"那倒不至于。"顾小春道，"最好烧开了喝，城里人都买大桶水喝，比自来水好喝。我没那闲钱，就烧开了喝。咱老家那是山泉水，清澈甘甜，直接喝当然没有事。"

今天出去游玩，一路上吃了不少烤肉和T市特色小吃，晚上也不怎么饿，顾小春提议晚上就下个清水面条，拌个小黄瓜就好了。

顾玉全也同意，顾小春就进了厨房，开始做晚上的饭。

这时候，顾小春的电话铃声响了，她的包就搁在客厅沙发上，顾玉全打开包，拿出手机，送进厨房，道："喏，你的电话！"

顾小春接起电话，手里拿着筷子，没有停止搅动锅里的面条，热气腾腾的面在冒着气泡的锅里不停翻滚着。

电话那端传来陈永昌的声音，他道："今天去接你，听宁先生说你今天没有去学画？！"

"嗯，我爸来了，我带他在T市逛了几圈。"顾小春道。

"你爸来了？"陈永昌来了兴致，声音都提高了几个分贝，他埋怨道，"你怎么不早说呀，你爸来了，我请他喝酒！"

"你用什么身份请他喝酒啊？别添乱了！"顾小春关闭了煤气，将锅里的面挑进了凉水盆里，准备做凉面，天气热了，热面实在吃不进去。

"朋友啊，我们不是朋友吗？"陈永昌道，"快别废话了，下楼，我带你们去吃饭！"

顾小春道："我都下好了面了，不去了，今天出去逛了一天，腿都跑细了，就想吃点清淡的，然后睡觉！"

见顾小春真的不想出去吃，陈永昌道："好，那明天，一定得给我这个面子，早晚，你都要介绍你父亲给我认识的。"

"嗯，好，那就明天。"顾小春挂了电话，将手机随手放在了厨房的窗台上，接着洗黄瓜，切丝，拍蒜，做了一道凉拌黄瓜。

顾玉全站在厨房门口，饶有兴致地望着闺女，道："男朋友？"

"不是。"顾小春道，"爸你别这么八卦好不好？"

"爸不八卦不放心啊，你这么不想回去相亲，跟人处着，还不被人承认，别被人骗了！"

"什么乱七八糟的！"顾小春道，"我们就还没在一起。"

"怎么，是你看不上他？"

"没有。"顾小春摇摇头，道，"我现在就是一个打工妹，一无所有，有什么资格谈恋爱？"

"这叫你这么说，村里人还没资格生孩子了！"顾玉全提高了几个分贝，道，"你妹妹都要生了，你也得抓紧了！"

"在养不起孩子之前，确实没有资格生孩子啊！"顾小春道，"既然想生孩子，就要等到可以给孩子一个衣食无忧的生活环境，没钱给孩子买衣服、没钱给孩子买奶粉、没钱供孩子读书的家庭，凭什么生孩子？让孩子生下来跟着他们受罪吗？"

"你这又变着法地数落你爸呢吧？爸没有供你读书，是爸不对，可是你妈老早没了，爸不也是没有办法吗？都去上学，爸拿什么供你们上学？"顾玉全叹了口气，道，"你这性子啊，说出话来就是让人不爱听！"

"有的人觉得给不了孩子安定的生活，只要饿不死就使劲生，那是他的选择。"顾小春说，"我绝不会那样做。"

"不提孩子，婚总得结吧？"顾玉全追问道。

"爸，我发现自从妈妈去世，你就活得像个女人，天天磨叨让我相亲那点事儿，我耳朵都要听出茧子来了，爸你若再提这个茬儿，明天就回村吧。"

"你看看，又急眼，这性子也不知道随谁？"顾玉全嘟囔道，"一说话就急眼，你妈也不这样啊，我也不这样啊……"

沉吟了半晌，顾玉全恍然大悟一般，道："我知道你随谁了，你随你奶奶，强势得很哪！"

顾玉全说完，回到沙发上，气鼓鼓地踢掉了拖鞋，斜躺在沙发上，闭着眼睛假寐。

顾小春洗完碗，看见父亲躺在沙发上，脚上还有灰，她道："爸，去洗个澡再睡！"

"啥？"顾玉全睁开眼睛，望着顾小春，道，"不是昨天才洗的吗？怎么又要洗，今天走了一天的路，累都要累死了，不洗了不洗了！"

"你也知道走了一天的路，出了一身的汗，不洗身上有汗味，再说了，洗洗睡觉还舒服！"

"大姑娘啊，你事儿最多了，天天就会指使人，早知道不来这里找你了啊，我去找小霜去！"顾玉全埋怨道。

"行，你乐意找小霜，你现在就去。"顾小春拿了扫帚，开始扫地。

"瞎干净，早上不才扫了吗？"顾玉全起身，趿拉上拖鞋，朝卫生间走去。

顾小春道："你刚才不嗑了几个瓜子吗？地上有皮。"

"攒厚一点再扫不成吗？真愿意动弹！"

顾小春最是知道父亲，在老家的时候，地上有柴火渣子瓜子皮的，从来不清扫，他能攒一层，像喜鹊筑窝那么厚，小霜每次回娘家，都会打扫，父亲眼里看不见活儿，说多了他还不愿意。

待父亲洗完澡，在沙发上睡了之后，顾小春扫完地拖完地，才去卫生间冲澡，冲完在卫生间就换了家居服，回自己的房间休息。

第二天，顾小春再次请假，陪父亲逛了逛商场，买了几件好衣裳，在小饭馆吃了顿水饺，傍晚了才回公寓。

陈永昌提前订好了饭店，驱车来到顾小春的公寓。

顾小春下了楼后，向陈永昌介绍道："这是我爸。"

"伯父你好，你好！"陈永昌笑着伸出手，与顾玉全握手。

顾玉全用衣服蹭了蹭自己的手，才伸过去，跟陈永昌握了握。

"爸，这是陈永昌，我以前跟你提起过的，在T市，他给了我很大的帮助。"顾小春介绍道。

"哦，你就是陈永昌啊！"顾玉全瞅着陈永昌，顿时两眼放光上下扫量着他，他恍然大悟地说道，"长这么好啊，真是一表人才啊，小春，你得抓紧呀，抓紧！"

顾玉全用胳膊肘碰了一下顾小春，暗示她赶紧下手。

"过了这个村儿，可就没这个店儿了啊！"顾玉全脑袋凑过去，在顾小春的耳畔，小声嘟囔道。

"爸你胡说什么呀！"顾小春急得直跺脚，脸都红了。

"伯父，我已经订好了酒店，快上车吧！"陈永昌做了一个邀请的姿势。

"哪能让你破费呢！在家吃就行了，去酒店那多破费呀！"顾玉全连忙推辞道。

陈永昌道："伯父不远千里来T市散心，我总该尽一下地主之谊吧！快上车吧！"

顾玉全这才在顾小春的示意下，上了车。

陈永昌载着顾小春父女二人，径直去了酒店。

逐客令

第十七章

到了酒店，陈永昌对顾玉全和顾小春道："伯父，小春，你们去点菜！"

"我随便，我吃什么都行！"顾玉全连忙摆手，不想去点菜，他长这么大岁数，没有去过酒店吃饭，村里人红白喜事都是在家里办，只有个别做生意的有钱的人家，才会在酒店里大摆宴席。

自从程晓莲去世后，家道中落，养活三个孩子吃了上顿没下顿的，就更没那条件去饭店吃了。

"小春，你带伯父去点菜！"陈永昌道，"今天你们是客人，就要点几道你们喜欢吃的菜，别最后花了钱吃不好，那就得不偿失了！"

顾小春点点头，领着父亲去前台点菜。

顾玉全说："我嘴不刁，吃什么都行，随便点俩就好了！"

顾小春道："人家好不容易请你吃顿饭，当然想要大家都吃得高兴，你总得点几道自己喜欢吃的菜吧，一人点两样，就差不多够了！"

顾玉全这才不扭扭捏捏了，上去点了两道肉菜，一道西红柿炒鸡蛋，一道小葱拌豆腐。

陈永昌见他们老点不好，便跟了过来，见服务生写下来的两道菜，

167

便道："这些家常菜我都会做，你可以点点特色菜，不用看价钱。"

顾玉全看见图片上，有道剁椒鱼头图片拍得挺好，看起来挺有食欲，就点了那道剁椒鱼头。

陈永昌又点了几道硬菜，叫了一瓶白酒，一瓶红酒。

开始的时候，顾玉全还有些拘束，不好意思动筷子，还得陈永昌一个劲地让他，他才夹菜，不然不好意思夹菜。

几杯酒下肚，顾玉全就彻底放开了，嘴巴也没有把门的了，他划拉着手道："我对这个大妮儿的婚事呀，真是操碎了心，我家二妮儿呢，都已经结婚了，不多久就要生孩子了，愁啊，我就怕她嫁不出去了！"

"爸，你说什么呢？吃菜吃菜！"顾小春夹了几筷子菜，搁在顾玉全眼前的小碟子里。

顾玉全往嘴里塞了一口红烧肉，继续道："陈……陈永昌对吧？我家大妮儿要强得很，你若是看上了，就赶紧订下来，交了彩礼，就成了一门亲家了，别到时候我带她回老家，跟别人相亲结婚了，那你俩可就没有缘分可续了！"

"吃菜都堵不了你的嘴！"顾小春脸色变得有些难看。

她都跟父亲说了，她和陈永昌还没有到男女朋友的份儿上，他喝了酒嘴上就没个把门的，竟然跟人家说彩礼的事情！搞得好像买菜一样，在推销自己家里滞销的陈年菜！

没想到陈永昌道："伯父，你们老家风俗，彩礼多少？"

"结婚前，三金都得买齐喽，别人家都有，咱也不能少了，少了会被人瞧不起！"顾玉全说，"彩礼前两年便宜，这两年也涨了，五万吧！"

"爸！"顾小春"腾"地一下站起来，拍了桌子，道，"你是在这里卖女儿吗？"

"小春你这丫头怎么这么说话呢？"顾玉全也不甘示弱，照着桌子拍了一下，他指着顾小春道，"我养你这么大，你什么时候对我孝敬过？这个丫头啊，跟我说话从来都不客气！我真是教子无方啊，教子无方！"

眼见着两人的火药味儿有点浓，陈永昌连忙道，"小春，脾气不要这么急。"

顾小春把气也撒在了陈永昌身上，她道："我爸喝了酒就撒酒疯，你怎么还顺着他说呢？我们有到谈婚论嫁的地步吗？你们两个在这里讨价还价的，把我当什么？"

顾小春说完，拎起包，扭头就走了。

"回来——"顾玉全满嘴酒气地喊了一声。

顾小春不理会她，径直走出包间，打算打车回公寓。

陈永昌追了出来，他一把拉住顾小春的胳膊，对她道："我并没有跟你爸讨价还价，他想要五万，我想办法给他就是了！"

"你们把我当什么？菜市场的青菜吗？"顾小春冷冷地望着陈永昌，"他想卖掉我，我还偏不嫁人！"

"你爸也不是这个意思，他想要你有个好的归宿。"陈永昌说。

"想要我有个好的归宿，会不管见到谁，就跟人家明码标价地谈我的'婚事'吗？我看他这是在做买卖！"

"乡下的风俗大多如此。"陈永昌道，"我是怕你顶不住压力，回乡下订婚，那到时候我怎么办？我完全可以给他五万元，我们先把婚订下来！"

"他根本就是无理取闹！不订！"顾小春没好气地说，"他就是一个败家子，一个无底洞，你以为给他五万元，他就会消停了？不会的！我奶奶就是被他气死的，他只要有一点点钱，就会想着去给自己讨老婆，然后被骗光钱，周而复始。他儿子可以读大学，你以为是他供养的吗？是我，是我在供养我的弟弟读书！"顾小春哽咽着说，"就是因为我心太软，太仁慈了！就算我跟你在一起，也绝不同意你给他五万元！他病了，我可以带他去看病，他想穿好衣服，我可以带他去买，没有钱花，我可以给他点零花钱，几万几万的给他，门都没有！他根本就没有管理钱财的能力！"

"我听你的！"陈永昌说，"只要你不生气，你说什么都对。"

顾小春抬起头，望着他，把额前的乱发掖在耳后，道："对不起陈先生，我刚才失态了，每次遇到原生家庭的糟心事，我都会控制不住自己的情绪。你不该爱我，我家那么一堆烂摊子，娶了我，你会很累

169

的。"

"我觉得你父亲也不是那种不讲道理的人，他可能就是没有见过多少世面，看待事物比较肤浅一点……"

顾小春打断了陈永昌的话，道："他何止肤浅，他懒了一辈子，从来没有担负过养育孩子的责任！"

"你说得对，不能惯着他，人的坏毛病都是惯出来的。"陈永昌道，"可是我觉得小春，你也是刀子嘴豆腐心，你家里的事，你什么时候彻底放下过，我不止一次看见你给你弟弟寄钱。"

"爸爸不管弟弟，我还是要管的，等他读完大学，他想要钱我也不会再给他。"顾小春说。

"回去好好吃饭，吃完饭我送你回去。"陈永昌道，"你父亲住旅馆吗？"

"他怕浪费钱，不去旅馆，睡在客厅沙发上。"顾小春抽泣了一下说。

"如果实在不方便，可以让伯父去我那里住。"

"合适吗？"

"怎么不合适？"陈永昌反问。

"不用了，我想让他住几天就回去，他一直在这里，也不方便。"顾小春道。

这顿饭因为顾玉全的口无遮拦吃得不甚愉快，虽然后来陈永昌将顾小春给叫回了包间，但是她的脸上始终都没有一丝笑容，场面一度很尴尬。

顾玉全倒是不在乎这些，自顾自吃得很开心。在陈永昌结完账以后，还满嘴流油地张罗着打包。

回到公寓以后，顾玉全没有冲澡，脱了鞋子直接躺在了沙发上休息，可能是喝的酒太多，半夜里吐了。

顾小春睡在卧室，也不知道父亲吐了，直到早晨起来，她才闻见客厅里有一股呕吐物的酸腐味道，整间屋子都弥漫着这种味道，令人作呕。

而顾玉全躺在沙发上，睡得正酣，房间里的刺鼻味道，一点都没有影响到他的睡眠，他半张着嘴巴，像一条吐泡泡的鱼，"咕噜咕噜"地打着呼噜。

顾小春向前一步，看见父亲不但吐在了地上，还吐在了沙发上，沙发上沾染了一片，他的一只胳膊就搭在呕吐物上面。

"爸——"顾小春叫了一声，拿起扫帚就过去清扫。

顾玉全被顾小春这一喊，吓了一跳，连忙睁开眼睛，瞅了女儿一眼，顾小春看见父亲的眼睛赤红，她埋怨道："以后少喝点酒，喝多了不好，容易伤身！"

顾玉全摆摆手，继续睡，嘴里含糊不清地嘟囔着："别说话，别说话，再让我睡一会儿……"

顾小春无奈，扫完了那些脏东西，她又进了卫生间，拿了拖布拖地。

才拖了一半的地，还没来得及叫醒沙发上的父亲，换掉沙发上的沙发套，只听门"咔吧"一声响了，顾小春警惕地一回头，发现一个二十三四岁的女人推门进来了，她脚上踩着一双细高跟鞋，头发染着时下流行的酒红色，烈焰红唇，眉毛高耸，一副不好惹的样子。

女人一进门就闻到一股刺鼻味道，她捂着鼻子道："什么味儿啊？"

顾小春听见钥匙开锁的声音，知道她是有钥匙的，一定就是那个跟她合租的女孩。

她连忙道："不好意思啊，我爸昨晚喝酒了，吐了，不过没关系，我一会就打扫干净了，待会儿呢，我再喷点香水，就没有味道了！"

女人接着又瞅见了沙发上的那摊污渍，一脸嫌弃地掩鼻，道："你爸怎么这么不讲卫生啊，我租房的时候，房东讲好的，跟我合租的是一个小姑娘，怎么你爸也住这里？房东怎么骗人呢？我找房东去，退房！这怎么还有男人？"

"你别去——"顾小春连忙上前，拉了女人一把，道，"对不起，这不干房东的事，我爸临时进城玩几天，过几天就走了！"

"过几天？过几天呀？这影不影响别人休息啊！来玩不要紧，去住旅馆呀，怎么还睡在客厅了！客厅可是我们两个公用的，公共场所，怎么能让一个男人睡在这里呢？半夜我上个厕所，洗个澡什么的，方不方便呀！"

"对不起，对不起小姐，我今晚就安排我爸去旅馆住，您别生气！"顾小春连忙解释道，"他真的住几天就走了！"

"好，这是你说的啊，今天晚上必须让他搬出去，不然我就去找房东，退房！我搬走！另一间屋的房租你来付！"

说完，女人踩着高跟鞋，十分高傲地踢开了她那间卧室的房门，接着把卧室的门用力一摔，以表达她的不满情绪。

顾玉全听见她们俩的吵吵声，也醒了酒了，他跳起来，道："这谁呀，管天管地还管别人在哪里睡觉？谁给她的权利！就是村支书来了，也不能管我在哪里睡觉！"

"爸，你少说两句吧！"顾小春扫了一眼父亲，小声道，"人家说得也没有错，一人一半的房租，两间卧室，客厅就是公用的，人家租房前就跟房东打听好了的，只跟女孩子合租，这突然来一个大男人，谁能愿意？本来就不方便！"

"你这是在埋怨你爸喽？"顾玉全哼了一声，接着打了个哈欠，道，"我饿了，弄饭吃去！"

"如果有条件，你住多久都可以，我现在还在打工阶段，弟弟读书还需要钱，你不帮着赚钱也就算了，天天拿着长辈身份在这里作妖，我有时间去赚钱吗？我并非埋怨你，如果你想玩，那可以，弟弟毕不了业，你可别怪我，我就天天陪你出去玩！"

顾玉全道："我明天就走，成了吧？我明天去找小霜去，小霜最听话！"

"小霜已经嫁人了，我奉劝你也悠着点，她的婆家并不是好说话的人！"

"她快生了，我去帮着伺候伺候月子！"顾玉全仰着头说。

"一个男人，你能伺候什么月子？你去了谁有空招待你？"顾小春道，"你趁早老实回家待着，年纪轻轻的，哪儿那么容易死！"

"你是不知道呀，我怕呀！"顾玉全想起老光棍死前那个惨相，就联想到了自己，一个人住没有伴儿，死了都没有人知道。

"爸，就凭你作妖这个劲头，最起码还得再活四十年！"顾小春道，"你看啊，你现在才四十来岁，就开始养老了，也没病没灾的，没吃过苦，没受过累，你怎么会那么早就死呢？倒是我啊，有可能会被老爸你给气死，然后英年早逝，到时候我也省心了！省得记挂着弟弟妹妹。"

顾玉全趿拉着拖鞋，朝卫生间走去。

走到门口时，他停顿了一下，说："爸也知道你不容易，爸明天就走，这T市啊，也没什么好玩的，什么都贵，没意思，还是乡下好，有的是一起说话聊天的老头老太太，这里也没个人说闲话！"

第二天一早，顾玉全就收拾了行李，准备离开了。

顾小春把父亲送到火车站，给他买好了车票和吃的，目送着他上了火车，才离开。

就这样，顾玉全上了回乡的火车，在火车上，他抱着闺女给他买的肉包子，一边啃着一边望着车窗外的风景。

吃完了，他呼呼睡了一大觉。

等醒来的时候，火车离家乡也就差几十分钟的距离了。

他给顾小霜打了个电话，希望她能来车站接一下他，怎料顾小霜的手机还是停机状态。顾玉全只好作罢。

他嘟囔了一句："这一家子，真会过日子！电话费都不舍得充！"

独自下车的顾玉全，孤零零站在火车站的站台上，转悠了好几圈，才找到一个三轮车，拉着他去了汽车站，然后又倒汽车回到了村子里。

回到家里的顾玉全，浑身就像散架了一般，倒在床上就睡了。

他梦见了独居的老光棍，晃晃悠悠地打开了他家的大门，他声音幽幽地喊道："玉全，玉全哪，我一个人很孤单，你来陪我啊，来陪我啊……"

一股冷风吹进来，将堂屋大门吹开了，顾玉全想起来，却怎么也动弹不了，身子僵硬沉重得很，好像不受自己支配似的。

他想立刻醒来，却怎么也醒不过来。

恍恍惚惚中，他看见老光棍带着一身蠕动的白色蛆虫，朝他走过来，他伸出双手，就要扼住他的脖子……

顾玉全"啊——"地惨叫一声,骤然坐起身,才发现方才只不过是一场梦罢了。

可是,这梦又那么的真实,就连脖子都有些酸痛,他揉了揉自己的脖颈,往屋外望去,屋外刮着狂风,席卷着飘散的树叶,堂屋的大门敞开着,想必是风刮开的吧。

顾玉全浑身打了个哆嗦,心里直发毛。

他走出屋子,望见自己家的小黄狗就坐在邻居家门口,并没有前来迎接他。

顾玉全骂了一声:"连狗都嫌贫爱富?老子回来了,都不过来摇尾巴,养你有什么用?"

不巧的是,邻居刚好打开房门,丢了一个馒头出来给小黄狗,一眼瞥见顾玉全,便打招呼道:"哟,顾大叔回来了?"

"嗯,回来了!"顾玉全应道,"这些天,是你在喂小黄呢?"

"是啊,如果我不喂它,它早就饿死了!"邻居说,"怪可怜的,每天半夜里,都饿得直叫唤,从门缝里钻出来了。"

"忘了,我走的时候忘了家里还有条狗。"顾玉全挠挠头说,"谢谢你照顾它哈!"

"乡里乡亲的,客气啥,一条小狗,只要给点剩菜剩饭就饿不死它。"邻居说,"大姑娘那住得怎么样?舒心吧?"

"还行,不太习惯。"

"二姑娘那还没去吧?二姑娘也挺孝顺的吧?"

"我明天就去看二姑娘。"顾玉全道。

顾玉全将吃了馒头的小黄狗领回了家,狗不在眼前,他连觉都不敢睡。

他打定了主意,明天就去顾小霜家住,这个家,他实在是待不下去了,不知道为什么,他并不欠老光棍钱,也没有做对不起老光棍的事情,老光棍的尸体还是他跟族人一起抬出来的,老光棍为什么总来找他?他已经不止一次梦见他了,每一次梦见老光棍的惨相,都让他感觉不寒而栗。

也许,是老光棍死得太惨了,那么多天都没人发现,他有怨气,才会阴魂不散？

顾玉全是有些迷信的，他有些怕，希望找个懂这些的人来给他驱驱邪，不然他这日子怎么过？

顾小霜的手机打不通，女婿的总能打通吧？

他拨通了女婿张建峰的手机，跟他说：明天，他要去探望女儿。

老丈人都这样说了，当女婿的还能说不让他来？

实际上张建峰还真不愿意让这个懒出了名的老丈人过来，老丈人来了，他得买酒买肉好好伺候着，这买酒买肉的，不得花钱呀？！

顾玉全换了身灰色衣服，在农村灰尘多，穿这个颜色不显脏。他本来想穿顾小春给他买的新衣服来着，但是纠结了半天又不舍得穿，怕弄脏了，毕竟那么多钱买的，留着过年再穿。

顾玉全去街头买了一条大鲤鱼，拎着就去二女儿家看望女儿去了。

张建峰瞅着老丈人进了院子，还拎着一条大鲤鱼，心里就没那么不高兴了，毕竟抠搜出了名的老丈人来这里看闺女，竟然还能舍得买一条大鲤鱼，不空手来，这就已经很不容易了。

"妈，我老丈人来了，拎了一条大鲤鱼，赶紧拿去厨房杀一杀，今天中午烧了，当个下酒菜！"

"哎——"宫淑月答应着，打开堂屋的门走出院子，接过顾玉全手上的大鲤鱼，嘴上客套道，"亲家，来就来了，怎么还带东西呢，下回不许带了啊，直接来就成！"

"哪能空手来呢？"顾玉全嘿嘿一笑，道，"再说了，闺女马上要生了，买条大鲤鱼炖了补一补也是应该的，空手来多不像话！"

顾小霜听见父亲来了，也拖着沉重的身子走出屋子，来到院子里迎接。

顾玉全一瞅闺女脸色蜡黄，气色并不好，浑身上下除了肚子大一点，别的地方一点都没胖。

"怎么没见胖呢？"顾玉全说这话的时候，就有些埋怨的味道了，"别人家媳妇怀孕，都胖得二百来斤，我闺女怀孕，咋就大个肚子，像揣了只皮球，身上一点没长肉呢？"

"每个人体质不一样。"宫淑月连忙说，"亲家，别在院子里站着

175

了，快进屋，进屋歇着，儿子，快去给你老丈人泡茶！"

"哎——"张建峰应着，招呼老丈人进屋，泡了壶茶，和顾小霜一起，陪着老丈人喝茶聊天。

宫淑月一个人在厨房里，忙活中午的酒菜，半天没拾掇出一个菜来，张建峰有些不耐烦了，道："小霜，你去厨房帮忙，男人说话，别在这里坐着。"

顾小霜听了，起身，去了厨房，给婆婆打下手。

她的肚子大了，一些活干不了，给灶台加火什么的不行，容易挤到肚子，上锅台炒炒菜倒是可以。

午饭做得很丰盛，按乡里规矩，来客做十二个荤素搭配的菜，婆媳二人忙活了一上午，折腾出一桌酒菜，张建峰和顾玉全两个人在桌上喝着酒吃着菜，聊到下午两点了还没有散场的意思。

顾小霜和婆婆蹲在厨房，吃着饭桌上剩下来的菜。

顾小霜在没有结婚前，是不懂得来客女人不能上桌的道理的，这里的风俗就是这样。有一次，家里来了客人，她也坐在了桌上，准备吃饭，被婆婆给骂哭了。

她现在知道了，家里只要有客人，不管女人多累多苦弄出来的菜，也没有吃第一口的权利，只能吃剩下的。

顾小霜心里虽然很反感这一习俗，可是也没办法，蹲厨房灶台边儿上，啃着馒头，吃着剩菜，也没机会跟父亲说上几句话。

酒场散了之后，顾玉全跟顾小霜说了说城里的见闻，说了说顾小春的现状，因为他喝了不少酒，嘴巴有些不利索，也就没有多说，直接在堂屋沙发上歪倒睡了。

张建峰道："让他睡一觉再走吧，喝了酒也不能骑车，路上别摔了，摔了就不好了。"

顾小霜也同意张建峰的说法，进屋给父亲拿了条毛毯，给他盖了盖。

两个小时后，下午四点多，顾玉全醒了，他揉了揉惺忪的双眼，说："几点了？"

"四点多了。"顾小霜说，"天快黑了。"

"哦，晚上吃点什么？"顾玉全道。

顾玉全不说话不要紧，他这么一说，张建峰便急了，他隐晦地下了逐客令，道："爸，这天马上就要黑了，您再不走，就看不清路了！"

"看不清就不走了！"顾玉全倒是很实在，一点不客套，他说，"我还寻思住这里，多陪我姑娘几天，到时候姑娘生了，我帮着伺候伺候月子！"

张建峰冷笑一声，道："爸，您开什么国际玩笑呢，您哪能在这里过夜呢？"

顾小霜也道："爸，您想来看我，过几天再来就是了，您住这里真不合适，村里人会说闲话的！"

"说什么闲话？说什么闲话？"顾玉全一听，气就不打一处来，他不服气地说，"我住我自己闺女这，哪儿那么多闲话要传？就这么定了，我住几天再走！"

顾玉全说完，躺下来，往上拉了拉毛毯，闭上了眼睛："晚饭做好了叫我哈！亲家这手艺真不错哎，好吃！"

张建峰一见顾玉全这架势，这是当真要常住不走啊！他掐了顾小霜的胳膊一下，小声对她道："你爸不能住这里，想什么呢？村里人又爱说闲话，东家长西家短地瞎编排，他若是真常住，我们家还不得被唾沫星子给淹死？"

顾小霜也知道其中缘由，便上前一步，把父亲拉起来，拽着他进了院子，小声道："爸，我婆婆一个人在家，我公公在外头打工，你来了常住不走了，村里人得说什么？"

"说什么？"顾玉全一脸蒙圈地反问。

顾小霜道："这还用说，说你俩有染啊，我公公不在家，你怎么能住我婆婆这里呢？"

顾玉全一想姑娘说得也对，只好推着自行车离开了。

他走的时候，女婿亲家都没有出门来送。

顾玉全离开女婿家，慢悠悠地向自己村的方向骑去，他心里直打怵，有些不想回家了，害怕再梦见老光棍。

他的自行车路过十字路口的时候，看见有人在十字路口烧纸，顾

177

玉全灵光一闪，心底暗道：老光棍孤苦一生，活着没有人管，死了也没人给他烧纸，那他现在就去店里，给他买点纸钱，烧了给他，说不定他就不再来找他了。

顾玉全这样想着，买了一沓子冥币，学着别人的样子，在十字路口烧了一些，坟头他不敢去，他就在老光棍的老宅子门口又烧了一些。

顾玉全在老光棍老宅门口烧纸的时候，碰见两个村里人，对他指指戳戳的，他们窃窃私语地说："自打老光棍死了以后，这顾玉全就整天神神道道的……"

"对啊，我半夜还听见他喊了呢，估计是做噩梦。"

"让老光棍给吓的吧，听说他是第一个发现老光棍尸体的呢！"

"是呀，谁看见不害怕呀，都招蛆了！"

"顾玉全虽然有儿女，可也和老光棍一样，没有老伴儿，孩子都不在身边，估计也吓够呛。怕死呢！"

"谁不怕死？都怕死！"

"走走走，快走过去，晦气！"

顾玉全不是没看见他们异样的眼神，他揣着怀里剩下的纸钱，进了自己的家门，在院子里又烧了一份，他跪下来祈求老光棍不要再找他。

做完这一切，顾玉全的心里舒坦了许多，料定老光棍不会再来找他了，便进了卧室，拿了几炷香，插在香炉里，点燃了，他还特意把香炉摆在了卧室的窗台上。

香火的味道深幽浓郁，顾玉全躺在炕上，盖着薄被，呼呼睡去。

今夜，他没有梦见老光棍，却被火燎燎的大火给灼醒了，原来香火的红星落在他的被子上，把棉被给引燃了，大火瞬间烧起来，把顾玉全给烫醒了。

他大叫着跳起来，把那床着了火的被子给拖出门外，丢在了院子里，他又拿了个大瓷盆，在院子的大水缸里舀了几盆水，浇在着火的被子上面，他赤着脚，连蹦带跳地跑了好几趟，才把火给灭了。

幸好他反应快，不然非得把这破房子给点燃了不可。

顾玉全心惊肉跳的，赶忙给顾小霜打了个电话，说自己差点被火烧死了。

顾小霜不知道怎么回事，还被父亲的话给吓了一跳，她连忙问："爸，你没事吧？到底怎么回事啊？"

顾玉全就把他买纸钱给老光棍烧纸，又点香火祈福的事情给女儿说了。

顾小霜一听，把父亲给训了一顿，她道："都什么年代了，你怎么还那么迷信呢？你点香火就点吧，怎么还摆在靠炕头的窗台上？这多危险，万一若是点起大火，你因为醉酒没有醒来，不就出事了？以后不准点香火了，点了也不能摆在离易燃物近的地方！"

"知道了，你怎么跟你姐姐一样，张嘴就教训你爹！"顾玉全有些不高兴，闺女不关心自己就算了，上来就是一顿数落。

"你身上没伤吧？"顾小霜语气平和了些，问道。

"没有，身上一热我就醒了，看见被子着火了，就把那一团火的被子给丢到院子里了，还泼了几盆水，终于把火给灭了。"

"没事就好。"顾小霜道，"爸你以后注意点，挂了吧。"

"烧纸钱这哪里是迷信，谁家有过世了的人不烧纸？这老光棍没有人给他烧纸，他就阴魂不散，你看，我昨晚烧了纸，他就没再来找我。"顾玉全自顾自地说。

"爸，你梦见他，那是因为你被他的死状给吓到了，日思夜想就会梦见他，你烧了纸钱后，没有再梦见他，不过是因为心理作用。"

"管它啥作用，只要他不再来找我，啥都行。"

万念俱灰

顾彦早和女友江林娜都没有回家，整个暑期都在城里打工，他们不但去饭店刷盘子刷碗，还给低年级学生做家教，整个暑假挣了好几千。

"花着自己流尽汗水赚来的钱，心里就是舒坦！"顾彦早拿着刚刚开出来的几张红纸币，放在嘴上"吧唧"亲了一口。

江林娜也擦了一下额头上的汗水，道："虽然整个假期都很累，但是看着手里的这些红票子，也值了，等开学，我都不用问爸妈要生活费了！"

"嗯，我下个月也可以不要了，我姐知道了，一定会很开心的！"顾彦早嘿嘿傻笑着，说，"今天开工资，咱们好好庆祝一下，晚上吃点什么？"

"你就知道吃啊！"江林娜用小拳头捶了顾彦早一把，说，"同学们都有笔记本电脑了，你也买一个吧！"

"电脑太贵了，我若是买了，下个月还得问我姐要生活费，不必要的开支，先不用了！"顾彦早摇摇头说。

江林娜说："你不想买就算了，我本来想拿出一部分给你，帮你出一半的电脑钱，这样的话，那就算了！"

"你打算出多少？"顾彦早凑过去，在江林娜那张红扑扑的脸蛋儿上亲了一下。

江林娜仰着头，用手里的钞票拍了下自己的手心，道："我现在呢，已经赚了四千元，给人做家教是其中赚得最多的，我可以给你出两千！"

"我可不敢把钱都花了，下个月我姐又该训我了！"顾彦早说，"两千元够不够买个电脑？"

"两千元的电脑没法用吧？还不得卡死？"江林娜说，"买电子产品可不能只图便宜，我们宿舍那个小张，家里经济条件有限，就舍不得买好一点的电脑，上个月咬咬牙买了个 1999 的，商场打折大促销，那电脑她提回来以后呢，用了没几天就经常卡顿死机，重装了好几次了，最后修电脑的都没办法了，跟她说电脑内存太小了，尽量少下软件，现在可好，她的电脑聊天软件都不敢下，她文笔挺好的，给杂志社投稿赚稿费，因为电脑总卡机，把打好的文档都搞丢了，害得她现在打字都没什么好心情，整日灰头土脸的，我们也不敢多问。"

"那看来，还真不能只图便宜。"顾彦早说道，"我也不是写稿子赚稿费的料，买了也是玩游戏，那么卡的电脑游戏也带不动，算了。等我毕业以后再说吧！"

"你不买算啦，我又省下两千元！"江林娜将手里的钱揣进兜里。

"留着钱买点好吃的吧，跟我在一起，让你受苦了。"顾彦早目光温柔地望着江林娜。

江林娜一脸天真地笑着摇摇头，将头靠在他的肩膀上，说："没关系，只要我们两个真心相爱，没有什么困难是克服不了的。"

……

张建峰的家里种了不少地，张建峰去工地干活的时候，家里的田地就交由女人来打理。

原本地里的一切都由宫淑月来收拾，但是最近酷暑，天热了，她在地里干着活，怎么寻思怎么都来气，新媳妇娶进门，都没下过几次地，想想当年，她怀两个孩子，都照样去地里干活，也没人把她当公主供着。

趁着儿子不在家，宫淑月就对顾小霜下了命令。

她找出锄头，丢给顾小霜，说道："这地里的活儿，也不能指着我一个人去干呀，毕竟家里吃饭的人不是我自己！"

顾小霜瞥了一眼婆婆，又瞥了一眼躺在地上的锄头，漫不经心地说："妈，我怀孕了，肚子都这么大了，不知道哪天就发动了，你怎么还指望我去地里干活呢？别说我怀孕了，就算没怀孕，村里有几个年轻媳妇在地里干活的？"

"那是她们懒，一点儿活儿不干，懒死！"宫淑月撇撇嘴，十分鄙视地说道，"我怀孕那会，照样下地干活，都快生了，还扛麦子呢，生下来的孩子，不照样好好的吗？你看建峰多壮实，就应该多锻炼，多锻炼才好生养，不然生不下来，还得剖宫产，那些多花钱选择剖宫产的女人啊，都是没用的货！"

见顾小霜不动弹，她踢了踢锄头，继续说："赶紧的，别磨叽了，下地干活去！就锄个草，还能累着你？"

顾小霜心想，她今天若是不去地里干活，看婆婆这架势，肯定没完没了地数落她，不让她消停，反正锄草也不是什么太累的活，就随她去吧。

顾小霜拿了锄头，在地上拖着，尾随在婆婆身后。

宫淑月一扭头，发现顾小霜挺着个大肚子，一副心不在焉的样子，锄头拉在地上拖行，发出"哧哧哧"的声响，她就气不打一处来，便扭过头训斥道："好好拿着锄头，你爹没教你吗？锄头要扛在肩膀上！"

顾小霜白了婆婆一眼，没好气地把锄头扛在了肩膀上，跟在婆婆屁股后面，一起去了田里。

顾小霜是把事情想得太简单了，用锄头锄草，是要稍微弯一下腰身的，她肚子里的孩子月份儿大了，时常坠得她腰疼，现在弯腰锄草，腰就格外酸疼，她锄几下，就站着歇一会儿。

婆婆可不管她，大声斥责道："瞅瞅你那懒样儿，才锄了多点儿，就站着玩！地上的草还没捡起来呢，锄完不捡，等于白锄了，一到晚上它们就重新长到地里去了！"

顾小霜身体本来就不舒服，听婆婆叽叽歪歪一路都没有消停，她就来气了，把锄头一摔，怒道："你活蹦乱跳的不能干活了是不是？指使快要生产的儿媳妇干，你一天不摆家长架子，一天不欺负人就难受是不是？我算看出来了，婚姻对于女人来说，根本没有一丁点的好处，全家欺负我一个人！你们是把我当不要钱的保姆了是不是？还附带给你们家生孩子！"

"哪个女人不生孩子，有本事你别生呀，一直怀着！"宫淑月一见顾小霜怒了，脸上反而带了喜色，她只要一看见顾小霜生气，就有欢天喜地的感觉，她也不明白自己为什么会有这种心理。可能是老公在外头打工，也不往家里寄钱，她把所有期望都放在了儿子身上，儿子结婚以后，她就觉得儿子被眼前这个女人占有了，她就左右看儿媳妇不顺眼，就想在她眼前耍耍威风。

宫淑月插着腰，继续火上浇油地道："你那个懒汉爹啊，不光懒，还蠢，年纪轻轻不做活四处瞎逛游，去大女儿那折腾一顿，又来小女儿这里，还想住我们家，啊呸！我男人还没死呢！他这是想毁我名声呀！"

婆婆的话刺激了顾小霜，她也不管不顾了，得着什么说什么了。

"我爸不是没住吗？你有什么名声啊？都嫁了两回的人了……"顾小霜的语气里带着鄙视，"再者说了，自从我嫁过来，就没怎么见过公公露面，公公在外头有小的，这都是人尽皆知的事情了，你还在这里给他守节呢？哎哟哟，可不可笑呀，快被人笑掉大牙了！万恶的旧社会早就过去了，你还想给自己立个贞节牌坊呢？只可惜呀，不知道公公稀不稀罕呀！"

"你你你——"宫淑月指着顾小霜说不出话来，半天才憋出几个字来反击，"你这个不懂孝顺的女人，懒汉家的女儿就是没有家教！"

"你能不能换点新鲜的？"顾小霜冷冷道，"你没生我没养我的，我孝顺你干吗？若想让我孝顺，你先得有个做长辈的样儿吧？你怎么好意思说我没家教的？张嘴闭嘴懒汉家的闺女，谁是懒汉家的闺女？

当初你们家看不上我，别娶啊！千哄万骗的，把我娶进你们家，这就万事大吉了？觉得我怀孕了，脱不开身了，走不了了，就对我恶言相向！什么玩意儿！"

"我打死你这个胡言乱语贱人生养的东西！"宫淑月被彻底激怒了，她冲过去，用尽全身的力气，一巴掌甩在顾小霜的脸上。

顾小霜只觉得自己的脸火辣辣的疼，因为这一巴掌打得太重，她趔趄了几步，险些跌倒在地，好不容易站稳脚跟，就发觉自己的眼前看不清东西了。

她眼冒金星，胃里翻江倒海，一阵昏眩。

宫淑月见顾小霜没有还手，更得意了，她跳起来，撕住顾小霜的头发，扯着就往地上一丢。

"啊——"顾小霜惨叫一声，只觉得自己的肚子一阵坠痛，裤子好像湿了，不知道流的是血还是羊水。

这时候，有路过的村民听见了叫声，转头望过去，看见宫淑月扯着自己儿媳的头发，骂骂咧咧的，村民大喊道："哎呀张家嫂子，你干吗呢这是？会出人命的呀，你这是傻了吗？犯了神经病了呀，你儿媳妇怀着孕呢，怎么还动手了呢，快快快，撒手呀！"

那位村民这么一喊，附近在地里干活的人都冲过来看热闹，大家眼瞅着顾小霜坐在地上，身下的土地上还有一摊血迹，宫淑月慌忙把攥在手心里的头发给撒开了。

"是她……是她辱骂老人，不尊敬长辈，我才……"宫淑月慌忙解释，村里人最爱说闲话，谁家若是有个什么事儿，马上就十里八村人尽皆知。尤其是谁家公公爬灰了，谁家儿媳妇跟人跑了，谁家婆婆跟儿媳妇斗法了，最喜闻乐见，她们闹这一出，这指定又多了一个茶余饭后的谈资。

当着宫淑月的面儿，就有人在身后窃窃私语了："哎呀，顾玉全多老实的人家，闺女也实在，看被婆婆欺负的，快生了还下地干活呢？"

"拽头发打呢，都打出血了！"

"哎哟妈呀这恶婆婆，万一离了，谁敢嫁他们家！"

"对对对，可得记住了，知会亲戚们一声，谁家有年龄相当的闺

184

女，千万别进他们家，看样子得离呀！"

"谁知道呢？顾家老头老实，顾家闺女也老实，都怀了孩子了，为了孩子忍着吧！"

这时候，有个大爷喊道："还愣着干什么呢，张家嫂子，你赶紧把你儿媳送医院啊，再不送，这是要出人命呀，你儿子回来了，你能交代明白了？就算不为了儿媳妇，也得为了张家的孩子不是？"

宫淑月这才理智回归，后悔得肠子都青了，万一今天的事儿传到儿子耳朵里，被儿子知道自己殴打怀孕的儿媳，儿子还不得骂死她呀。

这样想着，她连忙说："今天的事儿大家千万别到处乱说呀，她……她是不小心摔倒的呀，我就是想扶她起来，我这是要扶她起来呀！"

顾小霜疼得起不来，更没有力气反击谎话连篇的婆婆，她被人抬起来，拉上了拖拉机，拖拉机颠簸得很，她觉得肚子一阵一阵的痛，像是快要生了。

到了村口，有人叫了救护车，将她拉去了最近的医院，婆婆紧跟着进了医院，忙活住院的事儿，住好了院，她给儿子打了个电话，告诉儿子顾小霜快生了，让他赶快过来。

张建峰一听，有些慌，他心里暗道：不是预产期还有半个月吗？怎么这么快就要生了？

张建峰急急忙忙赶到医院，听大夫的吩咐买床上用的专用尿盆、专用纸，还买了巧克力和饮料，一切准备就绪，就等顾小霜生产了。

躺在手术台上的顾小霜，肚子疼得死去活来，疼了几个小时，还不见生，她就有些忍受不了了，发信息给张建峰，问他要是实在生不下来，就剖宫产吧？

张建峰问了问宫淑月，宫淑月直接说："剖腹得多少钱啊，不行，顺产就行了，这点疼痛都忍不了吗？又不是有钱人家的大小姐，哪儿那么金贵！顺产！顺产！"

张建峰就给顾小霜回了信息，让她安心顺产。

张建峰问母亲，不是预产期还有半个月吗？怎么突然发动了？

宫淑月不敢说实话，就找理由搪塞："谁知道呢，可能一不小心动了胎气吧？"

张建峰再给顾小霜发信息，顾小霜就不再回了，不知道是正在生产，还是怎么了。

两个小时后，大夫推着顾小霜出来了，一个小婴儿躺在她的身侧，大夫说："生了，母女平安！"

"是个丫头片子啊？"宫淑月瘪瘪嘴，翻了个白眼，一脸的嫌弃，抱都不想抱孩子，扭头就走了。

张建峰向前一步，把孩子抱在怀里，左瞅瞅右瞅瞅，觉得这小婴儿怎么那么怪，小婴儿的脸透红，脸蛋儿皱巴巴的，闭着眼睛，嘴巴裂开哭着，有一只耳朵格外的小，好像发育不健全。

看到这里，张建峰脑袋"嗡"一下子，像要炸开了一样。他把婴儿放回去，紧绷着一张脸，顾小霜还没有仔细看过女儿，她生产前被婆婆推了一下，又经历了几个小时的生产之痛，早就累得睁不开眼了，见丈夫把孩子又放回去了，她虚弱地问："建峰，怎么了？"

"怎么了？你自己看！"张建峰忍不住心中的怒火，指着女儿道，"生的什么东西？"

顾小霜如坠冰窟，想不到自己拼死生下孩子，丈夫和婆婆会是这样一副嘴脸，一个看了下性别就走了，一个冲她大呼小叫。

顾小霜努力抬起头，看了看包袱里的小婴儿，发现她一只耳朵的异样，心里很不是滋味，她忍不住哭了："当初我说要去产检，你和婆婆就说不让，现在孩子这样，你又来怪我……"

这时候，站在一旁的护士都看不下去了，她道："你这是什么态度呀，产妇刚从鬼门关走了一遭，身体虚弱得很，什么人呀？小婴儿一切指标正常，就是一只耳朵稍微有些发育不良，不影响正常生活，女孩子，长大了头发留长一点就好了。对老婆什么态度，真是！"

张建峰一声不吭，护士把顾小霜推回病房，给她挂上吊瓶，就离开了。

张建峰道："孩子不是她的，她倒是说得轻巧，这孩子若是回家，还不被村里人给笑死，长大了也找不到好婆家！"

"你还是不是人？"顾小霜怒极反问。

张建峰不说话了，沉默许久后，他站起身，说："不管怎么说，你也受累一场，我不能不管你，好赖孩子都是亲生的，你饿不饿，想吃点什么，我去给你买。"

　　"不吃！"顾小霜心中有怨，扭过头去，闭上了眼睛，两行清泪流过面颊，浸湿了枕头。

　　"那你睡一会儿吧，我哪儿也不去，在这里陪着你，你饿了就叫我一声。"张建峰说，"孩子我看着，你放心好了。"

　　听张建峰这么一说，顾小霜心里总算好受一点了，她闭上眼睛，安心睡着了。

　　这一觉睡得可有点长，直到隔壁床的女人喊了一声："这怎么没有陪床的呀，你老公呢？吊瓶里的水都挂完了，都开始回血了，你婆家的人呢？太不像话了！给他们添丁遭罪，都不来个人看护！"

　　顾小霜睁开眼睛，愕然发现，那个原本安慰她，让她睡觉的丈夫，竟然不见踪影了，她看见输液管里已经进了一些鲜红的血液，想要自己去拔，被那个女人给制止了，她道："我帮你喊了护士，护士一会儿就来了，你别着急！"

　　"谢谢！"顾小霜连忙道谢。

　　"别客气，都是女人，互相帮助应该的！"女人道，"不过你婆家人可真不咋地，我在这躺了半天了，也没看见你婆家人出现。"

　　顾小霜道："没有啊，我睡觉前我老公还在的。"

　　说完，她扭头找婴儿车里的宝宝，却发现原本躺在婴儿车里头的宝宝不见了！

　　"我女儿呢，我女儿呢？"顾小霜急得连忙下地寻找，看不见女儿，她慌了，手上的输液管差点挣断。

　　这时候，护士进来了，给她拔了输液管。

　　她拉住护士，问："我女儿呢？"

　　护士摇摇头，说："之前看你老公抱着你女儿，也许是去给孩子洗澡了。"

　　听护士这么一说，顾小霜的心才放下了些。

　　护士走了之后，对面床的女人说："我过来几个小时了，都没看到你丈夫，就算是去洗澡，这时间未免也太长了些。"

顾小霜拿了手机，来医院之前，一向抠门的张建峰给她充了二十元钱话费。她拨通了张建峰的手机，质问他去哪儿了，孩子给抱哪儿去了。

张建峰说孩子抱回家了，他就是回家给她煲个鸡汤，一会儿就回来，让她别着急。

顾小霜这才放下心来，天色深浓的时候，张建峰姗姗来迟，对面床的女人都睡着了，他端着熬得浓厚的鸡汤，把顾小霜摇醒，盛了一碗，递到了她的手中。

顾小霜捧起碗，仰望着张建峰，这一刻，她觉得他也是一个懂得体贴的好男人。

喝完了鸡汤，她说："别人家孩子都跟亲妈一起出院，你怎么把孩子带回家了，谁带她呢？"

"你放心吧，有人看着。"张建峰接过空碗，盖上饭盒盖子，说，"你现在也没奶，回家有米汤喝，别担心！"

直到出了院，顾小霜才知道，张建峰在医院里对她说的那些，全都是鬼话，他介意孩子一只耳朵发育不全，嫌弃孩子丑，又是个女孩，就背着她把孩子送人了，还要了人家一万元钱营养费，这都是听村里人说的。

回到家里找不到女儿的顾小霜，差点疯了，她把正在做饭的婆婆推开，用砖头把家里做饭的大铁锅给砸了个稀巴烂，锅里的汤汤水水洒了一地，灶台里的火也熄灭了，厨房里浓烟滚滚。

婆婆跳着脚骂她败家子丧门星，指使儿子去打她。

"你把锅给我砸了，全家都不吃饭了？你也不坐月子啦？这下可省下饭钱了！儿子，你给我打她，打死她，往死里打！"宫淑月像一只兔子一样，蹦跳着，跺着脚叫嚣着。

顾小霜从厨房拿了菜刀，说："不把女儿的下落告诉我，谁都别想活，虎毒还不食子呢，你们全家都不是人！打啊，有种就过来，我们一起赴死，给我女儿赔罪！"

宫淑月一看顾小霜来真的，连忙躲在了张建峰身后，张建峰一瞅，顾小霜拿出了这不要命的架势，也反了，他说："一个丫头片子，都已经送人了，我们想要孩子，再生一个就是了！"

"谁会给你这种人生孩子！是我蠢，才会嫁给你！"顾小霜哭得身子直颤抖，手里的菜刀也在阳光的照耀下散发着明晃晃的寒光。

"一个女娃，早晚要嫁人的，赔钱货，一只耳朵还不好看，长大了都收不到彩礼！"宫淑月道，"现在送走，还能省下十几年的花销，这点账都算不过来，傻吗？"

顾小霜往前一步，举起了菜刀，她道："你妈也不精明啊，你小时候怎么没被你妈给掐死啊？你浪费了你妈多少粮食你知道吗？你妈是真傻，留着你祸害人间，都是女人，怎么还看不起女人，你先去死，再来谈我女儿是不是赔钱货，否则，你就给我闭嘴！"

宫淑月打了个寒战，连连摆手道："有话慢慢说，别生气，放下菜刀……"

"说，把我女儿送哪儿去了？"顾小霜因为激动而剧烈颤抖着，手里的菜刀也晃来晃去的。

张建峰瞅准了机会，上前一步，攥住了顾小霜的手腕，想把菜刀给夺过来，怎奈，顾小霜因为愤怒而力气奇大，她把菜刀倒了下手，转手一抢将张建峰的胳膊砍伤，一道血红的伤口裂开，渗出温热的血液来。

张建峰怕了，连连后退，他道："我说，我跟你说，你先放下菜刀！"

"我不信你，你把女儿给我找回来！不然我就报警，你和你妈都去坐牢吧，你收了别人的钱，就是拐卖儿童！"

"你心真狠哪，让你男人去坐牢啊？"宫淑月转过头，扶着张建峰道，"伤口疼不疼啊儿子，咱们先去诊所包扎一下，把这个疯女人关在家里！"

"你也知道心疼你孩子呀，那你怎么还把我的孩子给送走？张建峰，你就是一只畜生！没有这个孩子，我根本就不会留在你们张家！你们都该死！"顾小霜哭喊着，将菜刀瞄准张建峰，朝着他扔过去。

张建峰眼瞅着寒光闪闪的菜刀飞过来，抱头鼠窜，菜刀并没有砍

189

在张建峰的身上，而是扎进了院墙的墙壁上。

"疯子疯子——"张建峰指着顾小霜吼道，"妈，她疯了，她这是疯了呀！"

"快走——"宫淑月拉着张建峰的胳膊，趔趔趄趄的，险些摔个狗啃泥。

母子二人相扶着离开了家，将顾小霜反锁在院子里，二人去诊所包扎伤口。

"实在不行，就把孩子给要回来吧！"宫淑月用试探的语气，问道，"看她这阵势，真是要杀人哪！"

张建峰沉默半晌，道："她说没有这个孩子，她早就走了，妈你觉得是真的吗？"

"这还用说？"宫淑月道，"上一次她都要离婚了，你给她种上了，她想走也走不了了。"

说这话的时候，宫淑月挑了挑眉毛，一副无比得意的样子。

"那现在孩子没有了，她肯定不能留下来了，再娶一个，现在村里彩礼都涨到五六万了吧？"

宫淑月神色凝重起来，道："也有要十万的。"

"若真因为这事儿离了，不划算呀！"张建峰琢磨了一下说。

宫淑月道："还是儿子精！把孩子给她要回来吧！"

"嗯！"张建峰点点头，道，"幸亏那一万元营养费还没动！"

"赶紧还给人家，再娶个新媳妇，还不要了老娘的命啊！你爸又不出钱，死在外头没有个音信，过年时候，如果你爸能回来，管他要钱，我要他不给，你是他儿子，他多少能给点儿！"

"知道了！"张建峰有些不耐烦地皱着眉头，龇牙咧嘴地道，"想不到顾小霜还是个狠人，妈的，一刀砍我胳膊上，刚才还没感觉到疼，现在疼死了！"

张建峰包扎好伤口，就去联系送养人，幸亏送养人还没有离开村子。他买了礼物过去，跟人赔礼道歉，好说歹说，就差下跪了，又多给了人家三千元的奶粉钱，才把女儿给要回来。

要回来之后，张建峰抱着女儿回了家，他用钥匙打开院门的时候，发现顾小霜正躺在院子的泥土地上，人已经昏过去了。

张建峰连忙跑过去，把顾小霜给扶起来，一试鼻息，还有气儿，这是生气生大了，人还在产褥期，身子虚弱，才晕过去的。

张建峰把女儿放到炕上，又回到院子里，把顾小霜给抱进了屋。

宫淑月第一眼瞅见院落里的菜刀，连忙藏了起来，藏好了菜刀，她才倒了杯温水，给顾小霜喂下去。

顾小霜醒过来之后，发现自己躺在炕头上，身上还盖着一层薄毛毯，张建峰就坐在她的身边，他的胳膊上还包着白纱布。

顾小霜用尽全身的力气吼道："你给我滚，滚出去——"

"让谁滚呢？"宫淑月尖酸刻薄道，"这可是张家！"

"好，这是你们张家，我滚，我滚行了吧？！"顾小霜想要起身，张建峰摁住了她，道，"乖乖躺在床上坐月子，你看看旁边是谁？"

顾小霜转过头，这才发现，她那小小的女儿，就在她的旁边躺着，顾小霜顿时号啕大哭起来，她俯下身子，用脸贴了贴女儿的脸，激动得无法言喻。

"宝宝你回来了？妈妈想死你了，宝宝！呜呜……"顾小霜抱起宝宝，生怕她又被自己弄丢了，"妈妈再也不离开你了，妈妈以后一刻都不离开你，一直一直都陪着你……"

"你爸爸和你奶奶不是人，妈妈跟他离婚，他们嫌弃你，妈妈带你走，我们和他们张家断绝关系！"顾小霜的眼泪就像掉了线的珠子一般，掉个不停。

"孩子都已经回来了，你怎么还敢提离婚的事儿？"宫淑月提着嗓门吼了一声，"你砍我儿子一刀，我还没跟你算账呢！"

"你闭嘴吧！妈！"张建峰转过头，冷冷瞥了宫淑月一眼，宫淑月慌忙往后退了一步。

"少说两句行不行？"张建峰低着头，继续道，"搞成今天这个样子，全都是因为你，你还在这里上蹿下跳的，别以为你是我妈，我就万事都顺着你，你做的那些事儿，村里都传遍了，你别以为我不知道，小霜是怎么早产的？是谁说不用产检的？生下女儿后，又是谁撺掇我把孩子送走？现在好了，多花了三千元钱才把孩子要回来！你一天天都在折腾些什么东西？家里能不能消停两天？"

宫淑月没料到儿子把责任都推到了自己身上，她又不好跟儿子争执什么，见儿子脸色很难看，因为心虚，她紧张得直搓手，大气都不敢出。

她一向以丈夫为天，丈夫不在家，儿子为天，儿子生她的气，她就会诚惶诚恐寝食难安。

张建峰也并非真心悔过，而是担心自己的老婆跑了，打光棍，光凭自己这出了名的亲妈，他以后再娶都难。

媳妇将要临产了，她把人家弄到地里，耍老婆婆的威风，耍得不顺心，就薅人头发往地上摔，村民们有看见的，都添油加醋地乱传，他走在巷子里，都有人从背后指指戳戳的。

这世界上没有不透风的墙，总有吹到他耳朵里的一天。

他也是埋怨母亲的，但是并非真心心疼顾小霜，他只是埋怨母亲坏了他的名声。

他跟顾小霜之间，是没有感情的，两个人相亲，只见了一面就订婚结婚，哪里来的感情？他们两个都在较劲，看谁压过谁。从顾小霜进门那一刻起，他就和母亲一起压迫她，希望能一辈子压她一头。

现在这种情况，他必须服一下软，不然人跑了，他上哪儿哭去。

"孩子都回来了，你就当我找人给咱哄了两天孩子，打你也打了，骂你也骂了，你消消气，没有什么是过不去的。"张建峰用软话劝慰道，"妈，还不赶紧去买鸡买鱼，买最好的，给小霜炖汤喝，我宝贝闺女还要吃奶呢！"

"锅都给砸碎了！"宫淑月不满地嘟囔了一句，"还吃什么吃，用啥做啊？"

"让你去就赶紧去！"张建峰吼道，"锅坏了再去买个新的！"

张建峰千保证万保证，好话说了一箩筐，哄顾小霜留下来，别回娘家。回了娘家真有可能再也叫不回来了，只要她不回去，他就有办法哄好她。

顾小霜刚生产完，身子虚弱得很，还有个孩子牵绊着，想走也没有精力，看在张建峰这一刻的表现，就决定留了下来。

果然，坐月子时，她让张建峰干吗他就干吗，让他洗尿布他都去洗，就连婆婆找事欺负她，他都帮她出头。因为儿子向着媳妇说话，婆婆也消停了，一个月没敢挑事。

她以为，张建峰是改了，其实，他只是怕打光棍。

乡下娶老婆越来越难，能出去的姑娘，在外头打工，大部分都留在外头嫁人了，很少有姑娘会选择回村子相亲结婚。留在村里的姑娘越来越少，这也导致彩礼钱直线上升，有车有房的好小伙子都说不上对象，家庭条件不好的，没结过婚的小伙子，只能娶二婚带孩子的女人。

顾小霜看在张建峰和婆婆态度转好的份儿上，留在张家安心坐月子，只是她的心里有个疙瘩，因为女儿被送人这件事，她一辈子都放在心上，不会原谅他们。

她之所以妥协，只是想给孩子一个完整的家，她准备，把日子凑合过下去。

这一切，她都不敢告诉家人，尤其是弟弟顾彦早，倘若弟弟知道了，肯定会跑到张家来找张建峰算账。

顾小春知道妹妹的孩子出生了，因为工作太忙，没有回去，便买了几套新衣服给妹妹寄过去了，孩子满月的时候，她也寄了礼钱。

顾彦早暑期赚了些钱，也给二姐孩子买了新衣服，发快递寄了回去。

收到姐姐和弟弟寄来的衣服，顾小霜这才感受到久违的亲情温暖，搂着小衣服，偷偷哭了一场，毕竟张家现在对她好，也不过是虚情假意，这一点，她还是能看出来的。

父亲顾玉全什么都不懂，就来吃了个满月酒，也没给孩子添新衣服，她知道父亲不懂人情世故，也就不计较那些了。

公公回来了

陈永昌的店面装修好了，顾小春也学业有成，成为他手下的一员。两个人之间的感情也有了新的进展，他们确定了恋爱关系。

顾玉全还时不时地打电话催顾小春相亲，顾小春万般无奈下，就把她有男朋友的消息告诉了父亲，没想到父亲又接着催婚。

顾小春直接不想听父亲唠叨，她反驳道："我们才恋爱几天就结婚？就算我们是奔着结婚去恋爱的，现在也不是结婚的时候，我们都很忙，结婚的事以后再说。"

知道大女儿有男朋友了，顾玉全也消停了许多，不再频繁打电话催她回乡相亲。

然而，他又把矛头对准了顾彦早，时不时打个电话催他："在学校里啊，别光知道学习，要谈个女朋友回来，最好找个不要彩礼的，人家邻村王大头家的儿子就有本事，从外头领回家一个媳妇，一毛钱没

194

要，现在村里彩礼快十万了，你可得在学校抓点紧！"

顾彦早一脸的无奈，他道："爸，能不能少说两句？我现在离毕业还早，你急什么？"

"急着抱孙子啊！"顾玉全对着电话那端的儿子循循善诱地说道，"抓紧，你若是有了女朋友，下次回家领回来给爸看看哈，最好找个乡下姑娘，能干活，能生养。到家里来，会做饭会干农活，别找个城里的，十指不沾阳春水，饭也不会做，活儿也不会干，还能乱花钱，那你就受累了！不过若是有钱的城里姑娘另说，能在城里给你买套楼就更好了，那时候，全村人都会羡慕你的。"

顾彦早听不下去了，他道："怎么什么便宜都让你占了？哪儿那么多好事呢！"

他没想到一向老实不懂人情世故的父亲，竟然也这么精明势利。

顾玉全懒了一辈子，靠女儿赚钱养活他，家里没有积蓄盖新房，更拿不出十万元彩礼钱，顾彦早心里也没有底，假若女友知道他家里的实际情况后，还跟不跟他。

考虑到现实问题，他准备过年的时候，带江林娜回家见家长，以示他对这段感情的看重，他是想要跟江林娜结婚的。

晚上，顾彦早约了江林娜在操场上，两个人一边散步，一边说着情话。

顾彦早拉了江林娜的手，用手指挠了挠她的手心，说："过年的时候怎么办？"

"什么怎么办？"

"过年的时候你一个人在家不想我吗？"

"想啊！每天都想你！"江林娜抿嘴一笑，说，"干吗？暑期刚过完，过年还早啊。"

"过年的时候，我们见家长吧！"顾彦早转过头，深情地望着江林娜，说，"我也每天都想见到你，希望寒假的时候，我们也能在一起。"

"见家长？"江林娜没想到顾彦早会这样说，她有些错愕地问，"我们现在见家长有点早吧？毕业还早，毕业以后还要找工作，要工作稳定了，才能谈婚论嫁吧？如果不谈婚论嫁，最好不要惊动家长。"

"难道你是这样想的？"顾彦早说，"难道你希望我们毕业以后就分手？这样的情侣太多了，我不想这样，我想一直跟你在一起。"

"我们毕业还早啊！"江林娜不明白顾彦早为什么这么着急要见家长，她问他，"你这是怎么了？"

"我爸跟我打过电话了，他希望见见我未来的媳妇儿。"顾彦早说，"很多大学生在读的时候结婚啊，我们也可以，我们老家的人都结婚很早。我爸希望早一点抱孙子。"

"这是不可能的，彦早！"江林娜撩了一下额前的发丝，道，"虽然我很爱你，但是我不希望自己在未完成学业之前结婚，更不可能在校内生孩子。"

"那好吧。"顾彦早有些失望，他说，"孩子可以以后再说，我想和你结婚，一辈子都在一起，毕业也不会分手的那种。"

"你能这样说我很高兴！"江林娜笑得就像一朵花一样，她接着说，"宿舍里的姐妹都笑话我，千挑万选选中你这个穷小子，有富二代追我，我也没有接受，我就是觉得你憨厚老实本分，一定会对感情专一，我知道我选对了，你会爱我一生一世的，对吗？"

"爱你，这辈子都爱你。"顾彦早说，"我的心，我的人，都是属于你的！"

"少肉麻了！"江林娜羞红了脸，一拳头捶在顾彦早的胸膛上，顾彦早灿烂一笑，紧紧攥住了江林娜的手腕，用力一拉，将她拉入自己的怀中。

顾彦早又高又帅，只有一点不好，就是乡下来的，家境贫寒，江林娜不在乎这些，她看多了琼瑶式言情小说，信奉爱情至上。

在顾彦早的怀里，她觉得自己是最幸福的，没有钱又怎样，她可以放下身段，陪他一起吃苦，去饭馆洗盘子，去做家教，去送餐，为了爱，她什么都可以牺牲。

年轻的女孩子，是不会考虑柴米油盐这些问题的，就算别人跟她说"贫贱夫妻百事哀"，她也不会听。

她觉得，顾彦早可以给她幸福，她也可以陪他一起吃苦。

一转眼，就开学一个多月了。

顾彦早和江林娜这对校园小情侣感情一直很稳定，甜甜蜜蜜不知愁滋味。

顾小霜的孩子也越长越可爱了，她给孩子取了个名字，叫：张可可。

因为是女孩，也不论辈分了，怎么起都没有什么格外的讲究，好听就可以。

一向对家里事情不闻不问，在张家形同虚设的公公——张洪山，竟然特地从城里工地上赶了回来，他还给小女儿准备了几身小衣服，一个红包。

张建峰在得知父亲要回来的时候，还担心父亲会因为孩子有一只耳朵发育不健全不好看而讨厌她，没想到父亲格外喜欢这个孩子，抱着左亲右亲，怎么亲都亲不够。

宫淑月在得到张洪山要回来的消息时，也格外高兴，但真正见到他的人之后，就生起了怨恨情绪，怨他不顾家，怨他不把她放在心上。

宫淑月站在卧室门口，踩着门槛儿，冷眼望着自己的老公张洪山，埋怨道："你还知道回来呀，我还以为你死在外头了呢？家里的事情什么都不管，你还回来干什么？你也有脸回来呀！"

张洪山不理会她，继续逗自己的孙女。

见张洪山态度冷淡，宫淑月上前一步，踩了张洪山一脚，张洪山站起身，对她的态度依旧冷淡，他对儿子张建峰说："去沏壶茶，我渴了！"

"好，我这就去！"张建峰转身，拿了茶壶，又在堂屋翻出新茶叶，进了厨房去清洗茶壶，为父亲泡茶。

宫淑月白了张洪山一眼，道："怎么了？没理了？哑巴了？"

张洪山道："我跟你吵也吵够了，打也打够了，你想怎么着吧？不想我回来，我现在就走！"

说着，张洪山起身就要走，宫淑月急了，连忙上前一步，拉住了张洪山的衣袖，道："我知道你现在有钱了，看不上我了，之前娶我就是找个给你做饭生孩子的，你不想管这个家，不想管我，但是儿子总是你的吧？现在儿媳妇有了，孙女也有了，我们再吵再闹，你也得给我个面子吧？屁股还没坐热就要走？儿子去给你沏茶了，先喝口茶吧！"

"还不是你一直赶我走？"张洪山语气缓和了些，坐了回去。

宫淑月见张洪山坐下来了，就不急了，她溜进厨房，压低声音对张建峰说："你爸总算回来了，跟他要钱，娶媳妇花的钱，生孩子住院花的钱，往大了说，让他掏！不能让他把钱都花在外头的那个贱人身上！"

"知道了，妈！"张建峰满嘴应承着，实际上，他也是这么想的，打小母亲就这样教他做个精明人儿，他的秉性跟他母亲一模一样。

张建峰端着沏好的茶水进了堂屋，拿出崭新的茶杯，给父亲倒了一杯茶，先是嘘寒问暖一番，接着直奔主题，说他按村里风俗娶妻，花彩礼花了多少多少钱，去医院生孩子又花了多少多少钱，他每天累死累活快买不起奶粉了吧啦吧啦。

张建峰也听出来了，儿子这是问他要钱呢，父亲淡淡一笑，说："你结婚的时候，爸爸没有赶回来，是爸爸不对，但是这个工程很重要，实在没有时间，并且爸爸并不建议你太早结婚，爸爸和你妈妈的婚姻，就是仓促而成，悲剧收尾……"

"什么悲剧收尾啊？"宫淑月打断了张洪山的话，掐着腰嚷道，"我还没同意你跟我离婚呢，怎么就收尾了？我们才四五十岁，一辈子还长着哪，你想咋地，现在就跟我说收尾？"

"你能不能听我把话说完？每一次都喜欢抢话，这一点非常不礼貌！"张洪山的脸上写满不耐。

"嘿，进了城以后，人都变了，还不让人说话了？啥礼貌不礼貌的，切，村子里张嘴互骂祖宗的夫妻，还不是照样过了一辈子！"宫淑月不以为然地道。

张洪山不想理会她，他已经彻底看不上她，想要快一点甩掉她，这样的宫淑月，不单单是俗不可耐，还让他越看越恶心。

就连这个儿子，也越来越像她，势利圆滑世故精明冷血，他人虽然在城里，村里的事却不是一无所知，毕竟工地上的工人，有许多是村子里的人，家里婆娘打个电话，就把他们家把新生婴儿送人的事情

198

当新鲜八卦给传出去了，张洪山这才不得不抛下一切，先赶回来看孙女。

"我们的事情以后再说，我们先打住，我现在只跟我儿子说话，你可以先回避一下吗？"张洪山已经很克制自己的情绪了。

宫淑月见张洪山根本不想跟自己聊下去，便离开了堂屋，躲到自己房间生闷气去了，想到他在外头搂着小的，自己在家里给他养儿子，她就万分委屈，委屈得哭了起来。

堂屋里的张洪山对儿子道："爸是做包工头的，不是在外头上班，朝九晚五就能月月拿工资，那是不可能的事情。只有一个工程做完了，验收了，爸才能拿到钱，所以你结婚的时候，爸爸确实没有钱给你，现在爸爸收回了一些工程款，拿了钱，这就赶回来了。"

躲在卧室竖着耳朵偷听的宫淑月，耳朵也尖，一听"工程款"几个字，连忙趴门缝偷听。

张建峰紧张地搓了搓手，不知道应该怎么组织语言才好，沉吟了半天，就说出三个字："谢谢爸！"

虽然父亲的钱还没递到他手里，但是他还是先把谢说出口，在宫淑月的教导下，他越发精明世故，生怕父亲不往外掏这个钱。

张洪山直视着张建峰的眼睛，说："红包里有一张卡，是我给孩子的，足够你用心将她养大，以后不要再动歪心思，不要以为爸爸在城里，就什么都不知道。"

爸爸最后这番话，把张建峰说得面红耳赤无地自容。

宫淑月一听，卡现在在儿媳妇手里，她气不打一处来，急得都藏不下去了，推开堂屋的门，就冲过来，指着张洪山道："你这个杀千刀的，有了钱不给老婆管，怎么给儿媳妇管？在你眼里，是个女人就比你老婆好是不是？"

"是！"张洪山直截了当地道，"我现在算明白了，当初为什么你前夫会跟你离婚，因为你就是一个无道德无底线的泼妇！"

"村里女人，几个不是泼妇？不是泼妇还不被人欺负死？就算我这样，还不是一样被你欺负？还是我不够狠！"宫淑月咬牙切齿地道。

张建峰端起茶杯，呷了一口，道："说完儿子的事，现在，该说一

199

说我们的事了！"

"有话就说，有屁快放！"宫淑月直截了当地说。

张洪山道："我们离婚吧，我跟你实在过不下去了，因为我看见你就没有好心情，你给不了我想要的生活……"

宫淑月一听，方才的嚣张气焰消失了，她哽咽着说："你就是嫌我没外头的妖精好看，嫌我老了……"

张洪山嗤之以鼻地一笑，道："确实，你没有外头那些年轻姑娘好看，但是更重要的一点并不是这些，你的内心比你的外表更加丑陋！"

"什么外表内心的，说些什么听不懂的鬼话！"宫淑月嚷道，"谁家不是凑合过日子，儿子都结婚了，你现在提出离婚，出的什么幺蛾子！人长得好不好看的，能当饭吃啊！"

"别人可以凑合过日子，我不想凑合！"张洪山说，"每天面对你这张怨气冲天还自以为是的老脸，我受够了！"

张洪山虽然只是初中毕业，但是面对小学都没毕业的宫淑月，就无比的蔑视。

宫淑月时常觉得自己精明算盘打得精细，可是这在张洪山眼里，就是市侩和愚蠢。他们的境界根本不在一个水平线上，倘若他一直在家里种地，为了不打光棍，有可能会跟她凑合下去，可是现在他有钱有能力，他根本就不把宫淑月放在眼里，他不光不想碰她，他看都不想看她一眼。

宫淑月上前一步，拿起一杯茶，对准张洪山的脸一泼，茶水就泼在了张洪山的脸上，张洪山闭着眼睛，伸手抹去脸上的茶水，起身，头也不回地走了。

张建峰站起身，追出去，喊了一声："爸——"

张洪山依然没有回头。

张建峰转过头，望着流着两行热泪的母亲，不知道该怎么安慰她才好，只好过去拍了拍她的肩膀，宫淑月顺势倒在儿子的怀里，捶打着儿子的胸膛号啕大哭："我为他生儿子，给他父母养老，他现在看不起我，嫌我老了，他嫌弃我啊，你爸就是个没良心的，他没良心啊！呜呜呜……"

顾小霜听见堂屋里的动静，趿拉着拖鞋，推开卧室的房门，看见自己的丈夫和婆婆搂在一起，正哭得起劲儿，她心里有些不是滋味，觉得丈夫和婆婆的举动也太亲密了些。

但是为了孩子，习惯隐忍的她，并没有说什么，她折回去，悄悄关上了自己卧室的房门。

宫淑月伏在儿子肩膀上哭了半天，情绪总算稳定下来了。

这时候，她又想起银行卡的事情了。

"老头子说，银行卡在顾小霜手里！"宫淑月瞪着赤红的眼睛，对张建峰说，"你去给她要过来！别让一个外人占了便宜，你那个蠢爹，吃里爬外，一点心眼没有，只听外头女人瞎摆弄，都给摆弄傻了！竟然把银行卡交给儿媳妇！哼！再说你媳妇顾小霜，她三天两头跟你提离婚，生的又是一个丫头片子，万一哪天真跟你离了，钱也被卷走了，那时候，我们张家还不得人财两失呀？"

"嗯！"张建峰深以为然地点点头，"对，钱还是要攥在自己手里！"

张建峰推开宫淑月，打开卧室的房门，见顾小霜正斜躺在床上小睡，他伸出手，翻了翻孩子的衣服，没发现红包，接着，他推醒了顾小霜，问道："小霜，爸今天早上给孩子的红包呢？你放哪儿了？"

"我放起来了。"顾小霜睁开惺忪的双眼说，"干吗？你找孩子的红包做什么？"

"拿出来！"张建峰的语气不容反驳。

"那是孩子爷爷给孩子的红包，拿出来做什么？你该不会又用'还账'这样的鬼借口，来花孩子的钱吧？"顾小霜的眼神中写满警惕，她现在已经十分了解丈夫的性格秉性，他的行事风格太像婆婆了。他们两个，真的不愧是母子！

顾小霜当然不想把红包给张建峰，谁知道他们家是真有外债还是假有外债？

再者说了，就算是真的有外债，那也是他们张家的外债，是在她结婚前他们自己欠下的，凭什么让她来担负？更不用说，宫淑月这个天天自以为精明的婆婆，说的到底是真话还是假话？

张建峰紧皱着眉头，明显有些不耐烦了。

他呵斥道："让你拿就拿，怎么那么多废话？这个家到底谁说了算？"

一听儿子发火了，站在门外一直观察的宫淑月推开小两口的房门就进去了，她道："女人应当以夫为天，这个家，还是我儿子说了算！让你拿你就快拿，再说了，那是我男人赚的钱，你攥在手心里，算个什么事儿呢？不怕传出去让人说闲话？"

顾小霜不卑不亢地站起来，对婆婆宫淑月说："既然婆婆说了，女人应当以夫为天，那婆婆就应该以身作则啊！红包是公公给我女儿的见面礼，凭什么给你啊？传出去又怎么了？我行得正坐得端，还怕别人说闲话啊？爷爷给孙女红包，那是天经地义的，怎么？谁说见不得人了？"

宫淑月没想到经过这一年多，顾小霜的嘴巴比从前利索了许多，她说得头头是道句句在理，把她噎得是哑口无言。

"妈，你说我们小两口在这说话，你进来瞎掺和什么？"张建峰转过头，瞥了宫淑月一眼，现在他也看出来了，母亲因为得不到父亲的爱，就把消耗不了的精力，全用在了折磨儿媳妇身上，她像个好斗的公鸡，只要一逮住机会，她就会抻着脖子扑拉着翅膀，随时进入战斗状态。

宫淑月一听儿子的语气，这是嫌弃自己啊，她又不想自己在儿媳妇面前丢了面子，只好灰溜溜地走了。

张建峰把卧室的门关上，上前一步，坐在床沿上，揽住顾小霜的肩膀，对她说："我是可可的父亲，当然一切也都是为了可可着想，你说倘若家里有债不还的话，是不是会有滞纳金？光凭我自己赚钱，是，能还上这笔钱，可是呢，你知不知道，我们得多还多少利息？这钱，也是我跟我爸要，他才给的，他也就是为了面子上好看，塞到了自己孙女的红包里头，你说那银行卡，是不是我爸赚来的钱？"

"红包里还有银行卡？"顾小霜满脸疑惑地望着张建峰。

"你没打开红包看一下吗？"张建峰反问。

顾小霜摇摇头。

张建峰继续循循善诱道："既然是我爸赚的钱，是不是应该交给我来保管？"

"可是，那是爷爷给孙女的成长基金呀，你爸就是这样跟我说的。"

"可是什么啊可是，你把银行卡交给我就是了！我们是两口子，交给我，我还能给别人花不成，还不是得给你们母女俩花！"

顾小霜被张建峰说动了，红包她可以替女儿收着，可是红包里额外的一张银行卡她不能要，毕竟那是公公赚来的钱，那卡里还不知道放了多少钱哪，婆婆又是斤斤计较不好相处的人，倘若她拿了这张卡，以后也不会有好日子过。

想到这里，顾小霜对张建峰说："红包在梳妆台的抽屉里，你自己拿吧，我不知道爸还给可可放了一张银行卡。"

"银行卡里的钱，是我问爸要的，当初结婚，装修房子买新摩托买新家电，还有你身上戴的三金，全都是钱，我自己那点工资哪里够啊，就借了点钱，爸一回来，我就问他要了，他也给了，就在那张银行卡里，我拿去还债，你也别多心，如果有多余的钱，我肯定留着给你们娘俩花，你放心好了。"

"嗯。"顾小霜点点头。

这一年多，张建峰也改变了许多。不管他是真心还是假意。

因为他态度的改变，婆婆也不敢轻易造次了。

她的日子，也比刚嫁过来的时候舒心多了，她被父亲穷养长大，要求并不多，不用吃山珍海味，不用穿绫罗绸缎，只要把她当个人，她就满足了。

只要别像以前那样，不把她当人，她都可以忍受，也可以为了孩子凑合。

张建峰从梳妆台的抽屉里翻出红包，打开看了下，里头包了差不多几千元钱，还有一张银行卡，钱他没有动，就由顾小霜去支配吧，他把里头那张银行卡拿走了。

银行卡的密码就写在银行卡后面，张建峰拿了卡之后，就骑着摩托，直奔银行，输入密码，查了查余额，好家伙，整整十六万！

看来父亲是真有钱！

张建峰的心情像是坐过山车，忽上忽下的，他虽然知道父亲的卡里，应该会有不少钱，他也设想过，也许里头会有几万元钱，可是他想得最多的，顶天了，也就只有七八万吧？

没想到，父亲竟然一下子给了他十六万！

就算他和媳妇生了一个稍微有些"瑕疵"的孩子，还是个女娃，父亲也没有嫌弃，还给他那么多钱。

张建峰取出来三万，把旧账还了，他和宫淑月天天挂在嘴上的一屁股账，其实根本没多少，他用自己的工资，半年也能还上。母亲之所以抢着去领顾小霜的工资，就是太精明了。精明到她以为全世界的人就她一个精，别人都是傻子似的。

她这些自以为精明的行径，在跟张洪山相处时，也用了不少，所以这导致张洪山十分厌恶她，有钱也不给她。

张洪山知道，这张银行卡在顾小霜那里根本就捂不热，他太了解宫淑月母子俩的秉性了，所以他才给孙女张可可多塞了几千元的现金红包。

新店被毁

第二十章

张建峰还完账以后，看见银行卡余额里，还有十三万。

这些钱，完全可以拿来做个小买卖，那样，他就不必仰人鼻息给人打工了。

这样想着，张建峰回家以后就跟母亲商量了一下。

宫淑月虽自视很高，一直自称自己精明绝顶，却终究不过是一个没有见识的农村妇女，她也拿不了主意，只是三番两次地强调："十三万可不是个小数目啊，你妈这辈子没见过这么多钱，你爹这次也是下了血本了，给你这么多钱！你若是一下子给败光了，他还不杀了你啊！"

张建峰说："妈，你懂什么？我爸干工程，十三万算什么？他一年最少能赚上百万！"

"这杀千刀的，能赚这么多钱呢？才拔一根毛给你？"宫淑月不敢置信地瞪大了眼睛，不满地埋怨道，"他小气啊，不舍得在我们母子俩身上花钱！"

"在他手下打工的，一年都七八万十几万，你说他能赚多少？"张建峰道，"我爸不舍得给我钱，还不是因为你，一见面就吵，你就不能顺着他说话？"

"我给他伺候老的伺候小的，到最后，我还欠他的不成？"宫淑月眼睛湿润了，喋喋不休地道，"他连这个儿媳妇的好赖都不知道，就这样大手笔，一下子就给十几万，这是想要气死你妈啊！"

"妈，爸说的也不是没有道理，你做人就是太精明了，你知道人太精明了是什么吗？"

"是什么？"宫淑月反问。

"人太精明就是傻！"张建峰说，"我明天就离开村子，去城里开个店。"

"开什么店？你想好了吗？"

"去了再说！"张建峰说。

晚上，张建峰跟顾小霜说了自己的想法，顾小霜不支持也不反对，她没有吭声，她唯一担心的是，家里只剩下她跟婆婆两个人，婆婆又是个不省事的，她的日子还怎么过下去。

第二天一早，张建峰就开始收拾行李，收拾好了之后，他跟宫淑月和顾小霜道别："妈，小霜，我走了哈，等我赚了大钱，我就回来接你们进城！"

"哎，你去吧儿子，路上慢点啊！"宫淑月依依不舍地望着儿子。

"你走吧，早点回来。"顾小霜说。

张建峰提着行李走到门口，转身，又有些不放心地望着顾小霜和母亲，然后说："妈，我走后，你好好照顾顾小霜和孩子，我挣了钱就回来，我会常打电话的！"

"你放心吧儿子！"宫淑月摆摆手，送出大门口。

顾小霜抱着孩子，站在门口目送。

宫淑月送到门口还不算，一直跟着，送去了村口。

张建峰上车之前，对宫淑月叮嘱道："少生气，跟顾小霜俩好好的，我赚了钱就接你去城里享福，妈，别送了，你快回去吧！"

宫淑月直到这一刻，才发现自己的儿子是真的要走了，她依依不舍的，哭着挥手，和儿子道别。

张建峰转过头，望着站在村口，不停挥手的母亲，越来越小，直到变成了一个小点，他的眼角也湿润了。

……

陈永昌的店开在市中心最繁华的地段，再加上家具样式繁多——不单有普通家具，也有手绘家具。

手绘家具中，更有欧式风格和新中式风格，所以新店的生意很不错。

原本只招聘了两名员工的店面，人手越来越不够用。

手绘家具耗时耗力，所以价位上就比普通家具要贵很多，自然，其中利润也就比普通家具要高。

陈永昌又在宁先生那里雇用了几个已出徒的学员，来店里工作。

春畅家具在T市渐渐有了些许声誉，附近的居民口耳相传，回头客也越来越多。

陈永昌意气风发，觉得一切皆顺利的时候，一件意外让他如坠冰窟。

第一个发现这件事的，还是顾小春，那天她起得比较早，吃过了早饭就去了公司，没想到，会看见让人意想不到的一幕。

新店被人砸了，落地玻璃门都被砸碎了一扇，里头的家具被人毁于一旦，就连手绘用的颜料都没有幸免，撒得满地都是，顾小春看见这一幕之后，心里直发慌，她连忙拨通了陈永昌的手机，拨打电话的时候，她气得手都在颤抖。

店里的一切，都是她和陈永昌的心血，就这样被人毁了，她的心中满是愤恨，却又不知找谁来宣泄。

听陈永昌的声音，像是正在吃饭。

陈永昌接起电话，问道："怎么那么早给我打电话？想我了？我一会就到店里了。"

"永昌，你快来吧，春畅家具店被人给砸了！"顾小春急得直跺脚，她哽咽着，都快哭了。

"什么？"陈永昌也吃了一惊，他心中虽然也发慌，但却在这时安慰着顾小春，"你别着急，我一会就到店，你等我，如果有危险人物在那里，你不要出面，找个地方躲起来，安全要紧。"

"我知道了。"顾小春点点头，挂掉了电话。

她拨通了报警电话，道："是110报警中心吗？市中心梦都大厦对面的春畅家具店，被一帮匪徒砸了，请求出警。"

报完警之后，顾小霜小心翼翼地走进店里，店里静悄悄的，空无一人。

不一会儿，店里的员工陆陆续续地来到了店里，看见店面如今这幅场景，都发出一声惊呼。

陈永昌和警车几乎是同时到达出事地，陈永昌和店里的员工，都被叫去问话了。

"在T市有和人结仇吗？"

"没有。"陈永昌回答。

"最近接触过什么人？"

"店里有没有安装监控？"

……

陈永昌只觉得自己的脑袋"嗡嗡嗡"直响，他并非出自豪门世家，不过是一个乡下穷小子，好不容易打工这些年，省吃俭用攒了些钱开了一家店，本钱还没有赚出来呢，店面就给人砸了，如果只是砸了门还好，里头价值十几万的家具和颜料，都毁于一旦，有些家具是客户定好即将打包发货的，现如今，不单单是赔钱的事情，再重新做，工期都赶不上，客户来问，他也没有办法交代。

稀里糊涂录完了口供，办公人员取完证，陈永昌遣散了员工，暂休一天。

店里只剩下陈永昌和顾小春二人。

顾小春望着眼睛发直的陈永昌，说："永昌，是不是有人觉得我们影响了他们的生意，故意来捣乱，逼我们走？"

"十之八九。"陈永昌说，"附近几家家具店老板最为可疑。"

"我们没有证据，该怎么办？"顾小春道。

"是我大意了，开业之初就该安上监控，本想这个月安装监控设备的，因为太忙就忘了。"陈永昌道，"这次损失惨重，我必须想办法弥补。"

"我们店里没有安装监控，附近几家店铺应该有安吧？希望他们能够查到蛛丝马迹，为我们讨回公道，弥补损失！"顾小霜说。

"他们既然想要这么做，一定是做足了功夫，就看警察能不能找到证据了，如果他们隐藏得太好，我们只能默默吃下这个哑巴亏。"陈永昌神色黯然道。

"今天要交的家具交不出去该怎么向客户交代？你怎么还遣散了员工，我们应该让他们加班，把家具赶制出来，重新交工！"顾小春着急地说。

"我们已经被人盯上了，今天赶不出来的家具，放在店里能安然度过一夜吗？"陈永昌道，"当务之急，是在店里各个角落安装监控，让恶人不敢再随便造次。"

"对，你说得对！"顾小春起身，小心翼翼地走到饮水机旁，打算给陈永昌接杯水，却不料，就连饮水机，他们也没有放过，饮水机里的水，已经漏得一滴不剩了。

"这一砸，我又一无所有了……"陈永昌叹息了一声。

顾小春只觉得一阵心酸，她吸了吸鼻子，安慰陈永昌道："不会的，当初我们给人打工，还能攒出那么多钱，现在我们有春畅家具公司，有这家店，很快就会再赚回来的！"

"可是，目前没有资金周转，交不出去家具，哪里有钱买材料？"陈永昌在大脑中努力搜索着，希望可以找到一根救命稻草。

"宁先生会不会帮你？"顾小春突然问。

陈永昌摇摇头，道："我在T市一直受宁先生恩惠，却从未开口问他借过钱，也不知该怎么向他开口。"

"还有没有其他朋友？"顾小春道，"倘若我没有我爸拖累，我倒是可以拿出点钱给你……"

陈永昌摇摇头，道："我以前就是个穷打工的，以前的同事朋友，都跟我一样，一个月就赚点工资，遇到父母不开明的，像你父亲一样，每个月按时要钱，他们手里根本就没钱。"

就在陈永昌纠结到底该向谁借钱的时候，宁先生打电话过来，说可以帮他渡过难关。

陈永昌差点忘了，他这里的大部分员工，都是宁先生的学徒。

陈永昌连连道谢，最后，宁先生道："你小子最近意气风发，一定是被人眼红嫉妒，才会遭此横祸，师傅就算是看在你母亲的面子上，也不会对这件事袖手旁观的！但是以后，你一定要多加小心，多加防范，背后恶徒一日不揪出来，你们就一日提心吊胆，俗话说，同行是冤家，这件事，十之八九就是附近的同行所为了，你们一定要小心啊！"

"知道了，师傅，从今天晚上开始，我们轮流值班。"陈永昌道。

"开店怎么能不安装监控呢？你真的是太大意了，这件事，就当是一次教训吧！"宁先生说，"今天就算不接待客户，也要把监控安装好，倘若查不出背后指使者，这损失有点大呀！"

"师傅说得对，我记住了！"陈永昌道。

救命稻草

　　宁先生出钱出料出人工，帮陈永昌把最近的几笔订单给做出来，打包装车发货，才算了结了陈永昌的一桩心事。

　　春畅家具店的监控已经安装完毕，但是轮流值班的制度没有废弃。

　　这天，轮到顾小春值班。

　　店里有一间小厨房，小厨房里做饭的家伙什齐全，煤气灶花生油酱醋茶等调味品也很齐全，陈永昌的这家店，是给员工管一顿午餐的，谁有空谁做。

　　顾小春值班，所以她准备买些青菜，自己做点吃。

　　她在最近的超市买了一小块牛肉，两只西红柿，一把挂面。

　　她准备做一锅西红柿牛腩面。

　　她把西红柿切成丁，牛肉也切成小块，材料准备好之后，就起锅倒油了。

　　西红柿和牛腩倒进锅里的时候，热油发出"嗞嗞嗞"的声响，这声响，掩盖了一个人的脚步声。

顾小春把西红柿牛腩面做好之后，盛在一个大瓷盆里，她为自己装了一小碗，吃了几筷子，便喃喃自语道："做得有点多，好浪费！"

这时候，突然闯进来两个气势汹汹的男人，他们衣着简朴，脸上沟沟壑壑，一看就是乡下来的。

他们一进门就四处搜寻着，似乎是在找什么。

"你们是要买家具吗？"顾小春站起身，撂下筷子，问道。

"买什么家具，买家具？！"其中一个男人瞪着牛一般大的眼睛，凶神恶煞地道，"你有没有看见一个女人闯进来？"

顾小春摇摇头，道："这里是家具店，找什么女人！你们不需要家具，就请出去，我要关门了！"

"我们亲眼看见她在这附近消失的，一定是藏在你的店里了！"男人道，"快把她给我们交出来，不然我们是不会走的！"

"你们再无理取闹的话，我就报警了！"顾小春厉声道。

"俺老婆被你藏起来了，那你报，随便报！他们来了也得为俺做主！"另一个男人道，"不把那个臭婆娘给带回去，俺不会走。"

"说的什么乱七八糟的，出去出去！这里没有你们老婆！"顾小春拿起扫帚，想要赶他们出门。

岂料，他们竟然闯进里间，四处搜寻起来。

"啊——"女人的惨叫声传来。把顾小春也吓了一大跳。

这里除了她，什么时候又多了一个女人，这让她不禁有些毛骨悚然起来。

那个女人，是什么时候藏在店里的？

女人的头发被其中一个男人扯着，从一个刚刷好漆的立柜里给揪了出来，女人的肚子微微隆起，头发散乱，脸上又黑又脏，根本看不出模样。

"老子平常就是对你太好了，你才敢带着老子的种乱跑！"男人紧紧攥着女人的头发，生怕她逃了。

"救我，救我……"女人无力地说出这几个字，她的声音有些暗哑，嘴唇也干裂得像枯树皮。

顾小春第一时间联想到的就是被拐卖的妇女！

因为她小时候，村子里这样的女人有不少，不管是被自己亲人卖掉的，还是被坏人拐骗来卖掉的，其结果都一样，要么留下来生孩子，要么逃跑。

但凡是买媳妇的男人，没有几个是条件好的，不是家里贫穷娶不起，就是又老又丑有残疾，很少有女人心甘情愿留下来的。

有的孩子都生了两三个，该跑照样还是跑掉了。

顾小春读小学的时候，有个同学的妈妈就是拐来的，生了一儿一女，还被打断了腿，就是为了防止她逃跑。

她不知道，那个女人是怀揣着怎样的心境，跟她的男人生儿育女过一辈子的，如果换作是她，一天都过不下去的，她宁可死，也不会给仇人生孩子。

小时候，她就很同情那些被拐来的女人。

"救我——"女人继续发出微弱的求救。

"你说她是你老婆，结婚证呢，拿出来看一下！"顾小春拦住了他们的去路。

"丫头，你少管闲事啊！"男人嚷道，"这是我的女人，都怀了我们家的孩子，现在竟然不听话，想要逃走！我带她回家，跟你没关系！"

"你从我眼前带人走，就有关系！放开她！"顾小春呵斥道，"我平生最瞧不起打女人的男人！"

"少跟她废话！"另一个男人冲过来，抡起拳头，想要把顾小春给砸倒在地。

顾小春迅速从衣兜里拿出一个小瓶子，对准了出拳的男人的眼睛，一顿狂喷，男人叫嚷着，捂着眼睛跌倒在地。

自从上次店面被砸后，顾小春就自己配制了辣椒加水，这种东西网上不容易买到，自己制作还是得心应手的，买一个化妆水喷雾的瓶子，装进去就能用，防御指数五颗星。

另一个男人一下子慌了，瞪大了眼睛望着顾小春，嚷道："你拿的什么东西？他怎么了，你拿什么东西喷他……"

"没什么，辣椒油兑水！"顾小春说，"少在我店里撒野，赶紧滚——"

顾小春本来想要放弃喷他的，可是见他人高马大，倘若他上来夺了她的瓶子，她就被动了，搞不好也会被他们抓走，卖进山村，沦落到叫天天不应叫地地不灵的凄惨境地。

这些不懂法制的野蛮人，根本不把女人当人看，他们觉得抢到手里就是自己的，转手还能卖钱。

就算店里已经安装了监控，在抓到他们之前，她也免不了吃苦头。

所以，先下手为强，她对着那个薅着女人头发的男人的眼睛，也是一顿狂喷。

虽然他早有防备，捂了眼睛，也不妨碍细密的喷雾喷进他的眼睛里。

原本薅着女人头发的手，也撒开了，那个女人也不手软，随手拿了椅子，直接抢在男人的身上，椅子摔裂了，两个男人捂着眼睛，连滚带爬地逃走了。

他们无暇再顾及那个怀了孕的女人。

顾小春上前一步，拉住女人的胳膊，说："你没事吧？别怕，我们锁上门，他们就进不来了！"

顾小春把门锁上，再转身，却望见那个女人站在她的身后，哭泣道："我是茉莉啊，你不认得我了吗？"

"茉莉？"顾小春没有想到，眼前这个怀了几个月身孕满脸脏污的女人，会是丁茉莉，丁茉莉以前很爱美的，她皮肤很白的，她万万没有想到，丁茉莉会变成现在这副样子。

"你回来就好，你活着就好！"顾小春有些激动地抱住了丁茉莉。

丁茉莉号啕大哭起来，她说："我以为我会死在那里，没想到我出来了，没想到我活着出来了！小春，我回来了！"

"你的父母为了找你，来过 T 市，他们一定很焦急，你先打个电话给他们报个平安。

"嗯！"丁茉莉用力地点点头。

她借用顾小春的手机，给自己的父母报了平安，突然得到女儿的消息，他们老夫妻俩高兴得语无伦次，他们说："回来吧，回父母的身边来，在村子里，永远都不会有危险，爸爸妈妈会保护好你的，你回来吧，别让爸妈担心了……"

顾小春也以为，经过这一遭，丁茉莉一定会回村的，没想到，丁茉莉却说："不，我不会回去。"

"那我们去T市看你！"丁茉莉的父母说。

他们询问了详细的地址，丁茉莉把春畅家具店的地址告诉了他们。

"这一年多，你都经历了些什么？"顾小春心疼地望着丁茉莉，道，"你怎么知道我在这里的？"

丁茉莉说："一言难尽，我现在肚子好饿，等吃完，我再细细跟你讲。"

她望着桌上那一盆西红柿牛腩面，吞咽了一下口水。

"先去洗把脸，慢慢吃，不够我再给你下。"顾小春说。

丁茉莉去了洗手间，用香皂搓了好几遍脸和手，洗干净了，才来到餐桌前。

顾小春又拿了一只空碗和一双筷子，递给了丁茉莉。

丁茉莉推开空碗，说："不用了，我能把这一盆牛腩面吃完！"

丁茉莉狼吞虎咽地吃着碗里的面，就连汤都没有剩下，吃完她拍了拍肚子，打了个饱嗝，说："真好吃！"

顾小春说："今晚，你跟我挤一挤，我们睡在值班室的小床上。"

"嗯。"丁茉莉点点头，接着有些欲言又止地说，"我还有件事情想要求你……"

"什么事？"

"我要把这个孽种打掉，你明天可以陪我去吗？"丁茉莉说，"我不可能留下他！"

"可以。"

丁茉莉把这一年多来发生的事情，向顾小春娓娓道来。

顾小春和丁茉莉，几乎是一夜未眠。

原来丁茉莉一年前，遇见一个骑摩的的男人，也就是俗称的"黑车"，他时常拉她去市区玩，不收她车费钱，还随叫随到，她就跟他好上了，两个人谈起了恋爱。

谁知道，这个男人却是个骗子，他在老家早就有老婆孩子了，哄丁茉莉做他女朋友，不过是排解寂寞罢了。

他背着老婆偷腥的事情，被老乡知道了，老乡提出，给他一万元好处费，要娶丁茉莉做媳妇。

没想到，这个渣男竟然同意了，他根本就没有把丁茉莉当成是自己的女人，为了摆脱她，他转手就把丁茉莉送给了老乡做老婆。

丁茉莉被渣男以回村见父母为由，骗回村子，结果到了村子，她被带到渣男老乡家里，渣男就不见了。

丁茉莉被困在了那里，连门都不让出，直到她怀孕了，才带她出了几次门。

这一次，是男人带她进城卖地瓜，她趁男人上厕所的工夫，逃了。

男人追了她几条街了，如果不是因为她对此地熟悉，男人对此地不熟，她早就被人给抓回去了。

在溜进家具店之前，她也不知道顾小春就在这里。

直到听见顾小春的声音，她才确定，店里这个打扮入时，充满青春活力的女孩就是顾小春。

"我遇人不淑，以后不会了……"丁茉莉说这些的时候，好像是在讲别人的事情，她的脸上没有一丝表情，就连泪水都没有。

"听说很多被骗的女人，最后都疯了，你能如此平静，我不知道是好事还是坏事。"顾小春有些担心丁茉莉的心理状况。

丁茉莉摇摇头，说："那是她们遭到了虐待，我还好，他没有打过我，就是限制我的自由，不让我出门。"

"你准备告他吗？"

丁茉莉摇摇头，说："我希望从来都没有发生过那件事，我从来没有去过他的村子，那一年多的记忆，全部抹杀掉，没有开摩的的男人，也没有所谓的丈夫，什么都没发生过，时间回到一年前，我还是一年前的丁茉莉……"

第二天一早，顾小春就陪同丁茉莉去了医院，把肚子里那个本就不该来到世界上的胎儿给流掉了。

丁茉莉去银行办了一张空卡，父母第一时间往她的卡里打了一万多元钱，打完钱之后，他们直奔 T 市，探望一年多没有见面的女儿。

丁茉莉情绪还算稳定，只当是那一年多来，遇人不淑，谈了一场不如意的恋爱，遇见两个渣男。生活还要过下去。她只休息了半个月，便在附近找了一份临时的工作，在一家小超市当配货员。租住在超市附近。

丁茉莉所谓的"丈夫"并没有彻底放弃，他们屡次三番来春畅家具店里寻找丁茉莉，都被店里的员工给赶了出去，但是他们不甘心，只要一有时间就来闹。

所幸他们并不知道丁茉莉的真实住址，并没有对丁茉莉的人身安全造成威胁。

这一天，丁茉莉下班后，刚走出超市大门，就撞见了早就蹲守在超市门外的"丈夫"，他和他的一个族人挡住了她的去路。

"死丫头。终于找到你了，也不枉费我留在 T 市，蹲守这么久！"男人上前一步，卡住了丁茉莉的脖子，"你这个胆大包天的女人，你怎么敢杀死我们的孩子？"

"他就不该来到这个世上！"丁茉莉低吼道，"我怎么会给你生孩子，做你的春秋大梦去吧！"

"来这里之前，你还说会跟我好好过日子的，你都是骗我的？"男人的眼神里，写满忧伤与愤恨。

"对，我都是骗你的，倘若我不骗你，你又怎么会带我出来？"

"你这个贱女人，你怎么敢骗我？"男人吼道。

"彼此彼此！"丁茉莉咬牙切齿地道，"你和他，不也一样骗了我，不然我怎么可能会被你困在你们那个穷山沟里，过着暗无天日的生活……"

"暗无天日？"男人的眼睛泛红，泛着愤恨的泪光，反问，"你摸着良心说实话，我待你好不好？我有没有打过你，怎么就会是暗无天日的生活？你怎么会这么恨我？你这是没有良心！"

"就算你没有打我，那又怎么样？我没有被你软禁吗？我有人身自由吗？"丁茉莉愤怒道，"我不恨你，难道我还会感激你不成？真是荒谬！"

"堂哥，少跟她废话，赶紧把她绑回去呀，等把她带回去，你打折她的腿都行，只要她跑不了，就能留她在你身边一辈子！"

"拿绳子来，快快！"男人招呼道。

两个人死死揪住丁茉莉，想要把她给绑起来。

这时候，他们的行为招来了行人的侧目，有多管闲事的人上前问道："哎哎，你们干什么呢？光天化日之下，想抢劫吗？我可要报警了啊！"

"少管闲事，这是我哥的老婆，她有些精神病，私自打掉了肚子里的孩子，我们绑她回去，免得她对路人造成威胁！"男人的堂弟说。

路人一听，他们是夫妻关系，就纷纷离开了。

丁茉莉吓得汗毛倒竖起来，她好不容易才逃离那个地方，不能再重新落入魔窟了。

她扯着嗓子喊救命，男人和堂弟也一边绑她，一边跟路人说这是她有精神病的妻子。

路人就没有管闲事的了。

好巧不巧，陈永昌开着货车刚刚送货回来，货车后面还拉了几个男员工。他见马路上有人喊叫，就转过头去看了一眼，见那个被人纠缠的女人，不是别人，正是顾小春的闺密丁茉莉。

他揿了下喇叭，将车子停靠在路边。

今天的事，他必须管。

没有多说一句话，陈永昌上前拽开两个男人，迎面就是一拳，几拳头下去，两个男人倒在地上，嘴角直渗血。

"你又是哪根葱？"男人吼道，"我在绑我自家的女人，你算什么东西，在这里多管闲事？"

"听说最近你们一直去我店里闹事？"陈永昌说，"今天，如果我不好好教训教训你们，我看你们这是要上天！"

陈永昌抬起手做了个手势，他身后的几个男员工便冲上来，将丁茉莉的"老公"和堂弟给揍在地上，打了个鼻青脸肿。

毕竟寡不敌众，那两人不是他们的对手。

"据我所知，她真名叫丁茉莉，至今未婚，哪里来的丈夫？你说她是你们家的女人，拿出证据来。结婚证或者户口本都行，拿不出来就给我麻溜地滚蛋，不要再让我看见你们，否则我看见一次就打一次！"陈永昌的话铿锵有力，把那两个男人给镇住了。

毕竟他们没怎么进过城，在这里人生地不熟的，待一天就多花一天的钱。人，他们是带不回去了，只能自认倒霉，连滚带爬地溜走了。

"老板，你没事吧？"几个员工上前，看见陈永昌的手有些肿。

陈永昌摇摇头，说："没事。"

陈永昌上前一步，帮丁茉莉解开了身上的绳子，对她说："你要去哪儿，我送你回去。"

丁茉莉哭得双肩颤抖，她道："回家。"

"上车吧！"

丁茉莉点点头，上了货车的副驾驶。

陈永昌将丁茉莉送回去之后，才开车回到店里。

到店之后，他就把方才所遇之事跟顾小春说了，顾小春说："现在看来，他们应该不会再找丁茉莉的麻烦了。"

"希望如此。"陈永昌说，"否则他们总以为丁茉莉被我们藏起来了，总来店里找事，也影响店里生意。"

也许是被打怕了，那两个男人再也没有出现过。

半个月后，春畅家具店被砸一案，也终于有了新的进展，民警在对面超市的监控里，发现了砸店之人的身影，就是不远处某家家具店老板和他的员工，他们被民警带走了，陈永昌将那家家具店的老板告上法庭，要求他赔偿店内所有损失，以及误工费，达三十多万元，最终胜诉。

尘埃落定。

这件事情闹得满城风雨，还上了 T 市都市报，无形中也给陈永昌的店打了一波广告。

鱼的洗澡水

书分两头讲，话说张建峰第一次进城，因为人生地不熟，找宾馆都不知道该往哪个方向走。

就在这个时候，他才想起来，父亲的工程队也在 T 市。

他连忙掏出手机，给父亲张洪山打电话。

张洪山一听是儿子打来的，便道："建峰啊，有什么事儿吗？"

"爸，我来 T 市了，刚到车站，都转向了，东南西北都分不清了，爸你来车站接我吧！"

张洪山一听儿子来了，心中有些疑惑，便道："你来 T 市做什么？"

"人在村子里能有什么大出息，我想出来闯荡闯荡！"张建峰说，"爸，你就快过来接我吧！"

"外头也并不像你想象的那么好，城市里有机遇，也很残酷。"张洪山说，"既然你已经来了，来闯荡闯荡也是可以的，到时候不适应的话，可以再回去。"

"哎，知道了爸！"

张洪山驱车来到车站，接了儿子张建峰，请他在一家中餐店吃了顿鲁菜，席间，张建峰劝解父亲道："爸，你和妈都是活了半辈子的人了，儿子都结婚了，怎么还闹离婚呢？被村里人知道了，还不笑话咱们家啊？"

张洪山说："你妈是个什么样的人，我想你作为他的儿子，应该最清楚不过。我跟她之间，是早就一点感情都没有了，当初没有离婚，就是因为考虑到你，现在既然你已经长大成人，也已经成家立业，爸爸也就放心了，这婚姻也就更没有继续下去的必要了，爸每见她一眼，都是一种折磨，爸爸希望离婚以后，再也不要看见她，乡下的房子我可以不要，家里的东西我也不要，都留给她，只要她不要再纠缠我就可以。"

"爸是不是真的在城里养了小的了？"张建峰低声嘟囔道。

张洪山说："你妈那纯粹是在胡说八道！就算爸爸要找别人，跟别人在一起，那也得离了婚以后，没有离婚之前，爸爸不会做这种违背道德底线的事情的。"

"爸，你们都这么大岁数了，有什么过不去的，都一起过了半辈子了……"

"人这一辈子，一眨眼就过去了，干吗要委屈自己呢？"张洪山说，"儿子，你这个思想不对，人这一辈子，就是要跟自己喜欢的人在一起，才算是不白活一场。爸从前穷，就是个种地的，人一穷呢，就没有什么追求，只求能过日子就行。结果就娶了你妈，等爸在城里闯荡出成绩来以后，就悔悟了，人这一辈子，不能凑合着活，那是对不起自己。"

说到这里，张洪山为自己倒了杯茶水，呷了一口，接着道："所以啊，这人啊，千万不能穷，人只要一穷，就志气短，什么人生理想追求，全都是泡沫，想都不敢想，只想着眼前的日子，那不叫生活，那是活着。跟你妈在一起，爸仅仅是活着，并且活得如坐针毡度日如年，爸必须早一点解脱。"

听了父亲这一席话，张建峰也好像明白了点什么，他知道父亲这次是铁了心要和母亲离婚了，并且，远在乡下的母亲宫淑月，也已经收到了法院的传票。

他们已经分居差不多五六年了，早已超过两年，这次他也是看儿子已经结婚并且生子，没有心事了，才去法院起诉的。

吃完饭以后，张洪山带着儿子，给他订了三天的酒店，让他赶紧找房子租住，稳定下来以后再联系他。

张洪山虽在 T 市工作很久，却一直跟工人们住在工地。

他赚的钱虽然也不少，但是还没到可以买得起 T 市房子的地步，T市的房价，早已经涨到了一两万一平方米，买一栋像样的房子，得花上百万。

张洪山毕竟乡下出身，觉得那么多钱花在房子上不划算，还不如以后回乡下，自己盖个几层小别墅，不但在村子里风光，还比在城里买房子便宜很多。

不过，这也只是他的打算，工程款并不好要，一般都拖欠一两年，正如他所说，他手头上根本没有多少现金，有的都给工人垫付工资了。

张建峰很快租到了房子，并且开始四处考察，琢磨着开家小店。

他每天早晨起来吃早餐的时候，发现 T 市的早餐很贵，一顿早饭吃不了多少东西，就得花十几二十元，他准备开个小吃店，手里这些钱足够了。如果不够，到时候再跟父亲要，反正父亲就在 T 市。

就这样，张建峰在 T 市开了一家小餐馆，餐馆不大，主营馄饨火烧小菜。

小饭馆只要饭做得好吃，一般都不会亏本，张建峰的店，也算是做起来了。

不久后，张建峰接到母亲哭哭啼啼的电话，说法院竟然判他们离婚了，她哭着骂张洪山不是人，伺候了他一辈子，他竟然把她给踹了。

这件事情，张建峰早就从父亲的口中得知了，也料到最终会是这个结果，所以他听到这个消息后，并没有感到意外。

他只是安慰了母亲几句，便挂掉了电话。

被离婚后的宫淑月，心态更加糟糕，看什么都不顺眼，就连看自己亲孙女，都觉得硌硬。

每隔三天，村子就轮到一次赶大集的日子。附近的村民想买什么东西，就去大集上买，蔬菜水果肉食，都赶在这一天备齐。

错过这一天，就得等下一个大集了。

这天，就是村子里的赶集日。

宫淑月去集市上买了一条鲤鱼回来，还买了一包桃子，一进院门，她就把好吃的给藏起来了，藏好之后，她敲了敲顾小霜卧室的门，对她说："顾小霜啊，今天大集，你不去买点什么东西吃？我也不知道你想吃什么爱吃什么，你想吃什么就自己去买吧，孩子我帮你看着点！"

顾小霜"嗯"了一声，心中暗道：总共家里就两个人，还分开吃饭不成？

她换好衣服，拿了零钱包，扫了一眼炕头上正在睡觉的婴儿张可可，对宫淑月客客气气地说："妈，那你看好她，她醒了饿了会哭，你可以给她喂点水，如果你不会喂，就抱起来哄哄她，等我回来再喂。"

"知道了，快去吧你！"宫淑月有些不耐烦地说。

顾小霜走出院门，朝着集市的方向走去，因为担心婆婆照顾不好孩子，顾小霜想要快一点赶回来，便不知不觉加快了脚步。

宫淑月见顾小霜走了，便蹑手蹑脚溜进厨房，一边往窗外望，一边翻桃子。不知道的还以为她在偷东西。洗干净桃子后，她便坐在炕头上啃，啃了一只又一只，张可可突然醒了，咧着小嘴哭了起来。

宫淑月扫了一眼张可可，瞥见她那一只发育不全的耳朵，怎么看怎么不喜欢，怎么看怎么讨厌，她白了张可可一眼，用不耐烦的语气说："真烦人，哭什么哭，闭嘴！"

张可可一听是奶奶的声音，睁开小眼看了看，没有找到熟悉的妈妈，哭得更厉害了。

"叫你别哭别哭，还哭，烦不烦人！"宫淑月随手拿了炕头上的小衣服，朝着张可可丢去。

张可可的小手胡乱挥舞着，一件小衣服便糊在了她的脸上。

"像你爷爷一样惹人讨厌！"宫淑月抱怨道，"我欠你们的啊，一

223

个一个的，没有一个让我舒心的，你说你怎么长得那么丑呢？随你爷爷还是随你妈啊？我儿子长那么好，怎么能生出你这样难看的孩子来，人家都有两个耳朵，就你没有！你说说，就你这样不值钱的丫头片子，我说把你送走，你妈还不乐意呢，整天哭天抢地要死要活的！"

这时候，宫淑月听见门外传来脚步声。

宫淑月站起身，朝屋外走去。

只见邻居林二媳妇来串门来了，她进了院门，扯着嗓子喊道："嫂子在家吗？"

"在家呢！"宫淑月道，"什么风把你给吹来了弟妹？找我有啥事？"

林二媳妇说："我进城一年多了，给我儿子哄孩子，今天不是才回来吗？对邻居们也都挺想念的，听说你家添了孙女，就过来看看，我还带了一篮子山鸡蛋呢，给你媳妇煮上，吃了好下奶的。"

"哎哟，来就来了，还带什么礼物啊！"宫淑月皮笑肉不笑地客套着，伸出双手，接过了林二媳妇送来的山鸡蛋，转身就放进了厨房的储物柜里。

"孩他娘不在家啊，咋哭那么厉害呢？快过去瞧瞧！"林二媳妇听见孩子哭，要过去看看孩子，宫淑月便带着林二媳妇进了顾小霜的卧室，二人推开门就看见孩子躺在炕头上，脸上蒙着一件小衣服，哭得嗓子都哑了。

林二媳妇快步上前，赶忙把孩子脸上的小衣服给拎起来，甩一旁去了，只见张可可的脸都憋紫了，林二媳妇连忙说："哎呀，我这一来，还耽误你看孩子了，你看看你看看，衣服都蒙孩子脸上了，多危险啊，以后这些小衣服小被子的，都离孩子远一点，别放她身边儿，多危险哪，万一家里没人，孩子窒息了可怎么办？到时候，你可怎么跟儿子儿媳妇交代呀，我在城里给儿子儿媳带孩子，可仔细着呢！不仔细不行呀，孩子太小了！看孩子可不是小事儿，不能有一丁点的闪失！可不能马虎大意，你这样看孩子可不行，看不好落埋怨是小，孩子出事儿了可就麻烦了！"

"哎呀，弟妹说的是，这平时呀，都是我儿媳妇自己看，今天她去集市上买菜去了，我给她看一会儿，谁知道这孩子这么不让人省心，把衣服蒙自己脸上了！"

"孩子知道什么，就得当大人的多注意一点。"林二媳妇说着，摸了摸张可可的那只小耳朵，接着说道，"这只耳朵这是怎么了？"

"发育不全，娘胎儿里带的。"

"没做产检呀？"

"没有，都是乡下人，做什么产检！"

林二媳妇叹了口气，说："现在有这个条件，都得做！"

"是，弟妹说得是！"宫淑月说，"若是知道孩子五官没长好，怎么也不能让她给生下来，孩子一辈子抬不起头来。"

"听力没有问题就行，女孩子，长大了头发长就挡住了。"林二媳妇说。

"孩子妈也这样说。"宫淑月道，"总归跟正常孩子不一样，心里有个大疙瘩。"

"别疙瘩了，好赖都是自己家的血脉。"林二媳妇说，"嫂子，我还有事，就不多待了，你看好孩子，我走了哈！"

"我去送送你！"宫淑月起身，准备送一送林二媳妇。

林二媳妇赶忙把宫淑月给推回去了，她摆摆手说，"送什么送呀，快回去吧，看好孩子要紧！"

"哎！"宫淑月答应着，没有去送她。

林二媳妇走到大门口，刚好遇见顾小霜回来，她对顾小霜说："你就是张建峰老婆吧？"

"是啊，你是？"

"我是你林婶儿！"林二媳妇说，"隔壁林二媳妇！"

"林婶儿你好！"顾小霜说，"进屋坐坐吧！"

"刚才进去坐了，也看了孩子，孩子长得真可爱，随你对象，眼睛鼻子都像！"林二媳妇说，"我给你拿了一筐山鸡蛋，让你婆婆给你煮煮吃，好下奶，有营养。"

"谢谢林婶儿，让你破费了！"顾小霜道。

"破费什么，都是邻居，看看孩子应该的！"林二媳妇道，"快回

225

去哄孩子吧，我走了哈！"

"再见林婶儿！"顾小霜冲林二媳妇摆摆手。

顾小霜提了菜回厨房，把青菜搁在了厨房的地板上，她对宫淑月道："妈，我回来了，可可怎么样，她有没有哭？"

"哭了，怎么没哭呢？"宫淑月道，"快过来哄孩子吧，饭我来做！集上卖鱼的都知道你生了孩子，非让我买鱼给你做鱼汤喝，好下奶，我就买了一条鲤鱼，今天中午炖鱼汤吧！"

"行！"顾小霜答应着，进屋抱起了哭个不停的张可可，掀开衣服，给她喂奶。

宫淑月进了厨房，把鲤鱼给杀了杀，炖了一锅鱼汤，她把汤单独盛了一盆，搁在一旁凉着，把鱼肉单独盛了一盆，另外用辣椒油炒了炒，她熥馒头的时候，顺便煮了三个山鸡蛋。

但饭做好了之后，她对顾小霜说："你现在哄孩子，那我先吃了，等我吃完再帮你哄孩子。"

"嗯。"顾小霜应了一声。

自从张建峰走后，这些日子以来，和婆婆单独相处，一直都是轮换着吃饭。

宫淑月把那三个山鸡蛋剥了皮，蘸着辣椒酱，全吃了，辣椒炒鲤鱼，也被她吃了一大半，她只留了一盆鱼汤给顾小霜。

等宫淑月吃完，换顾小霜吃的时候，顾小霜望着桌子上的饭，用汤勺捞了捞鱼汤，原来鱼汤真的就只有汤，一点鱼肉都没有。

那鱼肉已经被婆婆用辣椒炒了，好像生怕她吃一样，婆婆明知道她给孩子喂奶，不能吃辣的，偏偏每次做菜放那么多辣椒。

这鱼汤，纯粹就是鱼的洗澡水吧？

顾小霜喝了几碗鱼汤，用筷子挑了挑桌上的几盘菜，一盘是辣椒炒鱼，她不能吃，还有一盘是昨晚上吃剩下的炒茄子，黑乎乎的，已经看不出菜的模样，像一碗垃圾一样，可是，这算是唯一能吃的菜了吧。

她把昨晚的隔夜菜给吃了，收拾碗筷的时候，才发现垃圾桶里有鸡蛋皮，原来邻居林二媳妇送来的山鸡蛋，婆婆煮了，却没有给她吃，而是她自己吃了。

现在，宫淑月表面上像个人了，担心儿子不乐意，面上功夫做得足，话是说得比唱得都好听，不似从前那般恶言相向。然而，她的行为处事却一点都没变，人家林婶儿送给产妇下奶用的山鸡蛋，她不拿给产妇吃，自己偷摸吃了！

顾小霜心里一阵恶心，婆婆这是弄的什么事儿？

她突然想到一个词，现在公公老公都能挣钱，家里并不穷，也不缺吃喝，她就是不舍得给儿媳妇吃，就是缺儿媳妇那口饭，她什么也不是，她就是下作，对，就是"下作"这个词，用在宫淑月身上真是太合适不过了。

张建峰不在，家里只有她和婆婆两个人，日子越过越恶心，她一天都不想待下去了，她宁可没有人帮她带孩子，也不想再受这个窝囊气。

这样想着，她就收拾了简单的包裹，准备回娘家。

虽然父亲顾玉全也是个指望不上的，但是起码父亲不会天天恶心她。

顾小霜收拾衣服准备离开的时候，宫淑月听见顾小霜卧室里的动静，跑过去看，问道："干吗呢，干吗呢这是？又要回娘家呀，怎么，嫌婆婆伺候得不好呀？"

顾小霜也不想跟她闹得太僵，毕竟这几个月以来，她们的关系已经是"面上过得去"，总比撕破脸要强，还要一起过日子，撕破脸也没法过。

顾小霜眼睛都没有抬一下，因为她根本就不想再看婆婆那张虚伪的脸。

她说："我爸刚才给我打电话了，他说想看看外孙女，我过去住几天，等我爸稀罕够了外孙女，我再回来。"

宫淑月一听，心里乐开了花，总算送走一尊佛，不用再费心伺候这娘俩了，她嘴上却客气道："你爸能伺候得了你们俩吗？伺候不了的话，赶紧回来，我就是什么也不干，也得把你们母女俩给伺候好了，不然儿子回来得怪罪我！"

顾小霜不接她的话，收拾完行李，背着背包，抱起孩子就走了。

见顾小霜抱着孩子远去的背影，宫淑月得意地露出一个笑。

这时候，张建峰打电话过来，宫淑月按了接听键，她道："怎么了儿子？城里的生意好吗？"

"好，忙得很呢，虽赚不到大钱，但总也比给人打工强！"张建峰说，"小霜怎么样？可可睡了吗？闹没闹？"

"你就放心吧儿子，好着呢！"宫淑月忙道。

"你让顾小霜接电话！"张建峰说，"这些日子没见，她也不给我打一个电话，这怎么当老婆的？"

"她呀，刚走！"宫淑月道。

"刚走？干吗去了？"

"回娘家了！"宫淑月道。

张建峰的神经立刻提了起来，他道："怎么又回娘家了，妈，你是不是又欺负她了？"

"没有，哪能呢！"宫淑月连忙否认，她道，"今天中午我买的大鲤鱼，给她炖的鱼汤，下奶，昨晚上做的肉末茄子，她也挺爱吃的，今天把肉末茄子的盘子都吃干净了。"

宫淑月不无得意地说着。

张建峰道："她还挺愿意吃你做的菜的？"

"那是自然！"宫淑月道，"不信你去问问卖鱼的，我在她那买的大鲤鱼，肥着呢！炖了一大盆的鱼汤，她一口气喝了好几碗呢！"

"行，妈你地里活干不好，也得把她们母女俩伺候好了。"张建峰说，"现在娶个媳妇那么难，可不能再把她惹急眼喽！"

"知道了，我儿子现在这么有本事，还怕娶不上媳妇？真若离了婚，村里那些未婚的小姑娘多的是，咱有那个条件，还不挑着样选哪！"

"行了妈，挂了，我这忙着呢！"张建峰直接挂掉了电话。

离婚收场

第二十三章

张建峰的小吃店主营早餐面食，晚上客人一向比较少。

毕竟晚上人们都下班了，无论是陪家人一起吃饭，还是陪客人应酬，没有人会选择在快餐店进行，毕竟快餐店里没有什么菜品，只有简单的小菜，酒水之类的也不齐全。

最近几个晚上，经常有一个穿红色高跟鞋的姑娘来店里喝酒，她经常点一瓶啤酒，点一份馄饨，就把自己喝得酩酊大醉。

张建峰被她吸引了，这姑娘人长得不错，挺漂亮的，就是酗酒有点不太讨人喜欢。

这天晚上，那个穿着红色高跟鞋的姑娘又来了，这一次，她点了三瓶啤酒，全喝了，最后还趴在店里睡着了。

张建峰准备打烊了，见这位姑娘没有起身要走的意思，他只好过去摇醒她。

"喂，姑娘，小店要打烊了，醒醒！"

没想到姑娘嘟囔道："别打扰我，烦死了！"

"喂，我是店老板，到点了，要关门了小姐！"

"说谁小姐呢？说谁呢？本姑娘有名字的，叫我陈梦琳。"姑娘口齿不清地嚷嚷着，醉眼惺忪地扫了张建峰一眼，接着又趴餐桌上睡着了。

张建峰无奈地摇摇头，又推了陈梦琳一把，陈梦琳被张建峰推烦了，站起身，摇摇晃晃地想走，却因为酒醉视线不清，脚下的高跟鞋一扭，整个人栽倒在地上，摔了个狗啃泥。

"啊——"陈梦琳惨叫一声，鞋子也摔飞了一只，只有一只鞋子挂在脚上。

张建峰连忙过去拉了她一把，将她扶了起来。

陈梦琳倒在张建峰的怀中，张建峰明天还要开店营业，总不能为了她一个人，而破坏明天的营业额吧？

这样想着，陈建峰便好人做到底，打算把她给送回去，谁让她是他的顾客呢？

都说顾客就是上帝，这位上帝在他店里喝了酒不省人事，他不管不顾地把她丢出去，这有损店铺声誉。

万一，她在街上再被人给捡尸了，发生点什么不可描述的意外，那他就更负担不起这个责任了。

"你家在哪儿，我送你回去？"张建峰轻轻推开了她，跟她保持一定距离，毕竟她身上的酒味儿并不好闻，他对捡尸可没有什么兴趣。

"x小区……"陈梦琳眨巴了几下眼睛，嘟着嘴巴一脸天真地问，"你真的送我回去啊？"

"几号楼，我送你回去。"张建峰说。

"3号，x公寓。"陈梦琳试图自己走出店门，却发现一只脚根本不听她的使唤，抬一下就痛得她龇牙咧嘴，她道，"好痛哦，好痛，我的脚要瘸了……"

"不知道城里的女孩子为什么都喜欢穿高跟鞋，看着都累。"张建峰说，"穿高跟鞋来喝酒，能不摔跤吗？"

"要你管！你是我什么人啊！"陈梦琳噘着嘴，一副很不满的样子。

张建峰说："还要不要我送你回去？"

"当然——"陈梦琳吼道，"要啊，不然我怎么走路啊！"

"可是我并不欠你的！"张建峰的语气冷冰冰的。

"我是你店里的客人哎，你不送我，那我就睡在你们店门口好了！"陈梦琳说着，当真躺在地上，她的觉来得也快，竟然倒下就打起了呼噜。

"怕了你了！"张建峰抱起陈梦琳，只想快一点把这尊佛给送走，免得留在店里，影响他休息。

张建峰招呼了一辆的士，将她塞在后座上，直奔她口中所说的 x 小区 x 公寓。

所幸并不远，几分钟就到了。

张建峰扶着她，将她送到了门口。

她连钥匙在哪都翻不到，张建峰又替她翻包，把钥匙找出来，给她开了房门，把她推进去之后，将她家的门给关闭之后。他才离开。

陈梦琳被张建峰推进门，趔趔趄趄地向前走了几步，直接倒在客厅的地板上大睡起来。

顾小春从洗手间洗完澡，裹着浴巾出门，发现陈梦琳正躺在客厅的地板上，她喊了一声："陈梦琳，你干吗啊？有卧室的床不睡，怎么睡在地板上啊！"

"要你管！"陈梦琳醉眼惺忪地扫了顾小春一眼，接着又闭上了。

"你以为我愿意管你啊！"顾小春道，"你躺在客厅地板上睡觉，我半夜起来上卫生间，万一不小心一脚踩到你怎么办？就算你不怕痛，我还觉得你吓人呢！"

"天天喝得烂醉，干吗啊？"顾小春回到自己的卧室，换好了睡衣，半拖半拽地把陈梦琳弄回房间，丢到了床上。

顾小春刚想走，陈梦琳一把拉住了顾小春的手腕，抽泣道："别走，我对你是认真的，是真的，我每个月赚好多好多的钱，都是为了你，为什么……为什么你不要我了，为什么你会跟别人结婚，她哪里比我好，这个世界上，没有人会像我这样爱你……"

"说胡话呢？"顾小春把陈梦琳的手扯掉，为她虚掩上了房门。

与陈梦琳同租房子这么久，顾小春对她的事情也了解了一点点。

她经常给她男朋友打电话，哭得稀里哗啦旁若无人，房间隔音效果本来就不好，有时候她还会在客厅里，冲着电话那端的男友大吼大叫。

顾小春就对她的事情了解了七七八八，原来陈梦琳的男友曾经得了一场大病，需要很多钱做手术，她为了给男友筹集手术费，就做了私人伴游，她收费昂贵，陪各种富二代游玩，国内海外都去过，单看她的朋友圈，别人一定会以为她是一个白富美，长得好看，打扮时尚入时，浑身上下都是名牌，最便宜的包包也是三万一个。

其实那些，都只是表面的假象，包包是男人送的，她最后会为了钱，把包低价转卖，她做了接近一年，赚了一大笔钱，原本想金盆洗手，和男友结婚，却不料男友知道了她做的那些事，一声招呼都不打就走人了。

就连手机都关机了，更换了新的手机号，却并未告诉她。

直到最近她才联系上，原来陈梦琳的男友已经回老家跟别人结婚了。

她哭过喊过骂过，她为了他付出了那么多，他却一声不吭就走了，还跟别人结了婚。他花了她的钱，还嫌她丢人。做了婊子，还要立个牌坊。

做人怎么还可以做到这份儿上？

陈梦琳不明白，自己掏心掏肺放弃一切原则去拯救的爱人，为什么会这样对她，将她弃之若敝屣，看都不再看一眼。

陈梦琳因为心情郁闷，才时常去陈建峰的小店里喝酒的，她之所以喜欢去他的店里，纯粹只是因为他店里比较安静。

男友不辞而别跟别人成婚后，陈梦琳就消沉了很长一段时间，伴游的职业也荒废了很久。

顾小春知道陈梦琳的职业后，才恍然大悟，明白了她为什么租了房子后，很长时间都没来住。

因为她身为伴游，大部分时间都在外面旅游。

但是顾小春对她不甚了解，虽然两个人做了室友几个月了，她们因为初次见面的时候发生过争吵，导致后来的关系都一般般。

基本上是谁也不搭理谁的状态。

陈梦琳酗酒的习惯持续了一个多月，就再没出现过了。

那个哭哭啼啼撒酒疯的陈梦琳不见了，她又恢复了往日的神采，打扮越发时髦，身上的衣服每天也没有重样的。

顾小春除了值班的时候睡在店里，平时都是回公寓睡的，陈永昌偶尔会来她的公寓坐一坐，陪她吃顿饭便走，从来都没有留宿过。

这天早晨，顾小春穿着睡衣，趿拉着拖鞋，头发乱蓬蓬，睡眼惺忪地朝卫生间走去，这时候，她听见卫生间里传来女人不可描述的声音，顾小春吃了一惊，她暗骂：这个陈梦琳，也太不讲究了吧？

两个人合租的房子，她该不会是把男人给带回家里来了吧？

卫生间里的声音肆无忌惮，越来越放肆，顾小春狠狠拍了几下门，嚷道："陈梦琳，你怎么回事呀？这里住着的不是你一个人，你怎么不通知一声就带男人回公寓？"

卫生间里的动静变小了。

顾小春捂着肚子，她有点憋不住了。

陈梦琳裹着一条浴巾，慢腾腾地从卫生间里走了出来，她不怀好意地瞥了顾小春一眼，道："没谈过男朋友啊？装什么清纯？"

顾小春道："你若想跟男朋友同居，可以啊，单独出去租一间房啊，干吗跟我合租？"

"我做导游，大部分时间都在外面玩，能回来住几天呀，所以啊，单独租房多不划算！"陈梦琳坐在沙发上，旁若无人地点燃了一根烟，猛吸了一口，接着道，"同样都是女人，活得像你这么没情趣，人生多没意思呀！"

"你活得就有意思了？赚了几十万给男友治病，最后怎么样？被人给骗了？"顾小春不客气地反击。

"不要跟我提他！"陈梦琳的脸色煞白，这也许就是她的短板了，她不想承认自己曾经像个傻子一样，为了一个男人付出一切，结果被人给辜负了。

浴室里的男人趿拉着拖鞋出来了，还没有来得及换衣服，顾小春有些尴尬，她站起身，准备离开，却发现迎面走来的男人不是别人，正是张建峰！

怎么会是他？

顾小春一时间愣住了，她甚至怀疑自己看花了眼！

怎么会是他？

妹夫不是在老家吗？

他什么时候来的市区？

他什么时候跟陈梦琳好上的？

顾小霜知道吗？

难道他们两个离婚了？

一连串的问题，让顾小春瞪大了眼睛盯着张建峰，愣怔了半天，没有反应过来。

不单是顾小春愣住了，就连张建峰也愣住了，他没有想到会那么巧，在这里撞见顾小春！

还是以这样的方式。

见两个人旁若无人的对视，都是精神恍惚的状态。陈梦琳也有些奇怪，她站起身，捏着身上的浴巾，上前推了顾小春一把，道："干吗？他太帅了吗？让你羡慕得移不开眼睛吗？我可警告你啊，他可是我的男人，你可别打他的歪主意！"

"我打他的主意？"顾小春嗤之以鼻地一笑，向前一步，猝不及防地抡起胳膊，打了张建峰一耳光，她怒视着他，道："这一巴掌，是替顾小霜打的！"

接着，她又打了张建峰一巴掌，道："这一巴掌，是替张可可打的！"

"喂，干吗呢你，疯了吧你？！"陈梦琳急了，上前一步，狠狠推开了顾小春。

顾小春趔趄了一下，扶住了沙发，才不至于让自己跌倒。

"你们两个认识？"陈梦琳拉住张建峰的手，问道。

"你不要管了。"张建峰说，把衣服拿给我，我换好衣服就走。

"别走，留下来陪我！"陈梦琳固执地说。

234

"不行，店门该开了！"张建峰说。

"不嘛，我让你陪着我！"陈梦琳撒娇道。

"关店一天又损失不了多少，我想去逛名包专柜，你陪我！"陈梦琳嘟着嘴继续撒娇，好像是故意在顾小春面前，想要气她，她以为，陈建峰是她的前男友。

"我还想吃烤肉，你陪我，我要你一整天都陪着我，还有，晚上你也要陪着我，不然我睡不着！"

顾小春攥紧拳头，闭眸吼道："够了！"

张建峰推开了陈梦琳，准备落荒而逃。

顾小春望着张建峰慌乱无措的背影，冷冷道："你对得起我妹妹吗？你根本就不是人！"

眼前的这个男人，可以为了省钱，连几十元钱话费都不给顾小霜充，却可以为了外头的女人，一掷千金，老婆算什么？

不要钱的老妈子？！

免费生孩子，还要被道德绑架孝顺他那个刻薄下作的妈妈？

最为廉价的保姆！

"我警告你，不要再做对不起我妹妹的事情！"顾小春对着张建峰说。

张建峰停住了脚步，他紧握着门把手，转过头来，对顾小春说："求求你，不要告诉小霜。"

顾小春冷冷地看着他，没有回答。

张建峰转身走了。

陈梦琳双手抱肩，道："顾小春，他跟你是什么关系？"

"他是我妹夫，你明白了吗？"顾小春鄙视道，"你找不到男人了吗？非要抢别人的男人？"

"哼！"陈梦琳冷笑一声，道，"在这个世界上，谁又是谁的谁？我的男人还不是一样被别的女人抢了？所以，爱情里付出最多的那个就是傻子，永远输最惨，怪只怪，他不爱你妹妹呀！"

"谬论！"

"难道你的观点就一定是真理吗？"陈梦琳不屑一顾地仰起头，吹了吹自己的指甲盖，接着道，"那些婚姻里的男人，有几个受约束了？还不是照样花天酒地该干吗干吗？婚姻约束的是女人呀，女人不可以这样不可以那样，婚姻有什么意思？所以，他结婚了又怎么样？他不找我，也会找别人呀！"

"别让我再发现你们两个联系！"顾小春怒视着她。

"发现了你会怎么样？杀了我吗？哈哈哈……"陈梦琳仰头轻笑，"这个世界上，所有的海誓山盟都是一场笑话，笑话……哈哈哈……"

"我警告你，必须和张建峰一刀两断！"顾小春因为气恼，声音都有些哽咽了。

"你管得着吗？"陈梦琳不屑一顾，翻了一个白眼给她，转身，准备回她自己的房间。

顾小春上前一步，一巴掌打在陈梦琳的脸上，"啪——"的一声脆响，她用尽了全身的力气。

她恨不得撕碎她那张精致美丽的脸。

"啊——"

陈梦琳惊呼一声，摔在地上，她没有想到，顾小春敢对她抢巴掌。

陈梦琳转过头，用恨恨的眼神望着顾小春，目光中满是杀气。

如果目光可以杀死人，这个时候，她绝对已经把顾小春给凌迟了。

"顾小春，你敢打我？"

"我打的就是你！你就是个无道德无底线的女人！"顾小春气势汹汹道，"从小到大，没有人可以欺负我的妹妹和弟弟，你算什么东西？"

陈梦琳一只手攥着浴巾，生怕掉下来，一只手抢起巴掌，想要打回来。

顾小春一把攥住了她的手腕，语气冰冷道："省点力气吧！"

顾小春接着又是一个耳光，打在她的另一半脸上，她道："倘若你不肯离开张建峰，我见你一次就打你一次。你想要跟他在一起也可以，等我妹妹和他离了婚！这样的垃圾，你要多少都没有人会跟你抢，也没人会管你！"

陈梦琳被顾小春接连打了两记耳光，她委屈得哭了起来："泼妇，你就是一个泼妇！我长那么大，都没有被人打过，你算哪根葱啊！"

"我替你母亲教训你，她没有把你教好，不是自己的东西不要拿，不是自己的男人不要睡，这样的道理都不明白，打你耳光都是轻的！"

顾小春撒开陈梦琳的手腕，将她甩开，陈梦琳脚下不稳，跌坐在地上，身上的浴巾都散开了，她的身上，赫然印着几串斑斑吻痕，联想到她和张建峰方才在浴室里的所作所为，顾小春一阵恶心。

这件事情，顾小霜知不知道呢？

该不该告诉她呢？

顾小春很纠结，想了许久，觉得还是瞒着妹妹比较好。她的性格比较隐忍，就怕她会为了孩子选择不离婚，如果最终结果是不离婚，那还不如瞒着她，她知道了，也只是徒增烦恼而已。

"你是什么时候和他搞在一起的？"顾小春轻蔑地望着伏在地上整理浴巾的陈梦琳。

"我和很多男人在一起，要你管？"

陈梦琳道："不过，张建峰虽然没有什么钱，却对我最上心，我考虑一下，要不要跟他长久发展下去。他说过，他根本就不喜欢家里那个黄脸婆，倘若我肯跟他结婚，他就会马上跟黄脸婆离婚，顾小春，你别得意得太早，你打我的这两记耳光，我记着呢，我早晚都会还回来的！"

陈梦琳进了自己的房间，将房门摔上，接着用很大的声音给张建峰打电话。

"建峰啊，我不想住在这里了，我室友好凶的，一点素质都没有，方才甩了我两记耳光，好痛哦，等一会儿我去找你，你帮我揉一揉好不好？晚上去宾馆？嗯，好的，我搬去你那里住好不好？"

陈梦琳咳嗽了一下，接着说："家里乱一点啊，没关系的，我可以帮你收拾呀！拜，吻你！"

看来，陈梦琳是铁了心要跟张建峰这个渣男搅和在一起了。

顾小春思虑再三，决定给顾小霜打一个电话，她没有说明张建峰出轨的事实，只是让她留个心眼。

顾小春打通了电话，第一句话便是问妹妹："张建峰对你好吗？"

"还可以。"顾小霜说,"姐,怎么突然问这个,之前通电话,我不是说了吗?我坐月子的时候,张建峰对我很好,还曾经为了我训斥过我婆婆。"

"真的对你这么好?"顾小春反问。

"嗯。"顾小霜的回答有些含糊其词。

"他进城了吗?"

"姐,你怎么知道的?"顾小霜反问。

"我碰见过他。"顾小春说,"他每个月都会给你寄钱吗?"

"没有。"顾小霜说完,接着替张建峰掩饰道,"他的小吃店开了没多久,本钱还没有赚回来呢,而且,娶我之前,家里有不少的债务……"

顾小春轻扯唇角,露出一个冷笑,这个张建峰,就是这样忽悠妹妹的?

天天债务债务的,顾小霜也信!

"好吧,你信他的话?"顾小春道,"一个男人,结婚了,不让你管理家里的财务,你信他会一心一意跟你过日子?"

"孩子都有了,他不跟我过日子跟谁过?他还怕自己打光棍呢!"顾小霜道,"姐,我的事情你就别管了,我没你命好,没有陈永昌那样又帅又能干的男人宠我爱我,就算是陈永昌,你敢保证他一辈子都对你那么好吗?能和张建峰平平淡淡过一生,也挺好的,平平淡淡才是真嘛!"

"……"顾小春无言以对。

跟命好不好有关系吗?

她们两个还不是同一个爹同一个妈生的,选择怎样的人生,还不是自己选的吗?

她愿意听从父母的安排来过生活,把命运交到别人的手中,做一个牵线木偶,这真的跟"命"没有关系,只是人和人之间的选择不同罢了。

顾小春提醒她道:"婚后的女人,最好掌控好家里的财政大权,不然最后的结局都会很惨。一个男人舍得给你花钱,放心让你管钱,可

238

能不一定爱你，但是一个男人倘若不舍得给你花钱，斤斤计较，更不让你管钱，那他一定是不爱你的。"

"好了，我知道了姐。"顾小霜不以为然，"我们两个孩子都有了，还能有什么事儿啊，挂了吧姐，孩子醒了。"

顾小霜以孩子醒了为由，率先挂了电话。

看她坚信她的婚姻没有问题，顾小春都不忍心告诉她，她今天所看到的事实。

陈梦琳大胆地搬到张建峰的店里去住了，两个人就像一对小情侣一般，过起了神仙眷侣般的日子。

搂着美娇娘的张建峰，早就把被婆婆折腾得一脸苦哈哈的顾小霜，给抛到九霄云外去了。

世界上没有不透风的墙，在城里打工的村里人，也不只是他们几个，同村的很多。

世界说大很大，说小也很小。

张建峰和陈梦琳的事情，不知道怎么就传到了顾小霜的耳朵里，她半信半疑，准备进城突击，亲眼看一看，村里流传的风言风语到底是不是真的。

之前张建峰跟顾小霜通电话的时候，告诉过顾小霜他小吃店的地址，顾小霜结婚之前也在T市打过工，不是没有出过门的农村傻老婆，所以，她能很快地找到张建峰的小吃店。

顾小霜抱着刚学会走路的孩子，抵达T市的时候，已经傍晚了，她在火车站打了个出租车，直奔小吃店。

当然，她来之前，并没有跟张建峰打招呼。

打了招呼，她还能看见真相吗？

顾小霜素面朝天的一张脸上，没有擦任何的化妆品，就连最基础的粉底液都没有擦，在乡下被晒得黑红的一张脸，再加上婚姻里遭受各种苦难，略带苦相。

这张脸上，写满了不幸和颓丧，整个人看上去没有一丝的神采。

和陈梦琳一对比，简直一个天上一个地下。

陈梦琳似是肤白貌美的天仙，顾小霜似是粗鄙不堪的烧火丫鬟。

顾小霜仰起头，望着小吃店的牌子，确定这就是自己老公张建峰开的那家店后，她推门而入。

不料，顾小霜一推门，便听见柜台内传来张建峰和一名女子的嬉笑声。

张建峰听见顾小霜的脚步声，头也不抬地摆摆手，道："小店打烊了，想吃饭，明天请早！"

顾小霜瞪大了双眼，无比惊骇地望着眼前的这两个人，她有些不敢相信，她的老公，怀里抱着别的女人，正坐在柜台前旁若无人地做着亲昵动作。

"张建峰——"顾小霜嘶喊了一声，她怀里的张可可被顾小霜这么一喊，吓得嗷嗷大哭起来。

"你对得起我吗？"顾小霜气急，冲过去，扬起巴掌就打了过去。

只是，这一巴掌根本就没有落在陈梦琳的脸上，她的手腕被张建峰给攥住了。

张建峰狠狠一推，将顾小霜给推倒在地。

他连他们的孩子都不顾及了。

不，是他从一开始就没有爱过这个孩子。

顾小霜和孩子一起跌倒在地，孩子哭得更厉害了，就连顾小霜也红了眼睛，喉咙里酸酸的，难过得不能自已。

"张建峰——"顾小霜的眼前一片模糊，眼泪蒙住了她的视线，"你为了这个不要脸的女人推我？"

"呜呜，爸爸……"一岁多一点的张可可哭得撕心裂肺，在地上爬着，看起来特别的可怜。

陈梦琳连忙整理了一下衣服，唇角一勾，露出一丝轻蔑的浅笑，她钩住张建峰的脖子，唇瓣在他的脸上蹭了一下，问道："亲爱的，这个乡下女人是谁啊？"

张建峰轻轻推开了陈梦琳，道："她就是顾小霜。"

"原来她就是顾小霜啊？"陈梦琳掩面轻笑道，"我还以为是个秀丽的小媳妇，没想到是个苦大仇深的，面相怎么那么老呢？这黄脸婆怎么能配得上张老板你呢？"

"你们什么关系？"顾小霜从地上爬起来，指着陈梦琳道，"她怎么会坐在你的腿上，她是做鸡的吗？你背着我跟下三烂的女人交易，我不计较，只要能回家就可以。"

"说谁下三烂呀？"

陈梦琳花容失色，其实，她被顾小霜说中了，却不肯承认。

也只有张建峰这个乡下土包子，信她真的单纯只是导游。

他忘了，陈梦琳一个包包动辄几万十几万，做导游能开几个工资，怎么能支撑得起这样奢靡的生活呢。

张建峰连骗都懒得骗她了，既然她都看见了，他也就没什么可隐瞒的了。

当初，他还担心自己离了婚会打光棍，既然备胎已经找好了，不如干脆离了算了。

顾小霜跟自己的母亲关系不睦，这也是他打算离掉的原因之一，再加上他跟顾小霜结婚之前，根本就没有什么感情，婚后也没有建立起什么感情，孩子稍微有点缺陷，他也不喜欢，离掉一点都不觉得可惜。

顾小霜嘶喊着质问他，说什么债务债务的，结婚后不但一点钱没有给她，还花掉了她结婚前工作存起来的积蓄，他开了店之后，还是这样一副说辞。

竟然还有闲钱金屋藏娇。看来并不是没有钱，而是不舍得在她身上花一分钱，也不愿意在她身上费一点心思。

"闹够了没有？"张建峰冷冷地踹了她一脚，将她踹倒在地上，他指着她吼道，"再闹，我打得你满地找牙你信不信？是不是很久没打你了，你皮痒痒了？"

顾小霜伏在地上痛哭，这段婚姻，如同噩梦一般，就连坐月子那几个月的温存，都是假象。

"你哭什么哭，哭丧一样，你爹死了？"张建峰又踢了她一脚，道，"你想怎么样？离婚？那就离，离了我们两个都解脱了！"

顾小霜听见"离婚"两个字，忽然觉得很可笑，这几年，恍然大梦一场。

如今，噩梦初醒，她该怎么样面对如此惨淡的生活。

一个人，带着孩子，孤苦无依，谁都指望不上，用什么来养活孩子，该住在哪里呢？

她心被猫抓一样的痛，在这一瞬间，她晕了过去。

再也看不见张建峰冷漠的嘴脸，看不见陈梦琳得意而又鄙视的眼神，也听不见女儿号哭的声音。

顾小霜醒来的时候，店里空无一人，她独自躺在小吃店冰冷的地板上。

男人变了心，就是这样冷漠，连顺手将她扶到床上都懒得去做。

此时的店内，没有了盛气凌人不知羞耻的三儿，没有了态度冷淡的丈夫，也没有了号哭不止的孩子。

孩子不见了，不用想，肯定是被张建峰给抱走了。

顾小霜拿出手机，给张建峰打电话，第一遍，没有人接听。

她接着打过去第二遍，对方就关机了，再打，永远都是机械的女声在回复她：对不起，您拨打的电话已关机。

她又气又恼又担心孩子，万一孩子不是被他抱走了，而是自己跑丢了怎么办？

她是一点都不相信张建峰会对女儿上心的。

顾小霜找遍了小吃店的各个包间，张建峰不在这里，休息室的床上也空空如也，可以看得出来，张建峰平时就是睡在休息室的，因为休息室的床上有他的衣服和生活用品，休息室里的几双高跟鞋和几件粉色衣服，格外的刺眼。

不用说，那个女人，已经和她的丈夫同居了。

不知道他们两个有这样的关系多久了。

想一想，她就无比刺痛。

顾小霜突然想起来，之前姐姐顾小春给她打过一次电话，曾经隐晦地暗示她管牢丈夫的钱，是她自己不在乎，不当回事，才发展成这样。

顾小霜原本想要在休息室将就一宿的，但是看见床上随意扔着女人的丝袜，她就觉得恶心，她觉得这里脏得没办法躺下去。

她觉得整间屋子都是脏的。

顾小霜回到前厅，坐在椅子上，目光呆滞，愣了很久，她又开始拨打张建峰的手机，每一次，都是机械的女声来回答她：对不起，您拨打的电话已关机。

虽然她知道，拨过去就是这样的结果，却不知道为什么，偏偏想要试一下，再试一下，直至，心情低落到了谷底。

有一瞬间，她想到了死。

活着又有什么意思？

人生皆苦，死了便是解脱。

可是，她若是死了，孩子该怎么办？

想到张可可，她又放弃了那个愚蠢的念头。

她觉得自己像一条溺水的羔羊，被人丢弃在了黑暗幽深的大海里，呼吸无能，无力无助，那种感觉，只有溺水者才会懂。

顾小霜伏在桌上，难受得有些腹痛，眼眸中，却再也没有眼泪。

她再次拿起手机，拨通了姐姐的电话："喂，姐……"

顾小春的声音慵懒，似乎是在睡眠中："小霜啊，都几点了跟我打电话啊？"

顾小春说着，看了下表："都凌晨两点了啊，干吗啊？有什么事明天再说吧，睡觉了……"

"姐，你别挂，我在 T 市。"顾小霜害怕顾小春挂断电话，连忙解释道。

"你来城里了？"顾小春的声音提高了几个分贝，似乎是在这一瞬间清醒了。

听见姐姐的声音，鼻子突然就酸了起来，说话也不利索了。

"你能过来接我一下吗？"顾小霜抽起道，"我现在……现在在张建峰的店里……"

"接你？"

"我都知道了。"顾小霜语气平静地说，"他背着我有了别的女人，我亲眼所见，那个女人长得很漂亮，但看打扮就不是一个正经女人，他跟我提出了离婚……"

"你的意思呢？"顾小春问。

顾小霜没有回答，反问顾小春："姐，他跟别的女人在一起，你都知道的对不对？不然你不会打电话警告我管住钱……"

"是。"顾小春回答。

"那你为什么不早一点告诉我，让我像个傻子一样，还待在他的家里，应付他那个令人恶心的妈！"顾小霜语气中带着些许不满。

"这样的事情你让我怎么告诉你？"顾小春说，"倘若你根本不想离婚，我告诉你这些有意义吗？当初他娶你那天，打你一巴掌，你都不肯走，硬要留在婆家，你让我怎么告诉你？夫妻之间的事情，别人是没有办法管的，这是界限，就算是亲人朋友，也不能轻易跨越界限，否则管不好，最后就是落埋怨。不管什么样的路，都要自己走，别人不能替你走！"

顾小春停顿了一下，说："你一直都是听天由命以夫为天的态度，谁敢多说什么？"

"对不起姐姐……"顾小霜说，"是我不好，被他气疯了，你不要在意，过来接我一下，我不想睡在这里，他的床上有那个女人的东西，我看见就想吐。"

"你把地址发给我，我马上过去接你。"顾小春宽慰她道，"怎么没听见孩子的声音，可可在乡下吗？"

"没有，我抱可可一起来的，方才跟他争执的过程中，我晕倒了，醒来后就发现可可不见了，可能是被张建峰给抱走了。"

顾小春挂断电话后，换好衣服，打了个车，直奔张建峰的小吃店。

她下了车之后，看见妹妹就站在小吃店的门口，妹妹的脸在乡下晒得很黑，才二十出头，眼角竟然已爬上了皱纹，因为生了孩子的缘故，她的身材也走形了，比婚前胖了三十斤都不止，头发也掉了很多，稀疏地散落在肩膀上。

顾小春差点没认出来妹妹，直到妹妹张嘴喊她"姐"，她才反应过来。一个女人婚姻不幸，看脸就看出来了，老了十多岁。

两个人站在一起，妹妹好像姐姐，姐姐好像才是妹妹。

"上车吧。"顾小春说。

顾小霜拉开车门，上了车，她坐在的士后座上，一言不发，表情凝重。

到了顾小春的住处后，顾小春问："他提出离婚，你的意思呢？"

"离婚。"她说，"没有什么好留恋的了，我们之间的婚姻，也许从一开始就是个错误。"

"不是也许，是肯定是错误，双方都不了解对方，就盲目地步入婚姻，怎么可能会幸福呢？"顾小春说，"当时的你不听劝，一意孤行……"

"我们的父母辈，不都是这样过来的吗？"顾小霜不觉得自己对待婚姻的草率态度，有什么错。

"我们的父母辈幸福吗？"顾小春唇角轻扯，摇头轻笑，"难道你没有听说过，咱妈是怎么死的吗？"

顾小春不吭声了，她当然知道。

母亲被奶奶逼着生儿子，还因此害死了她的第一个孩子。

生下顾彦早后，母亲死在了医院，奶奶穿着大红棉袄去接的母亲，全村的人都知道。她们怎么会一点都没有听说过？

父母辈那样见一面就结婚的婚姻，有几个是幸福的？

他们那一辈人，即便是不幸福，也会强撑到老，不离婚。

但是不离婚，并不代表他们一生就是幸福的。

煎熬到老，和相亲相爱携手到老，完全是两个概念。

顾小春和顾小霜这两姐妹，像小时候一样，躺在一张床上，挤着睡。

顾小霜受了些刺激，有心事，一晚上翻来覆去都没怎么睡。

还不到六点，她就醒了。躺在床上给张建峰拨电话。

拨了五六次，没有人接听。

顾小春半梦半醒中，听见她在打电话，就说："别打了，都没开机，老打什么，睡吧！"

顾小霜知道自己吵到了姐姐，就起身去了客厅。

她没有梳头没有洗脸，一门心思地想要打通这个电话。

在打到十几遍的时候，终于接通了。

张建峰说："顾小霜你是不是有病！关机了还打，打了几十遍电话，一开机就收到那么多短信消息，你想干吗？"

"你把孩子弄哪儿去了？"顾小霜哽咽道。

"在我身边，在吃馄饨！"张建峰没好气地说，"你去哪儿了？"

"我在哪你不需要知道。"

"那孩子你不要了不是？"张建峰反问，"不要了那我就送我妈那去了！"

"你真的准备离婚？"顾小霜抽泣着说，"你变心怎么那么快？"

"不离也可以，你得接受她的存在。"张建峰厚颜无耻地说。

他什么意思？

穷得叮当响，还想妻妾成群不成？

"离！"顾小霜说，"离婚的话，孩子归我，财产也分割一下。"

张建峰说："孩子你就别想了，你又没有工作，拿什么养孩子？法院也不会把孩子判给一个无业游民的，至于财产分割，我们两个没有什么共同财产，房子是我们张家盖的，那都是婚前财产，跟你没关系！"

"店铺不是婚内财产吗？"顾小霜反问，"是婚内财产，就必须分我一半！"

"哈哈……"张建峰大笑，道，"顾小霜啊顾小霜，你是不是想钱想疯了？这个小吃店，是我爸的钱开的，我们家目前没有财产，只有债务，离婚的时候，可以分你一半债务。"

接着，张建峰就挂断了电话。

他一分钱都不想给她，还要分给她债务。

那她跟他结婚图到了什么？

彩礼钱她都已经买了陪嫁陪送到了张家，就连婚前的私房钱，也被他以还债务为名，给哄骗走了。

免费被他睡了两年，白给他生了一个孩子，白被她妈挤兑欺负了两年。她被他们母子俩气得在抑郁症的边缘徘徊，想想就有些不甘心。

这就是父亲和媒婆给她选的好亲事。

说到底，还是她自己选择的，她若死活不同意，像她姐姐一样，宁可逃了，也不结婚，她能落到今天这个地步吗？

顾小霜觉得自己的身子在下坠，不停地下坠，好像堕入了深渊一般。

顾小春醒来的时候，发现顾小霜不在，便去客厅寻找，结果发现客厅也没有。

她打了顾小霜的电话，才得知，她去陈建峰的店里，找孩子去了。

几天后，顾小霜收到了离婚协议书，协议书上写着，张顾夫妻二人没有共同财产，只有共同债务，如果顾小霜选择孩子的抚养权，他将不掏一分钱的抚养费，债务抵销。

顾小春看了他寄来的离婚协议书，说："我从来没有见过这么厚颜无耻的人！自己的孩子都可以狠得下心来不掏一分钱的抚养费，拿着债务的幌子，把别人当傻子！"

"算了。"顾小霜签了字，她只想快一点逃离这段婚姻，不想再拖下去。

"只要能离婚，怎么样都可以。"顾小霜说。

顾小霜和张建峰终于离婚了，孩子判给了顾小霜，张建峰果真一分钱都没有再给过顾小霜，孩子他也没有再去看过。

顾小霜净身出户。

顾小霜原本想要回去拿自己的衣服和孩子的衣服，结果被婆婆给骂了出来，她像对待仇人一样，指着顾小霜的鼻子骂她，"穷种家的孩子""贱人"，什么难听骂什么。

"我只是来拿可可的衣服。"

"都烧了，快把这个小贱种拿走，跟你一样，看见就心烦。"宫淑月吼道，"别人家媳妇都生个正常孩子，你这个倒霉催的，生个这样的，怪不得我儿子不要你，快滚呀！"

顾小霜抱着吓哭的孩子，落荒而逃，再也没有去过张建峰的村子。

后来，她听说，张建峰和陈梦琳结婚了，他们的店每个月可以赚五位数，宫淑月还去过城里，想要享清福，结果被陈梦琳给赶了回来，她屁都不敢放，孤零零一个人待在乡下种地。

张建峰和陈梦琳开始好得像一个人似的。

后来她和别的男人的亲密照片，不知道怎么传到了张建峰那里，他得知陈梦琳以前的工作并不简单，也有朋友隐晦地讲了一些关于"私人伴游"的事，他火冒三丈，打了陈梦琳一顿。

陈梦琳那时候已经怀孕三个月，第一次遭受家暴，她二话不说，自己去医院做了流产手术，卷走了店里的钱，人直接消失了。

过了接近半年，张建峰才收到陈梦琳发来的离婚协议书。

两个人也是离婚收场。

离了两次婚的张建峰，就成了光棍，因为名声不好，离了两次的人在媒婆那里都不好介绍对象，也就没有人管他了。

顾小霜回到了乡下，和父亲一起居住，她并没有听从姐姐的建议留在城里打工。

见家长

过年的时候，顾彦早把江林娜带回了乡下老家，遵照父亲的意思，给父亲过过眼，合适的话，两个人就可以结婚。

毕竟现在校内大学生也是可以结婚的。

江林娜虽然一开始就知道顾彦早的老家是农村的，却并不知道，顾彦早的家里那么穷。

穷到什么地步呢？

穷到了她完全想象不到的地步。

破屋烂瓦片儿，风一刮房子都要发抖，若是赶上下大雨，屋里头都滴答雨，大盆小盆的接着。

顾彦早带她回去过年，大冬天的北方，冷得很，尤其是他的家里，跟室外一样的温度。

人在屋子里穿着羽绒服，也感觉不到暖和。

顾玉全还特意烧了几次炕，江林娜就窝在炕头的被窝里不出来，就这样还被冻得鼻子都红了。

顾玉全一看，这媳妇有点懒啊！

啥也不干也就算了，怎么还白天晚上都窝在被窝里，懒成这样可怎么过日子？

顾玉全把顾彦早拉到屋外，小声对儿子说："这就是你的女朋友？"

"嗯，是！"顾彦早点点头，道，"怎么样，挺漂亮的吧！"

"漂亮能当饭吃啊！"顾玉全摇摇头，说，"啥也不会干，不行啊！"

"人家是大学生？怎么，你还想让人家下地干活啊？"顾彦早不屑地道。

"不干活娶回家干吗？当祖宗供着啊？"顾玉全紧皱着眉头训斥道，"趁早给我散了啊，不行，太懒了！"

村里出了名的懒汉，说别人懒，顾彦早听了都觉得有些滑稽。

"爸，她不是懒，她是南方人，受不了北方的冷，更何况，咱家还不是一般的冷，暖气没有，生炉子也不管用，房子四处通风……"顾彦早在院子里，双手插在袖子里，跺着脚抱怨道。

"没修新房子，还不是因为你读大学花了不少钱，你姐姐寄来的钱，不都给你花了！"顾彦早说，"等你毕业，再让你姐寄点钱，好翻修房子！"

"别什么都指望我姐！"顾彦早有点心疼起姐姐来，"等我毕业了，我自己去赚钱，我姐就初中文化，什么都指望她，还不得把我姐给累成干儿！"

"结婚也不能要这个……"顾玉全指了指屋子，道，"除非她能在城里给你买楼！"

"全世界就你精！"顾彦早道，"我们大学毕业，以后上班，一个月工资几千，还比不上种地啊？怎么，我娶了她，她能上班我不让她上，让她回乡下种地？爸你怎么寻思的呢？"

顾彦早懒得跟父亲废话，洗了几只冻梨，端到炕上和江林娜一起去吃了。

顾玉全站在堂屋，眼瞅着儿子和他的女朋友窝在被窝里吃冻梨，愁的呀，眉头怎么也舒展不开，他对这个儿媳妇，可是十分不满意。

晚上的时候，顾玉全抱了干柴，准备生火做晚饭。

看见儿子和儿子女友不见下地，他扯着嗓子喊道："彦早啊，让你媳妇下地干点活，别老躺在炕上，家长在地下做饭，一个当小辈儿的，怎么还躺在炕上不动弹了呢？"

顾彦早一听，赶忙应道："我这就下地！"

接着，顾彦早对江林娜说："我爸就随便说说，你别当回事啊！"

江林娜点了点头，心里却有些不是滋味。

男友家里穷成这样，四处漏风冻死人也就算了，长辈也不和蔼，还没过门呢，就叫她"儿媳妇"，她有答应过要嫁过来吗？

这样的家庭，就算是爱情至上的江林娜，也是要考虑一下的。

毕竟贫贱夫妻百事哀。

顾家，不单单是穷的关系。

顾家与江家，根本就门不当户不对。

三观更是不匹配。

怕就怕，到时候她嫁过来以后，会被顾父以长辈打压。

好像，乡下都不怎么尊重女人，女人在家里，也没什么地位。

就连来了客人，也没有上桌子吃饭的资格。

顾家的厨房就在堂屋，顾家父子俩在堂屋烧火做饭，堂屋的门也大敞着，风呼呼地吹进来，江林娜打了好几个喷嚏，身子不由自主地往被窝里缩了缩。

"好冷！"江林娜嘟囔道，"彦早，把客厅的门关一下好吗？"

顾彦早说："没法关，关了以后屋子里全是烟，会很呛的！"

"那也比冻死强！"江林娜嘟囔了一句。

顾彦早默默地把堂屋的门给关上了，顾玉全炸毛了，他道："你想呛死你老爸啊？"

"小点声！"顾彦早说，"别让林娜听见了……"

顾玉全白了儿子一眼，继续往锅里扔鸡块，他用锅铲翻炒着，顾彦早则一把一把地往灶里丢柴火。

屋子里渐渐浓烟弥漫，就连躺在里屋炕头上的江林娜，也被呛得咳嗽起来。

"怎么那么呛啊，咳咳……"江林娜一阵剧烈的咳嗽，"好多的烟

251

啊！"

"早跟你说了，会有烟的！"顾彦早把堂屋的门打开了。

"是烟筒堵了吗？"江林娜伏在炕头上，托着下巴问。

"不是。"顾彦早说，"乡下的灶都是这么个结构，不可能没有烟。"

一股冷风再次吹进来，江林娜打了个哆嗦，把头也藏进了被窝里。

一锅土豆炖鸡做好了，顾玉全用一个不锈钢盆子盛了满满的一盆，这不锈钢饭盆，就跟院子里那个狗食盆一个款式，江林娜虽然嘴上没有嫌弃，但是唇角却抽搐了一下，她一筷子也没有动，只吃了几口米饭。

晚上要睡觉的时候，顾玉全说："我去隔壁邻居家睡吧！"

"干吗要去邻居家睡呀，咱家不是有两个卧室吗？"顾彦早不解地问。

"人还没过门儿，就睡在一起，村里人光说闲话。"

"哪里那么多的闲话，我们在一起也不是一天两天了，是不是林娜！"顾彦早握住江林娜的手说。

"嗯。"江林娜点点头，无所谓地说，"总活在别人的嘴里，多累。"

顾玉全心想，我可是为了你的名声着想，你不领情就算了，不去就不去。

他就睡在了他那间屋，顾彦早和江林娜，在顾小春和顾小霜小时候的那间卧室睡。

顾彦早特意多找了一床被子，两个人盖双层，免得晚上冷。

被窝里，江林娜说："彦早，你们这里都喜欢把菜炒得黑乎乎的吗？像猪食似的。"

"别那么多事儿，我爸能这么勤快给你做顿饭吃就不错了，想想我们小时候，顿顿都是凑合吃，我爸可是出了名的懒。"

"是吗？"江林娜不满地说，"那就这样，还好意思说我懒呢？说得好像我要上赶着嫁给你似的，我还不乐意嫁到你们家呢……"

"我知道，你嫌我家穷是不是？当初是谁说，不管贫富，都永远爱我的？"

"讨厌，我说着玩的，伤你自尊心了？"江林娜说，"你家的条件，确实是吓了我一大跳，但是我还是爱你的，为了你，我可以无视这些外在条件。"

顾彦早粲然一笑，露出好看的牙齿。

到了晚上的时候，江林娜就发起了高烧，额头滚烫，江林娜咳了一宿，顾彦早半夜爬起来给她倒水找药，江林娜吃了，才睡着。

但是，她的感冒并没有好，反而更厉害了。

江林娜的嗓子哑了，高烧三十九度，浑身发冷，人都已经烧迷糊了，昏昏沉沉的，也不爱说话。

顾彦早赶忙叫来了大夫，在家里给她挂了一瓶水。

顾玉全望着躺在炕上不省人事的江林娜，扯过顾彦早，小声对她说："这体质也太差了吧？小风吹一吹，就感冒了？还烧得那么厉害，躺在炕上起不来，这以后若是结了婚，可是个病秧子啊，咱家可养不起啊！万一再生不了孩子，没法给顾家传宗接代，早晚也得离。"

"爸，咱家格外冷，你又不是不知道。"顾彦早皱着眉头，不愿意听父亲在这里瞎叨叨，他道，"你这是习惯了，现在谁家还没个暖气，别人家新房子盖的，保暖设施都很全，都不像咱家这么冷，别说林娜受不了，我都有点受不了，阿嚏——"

顾彦早也打了个喷嚏，他道："我也得吃点药，免得也感冒了。"

"你这是被她给传染了！"顾玉全说，"身子骨太弱，啥也干不了，像个洋娃娃似的，摆着好看啊？中看不中用。"

"行了爸，早知道你这样，我就不带她回来了！"顾彦早不耐烦地说，"反正不论怎么样，我就认定她了，你爱怎么想怎么想！"

"看看看看，怎么跟你大姐一个样！"顾玉全指着顾彦早，不满地嘟囔道。

"二姐倒是听你的话，你给她找的好女婿，骗光了她的钱，骗她生了孩子，还婚内出轨，最后让二姐净身出户，亲生女儿的抚养费都不舍得掏一分，爸，你觉得你的眼光很好吗？"

"……"顾玉全一言不发，怔了半响，接着他道，"谁知道张家做事这么绝啊，人精明到头了，全家都能算计，你二姐没算计过人家。"

"夫妻之间，算计来算计去，累不累？"顾彦早说，"我只想找个真心爱我的人过一辈子，这一点点要求，爸你都不能给我吗？你是不是想让我跟我二姐一样，跟一个陌生人结婚？"

"你爱怎么地怎么地吧，爸说不过你！"顾玉全不再与儿子争辩，愤愤然拂袖而去。

江林娜恍恍惚惚醒过来，喊了一声："彦早，我要喝水……"

顾彦早连忙倒了一杯热水，又用凉开水兑了一下，他用手掌试了试，恰好是温的，才递给江林娜，他说："林娜，水刚刚好，快起来喝吧。"

江林娜发烧发得浑身酸痛，好不容易坐起来，用枕头垫在了后背上。她斜靠在炕上，伸手接过水，一口气就把那杯水给喝光了。

江林娜的手上还扎着输液管，拿水杯的手都不敢用力。

"我已经一年多没有感冒过了，你家是真冷啊，就算以后要嫁给你，我也不会再来你家里住了。"

"我们以后结了婚，你就是顾家的人，怎么可能不再来？"顾彦早说，"等我们以后毕了业，努力赚钱，把爸的房子给他翻修一下，就算我们不常住，逢年过节回来，也不至于睡在条件这么恶劣的地方，你说对吗？"

"给你家修房子，当然是你的事情啊！"江林娜噘着嘴巴说，"难道还想让我倒贴，给你们家修房子啊？"

"我只是说我们一起努力，哪里要你倒贴了。"顾彦早端了药过来，说，"把药吃了，过几天应该就好了，打吊瓶一般三天就可以缓解症状。"

"我觉得如果我再住下去，别说三天，三十天我也好不了。"江林娜咳嗽了一声，说，"我明天就想回去。"

"干吗要明天回去？年三十还没有过，我大姐过几天就放假回来了，二姐前几天去了她同学那，明后天应该也回来了，她们都是很好的人，你们一定能够聊得来，干吗着急要走！"

"我怕我撑不到你姐回来。"江林娜说，"你家里太冷了。"

"明天我去买点塑料布。"顾彦早说。

"买塑料布干吗？"江林娜不解。

"把屋子里透风的地方都糊起来。"

"用塑料布？"

"嗯。"

"闻所未闻。"江林娜说。

"我小时候，爸爸就是这样干的，糊完了，屋子里确实暖和许多。"

"但是，你家里生着煤炉了，你用塑料袋把所有空隙都封闭起来，很容易煤气中毒的！"

"也是啊！"顾彦早被江林娜的话吓了一大跳，他道，"每年村子里都有烧煤炉然后煤气中毒死亡的，我家也烧，从未有事，应该是因为家里四处透风，空气流通太好。"

"所以啊，我们还是早一点回城比较好。"江林娜想了想，又说，"不过，我倒是挺想见见你大姐的，毕竟大姐总寄钱给你，有责任心，人又美，我很想跟她交个朋友。"

"你怎么知道我姐人美？"

"你手机里有照片啊！"江林娜说，"我看过的。"

"那你就早一点好起来，争取见我姐的时候，不再咳嗽了。"

"嗯。"江林娜用力地点点头。

江林娜原本对顾彦早家里的恶劣环境有所不满，对他父亲的态度也有所不满。

但是她感冒后，顾彦早那么体贴入微地照顾她，就连亲妈都没有细致到这个份儿上。

顾彦早的体贴，感动了她。她觉得嫁给顾彦早，一定会很幸福的。那些家庭条件又算得了什么呢？

这是顾父的家，她嫁给他，又不回乡下生活，他们可以在城里打拼，一起买房子，一起吃苦，只要相爱的两个人在一起，什么都好呀。

顾彦早的确是爱她的。

次日，顾小霜骑着自行车，带着张可可回娘家了。

顾小霜离婚后，就一直住在娘家，父亲顾玉全还能帮她搭把手，照顾下孩子，不然她一丁点活干不了，这样，她做点零工，也能给孩子赚个奶粉钱。

顾小霜经历过一次失败的婚姻后，人也像变了一个人，双目无神，身材走样，面色蜡黄，穷困潦倒。

因为没有钱，所以她在打扮上，十分随意，根本不求什么好看和品位，和那些没有文化的粗鄙妇人没有什么区别。

一进门，她就看见一个皮肤白皙，笑靥如花的女子坐在院子里，顾彦早和她迎面而坐，互相拉着小手，正在侃侃而谈。

顾小霜突然反应过来，那个长得十分好看，皮肤又白的女孩子，一定是顾彦早的女朋友吧。

"彦早，这位是？"

"我女朋友，江林娜。"顾彦早介绍道。

江林娜赶忙站起来，跟顾小霜握手。

顾小霜连忙用衣服蹭了蹭手，才伸过手去跟江林娜握手。

"这是我二姐，顾小霜。"顾彦早继续道。

"姐，你好，我是彦早的女朋友。"

"早就听彦早提起过你了，没想到你长得这么好看。"顾小霜赞美道。

"姐姐快别夸我了，我都不好意思了。"江林娜脸上微微一红，道，"这个可爱的小丫头，就是可可吧？"

"是啊！"顾小霜说，"叫阿姨！"

"阿姨。"才一岁多一点的小孩子，叫一声"阿姨"，奶声奶气的，十分好听。

"这么小就会叫人了？"江林娜瞪大了眼睛，说，"真聪明，来，阿姨抱抱。"

江林娜抱起了张可可，张可可一点都不抗拒，还笑得很开心。

"阿姨好想亲亲你，但是阿姨感冒了，不敢亲你。"江林娜放下了张可可，摸了摸她的小脸蛋儿。

顾小霜说："她现在还小，就会叫'妈妈'，'姥爷'，'阿姨'，其他的都不会。"

"已经很不错了，这个小可爱。"江林娜捏了捏张可可的小脸蛋儿，说，"等会阿姨去给你买好吃的，好不好？"

"好！"张可可说。

"看，这小丫头说话呢。"

三个人相谈甚欢，顾玉全进了堂屋，开始收拾晚上的饭菜。

他准备了一壶酒，想在晚上喝。

江林娜抱着张可可，去了村子里的小卖部，买了些小孩子爱吃的零食，村子里小卖部的零食种类并不多。

江林娜买了些孩子吃的小饼干、酸奶，选之前，她还特地看了看生产日期，因为乡下实在是山寨和过期商品的集中倾销地，她怕买到山寨和过期的食品，孩子吃了拉肚子。

张可可抱着江林娜买的零食，笑得很开心。

傍晚，顾小霜和了一盆面，剁了一盆肉馅儿，包了两盖垫韭菜肉馅儿的水饺。

顾彦早则跟父亲在院子里杀鱼，剁肉骨头。

江林娜负责看孩子，年夜饭做得很丰盛，吃饭之前，顾玉全还在院门外放了一通鞭炮。

吃完了饺子，江林娜和顾彦早一起窝在被窝里看春晚，这时候，江林娜的手机响了。

她接起电话，听见电话那端传来妈妈的声音："娜娜，我还以为你说着玩的，过年真不回来了啊？"

"嗯呢，在顾彦早家里呢！"江林娜解释道，"刚吃完饭，本来想等会给你拜年的。这里的风景很好，白天还看雪景了，马路上堆了好几个雪人儿，可好玩了呢！"

"没见过雪吧，行，你玩得开心，真是姑娘大了不中留，这还没毕业呢，就跑男友家里去过年了。"江母埋怨道。

"妈，等明年，我让彦早去咱家过年，这不就扯平了吗？"

"校园恋情……妈还真不想打击你，大话别说得太早，等毕业再说吧。"江母给江林娜泼了一盆冷水。

"妈，能不给我泼冷水吗？"江林娜说，"拜拜，明天再给你打电话。"

"明天视频一下，也让我看看雪景，看看顾家。"江母说。

257

"行，明天白天给您看看这里的雪。"

到了八点来钟的时候，顾玉全进了卧室，对顾彦早说："不早了，我要睡觉了。"

顾彦早听出顾父的意思了，对江林娜说："娜娜，你去二姐那屋，跟二姐去睡吧，我跟爸在这屋睡。"

"行。"江林娜起身，跟着顾小霜进了另一间卧室。

张可可很懂事，不怎么闹，吃完饺子就睡了。

顾小霜和江林娜说了些家常，两个人就睡下了。

半夜里，顾小霜听见江林娜的咳嗽声，下意识地往上拽了拽被子，多给江林娜盖了一点。

就像她平时起来给张可可盖被子一样。

江林娜虽然人未醒，但是朦朦胧胧中，知道是顾小霜在给她盖被子。这一瞬，她的心里暖融融的。

顾小春之前一直都是在家里过年的，唯独今年的年三十，她没有回来。

她回来的时候，只能等到初三初四了。

因为今年，陈永昌把她带回了家，他们打算见一下双方父母，然后结婚。

陈永昌开着车，载着心情忐忑的顾小春，一路上，顾小春的心情都有些起伏不定，不知道陈家父母好不好相处，能不能看上她，是否接受她单亲家庭出身。

一连串的问题，扰乱她的心扉。

"不用担心，我父母很好相处的。"陈永昌说。

"那是对你，对别人，你不一定知道。"顾小春说。

她比顾小霜思考得更多，都说公婆如父母，儿媳如子女，可是毕竟不是亲生的，怎么可能会跟亲生的一样。

还是待公婆如客人，更现实一点。

顾小春给未来的公婆准备了见面礼，给婆婆买了一套衣服，给公公买了他喜欢喝的茶叶。

礼品虽然不贵重，但是心意到了就成。

现在，陈永昌事业有成，家具店越干越大，已经在 T 市开了几家分店，手下的员工也有几十名，顾小春在总店帮他，也升级到了店长的职位。

　　说是店长，其实二人的关系所有员工都知道，跟老板娘也没有什么区别。

　　车子开了一上午，就下了高速，开始朝着陈永昌的村子驶去。

　　他的家住在山区，比顾小春的老家更为偏僻，山路崎岖，开车进去并不好走，车子颠簸了一个多小时，才开进他所在村子里。

　　路上很多小孩好奇地嚷嚷着："大汽车，大汽车——"

　　陈永昌时不时对路人招招手，整个村子的人，没有不认识他的。

　　"有出息了，陈家小子，去城里的时候，一毛钱没揣，几年回来，发达了，小轿车都开上了！"

　　"是啊是啊，有本事！"村民有人竖起了大拇指。

　　"看，还带回来一个好看的小媳妇呢！"

　　"是哎，真好看！"

　　"有本事就是不一样，结婚都不用爹妈操心。"

　　车子停在了陈家门口。

　　陈永昌远远地望见父母站在门口等他，他喊了声："爸，妈——"

　　陈永昌的母亲迟凌菲向前走了几步，眼睛里含着泪光，道："儿子，你回来了？"

　　"嗯！"

　　"快进屋快进屋！"陈永昌的父亲陈本富的嘴里叼着一根烟，招呼道，"外头怪冷的，进来说话。"

　　顾小春抬起头，看见陈永昌的家，已经翻盖一新，他们家的墙壁上还贴着瓷砖，大红的铁门十分耀眼，门口还摆了两头石狮子，大门口挂着两只红灯笼，显得特别的喜庆。

　　这两年，陈永昌往家里寄了不少钱，父亲就用这些钱翻盖了新屋，把家里装修得富丽堂皇的。

　　当然，这里所说的"富丽堂皇"是跟乡下民居相比，他们家现在在村子里，是数一数二的富户了。

这全仰仗他们有一个有本事的好儿子。

这使得他们出门腰杆都挺得很直，比那些家里考出一个大学生的家庭还有脸面。

村里有一两个读完大学，到最后又回到村子里种地喂猪的大学生，就遭到了全村人的耻笑：花那么多钱读书，父母砸锅卖铁，到头来还是回到乡下种田，无用。

所以，很多考上大学临近毕业的学生，就很焦虑，毕竟家庭和村里人给的压力太大。

村子里的人把读大学当成人生跳板，城里人读大学，只是完成一种学业，更注重素质培养。

乡下父母一般就很看重结果了，如果读完了不能赚钱回来，不但全家会失望，整个村子里的人也会瞧不起他们家。

像陈永昌这样，大学没有读一下，身无分文出去闯荡，衣锦还乡，简直就是王者归来。

陈永昌跟父母介绍了一下顾小春，他们很热情地招呼顾小春进屋，还专门给她买了饮料，问她爱不爱喝。

席间，陈父喝了不少酒，看得出来，他也是一个爱喝酒的人。

几杯酒下肚，他打开了话匣子，问顾小春："你父母同意吗？"

"我没有母亲，只有父亲。"顾小春说，"我自己的事情，我自己做主。"

"那不成，婚姻大事，必须经过父母同意。"陈永昌的父亲陈本富说，"结婚可是两个家族的事情，不是你们两个人的事情，别因为你父亲不同意，最后闹得不愉快，婚姻大事，怎么也得给父母过过眼。"

"过几天我会带永昌去我家。"顾小春说，"您不用担心，我们之所以决定见父母，也是因为感情稳定，到了可以见父母的时候，才见的，并不是一时冲动。"

"好，很好。"陈本富说，"我儿子的事情，我也不管，他喜欢就行。"

陈永昌的母亲迟凌菲也表态，说："我儿子喜欢的，我们就喜欢，我们不干涉孩子的感情生活，只要孩子愿意就行。我们对你们的婚事，没有什么意见，就看你爸的态度了。"

"我爸脾气很好，也不会有什么意见的。"顾小春说，"我来之前，也跟他打过招呼了。"

"那就好，那就好。"陈本富又给自己斟了一杯白酒，喝了，他的脖子都红了。

晚上，他们安排了靠厨房的那间卧室给他们住，还特意又烧了一回炕，怕他们半夜里冷。

"你爸还挺爱喝酒？"顾小春问陈永昌。

陈永昌点点头，说："嗯，从我记事起，我父亲就爱喝酒，他脾气不好，喝了酒脾气就更差，小时候还曾打过我妈，现在应该不打了。"

顾小春说："也许只是不当你面打吧？我怎么看你妈瘦瘦的，神色也并不像过得很舒心的样子。"

"你还会看相？"陈永昌反问。

顾小春说："不是，顾小霜之前跟张建峰结婚后，就是这么个状态，神情恍惚，目光躲闪，失去自信和光彩。"

"他们之间的事，我们做儿女的少管，也管不了。"陈永昌说着，伸出手去，帮顾小春撩了撩额前的乱发。

迟凌菲任劳任怨，每天五点半就起床，开始收拾一家子的饭菜，全家吃完了，她再去洗洗涮涮，而迟凌菲的老公陈本富从来不帮一下忙，像一个大爷一样的冷眼旁观，时不时地还嫌弃她一番，这里擦得不干净，那里扫地没扫到位。

吃饭的时候，嫌弃这个菜炒咸了，那个菜烧淡了，没有一样他满意的。

他像个领导一样，指挥着迟凌菲干这干那，他就叼着烟坐那里看。

就连顾小春都要看不下去了。

然而陈永昌好像早已习惯了他们的相处模式，并没有多发一言。

顾小春小时候干不少活，不是什么也不会干的娇小姐，就上前帮迟凌菲干活。

不知道迟凌菲是怕她干不好，还是怕外人说闲话，就是不让顾小春插手，直接把她推出了厨房，她说："你别弄脏了衣服，我自己刷，

261

不用你刷。"

仅三日的相处，顾小春就对公公陈本富留下了不好的印象，让她下定决心，就算以后结婚，也不跟公婆住在一起。

这完全是一个大男子主义，并且不尊重女性的男人。

迟凌菲能跟他过一辈子，不知道受了多少委屈。

初三下午，陈永昌就载着顾小春，离开了他的家乡，朝着顾小春的家乡去了。

路上，陈永昌说："见未来的老岳父，我也很纠结。"

"你纠结什么呀，又不是第一次见。"顾小春说，"我爸当时就挺满意你的。"

"对，那时候我们还没谈恋爱，他就跟我提彩礼钱……"

"快别提我爸了！"顾小春说，"他今天若再提彩礼钱，你不用接他的话，更不用给他。"

"那能行？他万一不同意呢？"陈永昌紧张地说，"我可不希望因为那区区几万元钱，而失去一桩大好姻缘。"

"就算私奔，我也要跟你走啊！"顾小春说，"你怎么会失去大好姻缘呢？"

"哈哈哈……"陈永昌得意地大笑，"你是说真的吗？"

"真的。"

"那我真是太高兴了。"陈永昌不由得深踩了一下油门，加快了车速。

"傻样儿。"顾小春说，"我爸那种人不能惯，一惯就得寸进尺，他要钱的时候只想自己，从来不考虑他人。"

"我看你就是刀子嘴豆腐心，每次说不给，最后还是会给。"陈永昌说。

顾小春叹了口气，说："我爸，我是真不想给他钱，可是他缺钱问我要，我也不能一点都不管，少给点还是可以的。主要是我弟需要读大学，不管是不行的，等他以后毕业了，独立了，我也就省心了，我妈去世得早，我这个当大姐的，就是半个母亲。"

"长姐如母，是最道德绑架的一个词了。"陈永昌说，"养育孩子本就是父母的责任，父母养不起，就不该不负责任地把他们生下来。把养育孩子的责任转嫁给年长的孩子，是最不负责任的渣父母。"

"没摊上怎么都好说，什么云淡风轻的风凉话，也都可以说，摊上了就没办法。"

婚姻大事

次日一早，江林娜的妈妈就发来了视频，江林娜担心母亲看到顾家那栋破房子，赶忙跑到院子里去接视频。

院子里有些积雪，白茫茫的一层，像是棉花糖一般。身在南方的江母没有见过雪，在视频里看见雪，她开始的时候还有些兴奋，惊呼道："这是顾家的院子吗？一层白皑皑的雪啊，太美了！别有一番风味。"

"没见过雪吧，妈，以后，我带你来北方看雪！"江林娜话音刚落，就觉得嗓子眼里一阵痒痒，感冒还没好，一时控制不住，捂着嘴又咳嗽了几声。

江母担忧地问："娜娜，你没事吧？怎么感冒了？小顾没有照顾好你啊！"

"没事，一点小感冒而已，吃点药就好了。"江林娜无所谓的语气。

"还说没事，嗓子都哑了。"江母说，"多喝点水，如果你吃不习惯那里的饭菜，就自己做一点。"

264

"还行。"江林娜捂着嘴，小声说，"自从来到这里，我就没有做过饭，一直都是小顾和小顾姐姐做的……"

"初次见面，你也别太懒了哈，能帮忙就帮点忙，洗个菜洗个碗筷什么的，你不是不能干，别总等着吃，吃完抹嘴就走，也不好。"江母唠叨道。

江林娜继续小声说："我也想干啊，不行啊，太冷了，我的手被冻得通红，像个发面馒头一样，鼓老高，你是不知道这里，太冷了。"

"不干就不干吧，小顾还能帮着做饭？"江母一脸疑惑地问道。

"嗯，他什么都会做。"

"还是个勤快人，以后你若真的嫁给了他，能少受累，不是每个男人都会做家务的。"

"那是当然！"江林娜不无得意地说，"你女儿选的男人，还能有错吗？"

这时候，顾小霜的女儿张可可跑过来，看见江林娜坐在院子里的石凳上看手机，觉得好玩，便伸手去抢，嘴里"嗯嗯"地想说话，最后喊了声"阿姨"，江林娜没有反应过来，手机就被张可可给拿走了。

张可可不会玩手机，看见手机里有个人，就转过身，对着手机又叫了声"阿姨"，江林娜一看张可可的动作，心里暗道：糟了！

再去抢手机，已经晚了。

张可可方才把镜头对准了顾家的破房子，那经久失修的破土房子，在村子里都已经很少见了，风雨飘摇的屋檐上，还生了些杂草，干枯了的杂草随风摇曳着，像是五十岁老男人头顶上的地中海发丝，顽强而又可怜地扎在瓦片里。

顾家的木门已经掉色，仔细看，那破旧发霉的木门上，因为腐败还生了几朵黑木耳。

"这是小顾的家？"江母满脸惊愕地瞪大了眼睛，语气中尽显不满，"你这是要嫁人还是要扶贫？"

江林娜吓得赶紧关闭了视频通话。

紧接着，江母就把电话给打过来了，她在电话中态度坚决："我就你一个女儿，我可不想你以后过得艰难，最后再拖累我们。贫贱夫妻百事哀，你懂不懂？"

江林娜敷衍道："钱不是万能的，没有钱，我们可以自己凭双手去赚，只要有爱就可以。"

"有爱饮水饱？"江母冷笑，"姑娘，你太天真了。你和他恋爱可以，结婚绝对不行。二十八岁之前不许结婚，就这么定了，就算你想结婚，户口本我也不会给你。你还能在家过几个年啊，这么急不可耐的就跑去男友家里过年，他若不是家庭条件这样差，会着急哄你结婚吗？你这个傻姑娘！倘若你盲目嫁给了他，以后一定会后悔的！"

"我不后悔。"江林娜的语气斩钉截铁。

"你让我怎么说你呢？"江母苦口婆心地说，"妈并不是一个势利的人，但是家庭条件也不能太差了，古人谈婚论嫁，还要讲究个门当户对呢！"

"那你还说自己不势利？门当户对，这不是封建糟粕吗？"江林娜反驳道。

"封建糟粕？"江母的声音提高了几个分贝，"古训，也并非全部都是糟粕，这是社会经验，几百年累积下来的经验。门当户对，讲究的更是三观、思维方式以及思想境界上的门当户对，不是一类人，生活在一起会很痛苦的！"

"好了妈，我不想听这些。"江林娜直接挂掉了电话。

陷入爱情的女人，怎么会喜欢听这些大道理。

尤其是父母辈的大道理，更不爱听。

好像，父母越反对，越是真爱一样，就越是爱得更难舍难弃。

江林娜方才跟父母讲电话，被顾彦早听见了，他站在堂屋门口，脸色也不太好看。

江林娜进屋的时候，顾彦早一把攥住了江林娜的胳膊，望着她的眼眸，低声道："是不是你妈妈嫌我家里穷？"

"嗯。"江林娜不敢看顾彦早的眼睛，他那双清澈的眸子里，写满了忧伤。

"我害怕失去你。"顾彦早抱住了江林娜，声音有些哽咽，"但是，我还是尊重你的意见，不会强求你。"

"我不会离开你的，彦早。"江林娜语气坚定，"我爱你，彦早。"

顾小霜抱着孩子看见弟弟和他的女友说着动人的情话，都有些不好意思了，她赶忙抱着孩子出了院子。

这时候，有车子的声音由远及近。

是陈永昌和顾小春回来了。

车子在顾小春的家门口停了下来。

陈永昌打开副驾驶的门，拉了顾小春的手，邀她下车。

二人一起打开后备厢，把后备厢里那满满的一车年货给卸了下来，拎着进了院门。

"爸，我回来了！"顾小春喊了一声。

顾小霜在门口，第一个看见了顾小春，她摆摆手，道："姐，姐夫，你们回来了？"

"叫什么姐夫，讨厌，你姐还没嫁给他呢！"顾小春不好意思了，脸有爬上一抹绯红。

"你妹妹叫得没错啊，就是姐夫。"陈永昌笑得爽朗。

这会家里热闹了，不但顾彦早带了女朋友回来过年，就连顾小春也带了男朋友回来。

顾小霜站在院门口，望着他们，心里有些酸涩，很不是滋味。

别人都成双入对的，只有她形单影只，孤零零的一个人，没有人疼爱，没有人怜惜，更没有人记挂。

顾玉全走出堂屋，看见意气风发高大帅气的陈永昌，喜上眉梢。两个女婿一个儿媳，这是最令他满意的一个。

陈永昌长得和顾彦早差不多高，一米八多的大个，人也长得英俊，主要是他有本事，白手起家创办公司，没靠过任何人，说出去都有面子。

顾玉全满脸堆笑地迎接陈永昌，一家人坐在堂屋里，客套问候了一番。

女人们就起身忙着准备午饭去了，只剩下男人还坐在堂屋里，喝茶嗑瓜子。

就在这个时候，一个意想不到的人出现了。

说她是意想不到的人，因为是谁也没有想到，她会来这里。

也没有人会想到她会来。

那这个不速之客是谁呢？

是宫淑月，顾小霜的前婆婆。

她拎了一只拔了毛的白斩鸡，堆了一脸假惺惺的笑，一进门就扯着嗓门喊道："亲家啊，我来给你拜年来了！"

顾小霜看见宫淑月，一时没反应过来，愣愣地抱着孩子坐在家门口，没有说一句话。

顾小春转身，一眼望见拎着白斩鸡的宫淑月，顿时火冒三丈。她走过去，把宫淑月给推出门去，道："谁是你亲家？你该不是失心疯了吧？我妹妹早跟你儿子离婚了，哪一年的亲家，还在这里聒噪，赶快给我出去，这里不欢迎你！"

"哎呀呀，人家都说不打笑脸人，我又不是来找你的，去去去……"宫淑月身型庞大，她用力推了顾小春一把，就顺着门缝挤了进来。

顾小春趔趄了两步，两眼瞪着不怀好意的宫淑月，看她到底想要耍什么花招。

顾玉全看见宫淑月来了，也不好意思赶她，就笑着说："孩子们都离婚了，还拿礼物来干啥呀，你看看，这多不好意思呀！"

"有什么不好意思的？"宫淑月赔着笑脸说，"之前是张建峰不懂事，没考虑周全，就离了婚，现在他大了，懂事了，愿意给顾小霜赔礼道歉，为了孩子，复婚吧，孩子们年纪小，磕磕碰碰吵架都是正常的，哪有不吵架的夫妻呢，亲家，你说是吧？"

"谁跟你是亲家？出去出去！"顾小春一脸的不耐烦，她只是听顾小霜说说她嫁过去的那些遭遇，心里就窝火。

不拿人当人，还跟他过个什么劲儿？好不容易离了，还能再跳回火坑？

"这里没你事儿，大人说话，晚辈插什么嘴？真是一点规矩都没有！"宫淑月见顾小春一个劲儿赶自己，脾气就压制不住了，狐狸尾巴露出来了。

她还说儿子懂事了改了，就凭她，她儿子也不能改了。

"孩子的事，我管不了。"顾玉全总算聪明了一回。

"听说顾小霜也没找到下家，相亲了几十个了，没有人愿意要带孩子的吧？虽说现在光棍子多，合适婚配的可不多，不是家里穷，就是年纪大，顾小霜和我们家建峰，那是天造地设的一对啊，我儿子在城里还开着小吃店，多好的条件呀，他们还有一个共同的孩子，为了孩子，也得复婚呀，都说兜兜转转还能回到当初的，那才是缘分，我看小霜和我儿子缘分未尽呢！"

"你得了吧你！"顾小春反驳道，"他们离婚后，你儿子有来看过孩子吗？你有看过孩子吗？别打着什么都为了孩子的旗号，你们亏不亏心呢？我都是亲眼所见，你儿子跟那个叫什么陈梦琳的，没离婚就搞在一起，现在是被人给甩了吧，找不到老婆，又想起我妹妹来了，没门！我告诉你，什么好事都让你家摊上了？你说离就一脚踹开我妹妹，你说复婚，俩人就复婚了？做梦去吧你！出去，赶紧给我滚出去！"

顾小春把宫淑月给推出门去，宫淑月不死心，把白斩鸡搁在了门口的花架上。

顾小春抄起白斩鸡，直接丢在了宫淑月的怀里，正要关门，只见宫淑月一只脚伸进来，卡在了门口，她继续努力游说着："亲家，你好好考虑考虑啊！我也是为了我们孩子好！"

"行。我考虑考虑，你回去吧！"顾玉全摆了摆手说，"月啊，听说你离婚了？我也单身这么些年，要不咱俩……"

宫淑月翻了个大大的白眼，没接他的话茬，她压根儿就瞧不上顾玉全。

"小霜啊，这可是你的终身大事，你们离婚也半年多了，一个人的日子多艰难啊，你看看你穿的这叫啥，你看看你姐穿的，你姐脖子里戴的，你有吗？没有男人的日子多艰难，你考虑考虑啊，相亲那么多，能接受孩子的男人，有几个比我儿子好的！"

顾小霜不发一言，坐在门口的石凳上，只是垂着头，默默地流眼泪。

她也不想让自己这么没出息，可是跟姐姐一对比，她就难受，一个天上，一个地下。

没有一个像样的男人守护自己，确实狼狈不堪，就连给孩子吃个鸡蛋，都要看父亲脸色，再说，父亲寡居，她长时间住在父亲这里，也怕村里人说闲话。

可是，一想到张建峰曾经出轨，还跟那个女人结过婚，她就接受不了。

再想想他们被自己当场捉住时，张建峰护着三儿的那股劲儿，就让她寒心，他还为了那个女人，踹了她几脚。

那个时候，她已经彻底看清了他。

他根本就不爱她。

她也在那时看清了自己。她也不爱他。

两个人为了什么呢，凑合在一起。

单纯只是为了"过日子"这三个字。

好像农村人没有什么追求，就"过日子"，踏踏实实过日子。

什么情情爱爱的，说出去都会被人笑话。

可是姐姐和弟弟都自由恋爱，人家风花雪月的，日子也都过得比她顺心，她奔着过日子去的，觉得爱情不能当饭吃。却偏偏，她的日子还比不上人家会风花雪月的。

没有爱情的婚姻，简直比坟墓还要可怖，可以用地狱来形容了。

"哭什么哭，小霜，当宫淑月的面哭，我都瞧不起你！"顾小春看见顾小霜这副没志气的样子，火气都上来了。

"人人都说没有感同身受这件事，我现在懂了。我哭，并不是想要跟他复婚啊，我只是哭自己嫁给他那两年，不值得。"顾小霜一脸委屈地抱起孩子，进屋去了。

顾玉全跟在顾小霜身后，小声说："别听你姐的，你想复婚就复婚，张建峰脾气虽然差了点，但是总归是可可的亲爸，家里条件还算可以，人也精明，能过日子……"

顾小霜一声不吭。

顾玉全就继续说："你也没你姐那个手段和心眼子，就别想着活成

270

她那样，你就没本事自己谈一个，千挑万挑，也没一个比张建峰条件好的，不行就跟她复婚得了，反正他们家也是这么个意思！"

"行了，我就算是饿死街头，也不会跟他复婚的，你就死了这份心吧！别再提'复婚'这俩字儿，成吗？爸！"顾小霜吼完，关了卧室的房门。

"照我撒什么气！"顾玉全觉得顾小霜莫名其妙，转身回了堂屋，继续喝茶。

看宫淑月那架势，像是根本就不死心的样子。

果不其然，第二天，她又来了。

这一次，手里拿的不是白斩鸡，而是几件小孩的衣服。

她希望能凭这个打动顾小霜，毕竟儿子离了两次婚，名声在外了，怕真的打了光棍儿，这一辈子就完了，那时候，可就成了村里人的笑柄。

宫淑月怀里抱着宝宝的新衣服，跳着脚往门缝里眺望："小霜啊，是我，快开下门呀！"

院子里的小黄狗冲她"汪汪"了两声，不怎么待见她。

此刻，顾小霜在屋子里陪孩子看绘本，她早就听见了宫淑月的声音，却假装听不见。

顾彦早听见宫淑月的声音，就一脸不耐烦地说："那个老婆子怎么又来了？还不死心是不是？"

"让她在那喊，不用管她。"顾小霜眼皮都没有抬一下，继续搂着张可可陪她读绘本，"白雪公主，遇见了七个小矮人……"

宫淑月的声音更大了，她喊道："顾小霜，我知道你在里头，不管你同不同意复婚，孩子是我们张家的，我是她奶奶，见见孩子总可以吧？"

"见孩子？"顾小霜冷笑，"现在想起来见孩子了？当初离婚的时候，一家子百般算计我，一分钱抚养费都不掏，弄了些借条摆出来，让我平摊债务……"

想起嫁给张建峰那几年的心酸，顾小霜的眼睛就红了："离了婚以后，一眼孩子没瞧过，还把孩子的衣服扔的扔，烧的烧，根本不想给

271

我留活路，这是陈梦琳卷钱跑了，害怕她儿子打光棍儿，又跑这里来假惺惺……"

"世界上还有这么厚颜无耻又心狠的人哪？"江林娜倒吸了一口凉气，真是闻所未闻。

"我去把她撵走！"顾彦早说，"免得在门口瞎叫唤，扰人清净！"

"你别去了！"顾小春一把拉住了顾彦早，说，"她是来找顾小霜的，我们赶，她以后还会来，这是顾小霜的事情，只有她自己能解决，逃避也不是办法，我们能在家里待几天哪，我们走了以后，她还是会来骚扰顾小霜的！"

"对，姐姐说得对。"顾小霜把孩子往炕里头一推，出门见宫淑月去了。

孩子见妈妈丢下自己走了，便大哭起来，顾小春揽住张可可，说："可可，来，姨跟你讲故事好不好？"

张可可搓了搓眼睛，把脸上的眼泪搓掉，用力点点头，说："好。"

顾小霜来到院子门口，打开了院门，她的脸上没有一丝表情，语气也冰冷无比："宫淑月，我跟你儿子已经离婚了，你还来干什么？"

"离婚可以复婚的呀！"宫淑月厚着脸皮说，"况且，你们两个还有孩子呢，你看看，你也没有个老公，一个人养孩子多难呀！"

"再苦再难，只要有我一口饭吃，就会有可可的一口饭吃，不用你来瞎操心！"顾小霜说，"不要再来我家骚扰我，我是不会跟你儿子复婚的，你死了那条心吧！"

"顾小霜，我劝你还是考虑考虑，毕竟你的家庭条件这么差，你还想找个什么样的啊！我们家张建峰，万里挑一的人才……"宫淑月一提起儿子，就觉得全天下的女人都配不上似的。

"你儿子万里挑一，让他去找别人去，来找我这个条件差的干吗？"顾小霜说，"俗话说好马不吃回头草，你们这是闹的哪一出？"

"你看，小霜啊，之前建峰不懂事，我让他来给你赔个礼，道个歉，你们复婚成不，一切都是为了孩子！"

"别在这里打着为了孩子的幌子了！"顾小霜打断了宫淑月的话，道，"你们真心为了孩子，就不会把孩子的衣服丢掉了，你宁肯丢了，

272

也不给孩子穿，故意为难我，想要逼死我们母女俩！你的心肠可真歹毒啊！你也知道我被你们坑得身无分文，一个人带着孩子有多难，现在他找不到女人了，又想到我了？滚吧，以后别再来了！"

"衣服拿进去，给可可买的，小霜啊，以前都是我和建峰不好，你别往心里去，为了孩子好好考虑考虑哈，咱都是庄户人家，踏踏实实过日子的人家，以前的事情过去就过去了，道个歉不就过去了吗？"宫淑月继续给顾小霜洗脑，希望她能回心转意，跟她儿子复婚。

"傻子才信你的鬼话，狗改不了吃屎，离婚让我平摊债务，不付抚养费，这样没良心的事儿，你们都能干得出来，还想让我回去跟你们过日子，做梦吧，你走不走，不走我可拿铁锹了，我抑郁症还没好，铲死你白铲！"

宫淑月一看顾小霜瞪着血红的眼睛，直愣愣地盯着她，连忙把小孩衣服丢在门口，人跑得像兔子似的，一眨眼就没影了。

顾小霜原本以为，宫淑月消停了，没想到，下午张建峰又来了。

看他装束，像是特意打扮了一番，整齐的板寸头上还打了发胶，西装革履，皮鞋锃亮，穿得像个人似的。

若不是知道他的品性，乍一看，还真像个挺精神的青年。

可是知道他品性的姑娘，都躲他远远的。

他跟陈梦琳离婚后，也在村里相了几个姑娘，有的一打听，稍微知道点他办的那些事儿，再加上他离了两次婚，都怕嫁给他过不长，都没成。

他这才考虑到事情的严峻性，闹不好，真的要打光棍儿啊！

接着，他又一打听，顾小霜还没再婚，说不定是在等他复婚，就让母亲来求复合。

谁知道昨天被顾小春给赶走了，他们母子俩不死心，又买了新衣服来。

这一次，顾小霜亲自出门撵客，宫淑月回到家里，把顾小霜说的那些话，跟张建峰复述了一遍。

张建峰这才精心打扮一番，亲自登门，想把顾小霜给接回去。

"小霜，我知道你一直没再婚，是不是在等我？"张建峰语气温和，不似离婚前那么嚣张。

顾小霜冷笑一声，说："张建峰，我们之间已经没有任何关系了，你不要太把自己当回事了。我等你？呵呵……真是可笑，我们已经离婚了，你现在要接我回去，闹着玩呢？要我滚的时候我滚了，你现在要我回去，对不起，不可能！"

"为了孩子着想，孩子不能没有爸爸！"张建峰拿张可可来说事儿。

顾小霜唇角轻扯，一只手撑在门上，堵在门口，道："你这样的父亲，不如没有。我可以给她找一个更好的父亲。"

"哪儿那么多好条件的等着你？带着个拖油瓶，还想嫁个更好的？"张建峰嗤笑道。

"这就不劳你费心了，跟你没关系的事儿。"顾小霜说，"既然离婚了，就别来烦我。滚远远的，别再让我看见你，看见你，我就觉得恶心。你不就是怕自己打光棍吗？怎么不去找你的小娇妻啊，来找我干什么？"

"别再提那个贱人！"张建峰怒道，"我当初真是瞎了眼，被猪油蒙了心，才被她蛊惑，她哪里比得上你，她嫁给我之后，一个月给她几万元都不够花，败家娘们，当初打断她的腿就好了，临走还卷走我店里不少钱。"

"你活该！"顾小霜只觉得眼睛一酸，差点掉下眼泪来，原来他跟她在一起的时候，并不是没有钱，也并不是不懂体贴，只是，他想体贴的人不是她而已。

"别在这里假惺惺了，我们没离婚的时候，也没见你说过我一句好话，你若真觉得我好，还跟我离婚啊！我可不是当年那个傻乎乎的小姑娘了，去骗那些不经世事的女孩子还可以，在我面前，你就省省吧！"

见顾小霜态度坚决，张建峰的脸上露出失望沮丧的神情，他低垂着头，眼睛盯着自己的脚尖，突然，他上前一步，箍住了她的肩膀，将她抵在了墙壁上，一双冰冷的薄唇覆盖下来，印在了她的嘴唇上。

"你……"顾小霜的脸瞬间一红，她扬起巴掌，狠狠掴在他的脸上，"啪"的一声，清脆响亮，张建峰捂着自己的脸，一时没有反应过来，顾小霜逃也似的跑进了院子，并将院门锁好。

张建峰拍打着院子的门，院门"哐哐"直响，剧烈晃动着，差一点就要掉下来了。

顾小霜搬了把椅子，顶住了门，怕他闯进来。

"顾小霜，你给我开门，开门——"张建峰一脚一脚地踹门，把坐在卧房炕头上打扑克的众人给惊动了，他们纷纷丢下扑克，冲到了院子里。

"张建峰，你是不是觉得我们顾家没人了？"顾彦早向前一步，打开院子的大门，一把揪住张建峰的衣领，一拳头狠狠砸在了他的脸上。

张建峰的鼻子瞬间就淌血了，他捂着鼻子，停顿了几秒，表情略显疲惫，他道："我只是想带小霜回去。"

"叫谁小霜呢，别叫那么亲密，都是离了婚的人了！"顾小春说，"以前你们没离婚，我们不好多插手，当然，那会你也没少欺负我妹妹，现在既然你们已经离了，你算什么，敢踹我们家的大门！"

"顾小霜不跟我复婚，是不是都是你们撺掇的？"张建峰气急败坏地指着顾小春和顾彦早，说，"换作以前，她早就乖乖跟我回去了，你们从中作梗，看我怎么收拾你们！"

张建峰向前一步，扬起拳头，朝着顾彦早挥舞过去，顾彦早躲开了，接着两个人扭打在一起。

"你以为这个世界是绕着你一个人转的？"顾小春轻蔑道，"你想要的时候，别人就在家里乖乖等着你，你不想要了，就一脚踢开，滚慢了都不行，什么人呢！"

江林娜望着顾彦早，神情有些紧张，她喊道："彦早，你小心一点啊，别打了你们，真是太野蛮了，那个姓张的，你赶紧走，不然我报警了！"

张建峰一听江林娜在那儿喊报警，生怕自己被人抓走，毕竟他这是在别人家门口闹事，若抓，肯定是先抓他。

张建峰从地上爬起来，拍打了下身上的尘土，用手背狠狠擦去脸上的血迹，说："今天就暂且放过你们一把，明天我可不会轻易放了你们。顾小霜是我的女人，就算是离了婚，她也是我的人，不经过我允许，她谁都不能嫁，只能跟我复婚！"

"不可理喻！"顾小春甩过去一个大白眼。

"狗皮膏药！"江林娜说，"离了婚了，在法律上，你们就已经没关系了，怎么还成了你的私人财产了？沾上了就甩不掉了？"

"乡下人，不讲法律。"张建峰说，"我不懂什么法律不法律，我只知道，顾小霜，她是我张建峰明媒正娶的妻子，就算离了婚，她也是我的女人，谁也不能打她的主意，不然我宰了她，等着瞧吧，谁敢跟她相亲，我就敲断谁的腿！"

"撒泼打滚有什么用，离婚证都领了多久了？"顾小霜眼圈通红地望着张建峰，"有意思吗？我们已经没关系了，快滚出去！"

"切！"张建峰不屑一顾，转身走了。

但看他的架势，并不像要善罢甘休的意思。

这让顾小春的心里有些隐隐的担忧，她担心他们都走了以后，家里就剩下软骨头的爸爸和顾小霜，张建峰这么不省事，他们再吃了亏。

顾小春攥住陈永昌的手，说："看见张建峰这么不讲理的样子，我有些担心顾小霜的处境，就怕我们走了以后，他不依不饶的，把顾小霜给抢回去。"

"我们总不能一直待在这里，过几天店里就开业了。"张建峰说。

"如果在我们临走之前，处理好这件事就好了。"顾小春说。

"张建峰怎么可能会听我们的话。"陈永昌有些无奈地说。

"要我说啊，小霜就该跟他复婚，天天住在娘家，也不是个事儿。"顾玉全插嘴说，"离婚都大半年了，也嫁不出去，万一嫁不了，天天待家里拖着个孩子让人笑话，找个男人养活她和孩子才是正事。当初就不该离，跟闹着玩似的，孩子都有了，折腾个啥呀！"

听顾父这样说，顾小春和顾彦早都对他抛来鄙夷的目光。

"爸，咱做人能有点骨气吗？"顾彦早实在无力吐槽他的亲爹了，软骨头一辈子了，说出来的话，办出来的事儿，换别人都能被他给气死了。

他们姐弟三个已经习惯了，只有忍受的份儿。

顾小霜已经听多了父亲的埋怨，一言不发地抱起站在院子里的孩子，扭头进了屋。

此后的几天，张建峰没有再来求和。

许是知道顾小霜的姐姐弟弟都在家里，他不能得逞，就瞅准了他们要走的时机，再来。

顾小春跟父亲顾玉全提了提她和陈永昌要结婚的事儿，顾玉全喜上眉梢，坐在炕头上，磕打着旱烟的烟灰，笑眯眯地说："行啊，我没什么意见，陈永昌是个好青年，人长得又高又帅，跟彦早不相上下，还是个有志气的，在城里闯荡出了一番事业，现在大小也是个老板，有钱又有能力，小春哪，嫁给你会享福的，我也就放心了。"

"谢谢伯父夸奖，我一定不会让您失望的。"陈永昌说。

"但是话又说回来，嫁女都要按当地风俗，摆订婚宴，交彩礼钱认门钱，不经过这些，会被村里人笑话，被人耻笑女儿是嫁不出去，彩礼都不收，会被人看不起，说是倒贴。"顾玉全当着全家人的面，说，"我也不多收，就按现在风俗，十万吧。"

"伯父，上一次不是说五万吗？怎么才几个月，就十万了？"陈永昌笑得有些尴尬，他不是没有钱，也不是拿不出这些钱，而是知道顾玉全爱要钱的秉性，怕他以后也不改，天天伸手要钱，这样的无底洞，多有钱也受不了。

顾小春的脸色当时就不好看了，暂且不说现在村子里彩礼最高的也就六万，她十几岁就在外头打工，所赚的钱都被父亲搜刮走了，养女儿难道就是为了卖钱的？

"爸，那我们不结了，就这样住一块儿得了，我反正是无所谓，你呢，永昌？"顾小春一副无所谓的表情，"我一直都不喜欢结婚，更不喜欢孩子，单身多自由呀。"

"孩子还是得生一个……"陈永昌听顾小春这样说，唇角抽搐了一下。

"那可不行，你都多大了啊！在村子里这可就是嫁不出去的女光棍了，不行不行，不结婚怎么能行啊，那是会被村里人的唾沫星子给淹死的啊！"顾玉全着急了，一激动，差点从炕上掉地下去。

“永昌没有彩礼给你啊！刚新开了几家分店，欠了银行一屁股贷款，你说对吧永昌？”顾小春冲陈永昌挤了挤眼睛。

陈永昌点点头，说：“是。”

“那，一分钱彩礼不给了？”顾玉全满脸失望。

“好，这可是爸你说的。”顾小春道。

“这样不好吧，说出去不被人笑话啊！”顾玉全用手搓了下额头，紧皱着眉头，焦头烂额满面愁容。

“现在国家提倡不收彩礼，婚礼从简。”顾小春拉住陈永昌的手，说。

“那不太便宜这小子了！”顾玉全点燃了旱烟，猛吸了一口，吐出几圈烟雾，说，“这过几年啊，你弟也好结婚了，我哪有钱给他盖房子啊，你说你一点彩礼也拿不来，你妹又是个嫁不出去的，这可怎么办，愁死我了。”

顾玉全偷偷瞅了瞅众人的表情，顾小春和陈永昌浓情蜜意地牵着手，没把他当回事，顾小霜被他说得低着头，满面愁容一言不发，顾彦早和江林娜两个人坐在炕头上玩扑克，像没事人一样，事不关己高高挂起的表情。

“这么地吧！小陈哪，大小都是个老板，彩礼不彩礼的，咱不计较，把这破屋翻修一下，也好给你弟娶媳妇用，你就嫁过去，你们看，行吗？”顾玉全乐滋滋地说。

陈永昌转过头，扫了一眼顾小春，看她意见。

顾小春说：“我知道，这破屋翻修的事儿，早晚都得落在我身上，行。”

没想到顾小春答应得这么痛快，顾玉全的心里乐开了花，他道：“就这么定了，你们什么时候订婚？”

“不订了，等店里不忙了，选个日子直接结婚。”顾小春说，“你说呢，永昌？”

“好，一切都听你的。”陈永昌说，“我去街头超市买点红酒，晚上好好庆祝一下，小春，你要去吗？”

“当然。”顾小春和陈永昌牵着手出门了。

顾小霜也站起身，抱着孩子走出门，说："我出去透透气。"

在车上，陈永昌说："为什么一点彩礼都不想给，你爸说的也不是没有道理，该给就给。"

"你家离我家那么远，难道你还指望他在这里买了陪嫁，开拖拉机把陪嫁给你拉城里去？不用他给我买陪嫁，彩礼也就不用给他了。看我爸的意思，翻修房子早晚都是我出，还不如把彩礼的那笔钱留着，翻修房子用。"顾小春叹了口气说，"我这样的家庭，拖累你了。"

"兄弟姐妹之间，互相帮助是应该的，你并没有什么错，咱们有这个经济能力，如果没有，那另说。"陈永昌说。

车子停在小镇的超市门口，他们手牵手进去，挑选了几瓶红酒和烧鸡等熟食，付了账，走出了超市。

分手

第二十六章

上了车，陈永昌发动起车子，向顾小春的村子开去。

途中，他们远远就看见马路中央有一对男女在撕扯，地上还坐着个孩子在号啕大哭。

"这是谁呀，在马路中央吵架，出了车祸可怎么办？"顾小春嘟囔了一句。

陈永昌松了松油门，将速度降了下来，距离那对争吵的男女越来越近，这才发现，那对站在马路中央争执的男女不是别人，正是张建峰和顾小霜。

张建峰的嘴里喊着："死，大家一起去死，一了百了了，把孩子带上一块，让车轧死去，是不是只有这样，我们一家三口才能团聚。"

"谁跟你一家三口，我跟你离婚了，姓张的！我们离婚了……"顾小霜哭喊着，却抵抗不过张建峰的力气，被他拖拽到马路中央，毫无招架之力。

孩子抱着顾小霜的腿，在地上拖来拖去地大哭着，嗓子都沙哑了，很是可怜。

可是张建峰对这一切都无动于衷，他疯了一样的把顾小霜拖到马路中央，说："复不复婚？"

"休想！"

"那就一起死！"

不知道张建峰是单纯地吓唬顾小霜，还是失去了理智，真的想要跟她同归于尽。

毕竟乡下的车辆比较少，多的只是行动缓慢的拖拉机。

陈永昌看清了马路中央争执的人是谁后，连忙把车子停靠在马路边，打开车门，冲上去，一拳头砸在张建峰的脸上，他道："有完没完了，你这么疯狂，像一条疯狗，是不是以为顾家没人了？"

张建峰被陈永昌一拳头砸倒在地上，好不容易爬起来，接着又挨了一拳。

反应过来的张建峰，和陈永昌扭打在了一起。

寒风凛冽，竟又飘起了雪花，落在他们的头上，留下一层苍茫的白。

村子里的人都互相认识，顾小霜和前夫在马路中央拉扯吵架的事，被好事者报信，传到了顾彦早的耳朵里，顾彦早风尘仆仆地赶来，发现陈永昌已经和张建峰扭打在了一起。

顾彦早冲上去，也加入了战斗。

两个人把张建峰摁在雪地里，打得他鼻青脸肿满地找牙，张建峰躺在雪地里不动了，眼睛无神地望着天空。

顾小霜蹲在路边，哭得撕心裂肺伤心无比，她抱起孩子，从张建峰的身边走过去，看了他一眼。

张建峰的眼睛里没有了任何的神采，眼神中充满绝望与颓废，一滴眼泪从眼角滑落，不知他可曾后悔过。

顾小霜哽咽着，低声道："别再来找我了，谁会吃隔夜的菜，你和你妈一样，像一盘隔夜的菜，让人作呕，你让我觉得恶心。"

顾小霜抱着孩子，上了陈永昌的车，陈永昌载着他们，回到了顾家。

次日，陈永昌和顾小春回城了，顾彦早和江林娜也赶火车去了学校。

自此，张建峰再也没有来骚扰过她，当然，也没有给过孩子一毛钱抚养费，更没有再给孩子买一件衣服，或是一口零食。

两个人彻底沦为了陌生人，就像，他们从来没有认识过，也从来没有过婚姻，更没有过孩子一般。

话说顾彦早和江林娜回到学校之后，因为江母生怕女儿被穷小子给哄骗到穷山沟里去，催着她回了家。

学校还没有开学，江林娜因为母亲的催促，便没有回宿舍，而是回了家。

江林娜是本市人，家里离学校不远，坐公交十几分钟就到学校。

她回到家以后，见母亲的神情并不好看，她便伸手去拉母亲的手，试图去安慰母亲。

"妈，干吗啊，脸色那么难看，面膜都白贴了！"江林娜嘟着嘴，撒娇道，"我不就去了趟男友家吗？你至于这么生气吗？明年，明年我带他来咱家里过年！"

"我气的是这个吗？"江母甩开了女儿的手，反问，"那个叫顾什么早的，跟他分手！"

"妈，你不是自认为是新时代女性吗？怎么像个老古董一样，还要管女儿的恋爱问题呀？你这手伸得也太长了吧？人家封建传统的乡下父母，都没你这么保守。谈恋爱还得跟你报备啊！"

"你这是谈恋爱的问题吗？"江母情绪激动地反问，"大过年的，你都跑到人家家里去了，你这是要嫁给他啊！"

"我跟他谈恋爱，是抱着结婚的目的的，难道是玩玩啊？你女儿不是那种玩弄感情的人。"

"结婚的话，你搞错了对象，穷山沟沟，别说你爸，在你妈这一关，就过不去，你想过没有，如果到时候你嫁给了他，不但你一个人受穷受苦……"江母苦口婆心地说，"就连你的孩子，也要因为你没有给他选个好爸爸，跟着你一起受苦，别说教育资源社会资源，就连家庭条件，都比城里差一大截。"

"妈，你想得也太远了。"江林娜拉着母亲坐在沙发上，给母亲倒了一杯温开水，递给母亲，说，"就算我们以后结婚，也不回乡下去生活啊，我们好不容易大学毕业，难道还要回乡下去种地？"

"你看看他们家那条件，在乡下都盖不起房子，难道你嫁给他，倒贴人还不算，还要倒贴房子？"江母推开江林娜递过来的水，说，"我不喝，你拿走。"

"我们可以自己赚钱买房子啊！"

"说得轻巧，你以为买玩具呢，还自己买。一套房子多少钱你知道吗？"江母说，"几百万乃至上千万，你一个月工资多少？几千元？没有父母赞助，到老能不能赚够一套房子钱？"

"……"江林娜被母亲彻底问住了，这倒是一个很现实的问题。

现如今的房子，太贵了，如果毕业了，只是一个工薪族，两人加起来，攒一辈子，不吃不喝，不一定能够买得起房子。

"妈，你现在跟我说这些，有些早。"江林娜的声音没有之前那么强势了，变得有些小。

"一点都不早，我提前给你打预防针，免得你到时候被爱情冲昏了头脑。"江母说，"你如果不是想脑袋一热，就跟人家登记结婚，你会跑到人家家里去过年？"

江林娜一声不吭，大气都不敢出，任由母亲数落着自己。

最后父亲下班回来了，母亲又把她的所有担心，跟父亲复述了一遍。

紧接着，父亲也劝解江林娜，道："你妈说的不无道理，不听老人言吃亏在眼前。在这个世界上，爱情是最虚无缥缈的东西，等两三年以后，爱情退去，面对残酷的现实，你又该怎么面对？孩子没钱读好的学校，别人家孩子都能去国外旅游，去上兴趣班，你们家孩子没有钱，只能在家里玩泥巴，你心里没有落差吗？难道等到那个时候再离婚，孩子不可怜吗？千万不要盲目地步入婚姻，你现在还小，谈个恋爱，父母不会管你，但是结婚，一定要双方家庭势均力敌，门当户对三观一致。家庭背景相差太多，是绝对不行的。"

"哦，我没有想那么早结婚。"江林娜说，"你看把你们紧张的，我就是去北方看了一场雪，至于吗你们，轮番对我进行语言轰炸。"

江林娜站起身，走进自己的屋子，躺在床上，静静地望着天花板。

她开始考虑父母所说的那些问题，确实，理想很丰满，现实却是很残酷的。

躺在床上发呆的江林娜，接到了顾彦早的电话，她没精打采地"喂"了一声，顾彦早说："怎么了？哪里不舒服吗？"

"没有。"江林娜并不想多说什么。

顾彦早说："我们今年春天结婚吧，赶在毕业之前，你愿意嫁给我吗？"

"你这算是求婚吗？太没有诚意了。"江林娜的情绪并不高涨，她说，"我有些累了，想睡觉了，明天见面再说吧。"

"等我工作了，会给你补上结婚戒指的。"

"裸婚？"江林娜说，"太仓促了。"

"你去我家之前，不是已经同意了吗？"顾彦早有些许失落，"是不是你爸妈跟你说什么了？"

"没有，我只是觉得，我们还不到结婚的好时机。"江林娜说，"你说我们什么都没有，就结婚生孩子，是不是对孩子不负责任？"

"我们还年轻……"顾彦早试图说服江林娜。

江林娜兀自挂掉了电话，顾彦早再次打过来，她按下了静音，没有再理会。

她很纠结，对于这段感情，她是认真的。

可是父母所说的话，也不是一点道理都没有。她确实应该好好考虑一下，跟顾彦早谈个恋爱还可以，但是他绝不是最好的结婚对象。

次日，江林娜回到学校之后，顾彦早就跑到江林娜的宿舍，叫她下楼。

江林娜下楼之后，他拉着她的手，说："昨天你的情绪不对，又感冒了？"

顾彦早说着，伸出手去，抚摸了一下江林娜的额头，并不发烧。

江林娜摇摇头，把顾彦早的手摇掉，说："哪有不对，挺好的。"

"明明已经说好的，见完父母，就准备结婚的事情，看你却是这样一副心不在焉的样子，是嫌我家里穷，不想跟我结婚？"

江林娜摇摇头，沉默了半晌，说："我父母说，恋爱可以，结婚不准。"

"难道你没有听伟人说过一句话？"

"什么？"

"他说：只谈恋爱不结婚，那是耍流氓！"顾彦早一本正经地说。

"我也很想跟你结婚，可是我们什么都没有，裸婚吗？想想就很苦，我倒是没什么，万一有了孩子，跟着我们一起受苦吗？"

"我会工作赚钱养活你们母子啊！"顾彦早信誓旦旦地说，"等工作了，我一定把你们养得白白胖胖的，到时候你不用上班，在家里带带孩子，给我做做饭。"

"想什么呢？房子多少钱一栋你不知道吗？你一个人赚钱，我们能不能买得起房子呀？"江林娜惊讶地说。

顾彦早说："我们为什么一定要买房子呢？乡下盖栋新房，盖小别墅都行，都花不了那么多钱。"

"结婚以后，你想回乡下去住？"江林娜的嗓门不由得大了几个分贝，"你想回乡下发展？"

顾彦早揽住江林娜的肩膀，说："不是，我是说，我们可以在乡下盖新房，逢年过节回去过，在城里，没必要买房子，我们可以租房子啊！"

"如果你常年在城市打拼，却跑到乡下去盖房，盖了也住不了几天，不是浪费资源吗？有那个钱，不如攒着，在城里买楼啊！"

"你也说了，城里房价昂贵，我们一起赚钱，攒一辈子，够吗？"

"……"江林娜沉默了。

顾彦早俯下头，想要亲她一下，被江林娜给推开了，她说："我是认真的，假如你想回乡下发展，我们必须分手，长痛不如短痛，毕业的时候分，不如现在就分。"

江林娜说完，扭头就走了。

任凭顾彦早怎么呼唤她的名字，她都没有再回头。

回到女生宿舍，舍友韩小月见江林娜心事重重的样子，问道："怎么了？跟男友吵架了？"

江林娜叹了口气，说："他想结婚。"

"结婚是喜事呀，现在也不限制大学生结婚。"韩小月一边往指甲上刷指甲油，一边说。

江林娜摇摇头，说："你不知道，他那家庭条件，穷山沟沟，穷得无法想象，他读大学，都是靠他大姐赚钱来供养，我跟他结婚，那就是裸婚，虽然我是一个爱情至上的人，可是这样一无所有一穷二白的条件，我还是得考虑考虑。如果是你，你会跟他结婚吗？"

韩小月摇摇头，把玩着刚刚涂上指甲油的手指，吹了口气，说："不会，爱情又不能当饭吃，这样的条件，等你生出孩子，跟着你一起喝西北风啊，别说上兴趣班了，你连买件衣服都得使劲掂量掂量，买完了衣服，孩子还有没有钱买奶粉。化妆品护肤品就更别想了，因为没钱买啊，有点钱还不得先紧着给孩子花。长此以往，你就成了黄脸婆。"

听完韩小月的话，江林娜再次陷入沉默。

"你还那么年轻，大学都没毕业，脑袋坏掉了，想现在结婚？"韩小月瞪大眼睛，上下扫量了一下江林娜，说，"我看他呀，恐怕是怕你跑了，所以想早点跟你结婚，乡下重男轻女，溺死女婴丢掉女婴的隐秘传闻太多了，男多女少，男人打光棍的多着呢。"

"我爸妈也这样说，所以，我刚刚跟他提了分手。"江林娜哽咽着说，"可是我的心为什么那么难受，我感冒了，他那么体贴地照顾我，给我端水端饭，以后再也不会有人像他这样对我好了……"

"怎么会，以后再恋爱，还是会有人对你好的呀！"韩小月不以为然地说。

江林娜摇摇头，她也谈了不止一次恋爱，顾彦早是最体贴，性格最成熟的，其他男友，相处时都很自私，只顾及自己的感受。

"他会照顾人，懂事，也是环境造就的，他家里穷啊，所以吃苦耐劳懂事体贴。"韩小月说，"可是，你又嫌弃他穷，这就很矛盾了。"

"我不知道……"江林娜伏在床上，心情低落到了谷底，哭得双肩都耸动起来。

韩小月说："我去打点饭，要不要帮你捎回来？"

江林娜摇摇头，说："谢谢你小月，我没胃口，不吃了。"

人在江湖

第二十七章

夜晚，丁茉莉回到出租屋，准备扭开水龙头做饭，却意外发现，水龙头坏掉了，自来水就像喷泉一样涌出来，她急得团团转，摆弄了几下都无济于事。

水淋湿了她的衣服，淋湿了厨房的地板。

丁茉莉连忙冲进客厅，拿出手机，找人求助，却不知道该打给谁。最后，她选择打给陈永昌。

陈永昌接起电话，说："喂？"

"我家水管坏掉了，你能帮我修一下吗？"丁茉莉急得都快哭了。

"好，你等着，一会就过去。"

方才接电话的陈永昌，正跟顾小春坐在一起吃晚饭，顾小春问了句："谁啊？"

"丁茉莉，她家的水管坏了。"陈永昌拿出电话，准备拨电话。

"那你还不快去？"顾小春说。

陈永昌摇摇头，说："小郑就会修水管，我给他打电话，让他过去，他们也见过面的。我留下来陪你。"

"怕我多想啊？"顾小春咬着汤匙说，"不会的，茉莉和我认识那么多年了。"

"孤男寡女，还是需要避嫌的。"陈永昌说，"小郑单身，他去修水管，不会有什么不必要的麻烦。"

陈永昌给小郑打了通电话，告诉他地址，他照着地址找到了丁茉莉的出租屋，不用表明来意，丁茉莉就知道小郑是来修水管的。

因为她去店里找顾小春的时候，见过他。

"老板让我来修一下水管。"

"快进来，再不来，家里就成河了。"丁茉莉的头发上还挂着水珠。

小郑从背包里拿出工具，三下五除二，就把水管给修好了，他带着新的水龙头来的，直接就给她换了一个崭新的水龙头。

"谢谢你啊，你有没有吃晚饭，我请你吃顿便饭吧？"丁茉莉十分感激地望着小郑。

"不用不用，举手之劳，客气什么。"小郑拿好自己的工具就走了。

第二天，陈永昌回到店里，问小郑："丁茉莉有没有请你吃饭？"

小郑摇摇头。

陈永昌疑惑地托着下巴，道："这么小气？"

小郑又摇摇头，说："她要请我吃饭的，我说不用客气，就回来了。"

"咳咳……"陈永昌咳嗽了下，说，"果然是钢铁直男，怪不得至今单身呢？"

"老板，怎么讲？"小郑挠挠头，说，"让一个女孩子请吃饭，多不好意思，修水管，本来就是小事一桩嘛！"

"丁茉莉长得好不好看？"陈永昌循循善诱道。

"嗯。"小郑用力点点头，说，"好看，皮肤又白，人又温柔。"

"那她请你吃饭，你怎么不去？脑壳坏掉了？"陈永昌用手指头弹了一下小郑的脑门，说，"姑娘请你吃饭，你去了，付账时候抢先把单买了不就行了。"

"怪不得老板能抱得美人归，还是老板厉害！"小郑笑着竖起大拇指。

傍晚，陈永昌在办公室对账，员工们下班后，陆陆续续离开店铺，回家去了。

新来的销售程瑶泡了一杯咖啡，端进陈永昌的办公室，她敲了敲门，陈永昌头也没抬，眼睛依旧停留在电脑屏幕上。

"陈总，这么晚了还不下班呀，我刚刚泡了杯咖啡，您慢用。"程瑶声音甜美，说起话来，娇滴滴的。

"好，谢谢，你放这就可以。"陈永昌依旧头也没抬。

程瑶有些失望，陈总竟然眼皮都不抬一下的，工作狂吗？

"没有什么事，你出去吧。"陈永昌端起咖啡，喝了一口。

程瑶没趣地转身，踩着优雅的高跟鞋，扭动着纤细的腰肢，离开了春畅公司。

陈永昌工作到八点多，接到顾小春的电话，她道："拼命三郎，还不准备下班吗？我在窗口都能看见，我们公司的灯还亮着。"

"这就忙完了，肚子好饿。"陈永昌说，"给我准备点晚饭，我一会过去。"

"好啊，你想吃什么？"

"做点清淡的，下碗清汤面吧。"

"想吃点什么菜？"顾小春问。

陈永昌说："这几天陪客户喝酒，大鱼大肉，吃得胃不舒服，只放上点黄瓜丝，别的不用了。"

"好，我这就给你做。"

挂断电话之后，陈永昌驱车去了顾小春的住处，拎着公文包，上了楼。

停下脚步，他敲了敲房门，顾小春小鸟一样跑过来，扑进他的怀里，搂住了他的脖子，说："亲爱的，你回来了！面条做好了！"

"现在的感觉真好，你就像一个温柔贤惠的妻子。"陈永昌把包放在客厅的沙发上，解开了领带。

顾小春端了清汤面上来，把碗筷递给陈永昌，陈永昌吃完后，盯着顾小春直看。

顾小春的脸有些泛红了，她害羞地说："干吗这样看着我？"

"今晚不想走了。"陈永昌说着，挪了挪身子，搂住了顾小春。

顾小春把自己的下巴搁在他的肩膀上。嗅着他身上特有的木质香气，意乱情迷。

陈永昌扳开她的身子，托起她的下巴，迫使她仰望着他，他的唇落下来，印在她的眉心，鼻尖，嘴唇上。

情到浓时，不能自已。

陈永昌横抱起顾小春，两个人进了卧室，将门关上。

她窝在他的怀中，彻底沉沦。

早晨，顾小春起得比较早。

她特地熬了些易消化的粥给陈永昌喝，最近生意越做越大，应酬也越来越多，所以免不了喝酒，喝酒喝多了最容易伤胃。

这也是为什么，陈永昌昨晚不想吃饭的原因。

陈永昌起床后，洗漱完毕，看见顾小春为自己精心熬制的大米粥，暖意袭上心头。

他拿了汤匙，舀了一汤匙，送入口中，赞不绝口道："嗯，味道不错，以后我们结婚了，你能天天给我熬粥喝吗？"

"当然可以了。"顾小春坐下来，也端起一碗粥，吃了起来。

陈永昌吃完粥，用纸巾擦拭了一下唇角，说："反正我们都要结婚了，没必要租住在两个地方，你搬去我那里住吧，也可以省一份房租钱。"

顾小春点点头，说："我觉得也是，没必要花的钱，可以节省下来。本来想要茉莉搬过来跟我一起住的，可是她的房租交了一年的，还没到期。"

"我这两天都想喝你熬的粥，你煮的面……"陈永昌说，"尽快搬吧。"

顾小春想起昨夜种种，脸红到了脖子根儿，她道："吃饭的时候病恹恹，睡觉的时候，挺能折腾的嘛，倘若以后住在一起，你肯定少不了要欺负我。"

"我就喜欢欺负你，你怎么地吧。"陈永昌抿嘴一笑，俊美迷人。

顾小春站起身，收拾了下碗筷，说："陈老板还有心情在这里跟我打情骂俏，马上就要到点了。"

　　"怕什么，我想要几点去就几点去。"陈永昌从身后圈住顾小春的腰身，说，"不然，我们去房间做做运动再走？"

　　"讨厌，早知道你这样……"顾小春伸手扭了陈永昌的胳膊一下，陈永昌更紧地箍住了她的身子，说，"早知道我这样坏，昨晚就把我赶走了是不是？"

　　顾小春只是嘴巴上说说，心里喜欢得很，她就喜欢被陈永昌搂在怀里，就喜欢他充满宠溺的眼神，喜欢他黏着她。

　　顾小春扭开厨房的水龙头，开始洗碗，陈永昌一点也不老实，他环着她的纤细腰肢，细细密密的吻，从脸颊滑落到她的脖颈。

　　二人驱车到店的时候，已经是上午十点了。

　　程瑶冷冷地望着顾小春，眼神中满是嫉妒，她小声对身旁的一个销售说："顾小春这么土，一个乡下土包子，老板什么眼光啊，怎么能看上她？"

　　"听说老板还是个打工仔的时候，他们就在一起了。"另一个销售说，"你可别动那些歪心思了，我们老板不是那种人。"

　　"是男人没有不喜欢漂亮女人的。"程瑶唇角轻扯了一下，说。

　　"喜欢漂亮女人啊，这不是喜欢顾小春吗？"另一个销售掩面轻笑道，"听说，他们今年就要结婚了耶。"

　　程瑶的心"咯噔"了一下，脸上露出不服气的表情："我哪一点比她差？为什么就没有高富帅喜欢我呢？"

　　"老板以前可不是高富帅，标准的打工仔穷屌丝。"

　　"那只能说顾店长眼光好咯，发现了潜力股。"

　　"都小点声，在店里议论老板和老板娘，还想不想混了。"

　　随后，店内安静了，除了工人刷漆作画的声音，再没其他杂音了。

　　几天后，陈永昌叫了店里的几个员工帮忙，去顾小春的家里拉东西。

　　就这样，顾小春和陈永昌同居了。

　　顾小春下了班就进了厨房，准备切肉丝熬粥。

"饭做好了吗？"陈永昌问。

"还没呢！"顾小春连忙把手机放下，切菜，准备炒两个小菜。

陈永昌进了厨房，说："跟谁聊天呢，做饭都顾不得了？"

"跟我妹……"顾小春说，"我们得帮她物色个好对象！"陈永昌摇了摇头，说："她也不容易，一个人拖着个孩子。"

顾小春把菜倒进锅里，翻炒着，说，"你也知道我爸那人，肯定没少埋怨她，天天说她嫁不出去待家里丢人。"

"结婚幸不幸福，全靠撞大运，能幸福吗？就算结八次婚，也不会幸福的！"陈永昌从碗柜里拿出盘子，递给顾小春。

顾小春把炒好的菜装在里头，陈永昌接着洗了几个皮蛋，切了姜末，撒在皮蛋盘子里，浇上醋，端到了客厅餐桌上。

陈永昌摇摇头，说，"我们父母那代人啊，什么东西坏了，就想着修一修，结婚后过得再不舒心，也不会离婚，现在改革开放了，人们的生活条件都好了，东西坏了就扔了，买新的！另一半不如自己的意了，从来不想办法修复，而是直接就离婚！"

"讨厌，说什么呢？你才结婚八次。"顾小春见陈永昌说自己的妹妹，不服气地还嘴，却不想，把自己也搭进去了。

"别乌鸦嘴啊！"陈永昌道，"我们可是要白头偕老的。"

"那你真不想管啊？"顾小春歪着头问。

"那是你亲妹妹，哪能不管，我帮她留意着点。""嗯，陈总最敞亮了。"

顾小春用汤匙翻搅着碗里的粥，她也替顾小霜愁。

陈永昌说："要么，你帮你妹介绍一个？"

"我的交际圈那么窄，就认识公司那些人，你说我介绍谁给她？"顾小春说，"她好像也不喜欢在外头漂泊，跟人结婚先讲条件，你店里的男员工，有几个是家境优越的？家境优越就不会给人打工了吧？"

陈永昌被问住了，他不再说话了。

……

推开公司的大门，陈永昌赫然看见几个员工正在店里加班，一切井然有序。

他曾交代过小郑，有个加急的订单，如果实在做不出来，就让员工加班。

不料，平时看起来憨厚老实不懂人情世故的小郑，在工作这件事上，一丝不苟，把公司管理得井井有条。

他在此刻下定决心，等婚后，顾小春有了宝宝，抽不出身来打理公司，就把店长的位子移交给小郑。

程瑶发现陈永昌回来了，连忙跑去冲了一杯咖啡，献殷勤一般，给他送进了办公室。

"陈总，喝杯咖啡润润喉吧！"程瑶嘴唇微抿，露出一个仪态万千的笑容。

陈永昌抬起头，目光冷淡地扫了程瑶一眼，说："去忙你手头上的工作吧，我晚上不喝咖啡。"

"哦，那真是不好意思啊，陈总，我去给您冲一杯奶茶。"程瑶屈膝，端起咖啡，欲离开。

陈永昌摆摆手，说："不用了，奶茶太甜，如果你实在没有事情做，给我倒一杯白开水就行。"

"好嘞。"程瑶扭动着纤细的腰肢，像一条美花蛇一般，离开了办公室。

不一会儿，程瑶端了白开水进门，放在了陈永昌的办公桌上。

陈永昌见她站着不动，便道："过几天，我跟客户有个见面会，这个客户对我们公司很重要，订单签成了的话，可以对公司有很大帮助，你想去吗？当然，如果订单签成，公司也会给你比平时更高的报酬。"

"当然，想去啊！"程瑶喜不自胜。

程瑶暗道：陈总跟客户谈生意，不带顾店长，反而带她去，这是一次机会呀，她可不能错过。

"好，你下去吧。"陈永昌摆摆手，头也不抬地继续看文件。

"谢谢陈总提携！"程瑶喜上眉梢，蹑手蹑脚走出了办公室。

见程瑶离开办公室后，脸色特别舒展，同是销售的小于拉了一下程瑶的衣袖，问道："天天去陈总那里献殷勤，有什么收获没有？今天怎么格外高兴？"

"当然……"程瑶得意地仰起头，说，"当然有啊，过几天有个大客户，陈总要带我一起去应酬，还说如果签成，就给我更多的报酬呢？"

"女人去酒桌上应酬，你可得小心了。"小于小声说，"我宁可不赚大钱，也不想被人吃了豆腐，一个月赚几千元，就满足了。"

"切，燕雀焉知鸿鹄之志！"程瑶嗤之以鼻地道，"照你这么说，那些售楼处的小姐，和卖保险的都不用活了，人在江湖，哪能独善其身？"

第二天傍晚，陈永昌载着程瑶，去见客户。

请客户吃饭的地点，选在 T 市的五星级酒店，席间，程瑶推杯换盏，四处倒酒敬酒，像一个十足的交际花一样，与客户相谈甚欢。

她很会说话，把客户哄得很高兴，只是落座的时候，身侧的客户手不老实了，一只咸猪手拍在了她的大腿上，她很自然地移开了客户的手，为客户倒了一杯红酒，用甜言蜜语灌了下去。

程瑶虽然表现成熟，可毕竟第一次经历这种场合，酒量也没提炼上来，客户没醉，她先醉了。

宴席过后，程瑶被陈永昌扶着进了 304 号房，让她独自休息。

他则带着客户去保健房做了个健身，下楼的时候，客户说："这个程瑶，不错，如果你把她安排一下，给我……那这单生意……"

客户已经暗示得很明显了，陈永昌摇摇头，说："那不行，她人已经醉得不省人事，倘若出点什么事儿，我也不好交代。"

"没想到陈老板为人这么刻板，一个销售而已，为了销售额，做出点牺牲，这不是常有的事情吗？"客户嗤之以鼻地道，"我今晚不锁房门，给你一晚上的时间考虑一下啦。"

陈永昌摇摇头，说："我不能替她做任何决定。"

"那订单，就免谈了吧！"客户拂袖而去，回到自己的房间，把房门一摔。

陈永昌暗骂：这个老色坏！

程瑶躺在 304 号房，睡得迷迷糊糊，半夜醒来上厕所，记错了房间号，摸去了 306 号房。

好巧不巧的是，306号房，就是客户的房间。

那位肥头大耳的顾客睡得鼾声震雷，突然摸到身边温香软玉一般的程瑶，瞬间清醒了大半，他嘴里嘟囔道："嘴上说得好听，还是不舍得丢掉这笔订单！哈哈哈哈……"

他二百斤左右重的身子，压了下来，程瑶神色恍惚，还在醉梦中。

她根本就不知道自己走错了房间，还以为是陈永昌半夜寂寞，跑来找她排解寂寞呢。

直到第二天清晨，刺目的阳光照射进屋子，程瑶才从睡梦中醒来，她望着睡在她身侧的客户，惊愕地瞪大了嘴巴，她大叫道："怎么是你？你怎么会在我的房间里，你这个臭流氓，滚啊——"

客户被她这么一闹，脾气上来了，他扬起巴掌，抢在她的脸上，怒道："你看看门口的门牌号，到底是谁睡了谁的房间？当婊子还想立牌坊？"

程瑶搂着被子大哭，客户嫌她哭得烦人，换好衣服便走出了房间。

临走之时，他对陈永昌说："这个程瑶，不错是不错，有味道，但是呢，第二天又不认账，哭哭啼啼的，太烦人，本来不想跟你签这笔单的，但是想到你也不容易，就签了吧。昨晚，你是不是没有跟程小姐谈明白啊？"

陈永昌听完，一头雾水，根本不知道昨晚发生了这么大一个乌龙。

客户露出一个意味深长的笑，匆匆离开了。

这时候的程瑶，没心情起床，还窝在酒店的被窝里哭泣。

陈永昌扯了扯自己的领带，走进了306号房。

"陈永昌，没想到你这么卑鄙！"程瑶指着陈永昌怒斥道，"为了你的订单，你牺牲我的清白，你要给我一个明确的说法！"

陈永昌叹息道："我给你安排的304号房，你自己走错了房间，去了306号房，这也怪我吗？昨晚你干什么了？为什么不拒绝，做完了，现在又来指责我？"

昨晚，陈永昌睡305号房，他给程瑶安排的304号房，客户306号房。

谁料到程瑶喝多了，还能摸错房门呢？

程瑶只是哭。哭了半天，她说："我还以为是你……"

"你觉得可能吗？"陈永昌反问，"你难道不知道，我马上就要结婚了，我会半夜摸到你的房间行不轨之事？"

程瑶只得自认倒霉，她道："既然事情已经发生了，订单成了没有？"

"成了。"

"那陈总承诺给我的高额提成呢？"

"都不会少你的。"

"我很难受，你能不能过来抱抱我，给我一些安慰？"程瑶瞪着无辜的大眼睛，仰着头，可怜兮兮地望着陈永昌。

陈永昌向前一步，打算给她一个安慰的拥抱。

没想到程瑶一把抱住了陈永昌，在他脖颈上用力地一亲，留下一个吻痕。

"你——"

陈永昌指着程瑶，捂着自己的脖子，心里想着回去以后该怎么跟顾小春交代。

"怎么？你怕了？"程瑶挑衅一般地望着他，道，"总之，今天的事情，你有一定的责任，你想独善其身，门都没有。"

"你想怎么样？"他反问。

"离开顾小春，跟那个乡下女人一刀两断，跟我在一起。"

"做梦！"陈永昌转身，离开了包间，去药店买了一张创可贴，贴在了自己的脖子上，遮盖住了那枚吻痕。

"哼！"程瑶冷哼一声，把床上的枕头扔到地下，"我不会善罢甘休的！"

回到公司后，陈永昌先是去洗手间，撕下创可贴，狠狠搓了搓脖子上的那枚红色蝴蝶印记，把脖子都搓红了也没见它消散下去。

他又用水洗了洗，还是无济于事。

陈永昌叹了口气，从衣服口袋里掏出一枚新的创可贴，又贴在了自己的脖颈上。

陈永昌进了办公室，就没再出门，尽量少在店里头招摇。

但是下午客人少的时候，顾小春还是进了办公室，问他："你今天怎么了？窝在办公室一天没出来，哪里不舒服吗？"

"咳咳……"陈永昌连忙捂着嘴，咳嗽了两声，道，"感冒了，喉咙有点痛……"

"吃药了吗？"顾小春走过去，伸出手，摸了摸他的额头，"不发烧，是不是昨晚出去应酬，酒喝多了？"

陈永昌摇摇头，握住她的手，放在唇边，说："没事。"

顾小春看见陈永昌脖子上的创可贴，问道："你脖子怎么了？"

陈永昌忽然有些紧张，他道："没……没事，被蚊虫叮了一下。"

这时候，程瑶走进办公室，敲了敲房门，道："陈总，昨晚我们一起签下的那笔订单，已经付款了，哟，顾店长也在呢！"

"好，你来得正好。"陈永昌说，"那笔订单的提成，我会给你加在下个月的工资里。"

"你们忙。"顾小春转身，离开了办公室。

陈永昌望着顾小春的背影离开后，他冷冷地盯着程瑶，道："我警告你，最好放尊重一点，不要在她面前胡说八道。"

"我什么也没说呀？"程瑶笑得花枝乱颤，她摊开手，道，"陈总，世界上怎么还会有您这样的人呢？需要我鞍前马后为您效劳的时候，带我去应酬，现在又想让我做朵莲花，纯净圣洁，呵呵。"

"昨晚的事，到底是怎么回事，你自己心里清楚。"陈永昌语气不耐地说，"你最好放安分一点，否则的话……"

"会怎么样？"程瑶坐在办公桌上，俯下头，凑过去，她的脸，与他只隔了几厘米的距离。

"陈总——"办公室门外，传来敲门声。

程瑶连忙跳下办公桌，整理了一下自己的短裙，匆匆离开了办公室。

小郑抱着一沓单子进来，道："这是最近的材料报表。"

"好，放这里吧。"陈永昌道。

小郑把材料表放在了桌上，退出了办公室。

晚上，陈永昌驱车载着顾小春一同回家。

顾小春问他："今晚想吃点什么，我做给你吃。"

陈永昌心不在焉的，说："什么都可以，随便。"

就连吃饭的时候，陈永昌也是心事重重的样子。

熄灯休息时，平常陈永昌都搂着顾小春睡的。

今晚，他却背过身去，不敢面对她。

顾小春从身后圈住他的身子，脸蛋在他的后背上摩擦，她呢喃道："永昌，你怎么了？"

"没事。"他声音低沉。

"你好像有心事。"

"没有。"

"那为什么不理我？"

"只是有点累。"他说。

"你昨晚陪客户，带了程瑶？"顾小春问道。

"嗯。"他道。

"程瑶这个女人……"顾小春沉吟了下，接着说，"给人的感觉不太好，感觉她有点不正派。她好像对你有意思，你跟她保持距离啊！"顾小春噘着嘴，用手指戳了戳他的肩膀。

陈永昌转过身来，抱紧她，用扎人的下巴摩擦着她的额头，说："你吃醋了？"

"嗯，算是吧！"

"不会的，我心里只有你一个人。"陈永昌伸手抚摸着她的发丝，说，"睡吧，乖宝宝。"

"嗯。"睡意袭来，顾小春蜷缩在他的怀里，像一只小猫一样。

"我们下个月结婚吧。"

睡意蒙眬中，她道："好。"

随着春畅生意越来越好，陈永昌不但买了两辆货车，还买了几辆轿车，首套楼房也已经装修完毕，下个月结婚，直接就可以入住。

随后的几天，他们都忙着为结婚做准备。

买结婚礼服，缝制喜被，买各种结婚用品，预订酒店，等等。

一眨眼，就到了举行婚礼的日子。

陈永昌让店里的员工去了趟老家，把顾玉全和顾小霜给带进了城，他则亲自开车去他的老家，把父母接到了城里来。

陈永昌把亲戚们都安排在了酒店。

婚礼当天，顾小春一袭白色露肩婚纱，显得格外美丽动人。

顾小霜坐在宾客席上，不由得赞叹道："真美，如果我结婚的时候，也能穿这么美的婚纱就好了。"

"你结十次，也没你姐一次强！"顾玉全对顾小霜指指戳戳地说，"你看看你姐找的对象，你再看看你，找的都是些什么歪瓜裂枣！"

顾玉全一向口无遮拦，说这些的时候，他一点不想一想，当初顾小霜是为了什么才回家相亲的，还不是为了他，到最后过得不如意，又被他瞧不起。

顾小霜脸上挂不住，心里不舒服，也没话反驳，毕竟她过得就是不好，过得不好就会被人看不起，就连亲人也不例外。

在婚礼主持说贺词的时候，程瑶穿着一袭大红旗袍，踩着优雅的高跟鞋，笑靥如花地跑上台，说："先暂停一下，我有件事情要宣布，希望这件事情宣布完毕以后，婚礼还能够正常进行。"

在场人都面面相觑，不知道她卖的是什么关子。

陈永昌知道程瑶不死心，可是在他的婚礼上，她能出什么幺蛾子？

"陈先生，如果您一生挚爱之人，此刻站在您的面前，您还会娶眼前的这位顾小姐为妻吗？"程瑶长长的大波浪卷发，散落在肩头，她侧过头，望着陈永昌。

陈永昌道："能把话筒还给主持人吗？我的婚礼，还用不着你来说话！"

"请你正面回答我的问题，陈先生。"程瑶固执地再次发问。

陈永昌说："顾小姐就是我一生挚爱之人。"

"何以见得？"程瑶冷笑着，鼓掌道，"有请林兰儿——"

"林兰儿？"陈母惊愕地瞪大了眼睛，"她怎么会出现在这里？"

陈永昌也呆住了，林兰儿也穿了一袭白色婚纱礼服，她缓缓走上台，笑容甜甜，像一朵纯净的海棠花。

"永昌哥。"林兰儿的声音甜甜的，糯糯的，她道，"你说过，如果我肯嫁你，你一定会娶我的，现在我回来了，你娶我吧！"

"你不是在新加坡吗？你……回来了？"陈永昌望着林兰儿，恍惚间觉得，这几年发生的一切，恍若隔世。

"嗯。"林兰儿点点头，"我回来了，永昌哥。"

顾小春瞪大了眼睛，望着眼前的一切，她都有些反应不过来了。

平日里对自己温情体贴的男友，此刻眼睛一眨不眨地望着别的女人，还是在她的婚礼现场，她恨不得当场砸了婚礼，扭头就走。

可是，她克制住了。

顾小春道："那个姓林的，麻烦你让一让，不要妨碍我们的正事，还有，我并没有给你发请柬，这里不欢迎你，请你出去！"

"我只听永昌哥的。"林兰儿看都没有看顾小春一眼，目光一眨不眨的，落在陈永昌的脸上。

"哈哈……"程瑶笑得花枝乱颤，一副幸灾乐祸的表情。

"你是特意来搅局的吧？"顾小春扬起巴掌，甩过去，落在程瑶的脸上，程瑶的脸被她一巴掌掴得歪过去，头发也跟着甩了过去，可见她的力度有多大。

"你已经被辞退了，明天不用去春畅上班了。"顾小春以春畅老板娘的姿态发话。

"陈总……"程瑶一脸的委屈，冲陈永昌撒娇。

"一切都听顾小春的。"陈永昌面无表情地道。

"永昌哥，你说过的话，还算话吗？我们结婚吧。"林兰儿伸出手去，攥住陈永昌的胳膊，摇了摇说。

"别在这里装傻白甜了！"顾小春上前一步，拉开了林兰儿撕扯的手，把她推向一边，接着她喊道，"保安，把这个林兰儿给轰出去！"

接着来了两个保安，把林兰儿给拖出去了。

婚礼继续举行，陈永昌却有些心不在焉。

宴席过后，二人回到婚房，世界终于安静下来了。

顾小春问他："那个林兰儿是谁？"

陈永昌说："前女友。"

"还想再续前缘？"顾小春道，"没关系，现在后悔还来得及。"

"都是过去的事了，我怎么会后悔？"陈永昌转眸，深深地凝望着她，"在你眼里，我就是那样一个优柔寡断的人吗？"

"在你见到她的那一瞬，我看到了你的迟疑……"

"那不是迟疑！"陈永昌打断了顾小春的话，他道，"我只是懵了，她人一直在新加坡，这些年都没有再联系过，我们结婚，我更没有给她发请帖，不知道她为什么会突然出现。"

"认识我之前，我不管，认识我之后，只准爱我一个人。"顾小春说，"什么前女友，想也不可以。"

"我们之间不可能了。"陈永昌说，"和她恋爱的时候，我们都还是学生，那时候不懂事，什么甜言蜜语的情话和承诺也说了一箩筐，原本，我们也以为一辈子就这样在一起的，谁料，她的父母移民新加坡，把她带走了，以前信息不发达，我们随后就断了联系。"

林兰儿，怎么会跟程瑶搅和在了一起？

原来，林兰儿给在国内的亲戚打越洋电话，顺便问了一下陈永昌的近况，亲戚就告诉她陈永昌要结婚的消息。

林兰儿听后，百感交集，往日种种涌上心头，伤心得不能自已，她不顾父母的劝阻，飞回国内，按照从亲戚那得到的春畅公司地址，找过去。

那晚，恰好是程瑶值班，程瑶一听林兰儿的来意，暗道：有好戏看了！

就特意在陈永昌和顾小春的婚礼上安排了这么一出，想要搅黄他们的婚礼。

没想到，她和林兰儿一起在婚礼上出了丑，被人丢出酒店外。

顾小春得知林兰儿是陈永昌的初恋，又不远万里回国寻爱之后，调侃道："那看来，今天我把她丢出去，有点太粗暴了。"

"……"陈永昌。

"不如，我们明天约个时间，一起吃个饭，把这件事情好好掰扯掰扯。"顾小春道。

"我跟她已经不可能了，还有什么必要掰扯，互不打扰是最好的。"

"我知道，如果她一直在国内，也便罢了，怎么说也是大老远从新加坡跑回国的，我们不能做得太不近人情。难道我把她丢出去的时候，你一点都不难过吗？"

"套路我？"陈永昌苦笑着摇摇头。

"不是。"顾小春说，"是做个了断。"

"明天的事情，明天再说，今晚，是我们新婚大喜的日子，不去想那些不开心的。"陈永昌搂住顾小春。

二人钻进了被窝里，房间里传来嬉笑的声音。

次日，程瑶在公司里收拾自己的办公桌，把自己的东西一一装进纸壳箱，准备离开。

好事的小于凑过来，问道："程瑶，怎么了？不是才加了薪水吗？怎么，不想干了？"

程瑶紧咬着嘴唇，道："是啊，此处不留爷，自有留爷处。"

小郑按照陈永昌的吩咐，把最后一个月的工资结账给了程瑶，程瑶抱着纸壳箱，黯然离去。

"听说了没，跑到老板婚礼上去闹闲篇儿，领了陈总的初恋过来，那初恋还穿了婚纱，想要抢婚哪，这家伙当场就被老板娘给辞退了！"

"脑子有包吧？怎么想的？"

"自视太高，觉得自己长得好，只有她才能配得上陈总。"

顾小春推开公司大门，聚拢在一起的员工立马散开了，该干吗干吗去了。

"店长好！"

"店长好！"

店员以及销售们纷纷给顾小春打招呼。

见顾小春进了办公室，员工们又窃窃私语起来。

"咱们店长也是个狠人，都不看陈总愿不愿意，直接叫保安把她们给丢出去了。"

"不狠，能拿得住我们老板吗？"

"就是就是。"

顾小春推门，走进陈永昌的办公室，对他道："你约吧，大家一起吃个饭。"

陈永昌愣了，他抬起头，道："什么？谁？"

"林兰儿啊？"

陈永昌"扑哧"一声笑了，道："你还真想跟她坐一起吃顿饭啊？到时候，你们针锋相对炮火连天的，我怎么自处？不去不去！再说了，我和她就是象牙塔里的恋爱，过家家一样，那么多年不联系了……"

"可是她不这样认为啊！必须做个了断，不然的话，她永远都是一个定时炸弹，总有一天会在我们之间引爆。"

"小春，你有点危言耸听了，我从来不走回头路，你应该相信我。"

"嗯，我相信你，可是我不相信林兰儿，我必须让她死心！"

"OK！我打电话给她。"陈永昌叹了口气，应承下来。

陈永昌通过老家的亲戚，得到林兰儿的手机号码之后，拨了过去，跟她约了时间地点吃饭。

林兰儿欣喜若狂，以为陈永昌对她旧情难忘，她抱着对他的一丝期望，欣然赴约。

晚上七点，林兰儿精心打扮了一番，她特意穿了一身粉色碎花裙，白色高跟鞋，这样软妹的打扮，是陈永昌最喜欢的。

她坐在提前预订好的房间内等候。

在房门打开的那一瞬，心便凉了半截。

原来，陈永昌并不是一个人来的，他是带着老婆一起来的。

可见林兰儿的内心有多崩溃。

"林小姐！"顾小春笑脸盈盈地上前，礼貌地伸出手。

林兰儿站起身，身不由己地伸出手，被顾小春握了握，她的目光始终停留在陈永昌的身上。

陈永昌道："我去点菜，你们先聊着。"

"昨晚的事情，很抱歉，我并不知道您和我老公曾经有过一段情。"顾小春大方地说，"不过，我老公已经向我坦承过了，他说谢谢你那些年曾经爱过他。不过，一切都已经是过去式了，现在他的身边已经有了我，也谢谢林小姐不远万里来参加我们的婚礼，昨晚因为我的暴脾气，害您没有喝上喜酒，真的很抱歉，今晚一定补上。"

林兰儿很尴尬，脸色红一阵白一阵的。

不一会儿，陈永昌回来了，菜和酒也慢慢上齐了。

陈永昌启开一瓶红酒，倒了三杯，他递给林兰儿一杯，说："谢谢你能回国参加我的婚礼，真的很感谢，我以为，我们这辈子都不会再见面了……"

林兰儿端起酒杯，一饮而尽，她低垂着头，说："对不起，你们慢用，我失陪了！"

林兰儿落荒而逃。

她的父母在她读初中时去新加坡打工，随后定居新加坡，把她也带了过去。

那时候，她和陈永昌恋爱，本不想离开，却身不由己，只得分手，她觉得她羽翼已丰，可以回国寻爱，谁承想，这个世界上，没有人会一直在原地等你。

"只说了两三句，人就跑了，我们可不能浪费了这一桌的好菜。"顾小春说着，拿起刀叉，切了一块牛排塞进了嘴里。

陈永昌坐下来，道："她一定扎心了。"

"那你心痛了？"顾小春反问。

"不要老是乱吃醋好不好？"陈永昌道，"我跟她有缘无分，也难为她了，还没有忘记我。"

"曾经相爱过的人，怎么可能一下子就忘掉。"顾小春端起高脚杯，将酒杯里的红酒一饮而尽。

"我们结婚是喜事，希望她的出现，不要影响到你，我现在心里想的，除了你，没有别人。"陈永昌说，"你不服输，不向命运低头的性格，和我很相像，我们才是同一类人。"

"谢谢你爱我。"顾小春拿起红酒瓶，再次斟上酒，举起高脚杯，与陈永昌碰杯，"新婚快乐！"

"新婚快乐！"陈永昌淡然一笑，英俊迷人。

彻底分手

第二十八章

江林娜和顾彦早提了分手，可是还是心软，顾彦早哄哄她，她就又心软了，重新回到了他的怀抱。

一转眼，就到了毕业季。

顾彦早再次向江林娜提出结婚的要求，他没有钱，特地用自己勤工俭学的钱买了一枚银戒指，他说等他以后工作有钱了，再给她补上一枚黄金的。

江林娜戴上顾彦早送给她的银戒指，感动得不得了。

她搂着他的脖子说："这么想跟我在一起，一辈子在一起吗？"

"是，我们结婚吧！等我们结婚了，再生两个小宝宝，一个像你，一个像我，想想就很幸福。"顾彦早亲了亲她的头发。

"可是……"江林娜有些吞吞吐吐。

"可是什么？"顾彦早问道，"难道你不想跟我结婚吗？"

"不是……"江林娜说，"我父母不同意我远嫁。"

"我们结婚以后，就在这座城市立足，不去我的老家，不算远嫁。"

顾彦早解释道。

"……"江林娜。

"难道你想要一毕业就分手吗？"顾彦早反问。

"不，我不要！"江林娜抱着顾彦早，呜呜地哭起来，她舍不得他。

女人，终归是心软的。

最终，她决定再跟父母谈一谈。

可想而知，任凭江林娜说破了嘴皮子，江家父母也不同意女儿的婚事。他们觉得女儿现在结婚就是在玩火，迟早都要后悔。

江林娜无奈，跟顾彦早商量，结婚的事情，等工作稳定下来再说。

顾彦早也同意了，两个人先是找了一间房租了下来，接着又开始分头找工作。

现在这个时代，大学也普及了，可以说是遍地大学生，找工作的时候，确实就不太好找。

有点高不成低不就的感觉。

有些办公室职位，实习期才给一千五百的月工资，两个人都摇摇头，简直是开玩笑，这点钱够干什么的？

然而那些低工种，工资看起来相对好一些，他们又不想放下身段去做，难道读了好几年大学，再去酒店当服务员，去工地上搬砖？

就这样，一个多月过去了，俩人也没找到什么好的工作，倒是偶尔干点家教之类的兼职，赚点饭钱。

自从顾彦早毕业以后，顾玉全就开始时时刻刻催促他往家里寄钱，要么就是催促他回家相亲结婚。

顾玉全把之前用在他两个姐姐身上的招数，现在又全部用在了顾彦早的身上。

"怎么还没找工作呀，你好歹也是个大学生嘛！"

"你姐以前一个月寄一千，你现在一毛不寄，还是大学生呢！全家砸锅卖铁供你上学，你就这样回报家庭啊！"

"你也该结婚了，都多大岁数了，村里像你这么大的小伙子，孩子都生了好几个了！"

"你那个城里媳妇不行啊，赚钱不行，花钱可是很厉害，你挣点钱，是不是都不够她买擦脸油的？"

……

因为没有找到合适的工作，再加上父亲时常的催促给他许多压力，顾彦早觉得自己都快得抑郁症了。

这天晚上，江林娜出去做家教，还没有回来，她发了消息给他，让他准备晚饭。

顾彦早答应得好好的，正准备去菜市场买菜，就又接到了顾玉全的来电。

顾彦早的语气中，尽显不耐："爸，又有什么事儿？"

"我跟你说那些话，你都不当回事是吧？"顾玉全扯着嗓门又开始教训儿子道，"毕业多久了，一毛钱没赚到吗？该往家里寄钱寄钱，你姐姐那会十几岁，一个月往家里寄一千呢，你说说你，还大学毕业，怎么赚不来钱呢？不行你就回来吧，赶紧相亲结婚，我也好早点抱孙子，别最后成了光棍子，被村里人笑话！"

"天天村里人笑话村里人笑话，你天天活在别人嘴里，也没见别人不笑话你！"顾彦早被父亲来来回回地念叨烦了，直接怼了回去。

"你这臭小子，怎么跟老子说话呢？啊！"顾玉全吼道，"我也是为了你好，村子里的青年二十二就结婚了，不结婚也订婚了，你看看你都多大了，读大学浪费了那么多年时间，在村子里都成老青年了，婚姻大事，得抓紧啊！"

"我二姐就是被你催婚催的，到现在都婚姻不幸，你怎么还闭着眼的催啊催，烦不烦！"顾彦早反驳道。

"赖我啊？"顾玉全道，"她自己眼光不好，这能赖我吗？就算是相亲，不也得你们自己相中了才行啊！"

"能不能别再提这件事了？"

"不能！"顾玉全态度坚决。

自从他毕业，父亲打电话的次数明显比从前多了，而且从来不问候他吃得好不好，住得怎么样，目的就两个：要钱、催婚。

如果说顾玉全从前这样对待女儿是重男轻女，那他现在对待儿子，也没有厚此薄彼，一视同仁，张嘴就是要钱花，年纪轻轻就啃小。

你若跟别人说你有这样的父母，别人还得说你不孝顺，就因为他是你爹，他就能道德绑架你。

可是拥有这样的父母，跟人家拥有优质父母的人比，人生就是差了一大截。

顾彦早之所以可以读大学，完全是因为姐姐打工供养，他爹还真没出过一分钱。

他之前读大学，没有感受过这样的遭遇，现在天天这样像被催债似的要钱，催婚，他心情烦躁得很。

于是，他给姐姐顾小春打了个电话，说了父亲最近所干的事儿。

顾小春说："正常，以前他就是这么对我和小霜的，月月要钱，寄晚了就骂人，小霜经不住他这样催，就回去相亲结婚了……"

顾小春安慰了顾彦早一番，告诉他不必气馁，实在没有合适的工作，可以从低工种做起，慢慢来。

顾彦早挂了电话，心情还不能平复，连去买菜都忘记了。

江林娜做完家教回来，见顾彦早坐在客厅沙发上，屋里灯都没开。

江林娜打开灯，道："彦早，饭做好了？"

"没有，忘了。"顾彦早这才想起来，把晚饭的事情给忘了。

江林娜的脸上有明显的不悦，她道："我去做家教，已经很辛苦了，让你做个饭都不做。"

"刚刚我爸给我打电话，争吵了几句，我就把买菜的事情给忘了，不如我们出去吃吧！"

"出去吃很贵的吧？"江林娜说。

"只吃一顿，没关系的。"顾彦早说。

"那好吧。"

两个人手挽手出了门，找了家看起来比较简陋的餐馆，点了两个菜，要了两碗拉面，吃完了，顾彦早从兜里掏了半天钱没有掏出来。

因为他好面子，顾玉全要钱的时候，他把做零工赚的钱寄给顾玉全了。

自从毕业以后，顾小春也不再给他寄钱了，他也不好意思管姐姐要钱了。

晚饭是江林娜付的钱，她去吧台付完钱，走出店门，没有回头去拉顾彦早的手。

顾彦早追上去，拉住江林娜的手，说："怎么，不高兴了，下次我一定想着给你做饭。"

"今天辛苦赚这么点钱，刚才一顿饭就吃掉一半，想想人生真是艰难啊！"江林娜说。

其实在这一刻起，江林娜对顾彦早的心，已经不似从前那般热烈了。

而一次与老同学的偶遇，让江林娜决心彻底放弃这段感情。

那天，她骑着单车，奔波在去做家教的途中，身后一辆豪车朝她狂按喇叭。

江林娜转过头去看，看见一个女孩朝她招手，她把自行车停在路边，走过去，才发现是同学韩小月。

"这才毕业几天啊，就开上豪车了？这车少说也得有一百多万吧！"

韩小月点点头，说："是啊，男朋友送我的，我们准备今年结婚了！你呢？还在跟那个穷小子苦恋呢？现实点吧林娜，就算想要醉人的爱情，也要在拥有面包的前提下啊，你看看你现在皮肤差的呀，毛孔那么粗，天天骑着自行车风吹日晒的，衣服还是上学时候那么土，他一定没有钱给你买新衣服吧？啧啧啧……"

江林娜被韩小月说得无地自容，恨不得找个地缝钻进去。

韩小月上下扫量了江林娜一番，语气略带嘲讽："以后同学聚会你可怎么办，骑着自行车去参加聚会？不怕被人笑话？"

"小月……"江林娜自觉比人矮了三分，现实就是这样，没钱没地位就是被人瞧不起，别人说话一点不顾忌你的自尊。

穷人想要自尊也没人肯给你，穷人的自尊根本不值钱。

"你别怪我说话难听啊林娜，我以前就劝你离开他，一个人的家庭背景是没有办法改变的，听说他读书都是靠姐姐供养，一个家，靠一个女孩子来支撑，可见他的父母是什么样的人了，真的，生活是现实的，这是我名片，有时间一起出来喝咖啡。"

江林娜接过名片，木讷地望着韩小月的车子，绝尘而去。

江林娜默默地回到出租屋，把自己所有的东西都收拾进包裹，搬回自己家里去住了。

江父江母见女儿灰头土脸地回来，像是丢了魂一般，窝在自己的房间一天都没有出门。

江母进门哄她，问她怎么了。

江林娜不发一言。

江母说："你和小顾分手了吧？"

"嗯。"她终于吭了一声。

"爸妈知道，怎么说你，你都不会听的。不去亲自体验，又怎么会知道生活的艰辛？我们打听过了，他的爹，出了名的懒，年纪轻轻就不赚钱，正值壮年就开始养老，不停问儿女要钱，就凭他拥有这样一个爹，你们也不会幸福的，他们家穷是有原因的，有手有脚，为什么穷，因为懒啊！"

"可是他真的对我很好。"江林娜伏在床上，抱着枕头哭着说。

"你只图他对你好，万一以后他不对你好了，你还有什么？除了一穷二白的破屋烂瓦，你还能有什么？"

江林娜抽泣着说："我今天碰见我同宿舍的韩小月，她老家就是一个镇上的，家庭条件一般，上学的时候面膜都买不起，都是我送她用。现在，她开着豪车，在路上冲我按喇叭，我骑着自行车，听她说了一番大道理，其实我都懂，用得着她说吗？她哪里来的优越感，真是莫名其妙！"

"别人善意的提醒你都受不了，等你以后真的嫁给他，抱着孩子不能出去工作，住在简陋的出租屋里，穷得没有钱花，四处借钱的时候，别人的冷眼你更受不了。"

江母拍了拍女儿的后背，说："我去做点你爱吃的菜，人生还长，我的女儿这么优秀，值得更好的人生。"

做兼职回来的顾彦早回到出租屋才发现，江林娜搬走了，属于她的东西，她全拿走了。

她的拖鞋，她的牙刷，她的衣服，所有所有属于她的东西，都没有了。

顾彦早这才发现事情的严重性，他打电话给江林娜，江林娜不接。

顾彦早的心情低落到了谷底，随后，她收到了江林娜发来的信息：彦早，我们分手吧，对不起，我们根本不适合在一起。我跟你在一起，看不到任何未来，望你以后过得比我好。

一个大男孩，从未哭过，却因为女友提分手而哭了。

因为这一次，他感觉到，她是真的，不想跟他在一起了。

被分手后的顾彦早更加消沉，他开始酗酒，抱怨为什么上天这样不公。

这样浑浑噩噩几日后，催房租的房东来了，他蓬头垢面地打开房门后，房东惊呆了，屋子里满地酒瓶和方便面袋子，垃圾桶里的垃圾都溢出来了，饭桌上满满当当的烟头和垃圾，屋子里一股发霉的味道。

房东原本是来催房租的，结果看见这幅场景，直接把他轰出去了。

顾彦早无处可去，睡在马路的长椅上，想想悲惨的遭遇，就落泪不止。

他打电话给大姐顾小春哭诉，顾小春说："我刚来 T 市的时候也睡过大街，你是个男子汉，这点挫折都不能忍受的话，还能成什么气候？"

"可不可以打点钱给我？"顾彦早哽咽着问姐姐。

"你已经长大成人了，你应该想一想，你女朋友为什么会离开你？当初我见过江林娜，她不是一个物质的女孩，她一定是在你身上看不到希望，才决绝离开。一个男人，要有担当，承担起自己的责任，姐姐不能一辈子养你。你自己想办法。"顾小春挂了电话。

顾彦早没有给顾小霜打电话求助，他知道，她带着个孩子，离了婚，更难。

给父亲打电话求助就更不可能了。

他甚至害怕自己控制不住自己，从桥上跳下去，一了百了。

初春的天气，躺在马路的长椅上休息，真的很冷。

顾彦早浑身打了个哆嗦，他感冒了，头昏昏沉沉的。

凌晨的时候，他已经发烧烧得不省人事。

早晨，一个姑娘发现他躺在长椅上浑身直哆嗦，知道他是病了，看他衣着打扮，也不像是乞丐，便摇醒了他，问他怎么了，需不需要帮助。

顾彦早说："我有点冷。"

姑娘伸手摸了摸他的额头，说："你发烧了，我去买点药给你吧，你家在哪儿，为什么睡在这里？"

"云城。"他说。

"是吗？我也是云城的。"姑娘微微一笑，说，"还是老乡呢。"

顾彦早说自己身上没钱了，被房东赶了出来，只得露宿街头。又因为跟女朋友分手，心情低落酗酒，这才导致生病。

姑娘说她今天要赶车回乡下，可以给他点钱买点感冒药，但是不能陪他一起去药店了，她问他一个人能不能走？

顾彦早摇摇头，说："借我点路费，我想回家。钱，回家以后再还你。"

姑娘见他容貌清秀，斯斯文文，书卷气很重的学生模样，问了他的父亲是谁，一听姓名，知道是一个镇上的，就同意了。

二人结伴回了乡下。

顾彦早和她互留了联系方式，他承诺病好了就还钱给她。

他在路上吃了点感冒药，在车上昏昏沉沉睡了一路。

他们在下车后道别。

顾彦早回家之前并没有跟父亲打招呼，回到家的时候，看院门敞开着，父亲应该在家里。

他穿过院子，推开房门，想要去卧室休息一下，却发现顾玉全四仰八叉地躺在炕上睡觉，炕上堆满了没有洗的脏衣服，地下也是差不多一个礼拜没扫过了，桌子上也厚厚的一层灰，顾彦早看到这些，心情灰暗到了极点。

为什么别人都有一个温暖幸福的家，他却没有。

为什么别人的父母恩爱，为自己的孩子付出一切，他的父亲却是这样的？

如果没有见识过外面，他也许不会这样绝望。

从学校回到家里，就如同穿越了两个世界。

灰暗，破败，颓废，绝望，无助，迷茫，冰冷……

顾彦早站在炕边，冷冷地望着父亲，顾玉全忽然坐起来，说道："我在做梦吗？彦早你回来了？什么时候回来的？我肯定是在做梦，你不是在城里上班吗？"

接着，顾玉全又躺下去，睡了。

顾彦早说："如你所愿，我回来了。"

顾玉全这才清醒过来，他睁大眼睛，用手背搓了又搓，确定自己不是做梦以后，他跳下床，说："好，明天就相亲，成家才是正事。"

顾彦早忍着发烧头晕身体不适，拿了扫帚扫了扫地，把炕上的衣服全都扔了出去，才躺在炕上休息。

顾玉全对儿子扔他的衣服十分不满，他嚷嚷道："扔我衣服干吗，扔地下都脏了！"

顾彦早懒得理他，屋子里一股味道，那些衣服起码一年没洗过了。

不用说，顾小霜肯定没住在家里。

不然家里不至于让他作成这样。

顾彦早昏睡了一天一夜，晚上顾玉全叫他起来吃饭，他都没有起来。

第二天早上，他才觉得自己好些了。

顾玉全一早起来，熬了一锅玉米面粥，端上来一盘萝卜咸菜，几个馒头，就是一顿早餐了。

顾彦早看着桌上的馒头咸菜，就没有胃口，他说："爸，你不是问我姐要钱，就是问我要钱，也没见你修房子，也没见你买衣服，连个新鲜的菜都没有，你要了钱都干吗了？"

"不都给你上学花了吗？"顾玉全呵斥他道，"不愿意吃啊，不愿意吃自己去集上买油条！你看看你现在这个样子，你姐都把你惯坏了。"

顾彦早不再说话，他端起一碗粥，喝了。

然后，拿了铁锨，开始铲院子里的草。

都说死人的院子里才长草，父亲住在家里，竟然能让院子里的草长到一米多高，还有些小树苗，顾彦早全部铲干净了。

不然，到了晚上，容易招蚊虫。

顾玉全见儿子回来了，当时就给媒婆打电话了，得意扬扬地说了儿子的条件，大学毕业，人长得又高又帅。

媒婆应承着答应下来，约好下午见。

顾玉全也没问顾彦早为什么不再提江林娜了，因为他本身也不喜欢那个娇滴滴不会干农活的女孩当他儿媳妇。

儿子能听他话回来，他就很开心。

"约好了，下午见。"顾玉全说，"见吗？"

"随便。"顾彦早面无表情，一副逆来顺受的样子。

下午，媒婆带着顾彦早去见了一个女孩，年纪和他相仿，可是矮得不像话，最多也就一米四，长得也不太好看，顾彦早扭头就走了。

媒婆见他这是不愿意，也没再劝，领着他见下一个。

媒婆拉过顾玉全，悄悄跟顾玉全说："这个呢，不知道你儿子乐不乐意，孩子就是有一点脑筋不太好，长得一般，但是家里有钱啊，开个挂面厂，还是独生女，你看看你家房子没有，车也没有，儿子虽说长得又高又帅吧，但是也没工作，什么条件的姑娘能看上咱呀。"

顾玉全一听，就说："中，人家愿意咱就愿意，孩子别像我一样打光棍儿就行！"

顾彦早并不知道，依他的家庭条件，已经到了只能跟脑袋有问题的姑娘相亲的份儿上了。

媒婆带着他去了那姑娘家附近，那姑娘一米六的个头，穿得也得体，家长们都出去以后，让两个人聊一下，互相了解了解。

顾彦早无心相亲，想起当年顾小春相亲逃跑的情景，他苦笑了一下。

没想到，他身侧的姑娘竟然自言自语起来："她怎么上河里去了，我吃的鸡蛋，中午还吃……鸡蛋也行，瓜也行……"

顾彦早觉得她莫名其妙，想要起身离开，那姑娘竟然拉着他的袖子唱起歌儿来。

顾彦早心里直发毛，直接甩开了她，逃也似的夺门而出，他觉得自己的心很慌乱，很痛苦，不知道是因为吃了药的缘故，还是因为心理落差太大，抑或是因为太想念江林娜了。

他扶着墙，捂着胸口，这时候，一个姑娘扶住了他，道："怎么是你，你怎么了？"

顾彦早抬起头，望着她，是那个和他一起回乡的姑娘，他还欠她的路费。

媒婆原来跟双方家长在一旁吹牛，看见顾彦早跌跌撞撞地出来了，就冲过来，道："怎么样？可以吗？"

那姑娘不客气地说："你这不是坑人吗？邻居家姑娘是个傻子，你把她介绍给一个大学生，这婚姻般配吗？"

"他家里条件不行，他虽然大学毕业，又没有正式工作，人虽长得帅些吧，能当饭吃啊！有房有车的小伙还找不到女人呢，他现在啥也没有，一穷二白的，有个傻的肯嫁都不错了！"媒婆翻着白眼道，"这丫头，真是多管闲事，不然你嫁给他啊！"

"我嫁！"姑娘说。

顾彦早怔了一下，脸上却没有任何的表情。

他用喑哑的声音，低声警告她说："你会后悔的。"

"穷怕什么，只要有人在，只要肯吃苦耐劳，什么都会有的。"姑娘信誓旦旦地说。

顾彦早苦笑了一下，想起江林娜也曾经说过同样的话，时过境迁，往日恩情已不复存在，从前说过的那些情话，都成了泡影。

那些甜言蜜语，海誓山盟，都已成了幻境。

就好像，在城里读书那几年，他只是做了一场大梦。

梦醒时分，那个可以不顾家长反对，不顾他家境贫寒，不顾一切爱他的女人，抛下了他。

他永远都不会忘记他打电话给她，她对他说的那些冷冰冰的话，她说："我不再爱你了。"

如今，眼前的这个姑娘，说着同样动人的话，她和他，却只不过是一面之缘而已。

她为了他和媒婆争吵，难道仅仅是为了可怜他，逞一时口舌之快？

女人的话不可信。

顾彦早这样想着，丢下姑娘，匆匆离去。

媒婆却当了真，上前一步，喜笑颜开地道："姑娘，你叫什么名字啊，真愿意嫁给他？那我就做这个媒！"

媒婆才不管你家庭条件匹不匹配，只要能说成亲事，吃到媒人酒，拿到媒人该得的介绍费，她就高兴。

"林云秀。"姑娘说。

媒婆拉着林云秀的手走向林云秀的家，说了这个媒。

林云秀的父母一听顾彦早家里一穷二白，房子都快倒了，爹还懒得出名，说什么都不同意。

林母气得摔了茶杯，就差甩给媒婆几个耳刮子了，她指着媒婆的鼻子骂道："我家好好的姑娘，你给我们家说的什么媒？这是作贱人！顾家破屋烂瓦的，让我们姑娘嫁过去喝西北风吗？"

林云秀的父母火冒三丈，直接把媒婆给轰了出去。

可是林云秀铁了心要跟顾彦早订婚，她道："是你们叫我回家相亲的，你们不想让我远嫁，警告我不许我在城里跟人谈恋爱，为了方便照顾你们，我听了你们的话，回了家乡，可是，你们总得让我挑一个我看顺眼的吧？我对他一见钟情，穷怕什么，我们都还年轻，况且，顾彦早是大学生，他有才学，一定不会一直穷困下去的。如果你们不同意，我就远离家乡，嫁得远远的。"

见女儿这么固执，林云秀的父母只得妥协。

他们也看了顾彦早的照片（媒人给的），一表人才，挺精神的一个小伙，只是被他那个懒爹拖累了，刚大学毕业，以后有了工作就好了。

"闺女，你可别后悔啊！"林云秀的父母摇着头叹息。

"不后悔。"

就这样，一个愿意嫁，一个心情抑郁听天由命，这桩婚事就这么促成了。

当然，按当地风俗，需要拿一些彩礼钱的。

316

林母张嘴要了十万，说近几年都是这些彩礼钱。

林云秀不依，跟母亲好说歹说，降到五万，不能再低了。

她也说不动父母了，就有些为难，跑去顾彦早的家里，问顾彦早。

顾彦早说："我读书这么多年，一直花钱，没有收入，刚毕业还没有正式工作，你也看到了，我们家一穷二白，根本就没有钱，哪里有五万给你。其实我回家的本意，并不是想要回家跟人结婚，我只是想回来好好想一想，自己以后的人生路该怎么走，我迟早还是要回城的。"

"你不喜欢我？"林云秀的星光闪烁的眼眸中有些许失落。

顾彦早摇摇头，说："我们认识的时间很短，互相并不了解，哪里谈得上喜不喜欢？"

"一见钟情你明白吗？彦早，我对你是一见钟情的。"林云秀模样俊俏，看起来很腼腆，梳两个麻花辫，可是她说出来的话却很大胆。

"你讨厌我吗？"林云秀再次追问。

顾彦早摇摇头。

"那不就结了。"林云秀说，"没关系，我有私房钱，可以拿出三万来。"

"那还有两万。"顾彦早说。

看起来，他对订婚，没有一丁点的积极性。

顾玉全一听，这丫头是上赶着要嫁给自己儿子啊，他连忙说："行啊，两万我给你大姐打电话，让她寄钱！"

顾彦早白了父亲一眼，对他的亲情，早已被他日作夜作，消磨殆尽。

顾玉全走到院子里，拿出手机，翻出顾小春的手机号，问她要两万元钱。

顾小春问明了原因，很痛快地答应下来。

顾玉全前脚刚挂断电话，后脚，顾彦早就接到了姐姐打来的电话。

电话那端传来顾小春恨铁不成钢的声音："你和江林娜分手多久，选在这个时候结婚，合适吗？"

"这一次，她不会再回心转意了。"顾彦早用手擦拭了一下眼角的泪水，说，"我们之间已经结束了。"

顾小春说："彦早，没想到你大学毕业，也走到了今天这个地步。我不希望你步你二姐的后尘，你想好了吗？确定要跟一个没有丝毫感情的女人结婚，过一辈子吗？"

"确定。"顾彦早嘴上说着确定，心底却是一种无奈的滋味。

他怎么可能在这么短的时间里就移情别恋？

他只是不想再听父亲唠叨了。

"我儿子之前有过女朋友，你不介意吧？"顾玉全见林云秀的面色有些尴尬，生怕黄了这桩婚事。

"我会打给你十万元，你可以拿出两万当作彩礼，剩下的钱用来翻盖新屋。"顾小春说。

这个世界上，也只有姐是无私爱他的吧。

顾彦早只觉得自己的眼睛鼻子都有些酸涩，哽咽道："知道了姐，谢谢姐。"

"你要振作起来啊，读了那么多年的书，不能让它无用武之地啊！"顾小春说，"你姐夫也没有什么大学学历，他当初来 T 市打拼的时候，身上也没揣多少钱，我公婆也是乡下人，没有什么本事，没有钱供养他读书，也没有钱给他出去开店，如今所有的一切，都是靠他自己双手努力得来的，你要有志气。"

"我明白，谢谢姐。"顾彦早说。

林云秀从衣服口袋里拿出一包纸巾，递给顾彦早一张，顾彦早接过来，擦拭了一下眼角的泪水。

挂掉电话之后，顾彦早说："你叫林云秀，对吧？"

"嗯，对。"

"等翻修完房子，我们就结婚，好不好？"顾彦早说。

"好。"林云秀莞尔一笑，含情脉脉地望着他。

她不敢相信，自己一眼就倾慕的人，真的就能跟他携手一生了。

什么贫穷富贵，她根本不想那些。

她自小在乡下长大，什么样的苦没吃过，小时候都跟着父母去田里干活，再苦再累，她都不怕。

更何况，顾彦早还是大学学历，那些无知愚昧的人怎么可以跟他相提并论。

姐姐跟他说过好多次：真正的男子汉是不会流泪的。

顾彦早现在，就像一个大男孩，他的心底还是个孩子，还没有彻底长大。

不然，他又怎么会流泪呢。

顾小春很快将十万元转到了顾彦早的账户上，这些钱，在乡下盖个新房子足够了。

顾彦早在村子里找了些亲戚帮忙，把家里不要的东西全都扔了，扔的时候顾玉全是这个不舍得，那个也不舍得，一路都在骂儿子败家子。

顾彦早说："这些旧衣服坏桌子烂柜子的，你也不用，在家里占地方。"

"都好好的，谁说烂了？"顾玉全挡在门口，不让扔。

顾彦早叹了口气，说："拿这几包衣服来说吧，你穿吗？不穿天天摆在炕上干吗？怪不得我二姐一天都不想待在家里，她每天跟屁股后面收拾，这个家像家吗？跟猪窝有区别吗？不扔也可以，新房盖好之后你别住，爱去哪儿去哪儿。"

"啥？还没娶媳妇呢，就想把老爹给扔了？"顾玉全扯着嗓子大骂，"你这个不孝之子，我供养你读大学……"

"我姐供养我读大学，爸，你说这些有用吗？谁不知道你天天在家睡大觉，你睡觉能赚到钱供我读大学？不扔怎么办？房子不盖了？那也行，我和林云秀去城里，你就窝在这里好了，哪天睡觉房子塌了，把你砸了，别怪儿女没有管你。"

顾玉全被顾彦早这么一说，只得躲开，心痛地看着那些破烂被丢了出去。

旧屋轰然倒塌。

雇佣而来的工人们在旧址上，重新打地基，盖起了新房。

这段时间，顾玉全被安排到了亲戚家居住。

顾彦早睡在堂哥家里，每天早起干活。

顾小霜也被顾玉全从婆家叫了回来，每天中午骑着自行车赶回娘家，给工人们做午饭，晚上再回婆家。

　　即便是辛苦，顾小霜也不说一句累。

　　她的心里也是高兴的，毕竟弟弟要结婚了，自己住了半辈子的破屋，终于要焕然一新了。

　　只是世事无常，她也没有料到，弟弟最终没有跟江林娜走在一起。

　　那个叫作林云秀的女子，看起来温婉可人，笑容憨态可掬，还不拘小节地跑到顾家来帮忙。

　　房子盖起来了，需要晾晒一段时间才能入住。

　　在这段时间里，顾彦早和林云秀一起进城选家具，购置嫁妆。

　　也幸亏林云秀的父母不重男轻女，她的彩礼钱，他们没有动，都分文不动地交给自己的女儿，让她自己挑选嫁妆去了。

　　一切准备就绪，他们的婚期也订好了。

　　婚礼当天，陈永昌和顾小春也赶来了，他们包了一个两万元的红包。

　　顾小霜也参加了婚礼，只是，她的红包有点瘪，只包了一千。

　　顾玉全朝顾小霜翻着白眼，很是不满意，饭桌上他就对顾小霜说："你弟弟结婚，你姐出了多少钱，你出了多少钱？就包一千红包，太小气了吧？"

　　"我手里没有钱，你也不是不知道，我想包也没有啊！"顾小霜抱着孩子，委屈地说，"我姐是老板娘，我能跟她比吗？"

　　"你看看你姐找的对象，你看看你找的对象。傻！"顾玉全口无遮拦地嘲笑着自己的女儿。

　　顾小霜嗓子眼里噎得慌，吃不下饭。

　　她也懒得跟父亲理论，当初是他喊她回来相亲，还一直骂她姐姐不听话，现在她过得不好，他又在这里嘲笑她。

　　顾小霜起身，抱着孩子换了一张桌子吃饭，她根本不想看见父亲。

　　顾彦早和林云秀端着酒杯在席间敬酒，也敬到了顾小霜这里，顾小霜说了一番祝词，便将红酒一饮而尽。

　　本不该多喝的场合，顾小霜却喝多了。

她不想再结婚离婚了，再结一次，也不过是换了一个渣男而已，也许这世界上根本没有好男人，她想。

像姐夫那样的好男人，万里挑一，她也没有那个命。

也许原生家庭的困扰，使她无法脱离不幸的魔咒。

是她依赖心理太强，总想依靠男人，结果每一次都依靠不上。

人生就是这样，她不想再折腾了。

新婚当晚，顾彦早百感交集，心里有感动，有酸涩，也有恍若隔世的不真实感。

他站在床边，看着美丽动人的林云秀的时候，觉得自己尚在梦中，好似不曾醒来。

他觉得这一切都不是真实的，她再美，又怎么样呢？

他想流泪，想江林娜，想他和江林娜朝夕相处的校园生活，为什么突然就变了，突然就不爱了，突然就放手了。

熄了灯，他没有主动，也没有心情，而是侧过身去，背对着她。

她以为他只是累了，双手温柔地碰触他的身体，他的肩膀，他的胳膊，他的后背，他的每一寸肌肤，都是那样令她着迷。

顾彦早转过身，搂住了她，接下来的事情，也便顺理成章了。

原本，顾彦早想要尽早离开乡村，回城找工作的。

毕竟，他完成了父亲的嘱托，成家立业了。

但是事与愿违。

林云秀竟然在婚后两个月查出有孕，顾彦早就要当爸爸了。

得知这个消息，顾彦早也很欢喜，毕竟是自己的第一个孩子。

就这样，进城找工作的事情，也就搁浅了下来。

林云秀怀孕了，早孕反应很厉害，呕吐头晕，只有躺着才好些，顾玉全是个男人，又不会照顾人。

再说了，他若单独进城，让公公和儿媳留在家里，也会被村里人说闲话。

就算进城，他也得带着林云秀一起，毕竟乡下的环境是——人言可畏。

顾彦早选择留在乡下，精心照顾怀孕的媳妇，空的时候，也跟着村里人去工地干点零工，村里人表面上不说什么，背地里都在嘲笑顾彦早空有一张大学文凭，却如此无能，在工地上搬砖干苦力。

顾彦早知道村里人的秉性，就算不小心听到了，他也从不在意，他知道自己不会永远留在乡下，等妻子生了孩子，他就会重新回城。

林云秀对顾彦早十分依赖，事无巨细都要问他。

顾彦早对她则不冷不热，林云秀知道，他是因为心里还想着他的前女友。

她怨恨，她嫉妒，却又无计可施，无可奈何。

一转眼，半年过去了。

顾彦早再也没有主动跟江林娜联系过，这天，他收到了江林娜发来的消息。

即便是分手了，他也没有舍得拉黑她，两个人毕竟是同学，以后同学聚会，还是要见面的，没有了做爱人的缘分，还是有同学之情的。

江林娜说：你还好吗？

顾彦早迟疑了一下，考虑要不要回她，停了几分钟，还是回了她的消息：好。

只是简简单单的一个字，毫无感情成分在里面，冷冰冰的，也没有任何的温度。

江林娜：我很想你。

顾彦早心里悸动了一下，手停留在手机上，许久。

最终，他还是选择不回复，并且麻利地删除了聊天记录。

江林娜：我去我们的出租屋了，房东说你走了，你去了哪里？回乡下了吗？

顾彦早：嗯。

江林娜：我知道是我负了你，可是你也应该理解我，结婚并不是两个人的事情，我还应该考虑未来孩子的奶粉钱和家庭环境。

顾彦早：你想说什么？

江林娜：半年多没联系了，只是想问问你好不好，毕竟做不成恋人，我们还可以做朋友啊！

顾彦早：嗯。

江林娜：你有女朋友了吗？

顾彦早：不好意思，我结婚了。

江林娜没再回复消息。

顾彦早再次把聊天记录删干净，才把手机揣兜里。

怀孕六个月的妻子在厨房择菜，她喊了一声："彦早，我今天好想吃猪蹄子哦，你可不可以做给我吃啊？！"

顾彦早朝厨房走去，问道："冰箱还有吗？"

林云秀摇摇头，顾彦早说："那我骑摩托去买，你等着我，回来给你做猪蹄子！"

顾彦早骑着摩托去给老婆买猪蹄子，半路听见自己的手机铃声响了起来，他把摩托车停在路边，用一只脚撑在地上，没有看来电是谁，便接起了电话："喂，你好，哪位？"

"是我。"是江林娜的声音。

"哦。"他的语气依旧冷淡又疏远。

"你说你结婚了，是故意在气我吗？"江林娜在电话中质问。

"江林娜同学，你说话好搞笑，我们之间还有关系吗？我有必要拿自己的婚姻大事去气你吗？"顾彦早说，"做人不要太高估了自己。"

江林娜哽咽着哭了起来："是谁说要爱我一生一世的，这承诺未免太短了些，你的一生一世，就只有大学里的那几年吗？"

"我们已经分手了……"顾彦早也很无语，他不知道为什么是她先放弃的这段感情，到头来，她还要哭哭啼啼，这是为哪般？

"你可以挽回啊，就算我最终还是会拒绝，但是你连挽回都没有，让我觉得你之前对我所说的话，都是假的。"

"不是假的，爱你的时候是真的爱你，不爱了，也是真的没有爱了。"

"你真的不再爱我了吗？"江林娜哭着问他。

"我只爱我的妻子。"顾彦早语气中透着理智与冷静。

事实上，他根本就不爱他的妻子，他还没有从上一段感情中抽离出来。

可是，即便是为了自尊，他也要这么说。

"男人变心真的是太快了……"

"明明是你先变的心，为什么又来数落我？女人真是奇怪的一种动物。"顾彦早说，"我要去给我老婆买猪蹄子，她今晚想吃猪蹄子，如果你没有别的事情，我就挂了。"

"还说当初有多爱我，才分手半年，就跟别人结了婚，是不是我们没有分手之前，你就已经找好了备胎？"江林娜质问他。

"没有。"他反驳道，"我不是那种人。"

"我不信！"

"信不信随你的便，你不要再打扰我了，我要去给我老婆买猪蹄子了。"顾彦早警告她道。

江林娜嘶喊道："你放心吧，顾彦早，我以后都不会再打扰你了！你这样的态度，以后朋友都没得做！"

"分手了，没必要再做朋友，你不累吗？"顾彦早翻了个白眼，挂断了电话。

他嘴上说得决绝，心中还是酸楚，却也不舍将她拖入黑名单，甚至心底暗暗的，还有些享受她的骚扰。

毕竟是真心相爱过的人，没办法一下子割舍干净。

从此以后，江林娜便再也没有给他发过消息，也没有再给他打过电话。

这一次，两个人算是在心理上，给对方一个了结吧。

人都有自知之明。

只是有时候，有的人不能控制自己的情绪，才会在情绪崩溃时打电话给前任。

顾彦早重新骑了摩托，向集市赶去，他买了几斤鲜猪蹄，回去亲手为老婆炖了汤喝。

自然，他也把通话记录给删除了。

他并不想让老婆知道，他和前女友联系过。这段婚姻，开始的时候很仓促，也很不如他的意，毕竟当初他是想和江林娜结婚的。现在，他也不想再做什么改变了，维持现状就好。

顾小霜抱着孩子回家后，顾玉全又开始唠叨让她嫁人。

"你放心吧爸，我不会再嫁人了。"顾小霜态度坚决。

"不嫁人干吗？一个人养活得了孩子吗？"顾玉全愁容满面地说，他现在只要一想到顾小霜，就替她愁得慌。

"能养活。"顾小霜说，"只要双手没残疾，就能养活孩子养活自己，除非四肢不勤，才会四处张嘴要钱！"

"那你住哪儿，你弟弟都结婚了，一个大姑子，天天住娘家，人家嘴上不说，心里能乐意吗？村里人不说闲话吗？"顾玉全呵斥她道，"不能离，我这一关你就过不去，我不同意！"

"我租房住！"

"租房不花钱啊？"顾玉全一脸嫌弃，"还能一辈子租房住？"

林云秀上前劝解道："爸，二姐也挺不容易的，想回娘家就回娘家住，跟我做伴，我不嫌弃。"

"不干你事，你一边儿去，打什么岔！"顾玉全呵斥儿媳妇道，"年纪轻轻不找对象，想当一辈子女光棍儿吗？"

林云秀不吭声了，她只是表达一下，她可以容得下顾小霜回来住。

毕竟这新房，还是他们的大姐掏钱盖的，虽说是给弟弟娶媳妇用的，她也没理由不让人家亲姐妹来住。

"我是成年人了，当初就不该听你的安排，导致走到今天这一步。"顾小霜说，"爸，请你以后不要再插手我的生活了，这个家，是我姐拿钱盖的，我想回来住就回来住，不想回来住，我就去城里打工，租房住。"

"你去城里，你孩子怎么办？我可不给你看！"顾玉全翻了个白眼道。

"你想给我带，我也不放心给你带。"顾小霜抱起孩子，起身就走了。

林云秀追了出去，在胡同里，她对顾小霜说："二姐，你一个人带着孩子去哪儿啊？"

"去城里找份工作。"

"孩子呢？"

"可以送进幼儿园。"顾小霜说。

"你身上有钱吗？没钱我给你！"林云秀从兜里掏出几百元钱，塞进顾小霜的手心里。

顾小霜含着泪说："谢谢你弟妹，我以后一定会还给你的！"

"都是一家人，别说这么见外的话。"林云秀说，"如果外头太辛苦，就回来住，我肚子里的也快生了，还可以跟可可做个伴儿。"

"嗯。"顾小霜匆匆离去。

顾玉全不信顾小霜能抱着孩子进城，他一副瞧不起的样子，道："就凭她，拖着个孩子，活了这么些年，连个男人都看不住，十足的失败者……"

"爸，你能不能少说两句，我二姐为什么这样，还不是因为你，你怎么现在还踩在人家头上没有完了，当初她不是最听你的话的吗？"顾彦早实在听不下去了，制止了顾玉全的絮叨。

顾玉全起身，点了根旱烟，走出门去，跟巷子里的人唠嗑去了。

他没料到，顾小霜当晚就坐车走了。

这些儿女，没有一个把他放在眼里，他气得很。但是他又从不在自身找原因，为什么儿女都烦他。

顾小霜消失了。

开拓海外市场

第二十九章

怀胎十月，一朝临盆。

林云秀在顾彦早的陪同下，在镇医院生下一名男婴，取名——顾德明。

坐月子期间，林云秀的父母只是带着一只山鸡、一筐鸡蛋来看过她一次，并没有来照顾她。

所以，整个月子期，还是顾彦早和顾玉全两个大男人来照顾的。

顾彦早毕竟是男人，不懂得的事情很多。

比如产妇不能吃辣椒，因为有刀口，容易刺激感染；产妇不能碰凉水，容易落下月子病；产妇不能流眼泪，对眼睛不好。

这些，身为男人都不太清楚。

回家的第一天早晨，顾彦早端了一盆冷水上炕，想要给林云秀擦脸，林云秀用手指试了下，说水冷了。

顾彦早又端下去，加了温水。

诸如此类的事情许多，顾玉全就跟顾彦早嘟囔："你老婆怎么比个城里姑娘还金贵，这么难伺候呢，这个不能吃，那个不能放，像养不活似的。"

"坐月子就是这样的。"顾彦早说。

顾玉全杀鸡熬汤，切块放进大铁锅，放了两勺盐，熬了两个钟头，这才端了一盆鸡汤加肉块，放在了餐桌上，顾彦早盛了一小碗，端给躺在炕上的林云秀喝。

林云秀只尝了一口，就说："太咸了，孩子不能吃这么咸的。"

"这是给你吃的！"顾彦早并不理解林云秀说的话。

林云秀顿时有些急了，她道："我知道是给我吃的，我吃了这么咸的汤，奶水就咸了，奶水一咸，孩子就会上火的！"

顾彦早只得把汤端出来，跟顾玉全说林云秀不吃，她说汤太咸了。

顾玉全气不打一处来，直接冲进屋子，指着林云秀训斥起来："我身为长辈，辛辛苦苦忙活了一上午，给你杀鸡熬汤，好不容易做好了，你又嫌弃汤咸了淡了的，你这不是找事儿吗？做人不能这样，你怎么那么难伺候呢？咱乡下的姑娘，怎么还能这么多事儿呢？"

林云秀刚刚从鬼门关经历了一遭，耗掉了半条命生出宝宝，这父子俩伺候月子伺候得不好也就罢了，还给她气受。

月子期间女人本来就容易敏感，心情还特压抑，面对身材走形，丈夫情感上的漠视，行动上的伺候不周，她号啕大哭起来。

顾彦早进门，终于按捺不住，埋怨林云秀道："以前没发现你怎么这么矫情呢，我爸说你两句，你听着就是了，怎么还哭上了，又不是小孩子了，像什么样子！"

林云秀坐月子大哭的事情，被邻居知道了，闲话就是传得这样快，很快就传到林云秀的父母耳朵里去了。

林云秀的父母一听女儿坐月子受了委屈，风尘仆仆地赶过来，找他们顾家理论。

"让大家伙评评理，你说说，俺闺女嫁过来，彩礼就要了一点点，还都买了东西陪送过来了，他们家是什么家庭啊？哪里配得上我女儿，就这样给他们顾家生了个大胖小子，还不知道珍惜，不好好伺候我女儿月子，月子汤熬那么咸，我外孙喝了能有好儿吗？"

林母不依不饶的，抱起宝宝，拉着林云秀的衣服，就让她走，还扬言要离婚。

顾彦早知道确实是他懂得的少了，才造成这样的误会。

可是林母也太得理不饶人了，喊了乡里乡亲的来看热闹，大家都指责他和父亲伺候得不好，伺候得不对。

顾彦早心里也有气，拉也没拉，任由他们去了。

就这样，林云秀带着孩子回了娘家。

在林云秀娘家的撺掇下，林云秀提出了离婚。

顾彦早依旧没有去挽回，心想着她生完气就回来了。

他直接收拾东西进城，找工作去了，反正媳妇在丈母娘那，孩子也有人带。

工作依旧难找，大学学历，却没有与之相匹配的工资待遇，顾彦早不知道自己该不该去做那些低工种，但又觉得那些低工种与自己的大学生身份不匹配。

也就是在这时，顾小春给顾彦早指出一条路，如果他愿意，可以来春畅家具公司上班，他什么都不会，可以从销售或者木匠开始。

顾彦早选择做销售。

自从进了春畅，顾彦早变得务实而勤奋起来，不似往常那个永远也长不大的男孩一般。

"离婚吧。"

来到 T 市一个月后，顾彦早收到了林云秀的电话，她提出了离婚。

"为什么？"顾彦早不解地反问，"难道就因为我爸在鸡汤里多放了一勺盐？至于吗，云秀？当初是谁不顾一切想要嫁给我的？"

"就因为我当初不顾一切地嫁给你，你就这样不珍惜我？"林云秀愤怒地质问他。

"我有不珍惜你吗？"顾彦早反问，"你摸着良心问一问，我哪里

329

不珍惜你了？"

"你以为我不知道，你和你初恋背着我联系吗？"

顾彦早的心"咯噔"一下，七上八下的，他确实和江林娜联系过，但是，那件事做得很隐蔽，聊完都删了，他也没有说什么背叛家庭的话，只是江林娜伤春悲秋的，发了一些莫名其妙的短消息……

她是怎么知道的？

"你一声不吭就进了城，是不是为了去找她？"林云秀质问他，"你到现在还在想着她，离婚好了，我对你真是太失望了，我不想再看见你了！"

"你既然不相信我，那你愿意离就离好了！"顾彦早也不服气地道。

原来，林云秀知道他的密码，通过电脑登录，看到了漫游消息，虽然她看见他回复前女友时冷冰冰的，但是他们有过通话记录，谁知道他们通话的时候在聊些什么，是否还像聊天一样冷淡。

难道两个曾经的恋人，通话讲天文知识？肯定是在谈情说爱啊，林云秀越想越生气，才借题发挥，跟着娘家人走了。

她也没料到，她回了娘家提出离婚，是想让顾彦早回去哄她，接她回来，他竟然一声不吭回城了。

这更让她失望透顶，她坚信他一定是去找他的前女友，再续前缘去了，她在电话里的态度很坚决，必须离婚。

结果就是，他们一时冲动，就去民政局领了离婚证。

领完离婚证后，顾彦早有些后悔，可是望着头也不回的林云秀，他发出一声长叹。

人与人之间的相处，怎么就那么难呢？

春畅最近拓展海外业务，正巧顾彦早英语五级，陈永昌便任派他为春畅的谈判代表，去谈一笔大业务。

顾彦早经过一段时间的历练，早已对销售了如指掌，再加上他学历比同公司的同事们高，业绩很快就名列前茅。

陈永昌任派他为这笔大单的谈判代表，别的同事们对这件事并无异议，毕竟现在的他，对这方面十分擅长，英语不精的，也接不了这笔单。

顾彦早提着电脑，带了一名助理前往，一上午下来，竟然在谈判桌上签成了这笔订单。

陈永昌喜出望外，拍着顾彦早的肩膀说："这笔订单对于春畅来说，非常的重要，你为春畅奠定了更进一步的基础，春畅得感谢你啊！今天我请全体员工吃饭！"

"好！"春畅的所有员工们欢呼雀跃起来。

陈永昌揽住顾彦早的肩膀，说："当然，你的销售提成肯定也会翻倍的，每个人的付出都会有回报！"

顾彦早很激动，他握住陈永昌的手，说："谢谢陈总鼓励，我一定会好好干的。"

陈永昌也很高兴，毕竟春畅，从原来的小公司，发展成一家有规模的大公司，也是需要实力来支撑的。

原来公司员工大多高中学历，尤其是销售这一行，招收员工的时候就以学历不是门槛，身高不是距离等噱头来招工的，现在拓展海外业务，没有高学历，英语水平达不到，海外业务就别想做了。

顾彦早是春畅目前唯一的一个大学生。

陈永昌道："谁说读书无用？学到自己肚子里的墨水，总会有用武之地的一天！顾彦早，就凭着自己肚子里的墨水，为春畅赚下了海外的第一桶金！"

雷鸣般的掌声在公司响起，顾彦早也很激动，他没想到自己会在一家小公司，做出这么大的成就。

春畅公司，正一步步扩展海外市场，把具有中国特色的，精致精美的家具销售到海外市场上去。

顾小春也为弟弟的这一成就感到骄傲。

陈永昌带领全体员工在附近酒店开办晚会，顾彦早被同事们敬酒，几圈下来就有了几分醉意，他上卫生间的时候，与一个人狭路相逢……

他怀疑是自己喝多了，出现了幻象。

"江林娜……"他神色恍惚地呢喃。

"是我。"江林娜说，"好巧，你不是……回乡下了吗？"

"谁说回去就不能再回来了？"他笑着反问。

江林娜望着顾彦早，见他一身西装革履，头发梳得井井有条，与大学时那个清秀学生模样，大不一样了，现在的他，虽然略有醉意，却是意气风发的。

"你现在，在哪里高就？"江林娜一袭紫色落地露肩长裙，齐肩的短发由发卡别在耳后，显得十分利落好看。

"春畅。"顾彦早说。

"是T市那家新中式家具公司吗？"江林娜瞪大了眼睛反问。

"是。"

"没想到你在这家公司上班，这家公司几次登上本市报纸，小有名气，我们公司最近跟春畅也有合作。"

"是吗？"顾彦早唇角轻扯，淡淡笑笑，想起自己还要回去陪同事喝酒，便道，"我还有事，失陪了。"

"彦早——"江林娜忙问了一句。

顾彦早转身，望着她，道："还有什么事吗？"

"你今天很帅。"

"谢谢。"顾彦早礼貌地回以微笑，"你今天也很美。"

"可以冒昧地问一下，你和她还好吗？"江林娜小心翼翼地问。

"我和她……离婚了。"顾彦早说。

江林娜怔怔地望着他，最初翕动了几下，半天没有说出一句话来。

这次相逢后，江林娜回到家里，痛哭了一场。

江母怎么劝都劝不好，江母说："当初想要分手，也是你自己要分的，分了之后，你也不找男朋友，这都过去多久的事情了，怎么想起来还哭，都说小女孩失恋，哭两场，一个月就忘记了，你为什么还要想着他呢？"

"他不是原来的那个顾彦早了，他变了……"江林娜难受地说。

"是人都会改变的，不变，那是怎么可能的呢？"江母说，"这些年，你一直不找男朋友，是不是一直在等他？"

"谁知道呢，只是对别人没感情而已。"江林娜伏在床上，将头埋在臂弯里。

"那你今天又是受了什么刺激呢？一回来就大哭！"

"我今天遇见他了，他一身西装革履，气质不凡，风度翩翩……"

"这样你就后悔了？"江母摇摇头，道，"顾彦早的外在条件一直都是很出众的，当初你离开他，不是因为他的家庭吗？他的家庭和出身，是一辈子都没有办法改变的。"

"我打听过了，昨晚，是春畅的老板给顾彦早接风洗尘，他刚刚谈成了一笔海外订单，老板不单要给他加薪，还要奖励他一套房子……"

后悔吗？

说实话，江林娜是后悔的。

她离开他时，两个人都没有外遇，也没有感情不和，完全是因为顾彦早家境不好，导致江林娜多方考虑选择，最终放弃。

因为外界因素而无疾而终的感情，怎么都会让人觉得可惜，如果他一辈子待在农村种地，或许她还能说不后悔，一旦发现他咸鱼翻身，她怎能不后悔？

"已经断然放弃的感情，有什么好可惜的，千帆过尽，你和他，早已回不到当初。"江母苦口婆心道，"好马不吃回头草，更何况，你想要回头，人家还不一定会回头呢，为何不放过自己呢，老是想着从前的事情，多累啊！重新开始不好吗？实在不行的话，妈妈托人给你介绍几个家庭条件好一点的男朋友。"

"我不要！"江林娜一口拒绝了。

……

陈永昌奖励给顾彦早一套楼，钥匙也交给了顾彦早。

当然，陈永昌也有自己的考量，他是想要留住人。

失了这样的人才，公司更会失掉海外市场。

能够签下海外市场的人，英语需达标，更需要销售技巧，这两者缺一不可。

顾彦早从未想过，在城里赚钱是这样简单的一件事，他每签成一笔订单，都会十分有成就感。

每当想起在乡下赚钱的日子，就是苦和无奈。

他曾为了一天八十元钱，去工地搬砖，遭到全村人的耻笑，现在呢，他仅仅是动动嘴皮子，就赚到了一套楼，还有一个月五位数的薪水。

新房是精装修的，拎包入住就可以。

就这样，顾彦早从出租屋搬了出来，搬进了属于自己的那套楼里。

人生最得意的事，不过是香车美女在手，恣意掌握自己的人生方向。

车子，公司给每个销售都配备一辆，美女，他现在还不想去想，也没有心思去想。

他现在才明白，人穷的时候，千万不要跟人去提感情，因为伤感情。

在他一无所有的时候，勉强别人嫁给自己，那是强求，是奢望。

那时因为穷，根本就不配拥有爱情。

他现在终于甩脱贫穷了。

拿到奖金的第一件事，他就把钱打给林云秀，因为她独自一个人带儿子，挺难的。

虽然两个人离了婚，他对她还是十分在意的。

他与她婚前并不是十分了解，但是就是这样一个朴实的女孩，肯不计贫富得失地嫁给他，就足以让他惦记一辈子了，更何况，她还为自己生了孩子。

他们虽然因为误会而离婚，可是有孩子在，就永远不能断了联系。

林云秀收到顾彦早打来的钱之后，很激动，问他在外面做什么，能赚那么多钱，顾彦早便把他来 T 市找姐夫，在姐夫公司上班的事，跟林云秀说了。

林云秀问他为什么不早一点告诉她，他说："我早告诉你了啊，你也不听啊！"

林云秀想起当初，坐月子时的想法是很钻牛角尖，又是两个男人伺候月子，伺候得很不到位，她那时候就有些抑郁症倾向了，现在孩子大点了，好多了。

其间，林云秀父母让林云秀去相亲再婚，她都没有同意，也没有去相亲。

林云秀的父母知道顾彦早一个月赚那么多钱后，不再提让女儿相亲的茬了，反而催着她复婚。

林云秀道："你们想离就离，想复婚就复婚。怎么不问问人家顾彦早愿意吗？"

"你不提，怎么知道他不想复婚啊！"林母反问。

"我没有那个脸去问。"林云秀没好气地道，"当初是谁说非离不可的？"

"我们还不是为了你好，不复婚就不复婚，你们俩就这么拖着，到时候顾彦早被别的女孩子勾搭跑了，看你到哪儿哭去！"林母没好气地说。

林云秀不过是死鸭子嘴硬，心里还是放不下顾彦早的。

倘若真的放下了，又何必屡次拒绝相亲呢？

一个乡下女人，独自带着孩子，有多难，她比谁都清楚。

入夜后，她哄睡了孩子，便沉沉睡去。

睡梦中，她看见了顾彦早。

他就站在村口的枣树下，与她遥遥相望。

他的模样，一点都没有变，就像他们初见时一样。

他在阳光里微微笑着，缓缓朝她走来。

（第一部完）